中国·世界遗产赋

余晓灵 陈志平 编著

线装书局

图书在版编目（CIP）数据

中国·世界遗产赋 / 余晓灵，陈志平编著． -- 北京 ：线装书局，2024.2

ISBN 978-7-5120-5884-2

Ⅰ．①中… Ⅱ．①余…②陈… Ⅲ．①诗集-中国-当代 Ⅳ．①I227

中国版本图书馆CIP数据核字(2024)第019395号

中国·世界遗产赋
ZHONGGUO·SHIJIEYICHAN FU

作　　者：	余晓灵　陈志平
责任编辑：	林　菲
出版发行：	线 装 書 局
	地　　址：北京市丰台区方庄日月天地大厦B座17层（100078）
	电　　话：010-58077126（发行部）010-58076938（总编室）
	网　　址：www.zgxzsj.com
经　　销：	新华书店
印　　制：	唐山富达印务有限公司
开　　本：	889mm×1194mm　16开
印　　张：	23
字　　数：	645千字
版　　次：	2024年2月第1版第1次印刷
印　　数：	0001—3000册
定　　价：	145.00元

■版权所有　侵权必究■

蜿蜒的长城　（来自全景视觉网）

《中国·世界遗产赋》序

秦华生

赋，乃辞和赋的有机组合，是中国独有的一种文学体裁，统称辞赋。

以屈原、宋玉为代表的楚辞，以荀子的《赋篇》为鼻祖的赋文，共铸辞赋文学之发端。西汉枚乘的《七发》、贾谊的《吊屈原赋》，以司马相如之《上林赋》、扬雄之《甘泉赋》、班固之《两都赋》、张衡之《二京赋》为代表的汉赋四大家作品，已达辞赋文学之高峰。

西晋左思《三都赋》名篇更致一时洛阳纸贵。到南北朝并衍，鲍照之《芜城赋》、徐陵之《鸳鸯赋》、庾信之《哀江南赋》，多将两汉以散文入赋改骈文入赋，十分讲究骈偶对仗的骈赋登场，乃辞赋大类之一。

至唐代，因格律诗定型规范及完善，乃成愈加严谨对仗之骈文，于是律赋时为科举取士的"高考规范"。以今人眼光度之，律赋虽因应科考而法度谨严，技法高超，后学或难企善；然节奏明快，朗朗上口，篇幅中等，文人墨客、科考举子以其磨炼文笔，不失上佳之法，遂主宰科举考试模式传习以越千年。

及至两宋，商业兴国，科技艺术更趋自由而多元，文赋出矣，以文坛巨擘苏东坡的前、后《赤壁赋》为代表。唐宋时期的《滕王阁序》、《岳阳楼记》渐成口传户诵名篇，不失用典之钩沉、说理之借喻、言词之华丽，虽属散文然兼有辞赋对偶的铿锵气势。

而元废赋试，明朝七百赋篇涵悲怨持节，实良莠兼呈。清代则赋论赋品纷纭，奠"诗文赋"说鼎立之基，几达高锋；而乾嘉时期赋文益发张扬宏阔，并各有起伏。

"五四"新文化肇兴，八股文风沦落，市井白话于斯为盛。而荀子的《劝学篇》、"滕、岳"之文虽韵散杂糅，亦有骚人颇为推崇，视为名赋之篇。

"赋"，从古至今，历经改朝换代、风风雨雨，尚能经久不衰，何也？因赋文乃兼具诗歌与散文共性之文体。诗歌适唱，而辞赋宜诵，韵律、节奏、音步、对偶齐备，铿锵有力，朗朗上口可诵。内容则用典古奥而不无出处。万言大赋可纵横捭阖论国是之是非；小铭小赋可闲坐独饮，哀怜自己，吐槽其心怨心依。或睹物生情，或登高望远，发思古之幽情……改革春风吹拂，重燃辞赋之情，文坛圣手，旧学耆老，舞文弄墨，佳作迭出。继国学之营养，丰新赋之文库，可谓是波澜壮阔，方兴未艾！在当代，仅杰出的巴蜀老乡魏明伦，就撰写出一大批赋，还建立了赋博物馆。

赋之比兴、用韵，与中国声诗传统一脉相承。宋戏文、元杂剧、明传奇、清之花部乱弹，如京剧、川剧、秦腔等梆子一系，其唱词之押韵、对偶、排比，有诗赋之余韵。其舞台表演，在音乐统领之下，高亢者气势恢宏，婉转则韵味十足。

初览《中国·世界遗产赋》，如闻黄钟大吕，震撼心扉！两位编著者旁征博引，厚积薄发、殚精竭虑，通过辞赋，铺陈扬厉，独树一帜地历数中国的五十七项世界遗产，尤为奇也。其工程之浩大，当喻其移山填海之力也！虽不敢说"后无来者"，但"前无古人"，当非虚言！

选读数篇方知，本书选题精准，深入浅出，从地质年代而言，疏可走马；从历史上论，纵横捭阖。尤其擅长用典，气势排山倒海，内容花团锦簇，情感充沛激昂。且视角新颖，思考深入。有赞美与批评，有感动与呐喊。从赋文类别看，本书骚体赋、骈体赋、散体文赋、律赋皆有，尤以骈赋为多。

其言辞对偶工整，讲究平仄，用词典雅，既属赋文作者的看家本领，也是赋文的魅力所在。从两位作者简介中可知，都经历过汉语言文学的熏陶，对国学爱之弥深，并对中国五十七项世界遗产，有潜心研究，有刻骨热爱，抒写起来，笔下情深，处处常切合，段段有各表。或密不透风，或疏密自如，或留白予读者遐想，或泼墨以渲染强化。唯恐读者用速读法飞马观花，品茗没有咂出滋味便偃旗息鼓，特在正文后加以注疏，不厌其详。可见，两位作者耗费心血，用心良苦。

赋文是有韵的散文，"落霞与孤鹜齐飞，秋水共长天一色"，时空、场景、色彩、意境，甚至心情，我们读者完全可以有"一千个哈姆雷特"的不同感受……

遍览芸篇，实有浓墨重彩，文有波澜之感：时而忧国忧民，景仰英雄："万国建筑博物馆，情怀屿海；

一岛浓缩近代史，文化遗延。……兀立趋百米极峰，环瞻鼓屿；正气捍千顷闽海，故垒雄风。培元守土，砥柱抟鹏。"（《鼓浪屿：历史国际社区赋》）

时而展少年新锐之气魄："怪石点缀奇峰，丛枪山海；岩骨树荫隆肌，凸涨魁殊。风雨刻刀之利，日光炙热而毒。天吻一峰，巨笋穿云万仞；石奔千态，心猿意马百疏。……仙人晒靴盼仙翁指路；天狗望月羡天女绣花。……南翠北霜，遇山脊而分野；东阳西雪，渲笔架而披丹。晶针枝裹冰裾，窈窕玉女；迎客松凝铅粉，妩媚皎衫。"（《黄山赋》）；"临危而补牢，恃强方扩建；长城虽劳命，伤财御外征。……筑城接驿和融，族民繁衍；征战拱襄家国，百业嵘峥。"（《长城赋》）

时而哲理沉思，常怀禅悟之道："偕其日月，友其林泉。助其伟岸，借其炳然。彰其深邃，掩其秘玄。……鸣其心胸之委，诉其灵魂之缘。求上天赐福降瑞，庇佑生灵；为神仙祝诞唱诵，崇敬诚虔。感天地，通神灵，安万民，颂华诞。"（《武当山古建筑群赋》）；"独照双忘，身心全忽。禅定心月，物我空无。析深奥于乡土，化玄妙为质朴。"（《大足石刻赋》）；"金殿座独峰，华藏寺普贤圣像；金顶开三昧，舍身崖惑佛光环。……阔眼半睁，不忍众生悲苦；颀眉高展，心眼观世渊禅。"（《峨眉山——乐山大佛赋》）

时而奇思妙想，解读数百年之定论："复云：西湖十景，妩媚四时。晨昏晴雾，林鸟阁鱼。……'苏堤春晓'，翠麓澜夕。六桥烟柳，千桃虹霓。'曲院风荷'，莲湖旨醴；凌波洁雅，御笔帝诗。'平湖秋月'，美景良辰。'断桥残雪'，雨伞缘真。人钟贞玉，爱沐红尘。'花港观鱼'，落英缤纷。鲤嘬人飨，'删点'佛心。"（《杭州西湖赋》）

时而又哼着小调儿散步踏青："攀九曲十八弯之山路兮，至九曲十八湾之河畔。……一湾水草一丛毡房兮，一溜白云一片蓝天。"（《新疆天山赋》）

时而通感勃发，怀心猿意马之思："白毛丹顶脖长，芭蕾之玉女；尖喙黑臀腿细，窈窕之鹤仙。……百十千万落之澄湖，疑是腾龙骈海；三五六七浮于明镜，恰如串蒂双鸳。"（《中国黄（渤）海候鸟栖息地赋》）

时而摹抚自然，陶醉其中："高山观仰止，清风读'魏源'：奇峰奇石奇松，飞云飞水飞山。云海描巨龙，怪兽神出鬼没；蓬莱漂皓锦，仙乡紫气东还。……夏听时雨疏岚，源因夕照；春爱金枝玉叶，雪兆丰年。"（《黄山赋》）

作赋者须通三坟五典、经史子集，谙熟诗词联律，有"晴空一鹤排云上"的豪气，亦有"便引诗情到碧霄"的情怀，因此，本书编著者颇有创意，在目录中以绝句从某个侧面概括重点，突出亮点，从而使读者能够各取所需，按图索骥，品味自己钟爱的某篇赋文。余拜读之后，小有发现，所有赋文，均千言之上下。作者采用了"中华通韵"，以平声韵为主。使用仄韵时，亦在文中集结成簇，阅读起来晓畅通达。这在现代汉语通用语言流行的当下，不仅符合读者群的需求，而且也符合赋文写作的发展方向。毕竟时代在进步，幼儿少年学子才是诗词歌赋未来的读者群。

当然，有的过于雕琢，有的平仄不太工整；有的为说明一些科技数据，顾此失彼。但瑕不掩瑜，学无止境，文不厌改，愿再版之时精益求精，更加精彩。

要之，此以中国五十七项世界遗产的宏文，洋洋洒洒，气势磅礴，其格调之雅，其立意之高，有赋坛骁将之雄健底蕴。既可藏之名山，传之久远；亦可收之书斋，潜心阅读。此书面世实乃出版界之盛事也！言不尽意，匆忙草拟，错漏难免，诚请指正。

是为序。

秦华生
癸卯仲秋于北京

【作序者秦华生现任中国艺术研究院研究员、博士生导师，曾任北京艺术研究所所长、梅兰芳纪念馆馆长】

《中国·世界遗产赋》推荐序

岳庆平

拿到《中国·世界遗产赋》文稿（以下简称"赋文"），首先对这个书名很感兴趣，觉得这个选题很好。因截止 2023 年的中国 57 项世界遗产本身，已经是中国文化与自然资源宝库的瑰宝，而运用中华民族优秀传统文化的赋文这一形式予以表现，则彰显出推陈出新之高意。

说起中国的 57 项世界遗产，我确实是高度评价，赞不绝口。目前我已游览过中国 54 项世界遗产，其中有的世界遗产游览过数次甚至数十次，只有红河哈尼梯田文化景观、澄江化石遗址、黄（渤）海候鸟栖息地还未游览过。我始终崇尚并践行"读万卷书，行万里路"。我的祖父和外祖父都是清末秀才，给我留下了不少古籍，我都读完了。1982 年我考入北京大学历史学系，读中国古代史专业的研究生，毕业后留校任教至今，在北京大学读过很多善本古籍。通过游览世界遗产而"行万里路"，不仅可以有效激活、体悟和升华我过去所读书中的许多内容，而且可以不断增强我眼观六路、融会贯通和理论联系实际的综合能力。

初览全书后，为之震撼！两位编著者旁征博引，厚积薄发、殚精竭虑，通过国学阳春白雪之一的辞赋，独树一帜地将中国 57 项世界遗产全面系统地表现出来。这项工程堪称庞大，能够完成实属不易！从云南澄江化石及其"天下第一鱼"到周口店北京人遗址、良渚古城遗址、殷墟遗址，无疑代表着人类在中国大陆的渐进演化进程。尤其是经过杭州良渚遗址发掘和考古学研究，发现分布于长江下游一带的 136 个遗址，距今 5300—4300 年，进一步实证了中国文明历史的悠久与厚重。

阅读本书后，本人深感受益匪浅。57 篇赋文，对中国漫长的地质地貌演化、奇异珍贵的动植物物种、独特而精美的生态风景及丰茂的文化事物，作了大量优美的点赞描写。特别是把编著者对祖国历史、文化、教育、民生与生态的人文感悟，融于相关赋文中：

一是尊崇先贤，文化自信。如《曲阜孔庙、孔林和孔府赋》，对世界文化名人、古代思想家、教育家孔仲尼这样写道："至圣先师，中国四大之文庙；金声玉振，弛誉两千年炳耀……尤颂乎贵选贤与能，当讲信修睦；训勿施于人，因己所不欲。为政以德，礼仁为道；见利思义，见贤思齐。有教无类，学而不思则罔；择善而从，三人行有我师。"且亦崇尚中国南宋理学家、哲学家、思想家、政治家、教育家朱熹。在《武夷山赋》中写道："理学正宗，规制'读书六法'；'武夷精舍'，朱熹讲学十年。万世宗师解惑，传道青胜于蓝。"本人认为：曲阜"三孔"（孔庙、孔林、孔府），之所以被历代朝野尊为两千年以来的儒家文化的代表，不但在中国大陆，而且在台湾地区及东亚不少国家都被尊奉为亚洲及世界的著名文化之一。西方人有西方的时代取舍和观点，东方人有东方的膜拜事实与传承。而拥有庞大人口群体的认可、运用与传承发展，这本身就是一种客观历史。这些文化古迹和哲学思想影响，也是人类浩瀚的历史长河中的一篇一页，一股清流，一个漩涡或一朵浪花。在人类探月工程、飞抵火星行动的探索中，纳入当今"地球村"的概念，更是具有非凡的意义。

二是点评历史，直言不惧。如《长城赋》："临危而补牢，恃强方扩建；长城虽劳命，伤财御外征。……限中原草场牧耕之界，汉化传播，实长城之功尔！筑城接驿和融，族民繁衍；征战拱襄家国，百业嶙峥。"《敦煌莫高窟赋》："珍品遗欧陆，研究蠹敦煌。技才勒旷古，美画绽流芳。"《秦始皇陵及兵马俑坑赋》："憾焚书坑儒，陷仙寿之坑。"《布达拉宫历史建筑群赋》："促藏汉交流，助文化之薪传。福祉民生，花卉颜欣而昌瑞；斋亭水榭，宝珍绝致而保完。"《峨眉山——乐山大佛赋》："文懋于西蜀，慈悲于凡流。廉、节、胆乎德正……"

三是切合当代，秉笔击节。如《庐山国家公园赋》："叹荣枯之盛衰，纪遗亡之篇翰；思沧桑之兴替，恋暑夏之凉飔。……风雷莫撼其直率，冰霜不浸其胸胆。……思先哲之睿智，体黎庶之贫凡。"《北京皇家祭坛——天坛赋》："幸甚至哉，民以食为天！风调雨顺之祈，丰衣足食之愿。"《丽江古城赋》："滇史巨擘，南中泰斗；震古烁今，南国脊梁。"《澳门历史城区赋》："最敬其'郑观应'著，《盛世危言》；倡工商学、宪政自强。"《黄山赋》："高山观仰止，清风读'魏源'"。

四是抚今追昔，掩卷而思。《元上都遗址赋》："嗟乎，大元铁骑悍彪，叹仅存遗址；赤县国强民富，愿隆旺中华！"《土司遗址赋》："大明征讨，凭巨炮戈矛攻克；顽垒终破，遗颓石草莽残垣。"《鼓浪屿：历史国际社区赋》："亚洲全球化，早期之见证；融合价值观，碰撞乎交流。《泉州：宋元中国的世界海洋商贸中心赋》："多元社群，建海上丝绸之路；陆海网络，利商舶货物云集。"全球化与开放的海洋贸易，这是中国强大的必由之路。

五是忧国忧民，寄托操守。如《泰山赋》："瀑跌虚无，梦醒于露休玉碎；否极泰来，瞻念于天命民艰。"《中国南方喀斯特赋》："不惧激流而屹立，守护基根。近清凉而窃喜，远闹市而保纯。近墨不黑，居草荒而不怨；陷朱厌紫，位孤秀而守贞。石角砺圆滑而弥韧，雅流宣执著而不群。"《青海可可西里赋》："穿越沧桑，方觉生命之虚淡；止行忧乐，何从寒漠之托依？"

六是保护生态，向往美好。《大运河赋》："文化慰传承：水利家国社稷、技术鸿猷史观。礼仪百艺民俗、江山一统安全。"《梵净山赋》："若乃动植物保护，山水夫林权。桐杨枫竹，槭栲樱桃榛卉，枝繁叶茂；虎熊猴豹，麋羚鲵蛙雉鹰，花好月圆。"《中国黄（渤）海候鸟栖息地赋》："为人类命运，构共同一体。注绿色动力，增旺盛活力。"

纵观全书，在新中国建国以来推行简化汉字、至今在14亿人中流行现代汉语普通话的大环境惯性之下，本书却"反弹琵琶"，以古雅的辞赋文体，深入浅出地雕琢表征中国的57项世界遗产，足见编著者对中华优秀传统文化的钟爱与执著。窃以为，本书已经成为百花齐放、百家争鸣文坛中的一朵雅致沉静的鲜花，犹幽兰之淡雅，寒梅之孤傲，丹桂之馨香，泼墨之酣畅，三军之浩荡……来配合新时代中小学教材中增加古诗文优秀国学的张扬与传承，其径正合，其情可鉴，其志堪笃，气冲斗牛！何况作者概括其书为"文功史艺物宗，贵其盛古；风月石泉林壑，爱其自然。"果然不同凡响！

可见，本书在弘扬中华优秀传统文化、与世界各国交流、注重全球生态保护、关注人民美好生活等方面，具有收藏、品读和研究价值。本人谨向广大读者郑重推荐。

岳庆平

癸卯中秋于北大燕园

【岳庆平先生现任北京大学历史学系教授、博士生导师，被称为"北大三杰"之一。曾任北京大学政策研究室主任、北京大学发展规划部部长、北京大学人才研究中心主任、北京大学城市治理研究院学术委员会主任、北京大学历史文化研究所副所长、中共中央统战部机关党委常委、九三学社中央政策研究室主任、中央社会主义学院教授和高级职称评委、孔子文化大讲堂专家顾问委员会主任、中国秦汉史研究会副会长、《中国社会科学文摘》学术咨询委员、《文史》编委等职。】

自序

  人生几何？对酒当歌。马瘦奈毛长，英雄或坎坷。地球隐流浪之涟，乡人悟梦游之哲。行万里路，或远驰笺之邮逮；读万卷书，岂非琢笔之奈何？五十七项瑰绝，中华之世界遗产；五十六个民族，昔今之风物嵯峨。于键盘横架，井陋室击节。彰中致外，乃追云翮。鼓呼文景，悉留漪嗟。于是乎驱车于迢远，游心于崇阿。西东南北，乡野沼辙。晨昏于陵澜，霞宴于笙歌。不疲其辗转，奈伏其忧责。恋厚重之人文，五千纪岁；惊神奇之鬼斧，亿万山河。

  思其借穴织巢，打磨埏填为器；猎渔殖砌，干栏建筑垦播。院街社市城都，中轴对称；水陆联节疏堵，外域邃隔。墙而室，壕而堑；艺于精，势于奢。坐北朝南，依山就势；渡渊凿洞，天人一合。取乎宇宙，创于心得。瞻其洋洋乎大观，睒睒乎天泽——寄于风烟，掩于尘土；化于桑海，修于龙蛇。毁于兵燹，荣于封册；归于大道，享于仁德。谊莫奈之睡莲，眺冷军之细芍。羡左思三都，瞻东坡赤壁；拜范记岳楼，仰勃序滕阁。

  时风惜言，不尽如方家睿见，不必疑读者之嫌。横看原岭，当尊若画；侧窥异峰，直挂真帆。友啖瓜之群，扬雕虫之技；遵遣辞而秀，仿吴苑其园。或泼墨写意之狂，抽象而不明就里；或工笔雕琢之法，畅呆而芹献斧镌。心横之敬，情厚之虔。驴友轮旋，其心可鉴；夏虫冰语，斯囿可原。集毫胶而宜裹，吾心晤应；发研摩之陋议，短策阻言。拱火众君，红其热焰；赋辞逸士，珍其泛缘。

  噫嘻！文功史艺物宗，贵其盛古；风月石泉林壑，爱其自然。凭秋风霜叶，绽古色雍恬。适中华通韵，便群友阅弹。京兆晓灵一士，平都过客荓肩。恕不才献丑，呈雅正闲玩。乃序。

编著者 癸卯秋分于重庆

编著说明

世界遗产是指被联合国教科文组织和世界遗产委员会确认的人类罕见的、无法替代的财富，是全人类公认的具有突出意义和普遍价值的文物古迹及自然景观。世界遗产包括世界文化遗产、世界自然遗产、世界文化与自然双重遗产三类。

"赋"是我国古代的一种文体，它讲究文采、韵律、用典，兼具诗歌和散文的性质。其特点是"铺采摛文，体物写志"，侧重于写景，借景抒情。截至 2023 年 9 月，我国拥有世界遗产 57 项，其中世界文化遗产 39 项、世界自然遗产 14 项、世界文化与自然双重遗产 4 项。本书以"赋"为主要载体，配以图片将我国优秀的世界遗产展示给世人，具有重大的历史意义和现实意义。主要体现在：一是传承中华优秀文化。将"中国赋"与世界遗产相结合，赋予"赋"生机与活力，从而激发人们对中华优秀传统文化的历史自豪感，这是新时期对中华优秀传统文化的有效传承。二是丰富世界遗产内涵。以"赋"的形式对世界遗产委员会认定的中国现有世界遗产进行诠释与彰显，让世界了解"赋"，让"赋"走向世界，以此丰富世界遗产的内涵。

本书为编著，所谓"编"，即将散见于各媒体的有关世界遗产的评价及基本标准、知识、图片等资料搜集、整理、编写出来，让大家比较方便地了解，资料主要来自"中国世界文化遗产网""中国自然遗产网""国家文物局中国的世界文化遗产"和"百度百科"等网站。所谓"著"，即根据 57 项世界遗产的内容特色，撰写相应的"赋"，加上必要的注释，并配以图片，以这一特殊表现形式促进我国优秀世界遗产的传承与宣传。

本书按照世界遗产的分类，分为三大部分。第一部分，中国·世界文化遗产（39 项）；第二部分，中国·世界自然遗产（14 项）；第三部分，中国·世界文化与自然双遗产（4 项）。每部分各遗产项目以世界遗产委员会批准的遗产编号为序编排。每个项目主要有三方面内容，以《长城赋》为例：（一）长城概况；（二）世界遗产委员会评价；（三）长城赋。

本书具有如下特点：

一是具有原创性。本书的主体——57 项世界遗产的"赋"，均由本书作者在遵循"辞赋"传统要求和风格的基础上独立创作而成。

二是具有系统性。从古到今，虽然有不少人写过与我国的世界遗产项目地有关的辞赋作品，但由于种种原因，都比较零散。而本书则是系统地将我国 57 项世界遗产全部囊括其中，形成如此庞大、系列之"赋"，可谓独一无二。

三是具有普及性。首先，用现代汉语对世界遗产的知识进行普及，让具有初中文化程度以上的人都能读懂；其次，让更多的人对"赋"这一中华民族优秀的传统文体有所了解，感受其丰富的内涵；第三，通过图文并茂的形式，充分感受中国世界遗产的美，弘扬中国优秀传统文化，增强中华民族的文化自信。

《中国·世界遗产赋》作者简介

余晓灵简介

余晓灵，男，1956年生于重庆丰都。先后毕业于涪陵师专（现长江师范学院）中文专业、四川教育学院学校管理专业，具有西南师大心理学硕士和北师大教育经济与管理博士研究生学历。中学高级教师、国家二级心理咨询师。

从事基础教育工作40多年，历任丰都县教师进修学校语文教师、教导处主任，丰都县教委副主任、主任，涪陵地区教科所所长，涪陵实验中学校长，北京十一学校副校长，北京十九中校长。

曾任教育部"中小学生积极心理品质调研及政策研究"课题组专家，中国教育学会学校教育心理学分会理事，北京市教育学会学校文化研究分会常务理事。2012年被中国教育学会授予"全国名优校长"称号；2016年1月被选为《中小学管理》杂志封面人物，2016年10月被北京市政府聘任为督学。现任北京市海淀区教育学会会长。

曾担任主编并亲自组织编写北京市十九中百年校庆丛书（17部），由国家知识产权出版社出版。另有数十篇文章载于《人民教育》《中国教育报》《中国特殊教育》《基础教育参考》和《中国德育》等报刊。

余晓灵爱好旅游和摄影。特别关注中国的世界遗产申报状况。自上世纪八十年代至今，他先后到中国57个世界遗产地中的46个项目地实地考察。在出国随机考察了40余处世界文化遗产项目后，倍感中华民族优秀遗产的博大精深，这是其他任何一个国家都不能媲美的！遂发思古之幽情，不吐不快。三年前他与挚友即本书另一作者陈志平共同策划，决定以中华民族优秀文化之一的"辞赋"为主要文体，配以图片，将中国的世界遗产系统地展示给世人。经两人殚精竭虑，攻坚克难，合作编著本书以飨读者。

余晓灵

邮箱：Yu19258@sina.com

陈志平简介

陈志平，雅号赋勉，网名恋山过客，1955年生于重庆丰都，1990年汉语言文学自考大专毕业，西南大学区域经济专业在职研究生毕业，高级政工师。中华辞赋家联合会副理事长，2016年获评会内优秀辞赋家。中华辞赋报（网）执行主编。中国楹联学会及中华诗词学会会员。1989年任过南川县楹联学会理事，2005年任过丰都县作协副主席，为县级诗联学会讲授过辞赋及对联课多期。2001年至今撰辞赋140余篇，39篇收入当代新赋总集《赋苑琼葩》第二部（中华辞赋网），7篇赋作载当代作家精选文库《生命写意》书。赋作在江苏丰县赋全国征文、"中华魂·辞宗杯"全国辞赋赛、湖南胡子哥山茶油全国征文赛、重庆南天湖文创大赛、重庆丰都庙会征文中获二等、三等、一等奖。对联获过央视台全球春联100联入围奖，另获全国征联3等奖。诗散杂赋及小说散见于重庆日报、晚报，信息汇报副刊、重庆旅游、中国旅游报、重庆文学、散文诗世界、武陵文学、人民日报、中华辞赋报等报刊（网）、美篇、简书网。著有小说集《侦探有绝招》、散文集《川江畅聊》即将出版。

在甲级旅游规划机构从事规划10年，主笔编撰"鲁甘湘黔滇藏、鄂渝川晋赣闽"等区县及景区旅游规划50余项450余万字。常德桃花源景区策划获国内竞标"最佳创意奖"，枣庄车祖苑策划获国际竞标三等奖。获评中国建筑文化研究会"中国优秀规划设计作品奖、中国优秀规划设计师"并收入《中国当代杰出建筑设计大典》。入选书籍《当代影响力人物金典》、《展望中国》、《中国博学聚萃》、《科技引领未来》、《中国专家论文选集》。著有旅游类小论文二十篇。

陈志平
邮箱：183347278@qq.com

中国·世界遗产赋

目 录

第一部分 中国·世界文化遗产赋

（三十九篇）

一、长城赋（The Great Wall）…………………………………… 3
　　御敌屯边垒界墙，蜿蜒踞岭屹殊疆。
　　跃阶藏垛杀声啸，万里烽烟怯战亡。

二、明清皇宫赋………………………………………………………… 7
（Imperial Palaces of the Ming and Qing Dynasties in Beijing and Shenyang）
　　宫楼靡贵自辉煌，国盛常臻聚宝藏。
　　六百年来风雨骤，皇威浩荡梦红墙。

三、莫高窟赋（Mogao Caves）……………………………………… 13
　　壁画绝伦精美色，宝彰天下一朝惊。
　　飞天妩媚逸姿艳，吴带当风万古荣。

四、秦始皇陵及兵马俑坑赋（Mausoleum of the First Qin Emperor）…………… 19
　　八千战士两千岁，弩剑兵车不怒威。
　　陶俑庄颜今欲问，何邦朝觐扰星闱？

五、周口店"北京人"遗址赋（Peking Man Site at Zhoukoudian）……………… 24
　　廿万年前出世间，猿人捕猎秀彪蛮。
　　会留火种能锤石，直立喫人龙骨山。

六、承德避暑山庄及周围寺庙赋…………………………………… 30
（Mountain Resort and its Outlying Temples, Chengde）
　　天子非疲天下殚？旱洪银战睿君难。
　　强夷炮利风催紧，纵享荷亭玉气寒。

七、曲阜孔庙、孔府、孔林赋……………………………………… 35
（Temple and Cemetery of Confucius and the Kong Family Mansion in Qufu）
　　儒沐双千五百秋，德仁三孔绿林幽。
　　举贤尊礼教无类，至圣先师思想遒。

八、武当山古建筑群赋（Ancient Building Complex in the Wudang Mountains） ········ 40
  北誉皇宫南武当，千年紫气罩霞堂。
  无双胜境留丹井，真武偕修仙梦乡。

九、拉萨布达拉宫历史建筑群赋（Historic Ensemble of the Potala Palace, Lhasa） ······ 46
  傲兀宫城拉萨巅，白墙红殿映蓝天。
  炜煌艺术绝无价，长转经筒念佛虔。

十、庐山国家公园赋（Lushan National Park） ················ 51
  瀑坠琼绫迷太白，陶潜北伺菊花园。
  守仁心学知行一，天主清真兼佛蕃。

十一、丽江古城赋（Old Town of Lijiang） ················ 57
  流泽三河分玉泉，桥桥跨水瓦楼连。
  精研滇史国瑜士，木府荣昌八百年。

十二、平遥古城赋（Ancient City of Ping Yao） ················ 63
  三丈高墙围铁壁，御洪削寇卫城防。
  商街市井易银票，天下融通互利长。

十三、苏州古典园林赋（Classical Gardens of Suzhou） ················ 68
  沧浪留园环秀庄，网师拙政退思乡。
  亭桥轩榭池莲雅，山韵岩涵世独煌。

十四、北京皇家园林——颐和园赋（Summer Palace, an Imperial Garden in Beijing） ··· 74
  湖舟石舫殿廊轩，皇苑朱楼艳卉繁。
  兼仿苏州精巧韵，颐和大气阔林园。

十五、北京皇家祭坛——天坛赋 ················ 79
（Temple of Heaven: an Imperial Sacrificial Altar in Beijing）
  元气初分阳昊天，丰登五谷畜兴骞。
  祈年圆殿香楠贵，心晤穹苍民福然。

十六、大足石刻赋（Dazu Rock Carvings） ················ 84
  唐宋摩崖道佛儒，观音千手应时呼。
  鸡争蚯蚓杀生孽，黎庶王绅雕技殊。

十七、青城山-都江堰赋（Mount Qingcheng and the Dujiangyan Irrigation System） ··· 90
  沙堰分洪渠网流，成都天府罔饥忧。
  主师殿里祈真武，老子青城天下幽。

十八、皖南古村落——西递、宏村赋 ················ 96
（Ancient Villages in Southern Anhui - Xidi and Hongcun）
  三间四柱五楼坊，堂院皇书赐墨香。
  粉壁砖雕添福寿，崇牛耕读庙祠芳。

十九、龙门石窟赋（Longmen Grottoes） ……………………………… 103
　　武媚昭容腴大佛，精华藏洞礼仪殊。
　　宝琛十二品精湛，北魏碑书天下孤。

二十、明清皇家陵寝赋（Imperial Tombs of the Ming and Qing Dynasties） ……… 108
　　死生有命视龙鹏，风水雍藏国祚兴。
　　耕战后人评胜负，明清道术纪皇陵。

二十一、云冈石窟赋（Yungang Grottoes） …………………………… 116
　　佛高五丈貌慈贤，洞窟叠重长壁悬。
　　胡汉杂糅工艺古，精雕石刻誉千年。

二十二、高句丽王城、王陵及贵族墓葬赋 …………………………… 121
（Capital Cities and Tombs of the Ancient Koguryo Kingdom）
　　骎骎街市镇雄藩，揭揭骁兵驰救援。
　　五女山城峰险扼，碑文勋业墓如垣。

二十三、澳门历史城区赋（Historic Centre of Macao） ………………… 127
　　融汇西中年四百，教堂塔院溯欧蕃。
　　炮驱敌舰卅余里，书馆重温盛世言。

二十四、殷墟赋（Yin Xu） …………………………………………… 134
　　古都之首殷墟老，宫殿王陵宗庙遗。
　　坊市商城铜巨鼎，四千汉字肇文辞。

二十五、开平碉楼与村落赋（Kaiping Diaolou and Villages） ………… 140
　　南粤侨工渡美欧，打拼勤奋颖英流。
　　碉楼蜂起防危害，融汇中西技艺留。

二十六、福建土楼赋（Fujian Tulou） ………………………………… 147
　　四菜一汤谁宴请？土墙百寨诧飞洲。
　　住防合一族安旺，世界孤存慧雅流。

二十七、五台山赋（Mount Wutai） …………………………………… 153
　　说法五台灵鹫寺，青黄诸庙奉文殊。
　　寺多木构存唐殿，奇妙圆光华夏孤。

二十八、登封"天地之中"历史建筑群赋 ……………………………… 159
（Historic Monuments of Dengfeng in "The Centre of Heaven and Earth"）
　　昭仪汉阙艺珍贵，天地之中聚福缘。
　　皇帝书名遗敕赐，少林寺塔武经禅。

二十九、杭州西湖文化景观赋（West Lake Cultural Landscape of Hangzhou） …… 165
　　淡妆浓抹柔西子，三月三桥十景娇。
　　双蝶骈伞侬厚爱，死生何若魄扶摇。

三十、元上都遗址赋（Site of Xanadu）·· 172
殿署仓营驿大都，臣民十万跃驹图。
残垣草掩昔昌盛，南下西征惊世殊。

三十一、红河哈尼梯田文化景观赋·· 177
（Cultural Landscape of Honghe Hani Rice Terraces）
千三百载搭田梯，捶埂壅泥削草低。
山水滋民生稻谷，犁工巨画与天齐！

三十二、丝绸之路"长安—天山廊道的路网"赋·································· 182
（Silk Roads: the Routes Network of Chang'an-Tianshan Corridor）
骞陷匈奴囚十载，节操未坠贯青云。
丝绸竹杖布茶佛，陆贸非欧南亚勤。

三十三、大运河赋（The Grand Canal）··· 188
两千四百岁民谣，八省联河万橹摇。
平战京杭漕运密，朝行晚泊梦良宵。

三十四、土司遗址赋（Tusi Sites）··· 193
址分三省鄂湘黔，华匾丰碑昭赐瞻。
衙署城垣无炳耀，江山演替孔威潜。

三十五、左江花山岩画文化景观赋（Zuojiang Huashan Rock Art Cultural Landscape） 199
朱色描奇画，蛙蹲众舞音。
金崖顾壁古，骆越纪钧沉。

三十六、鼓浪屿：历史国际社区赋（Kulangsu, a Historic International Settlement）······ 204
琴岛林深美乐悠，日光岩上训兵遒。
菽庄藏海水天阔，万国房楼一屿收。

三十七、良渚古城遗址赋（Archaeological Ruins of Liangzhu City）················ 211
五千冬夏纪文明，水利耕犁荣稻城。
遗殿街台崇玉宇，权威立国泽苍生。

三十八、泉州：宋元中国的世界海洋商贸中心赋·································· 216
（Quanzhou: Emporium of the World in Song-Yuan China）
海贸丝瓷帆路迢，宋元首港互营骁。
波斯东亚南洋喜，世界中心巨舸锚。

三十九、普洱景迈山古茶林文化景观赋·· 221
（Jingmai Mountain ancient tea forest cultural landscape）
红岭千秋景迈山，茶生林下古枝攀。
一芽二叶三时采，蟹爪甘宜世界颜。

第二部分 中国·世界自然遗产赋

（十四篇）

一、九寨沟风景名胜区赋（Jiuzhaigou Valley Scenic and Historic Interest Area） ……… 228
  水韵灵皇五彩晶，飞珠叠瀑鼓雷声。
  冰川雪岭蓝天阔，卓玛莺喉偕月鸣。

二、黄龙风景名胜区赋（Huanglong Scenic and Historic Interest Area） ……………… 233
  金体蓝鳞晶滢玉，瑶池嵌绿映枝弧。
  瀑飞曲埂千龙跃，热吻琼芳拥雪狐。

三、武陵源风景名胜区赋（Wulingyuan Scenic and Historic Interest Area） ………… 237
  峰林原刻石岩磊，直矗千支云霭中。
  鬼斧神工疑未必，恰如穹汉画师功。

四、云南三江并流保护区赋（Three Parallel Rivers of Yunnan Protected Areas） ……… 242
  并泻三江三百里，一山四季秀高低。
  五千植物冰川古，温顺滇猴缘树啼。

五、四川大熊猫栖息地赋 …………………………………………………………………… 250
（Sichuan Giant Panda Sanctuaries - Wolong, Mt Siguniang and Jiajin Mountains）
  嗜竹微荤硕体圆，皂肢黛耳皓衣连。
  猫熊懒得吹仙寿，渡美飞欧家四川。

六、中国南方喀斯特赋赋（South China Karst） ……………………………………………… 256
  岩溶水蚀暗河湍，石笋冰凝高洞宽。
  疏塔天坑突出众，中华阳朔甲江峦。

七、三清山风景名胜区赋（Mount Sanqingshan National Park） ………………………… 268
  鬼斧仙雕峰韵绝，女神奇兽羽虫蛮。
  老庄道骨云松处，石景千盆在我山。

八、中国丹霞赋（China Danxia） …………………………………………………………… 274
  神州六骏并绯崖，林莽峰丛高落差。
  碧水丹山宽瀑吼，骇瞻一柱巨阳佳。

九、澄江化石遗址赋（Chengjiang Fossil Site） …………………………………………… 280
  遂古虫鳏翔浩海，三头六臂巨虾奇。
  历年五亿二千万，瞬难骎封化石遗。

十、新疆天山赋（Xinjiang Tianshan） ……………………………………………………… 285
  横穿四国五千里，冰雪高峰绕紫烟。
  水鉴弯河阳九耀，天池三瀑泻深渊。

十一、湖北神农架赋（Hubei Shennongjia）·· 292
  衍藩生物五千种，尝草神农染毒安。
  林下白鸦谐皎兽，华中屋脊会青鸾。

十二、青海可可西里赋（Qinghai Hoh Xil）·· 298
  生生世界第三极，寂寂山湖寒野凄。
  鳞羽藏羚嬉福壤，台原旷邈飨年栖。

十三、梵净山赋（Fanjingshan）··· 303
  梵净虔祈弥勒灵，峰尖巨甑指岩型。
  峰联万米佛犹睡，绿野金猴乐玉庭。

十四、黄（渤）海候鸟栖息地赋·· 308
（Migratory Bird Sanctuaries along the Coast of Yellow Sea-Bohai Gulf of China Phase I）
  疑是龙骈鹤，凌洋歇脚飞。
  八天双万里，疲饿恋湖归。

第三部分 中国·世界文化与自然双重遗产赋

（四篇）

一、泰山赋（Mount Taishan）··· 314
  三皇五帝治黎孙，地厚天高德贵尊。
  祈祷岱宗濡福寿，雄魁拔峻悯为魂。

二、黄山赋（Mount Huangshan）·· 320
  巨笋三峰接九天，松奇石怪约温泉。
  诗吟禅意画书美，五岳雄魁第一莲。

三、峨眉山-乐山大佛赋·· 327
（Mount Emei Scenic Area, including Leshan Giant Buddha Scenic Area）
  峨眉大佛江山秀，果愿慈航三昧淳。
  金殿磬声经咒古，光环虔寂叩禅真。

四、武夷山赋（Mount Wuyi）··· 335
  丹霞崖枢座浑圆，闽越王城殿宇连。
  理学鹅湖朱陆会，清溪九曲醉天然。

参考资料·· 342
跋·· 344

中国的世界遗产 57 项分布图 （2023 年 9 月 17 日止）

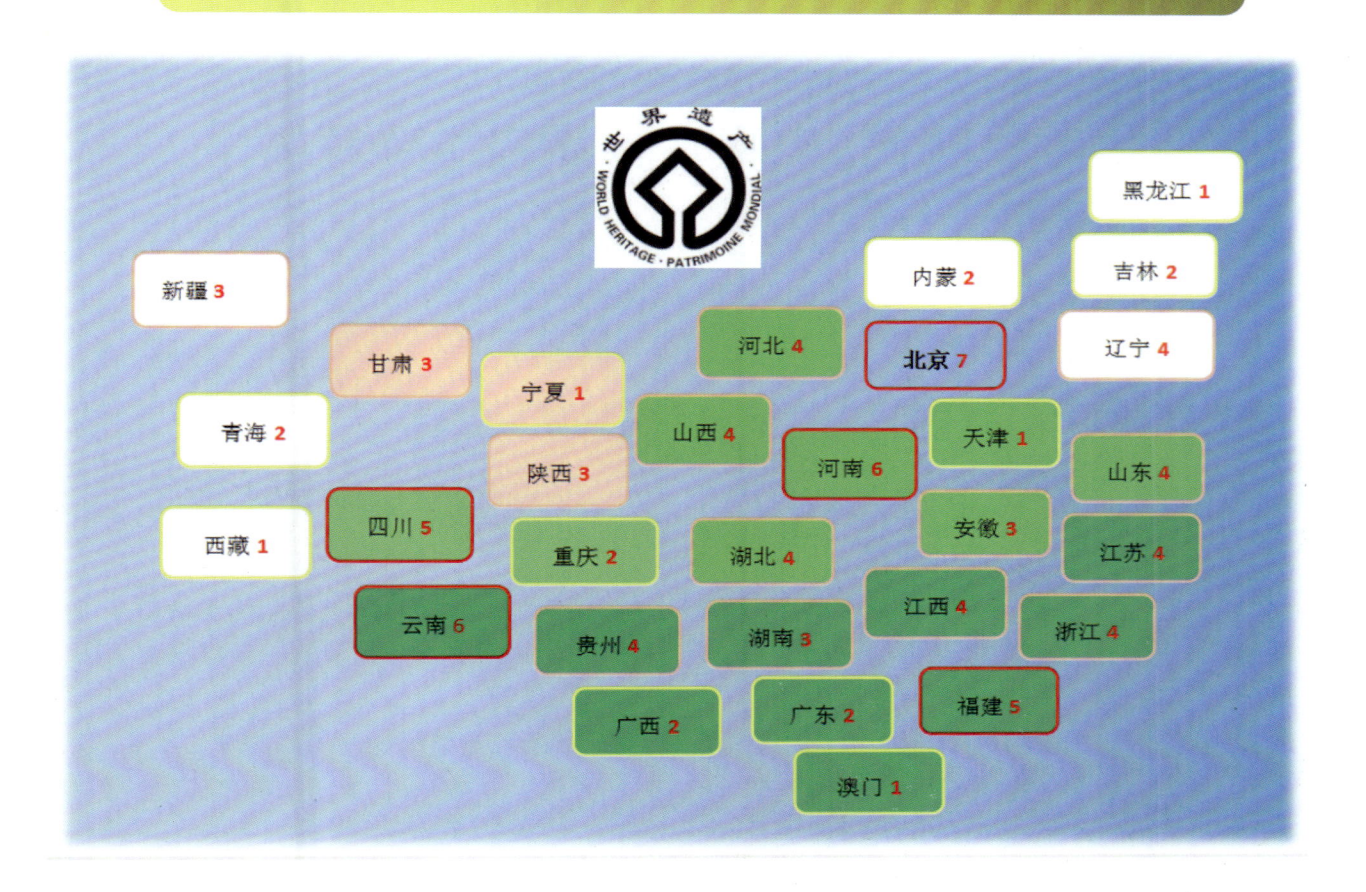

黑龙江 1
新疆 3
内蒙 2
吉林 2
甘肃 3
河北 4
北京 7
辽宁 4
青海 2
宁夏 1
山西 4
天津 1
山东 4
陕西 3
河南 6
西藏 1
四川 5
安徽 3
江苏 4
重庆 2
湖北 4
云南 6
江西 4
浙江 4
贵州 4
湖南 3
广西 2
广东 2
福建 5
澳门 1

地区	文化遗产	自然遗产	文化与自然双重遗产	地区	文化遗产	自然遗产	文化与自然双重遗产
1 北京	7			16 陕西	3		
2 河南	6			17 湖南	1	2	
3 云南	3	3		18 甘肃	3		
4 四川	1	3	1	19 安徽	2	1	1
5 福建	3	1	1	20 青海	1	1	
6 辽宁	4			21 内蒙古	2		
7 山西	4			22 天津	2		
8 山东	3		1	23 广东	1	1	
9 河北	4			24 吉林	2		
10 贵州	1	3		25 重庆	1	1	
11 江西	1	2		26 广西	1	1	
12 浙江	3	1		27 澳门	1		
13 湖北	3	1		28 西藏	1		
14 江苏	3	1		29 宁夏	1		
15 新疆	2	1		30 黑龙江	1		

第一部分 中国·世界文化遗产赋

（三十九篇）

1. 曲阜孔庙、孔林和孔府：孔子像
2. 北京故宫　太和殿
3. 周口店　北京人遗址
4. 西安　兵马俑
5. 布达拉宫　天上圣殿
6. 云南　哈尼梯田

一、长城赋

（一）长城概况

遗产名称：长城 The Great Wall
入选时间：1987年（2002年扩展辽宁九门口长城）
遴选依据：文化遗产（i）(ii)(iii)(iv)(vi)
地理位置：长城东起辽宁虎山，西达甘肃嘉峪关，分布于黑、吉、辽、蒙、京、津、冀、豫、鲁、晋、陕、甘、青、宁、疆等省市自治区，总长度21196.18千米，包括长城墙体、壕堑、单体建筑、关堡和相关设施等长城遗产43721处。
遗产编号：438

中国的长城是中国古代在不同时期中原民族为抵御塞北游牧民族侵袭而修筑的军事工程的统称，是世界上修建时间最长、规模最大的建筑工程。它始建于2000多年前的春秋战国时期，秦朝统一中国之后联成万里长城。汉、明两代又曾大规模修筑。其工程之浩繁，气势之雄伟，堪称世界奇迹。岁月流逝，物是人非，如今当您登上昔日长城的遗址，不仅能目睹逶迤于群山峻岭之中的长城雄姿，还能领略到中华民族创造历史的大智大勇。

明代长城图（仿编于辞海1980年版）

（二）世界遗产委员会评价

长城反映了中国古代农耕文明和游牧文明的相互碰撞与交流，是中国古代中原帝国远大的政治战略思想、以及强大的军事、国防力量的重要物证，是中国古代高超的军事建筑建造技术和建筑艺术水平的杰出范例，在中国历史上有着保护国家和民族安全的无以伦比的象征意义。

Evaluation by the World Heritage Committee

The Great Wall reflects the collision and exchange of ancient Chinese agricultural civilization and nomadic civilization, is an important material evidence of the great political strategic thinking of the ancient Central Plains Empire, as well as the powerful military and national defense forces, and is an outstanding example of the superb military building construction technology and architectural art level of ancient China, and has unparalleled symbolic significance in Chinese history to protect the security of the country and the nation.

【以上英文采用百度翻译工具翻译，以下各项目英文均出于此】

【The above English is made using Baidu translation tools, and the following projects are based on this in English】

长城符合以下世界遗产价值标准：

标准（ⅰ）：明长城是绝对的杰作，不仅因为它体现的军事战略思想，也是完美建筑。作为从月球上能看到的唯一人工建造物，长城分布于辽阔的大陆上，是建筑融入景观的完美范例。

标准（ⅱ）：春秋时期，中国人运用建造理念和空间组织模式，在北部边境修筑了防御工程，修筑长城而进行的人口迁移使民俗文化得以传播。

标准（ⅲ）：保存在甘肃修筑于西汉时期的夯土墙和明代令人赞叹和闻名于世的砖砌城墙同样是中国古代文明的独特见证。

标准（ⅳ）：这个复杂的文化遗产是军事建筑群的突出、独特范例，它在2000年中服务于单一的战略用途，同时它的建造史表明了防御技术的持续发展和对政治背景变化的适应性。

标准（ⅵ）：长城在中国历史上有着无以伦比的象征意义。它防御了外来入侵，并在与外族习俗融合中保留了自己的文化。同时，其修造过程的艰难困苦，成为了许多中国古代文学中的重要题材。

作者考察八达岭长城 （自摄）

（三）长城赋

国蔽民生，矗江山而治世①；龙盘虎踞，抗边犯而继承。亚非大陆，诞四大文明古国；环宇地球，忆东方西方共生。华夏文明，历五千年繁衍；明代规建，筑万八里长城②。巍巍中华，宏伟戎韬建筑；悠悠百代，军事防御工程。称万里长城，位列世界十大文化遗产；留四万瑰珍，享誉中古世界七大奇迹③！壮哉！护百姓之安宁，国家威信；美哉！踞雄关之万岭，金璇青峰④。雄哉！矗要塞之高墙，御敌侵犯；伟哉！融南北之交往，商贸耘耕。开亚欧大陆丝绸之路，化民族繁荣贸易之兴。

历周楚燕秦汉晋、魏齐韩隋唐辽、宋金元明清诸多朝代；跨疆陇陕宁内蒙、晋京津冀辽豫、吉黑鲁鄂湘十省嶙峋。起大漠而西陇，拒胡卫土；至北疆而东海，垒壁蕃屏⑤。四万里起伏，沿山脊沟壑水原关隘；两千年持续，历西周秦汉隋明建营⑥。长城缘山久峙，戍边雄耿；赤县北方部族，扩张频仍。匈奴鲜卑五胡柔然此消彼长，突厥契丹鞑靼女真因袭化承。

串纵接横，承前缮后；削台切堑，借险因宜。关隘峰岗，陡阶平道；里矮外高，攻难守易；其中土砾，坚外砖石。木骨柳筋，棱石规砖；适材取近，填土夯实。筑陡矮则平高，施紧兀凡低之法；平顶廊之宽敞，并马车辎重之驱。徭役万丁，统筹军需。

蜿蜒万山，防维社稷；平安一域，呵护劳耕。传边犯之迅急，狼烟报警；望亭燧而连三，烽火昭情。避骑射之擅，弱奔袭之弩；凭厚重之甲，发策应之兵。敌疲荆莽之患，我善阶道之登。能守卫夫阻碍，胁马避锋；利居高而歼灭，诱鳞入瞽。登瓮城之敌楼，料敌察寇；设雄关之门错，驱射围封。掩垛堞而御攻，凸堡击侧；建丁形之街口，误敌行营。

关城乃集中防御据点，甲兵踞山川水陆扼通。曰城墙、敌楼、烽台、边堡云云。校场、寺观、营房，十里卫所；衙署、房居、庙宇，百里关城。领一枢锁钥，四通八达之障；建一夫当关，万夫莫开之功。凡若山海关、居庸关、娘子关、平型关、雁门关、玉门关、嘉峪关……近千处耳！实强军之硬件，抵御救援、剿侵镇犯；捍主权而立威，戍边屯垦、外攘内荣。

嗟乎！临危而补牢，恃强方扩建；长城虽劳命，伤财御外征。秦汉隋朝尤盛，明代规建尤丰。联姻封赏而会盟，康熙营墙之化蒙。抗其攻强而口坍，御扰民类疗癣之患；度其奔袭无辎重，拼全力保膏肓之撑。限中原草场牧耕之界，汉化传播，实长城之功尔！筑城接驿和融，族民繁衍；征战拱襄家国，百业嵘峥。

作者考察秦皇岛山海关　（张　萍　摄）

噫嘻！"长风几万里，吹度玉门关。"东方军事之瑰宝，华夏文化之传承。

注：

① 国蔽：国家的屏障，国境上的要塞。

② 一华里=500米。国家文物局和国家测绘局2009年联合公布，明代长城（山海关到嘉峪关）总长度为8851.8千米，本文取约数一万八千里。

③ 据北京文物局五年调查：长城遗产有43721处。本文约数取四万处。

④ 金璇：璇：美玉。犹金玉。比喻牢固长久。

⑤ 蕃屏：护卫。蕃通"藩"。

⑥ 据北京文物局五年调查：中国历代长城总长度为21196.18千米。本文取约数四万华里。

山海关雄姿 （余晓灵 摄）

作者考察甘肃嘉峪关 （陈志平 摄）

二、明清皇宫赋

（一）明清皇宫概况

遗产名称：明清皇宫 Imperial Palace of the Ming and Qing Dynasties
入选时间：1987年（2004年扩展沈阳故宫）
遴选依据：文化遗产（ⅰ）（ⅱ）（ⅲ）（ⅳ）
地理位置：北京市东城区　辽宁省沈阳市沈河区
遗产编号：439

明清皇宫包括北京故宫和沈阳故宫。

北京故宫又称紫禁城，是中国明清两代24位皇帝的皇宫，现为"故宫博物院"。故宫始建于明成祖永乐四年（1406年），建成于永乐十八年（1420年），恢宏的皇宫建筑展现了中国近500年间强盛的国力。故宫面积72万平方米，四面围有高10米的城墙，城外有宽52米的护城河。宫内可分为外朝、内廷两部分。外朝三大殿（太和殿、中和殿、保和殿）是国家举行盛大典礼的地方，内廷后三宫（乾清宫、交泰殿、坤宁宫）是皇帝和皇后居住的正宫。故宫有殿宇宫室9999间半，被称为"殿宇之海"，是中国现存规模最大、保存最完好的古建筑群，被誉为世界五大宫之首。故宫黄瓦红墙，金扉朱楹，

北京故宫博物院　（来自全景视觉网）

白玉雕栏，宫阙重叠，巍峨壮观，是中国古建筑的精华。宫内现收藏珍贵历代文物和艺术品 100 多万件。

清朝入关前，其皇宫设在沈阳，迁都北京后沈阳的皇宫被称为陪都宫殿、留都宫殿，后又称沈阳故宫。

（二）世界遗产委员会评价

紫禁城是 5 个多世纪（1416—1911 年）最高权力的中心，它以园林景观和容纳了家具和工艺品的 10000 个房间的庞大建筑群，成为明清时代中国文明无价的历史见证。

北京故宫于 1987 年被列入《世界遗产名录》，2004 年沈阳故宫作为其扩展项目也被列入其中，目前称为明清皇宫（北京故宫和沈阳故宫）。

沈阳清朝故宫建于 1626 年至 1783 年间，共有 114 座建筑，其中包括一个极为珍贵的藏书馆。沈阳故宫是统治中国的最后一个朝代在将权力扩大到全国中心北京并迁都北京之前，建立清朝的见证，后来成为北京故宫的附属皇宫建筑。这座雄伟的建筑为清朝历史以及满族和中国北方其他部族的文化传统提供了重要的历史见证。

Evaluation by the World Heritage Committee

The Forbidden City, the center of supreme power for more than 5 centuries (1416-1911), is a priceless historical testimony to Chinese civilization during the Ming and Qing dynasties, with its landscaped gardens and a sprawling complex of 10,000 rooms housing furniture and artefacts.

The Forbidden City in Beijing was inscribed on the World Heritage List in 1987, and in 2004 the Shenyang Forbidden City was included as an extension of its project, currently known as the Imperial Palace of the Ming and Qing Dynasties (Beijing Forbidden City and Shenyang Forbidden City).

Built between 1625-1626 and 1783, the Shenyang Qing Dynasty Palace has 114 buildings, including an extremely valuable library. The Shenyang Forbidden City is the last dynasty to rule China, witnessing the establishment of the dynasty before extending its power to the center of the country and moving the capital to Beijing, which later became an annex to the imperial palace building of the Forbidden City in Beijing. This majestic building provides important historical testimony to the history of the Qing Dynasty and the cultural traditions of the Manchus and other tribes in northern China.

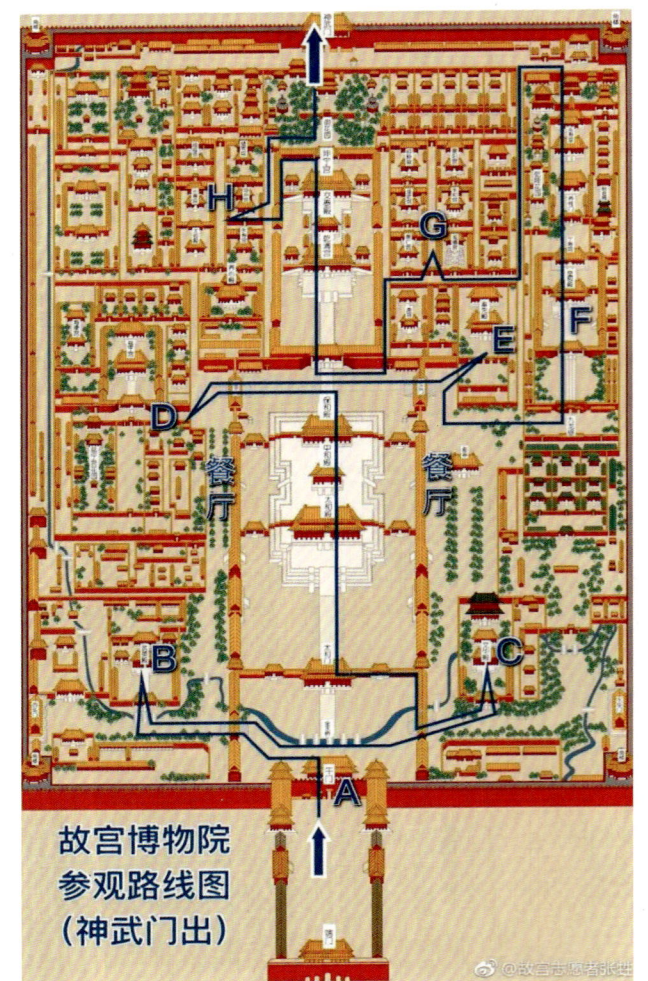

图片源于故宫自愿者张甡

明清故宫符合以下世界遗产价值标准：

标准（ⅰ）：故宫代表了中国皇宫建筑发展中的杰作。

标准（ⅱ）：故宫的建筑，尤其是沈阳故宫，展现了17到18世纪(地方)传统建筑与汉式宫殿建筑间重要的相互影响。

标准（ⅲ）：故宫以真实留存的景观、建筑、家具陈设和艺术品独特地见证了明清时期的中华文明，也承载着满族人几百年延续下来的传统及其萨满教崇奉习俗。

标准（ⅳ）：故宫提供了中国最大宫殿建筑群的杰出例证。它们展现出从清朝到更早期的明朝、元朝皇室机构的富丽堂皇，以及满族的传统，也为这些建筑从17世纪到18世纪的演变提供了佐证。

北京故宫太和殿　（郝媛卓　摄）

（三）明清皇宫赋

北京故宫者，矗七十座宫阁，豪华宝藏；经六百年风雨，皇殿辉煌。居七朝古都之中心，千亩丹地；存十五万平米建筑，万舍璧房①。红墙黄瓦，十米高墙。皇帝皇权皇城，和谐雄伟严庄②。南北西东，木伐于荒野；漕渠波路，河溯之京杭。以木材结构完雄，阔绝惊世；陈文物朱楼丽侈，满目琳琅③。建文帝削藩，废诸叔致朱棣反；明燕王恃强，清君侧称祭国殇④。

天子镇守国门，迁其京都北上。四载征南自立，允炆潜或；金陵续都疑虑，华北虚攘⑤。

唐虚内，宋虚外；均属大忌，何控边防？亲臣擢，旧宦戕；勤民入，富贾襄⑥。疏浚漕运，飞刍挽粮⑦。蒯祥设计，朱棣皇诏令；惊世骇俗，肇缮尤辉煌⑧！行在改京都，南京之故宫蓝本；龙兴起王燕，天子守国门朝纲⑨。健固京畿，搜集梁栋；精绝宫殿，迁幸奔忙⑩。十五年百万匠工，殚精竭虑；

中国·世界遗产赋

两千里一心君命，九合一匡⑪。天人合一，紫禁城威严威信；天圆地方，北极星中正中央。座北朝南，长约千米，宽米八百；中轴对称，矩河四环，威仪四方。掘一河三海之土，堆靠景山揽胜⑫；扩一心四界角楼，围合皇殿筑墙。南环金水之河，冲气为和；北依万岁之山，负阴抱阳。

殿宇彰宏阔，典礼敕朝纲。外朝太和殿、中和殿、保和殿前三大殿，行国家大典；内廷乾清宫、交泰殿、坤宁宫后三秘宫，侍皇务妃房。文华殿、武英殿，韬勇翼骈安社稷；东六宫、西六宫，胁侍心禅佑佛堂。午门雄踞，翅楼如雁。中门皇尊，祭祀庙坛大典；侧门贵享，王公官宦出还。殊荣一甲及弟允出，五凤之楼；罪或逆鳞责罚廷杖，午门之前⑬。中殿寓太和，莅政尊金銮。斗拱雕梁画栋，鎏金嵌玉；玉栏镂草刻花，铜狮木楠。檐高吉兽金窗，麒麟瑞鸟；阁伴祥云朗月，阳乌凤鸾。君临天下，圣谕百官！

上　北京故宫室内藏品
　　（余晓灵 摄）

下　北京故宫室内宝物
　　（来自全景视觉网）

尔其沈阳故宫，于明末清始建；占地百亩，历百六十冬春。续建筑百座，仿北京宫尊。蒙汉满，东中西，三路分域；名盛京，清皇幸，十次东巡⑭。努尔哈赤时主政，大政殿为中正；十王亭邸居两列，贝勒府界区分。皇太极继承汗位，崇政殿国号大清。三殿座中位，五宫拥后襟⑮。飞龙阁藏骑射器具，商周汉唐历朝彝鼎；翔凤阁储服饰典籍，宋元明清各代宝珍。乾隆听读之艺苑，西路亭楼之皇门。

夫京、沈二宫者，城有金汤之固，院涵稀世之珍。皇极殿丹陛，日晷与嘉量；九龙壁雕塑，福禄寿至尊⑯。碧溪玉带，冬雪秋云。轩斋楼阁亭井，琴棋书画人神。馆藏宝物，汗牛充栋之属；精工巧技，玲珑剔透之琛。诸朝孤品绝品，明清年代集陈：历史艺术、钟表青铜、陶瓷玉器、玩具刻铭，工艺美术、玩物典章、宫廷文化、绘画图文。洛神赋图、游春图、步辇图⑰……实叹为观止，无价稀珍！

噫嘻！今存文物一百八十六万件套！龙"壮壮"偕凤"美美"赞曰：故宫规模居世界五大宫殿之首也⑱！

注：
① 丹地：古代王殿地面饰为红色，代指朝廷。万舍：北京故宫有房9千余间，取概数。璧房：璧玉装饰之房。
② 严庄：即庄严。

作者考察沈阳故宫 （张 萍摄）

③ 丽侈：华丽豪奢。

④ 国殇：朱元璋立其孙朱允炆为帝，号建文帝。建文帝因惧各皇叔而削藩，渐废诸王。燕王朱棣以"清君侧靖国难"为名征讨南京。

⑤ 南京既克，朱允炆或潜逃，朱棣乃自立为皇。

⑥ 朱棣吸取唐朝充实外御而虚内廷，宋朝则反之的教训，决定迁都北京以御北方，并迁入百姓、招徕富商以充实。

⑦ 飞刍挽粮：迅速运送粮草。通过运河，漕运粮食到北京。刍：喂畜之草。

⑧ 明代故宫由蒯祥（1397—1481）设计。蒯祥是明代著名建筑工匠，后任工部左侍郎。

⑨ 行在：皇帝出行暂住地。燕王朱棣驻北京强盛后，借机武征南京而夺了皇位，以燕京为"龙兴"之地故迁都之，后人以"天子守国门"拒北方而释之。

⑩ 迁幸：旧谓帝王迁居他处。

⑪ 九合：多次会盟；一匡：使得到匡正。《论语·宪问》："桓公九合诸侯，不以兵车，管仲之力也。"后以谓雄才治国。

⑫ 掘一河三海：将故宫护城河、北海、中海、南海之土，在宫后堆成北京景山。

⑬ 明清科举殿试一甲前三名者称及第，可从午门的中门出门以赐荣耀。五凤楼：古以凤凰至为瑞像。隋唐时在洛阳建应天门（紫微城正门）在中，两侧各有一对楼，檐如翅翼类五凤，故称；京故宫午门类如称之。逆鳞：倒生的鳞片。古人以龙喻君主，因以触"逆鳞"、批"逆鳞"等喻犯了皇帝、强权之怒。廷杖：明皇帝杖责惩处朝臣于殿阶下，或致毙亡。

⑭ 盛京：沈阳。清朝皇帝先后有十次到其皇祖殿沈阳故宫拜谒先祖。

⑮ 清太宗皇太极在沈阳故宫中路区建崇政殿、凤凰楼、清宁宫三殿，其后有永福、麟趾、关雎等五宫（含清宁宫）簇拥后面。

⑯ 丹陛：宫殿的台阶。日晷：中国古代利用日影方向和长度变化测定时刻的天文仪器。故宫皇极殿前设有日晷、嘉量各一个。嘉量：古代标准量器。有鬴、豆、升三量。

⑰ 馆藏东晋·顾恺之《洛神赋图》、隋·展子虔《游春图》、唐·阎立本《步辇图》等著名国画，乃无价之宝。

⑱ 当代创作的龙壮壮、凤美美为故宫吉祥物。故宫占地规模千余亩，居世界五大宫殿（故宫、法国凡尔赛宫、英国白金汉宫、俄罗斯克里姆林宫、美国白宫）之首位。

三、莫高窟赋

（一）莫高窟概况

遗产名称：莫高窟 Mogao Caves
入选时间：1987 年
遴选依据：文化遗产（i）（ii）（iii）（iv）（v）（vi）
地理位置：中国甘肃省敦煌市
遗产编号：440

莫高窟俗称千佛洞。位于甘肃敦煌市东南 25 公里的鸣沙山东麓崖壁上，上下五层，南北长约 1600 米。始凿于 366 年，后经十六国至元十几个朝代的开凿，形成一座内容丰富、规模宏大的石窟群。现存洞窟 492 个，壁画 45000 平方米，彩塑 2400 余身，飞天 4000 余身，唐宋木结构建筑 5 座，莲花柱石和铺地花砖数千块，是一处由建筑、绘画、雕塑组成的博大精深的综合艺术殿堂，是世界上现存规模最宏大、保存最完好的佛教艺术宝库，被誉为"东方艺术明珠"。莫高窟是丝绸之路必经之地，各种宗教、文化在此交汇，形成了独特的石窟艺术。本世纪初又发现了藏经洞（莫高窟第 17 洞），洞内藏有从 4—10 世纪的写经、文书和文物五、六万件，引起国内外学者极大的注意，形成了著名的敦煌学。

敦煌月牙泉 （王耘农 摄）

（二）世界遗产委员会评价

莫高窟地处丝绸之路的战略要点，不仅是东西方贸易的中转站，同时也是宗教、文化和知识的交汇处。莫高窟的492个洞窟和石窟寺以彩塑和壁画闻名于世，展示了延续千年的佛教艺术。

Evaluation by the World Heritage Committee

Located at a strategic point along the Silk Roads, the Mogao Grottoes were not only a transit point for trade between East and West, but also a crossroads of religion, culture and knowledge; The Mogao Grottoes' 492 caves and cave temples are famous for their painted sculptures and murals, showcasing Buddhist art that has lasted for thousands of years.

作者考察莫高窟 （陈志平 摄）

敦煌莫高窟符合以下世界遗产价值标准：

标准（ⅰ）：莫高窟群代表一种独特的艺术成就，上下5层各个朝代壁画和彩塑洞窟492个，彩塑2400多身，壁画4.5万多平方米，其中许多是中国艺术传世珍品。

标准（ⅱ）：1000年以来，从北魏（386—534）到元朝（1276—1368）期间，莫高窟在中国与中亚、印度之间艺术交流起到了决定性的作用。

标准（ⅲ）：莫高窟壁画见证了隋唐宋以来中国古代文明的发展。

标准（ⅳ）：千佛岩是佛教岩画保护区的突出案例。

标准（Ⅴ）：从19世纪末到1930年由佛教僧侣掌管，由敦煌文物研究所下属莫高窟石窟艺术团，复原了传统的寺院形制。

标准（ⅵ）：石窟与佛教在亚洲大陆以及跨洲传播联系紧密。敦煌是丝绸之路上一处重要的商业城市和粮食、商品交易、信息汇集基地，石窟中曾发现中文、藏文、亚粟特文、于阗塞文、维吾尔文、希伯来语的手稿。

（三）敦煌莫高窟赋

陆上丝绸之路，源于西汉；张骞出使西域，始于长安。甘、新中西之亚，达地中之海；茶盐丝绸贸易，跨二百余年。西传印度佛法，东渐三秦因缘[①]。掘高壁以窟，造佛像以拜；庆凯旋而返，愿人货其安。一时凿响叮当，驼铃悠远；几处梵语佛陀，钟馨梁环。

避大漠以行，驻敦煌以栈。贾商使者不绝，军汉力夫常伴。祈昌顺之福，慰羁旅之难。有求必应，慈航普度；气定心虔，果真还愿。

藏经密洞，宝藏惊天。王氏道人，庚子奇缘孟夏；偶开密洞，掘出宝库非凡[②]。惊艳乎世界，秘藏已千年！凡若佛经写本、社会文书、画绢刺绣，法器铜佛、幡幢壁画、启蒙章篇。文汇诸国之聚，钩沉万事之涵。乃有粟特突厥、汉文藏梵，龟兹文字，回鹘于阗[③]。

莫高窟九层楼　（陈志平　摄）

纷纷籍籍，数超五万余件；林林总总，文献五千六千。释典充宇，闻者传为神物；铜佛盈座，见者惊为奇观。何因何人？何时何故？藏此文物，千古谜悬。或为避难，躲西夏之掠；仓促其藏，则人亡事湮。或避"黑汗"灭佛，新画覆之障眼；或遭废弃，其籍实非经专④；或改书库，供养乃以排藩⑤。众说纷纭，莫衷一是；诸因乃此，魅力疑悬。

由是历程滥觞，考古发现：霹雳精绝于世，懂者纷至沓来；测绘照相而记，择佳盗买初研。探嗅者，凡若英国斯坦因、法国伯希和、日俄美国，识宝而贪⑥。悲乎流失海外，惜乎文献珍玩。幸藏京师书馆，敦煌写卷八千。捐赠资助采购，中国图书国馆。藏书万六千卷，肇建研究所院⑦。乃创敦煌之学，当谓洋洋大观——

技法曰测量摄影、窟号列编。美术宗教、舞姿速写，壁画临摹、抄碑录镌。物理化学、微机计算，建筑修缮、分段北南⑧。书册曰考古图记、千佛洞、佛教绘画、石窟图录、画的研究、石窟全集、内容总录、供养人题记云云。学者曰吴作人、张大千、罗振玉、石璋如、于右任、常书鸿、孙儒僩、何静珍、夏鼐、宿白、段文杰……功勋兮卓著，慰有兮大腕⑨！

艺术价值，泥塑炳煌。弥勒佛尊，石胎崖镌；粗糙砾石，刻留难当。外敷麻泥，彩塑隆祥。尤推北像南像，十丈八丈⑩。九层琼阁，敦煌标志；全国之冠，泥塑巨像⑪。七十二身弟子，悲容百详⑫。更有者刻丝路历史，传欧亚交往；闻宋搏西夏，知商旅思乡。乐队五百组，乐器四十妆。脱佛脱塔，宗教风扬⑬。波斯银币、钱币铜铁，开元通宝、绘彩雕梁。八思巴文、亚粟特文，希伯来语、汉梵蒙藏⑭。佛坛卧佛之窟，巡礼隧道之藏⑮。南北两区之矩，叠洞五层之藏⑯。

壁画艺术，万古流芳。彩绘精美，举世无双。或经变之画，释佛学思想。三十三种，西方净土变、东方药师变、弥勒经变⑰、法华经变。繁种多量，持续期长。满壁风动，维摩诘像；吴带当风，天衣飞扬⑱。观音菩萨，娇柔妩媚；美人名窟，唐妇腴庄。五台山图，包罗万象：五百里方圆，千百载孤芳。店铺亭阁，佛塔庵庐兰若；信香商旅，人物历史街坊⑲。山峦城郭，河道桥梁。送贡捣舂，马驼承运；铡草推磨，行脚宾氓⑳。高僧说法，塔堡信徒巡礼；草庐寺庙，楼台鸟瞰画廊。佛教社会交通，地理民风古建；全景构图透视，重彩敷染瑞祥。惊技巧之高超，赞艺术之辉煌。实绝世之巨画，真亚洲之佛光㉑！莫高洞窟七百，唐宋木檐五幢。封存隐掩千秋，数覆画叠精详。壁画四万五千平米，彩塑两千四百尊像。

嗟乎！世界地位，巅峰影响；丝路花雨，馨漫西乡。大漠之边，荣斯敦煌。全球惊艳，满目琳琅。藏宝之洞，灿烂焕彰。近千载封存，偶一朝曝光。珍品遗欧陆，研究矗敦煌。技才勒旷古，美画绽流芳。全盛之莫高，壁画之宏丽；高峰其世界，时惟夫隋唐！

注：

① 三秦：咸阳以西、以东和上郡（陕西西北）谓三秦，代指汉代长安。

② 庚子：1900年（庚子年）。敦煌的道士王圆箓偶然发现藏经洞。被斯坦因骗购数万件千年文物。

③ 粟特：粟特人的语言。伊朗语族中曾为通用的古代东部语支。突厥：公元6至10世纪突厥、回鹘等族的一种拼音文字。梵：梵文是印度的古典语言。龟兹（qiū cí）：国名。汉代西域国之一，位今新疆库车沙雅二县。回鹘（huí hú）：中国少数民族部落、维族祖先，由回纥（hé）改名。于阗（tián）国是中国唐代安西都护府四镇之一。

④ 黑汗：黑汗王朝，突厥语族部落在今新疆与中亚建立的汗朝，时处中国晚唐。覆之：当代发现敦煌某窟壁画覆盖了其下多层壁画。

⑤ 供养：佛教有十供养。即：对佛陀的香花灯涂果、茶食宝珠衣十物供养。藩：借指边防重镇、藩国。

16

第一部分 中国·世界文化遗产赋

上　莫高窟室内彩绘泥塑　（来自全景视觉网）
左　敦煌莫高窟壁画　　　（来自全景视觉网）
右　莫高窟室内壁画　　　（来自全景视觉网）

⑥ 英国斯坦因、法国伯希和：闻讯赶到敦煌从王道人处廉价购买巨量藏经洞文物，并盗运回本国。也最早做了敦煌研究。

⑦ 在学者罗振玉等力敦和政府指令下，终于将8千写卷运回北京，几十年后达1万6千卷。1944年敦煌艺术研究所成立。

⑧ 改革开放后，国家动用物理化学、微机技术对敦煌艺术进行管理研究。

⑨ 王子云、张大千、罗振玉、常书鸿、夏鼐（nài）、宿白、段文杰等都是中国研究保护敦煌艺术的著名学者。

⑩ 第96窟的北大像高35.5米约合十丈余，第130窟的南大像高26米折近八丈。

⑪ 今九层阁是此标志性建筑，窟内弥勒坐像高35.5米由石胎泥塑彩绘而成，是中国泥塑彩像之最。

⑫ 第148窟主尊涅槃像后有72身弟子各呈悲容，神态不一，是此最大彩塑群像。

⑬ 脱佛、脱塔：模制小型的泥佛泥塔。

⑭ 粟特文，是一种拼音文字，有20多个字母，文字竖写，属于中期伊朗语的东部语言。八思巴文是元朝忽必烈时期由"国师"八思巴创制的蒙古文字。希伯来语至公元前1100年已经存在，《旧约全书》几乎都用此语言书写。

⑮ 北大像两侧和后部凿出供绕行巡礼的隧道。窟前有窟檐式多层木构建筑。唐后期出现了佛坛窟和卧佛窟。

⑯ 在1963—1966研究发现洞窟分布多达五层。1988—1995年研究发现：相当于五代、宋代的整修使莫高窟外观达到史上最宏伟壮观时期。南区为造像和壁画窟，北区有洞窟248个，为僧侣生活修炼窟群。

⑰ 经变：经变画是用画像来解释某部佛经的思想内容。凡依佛经绘制之画皆可称"变"。

⑱ 维摩诘：音译，他是古印度毗舍离地方一个富翁。但他虔诚修行，得圣果成就被称为菩萨，早期佛教著名居士、在家菩萨，是诸大菩萨之代表。吴带当风：唐朝画家吴道子善画佛像，笔势圆转，衣带如被风吹。后人以美其高超画技与飘逸风格。

⑲ 信香：信守的香。中国佛教认为虔诚烧香，神佛即知烧香者心愿。兰若：阿兰若，为佛教名词，狭义指森林或旷野之地；广义指禅修的寂静处。

⑳ 宾氓：即宾萌，战国时往来诸侯国之间的游士。亦指客民。

㉑ 敦煌壁画中的巨画《五台山图》中有佛光寺，本文用十三句专写此图。梁思成先生在1937年去山西五台山佛光寺经严密勘测考证后发表《记五台山佛光寺的建筑》论文，轰动了中外建筑学界。佛光寺因此被外国学术界誉为"亚洲佛光"。

四、秦始皇陵及兵马俑坑赋

（一）秦始皇陵及兵马俑坑概况

遗产名称：秦始皇陵及兵马俑坑 Mausoleum of the First Qin Emperor

入选时间：1987 年

遴选依据：文化遗产（ⅰ）（ⅲ）（ⅳ）（ⅵ）

地理位置：中国陕西省西安市

遗产编号：441

古代为了给死去的帝王举行祭祀，往往在墓旁建造寝庙，还围绕陵墓建筑城垣，以备守护，即所谓的"园陵"。这种设园建寝的制度是从秦朝开始的。

位于陕西西安市临潼区东 5 公里，距西安市区 36 公里，是秦始皇嬴政的皇陵。陵区分陵园区和从葬区两部分。陵园占地近 8 平方公里，建外、内城两重，封土呈四方锥形，顶部略平，高 55 米，不仅是中国历史上第一座皇帝陵，也是最大的皇帝陵。1974 年以来，在陵园东 1.5 公里处发现从葬兵马俑坑三处，出土陶俑 8000 件、战车百乘以及数万件实物兵器等文物；1980 年又在陵园西侧出土青铜铸大型车马 2 乘，引起全世界的震惊和关注，被誉为"世界第八奇迹"。现已在一、二、三号坑成立了秦始皇陵兵马俑博物馆，对外开放。

蹲式俑 （来自全景视觉网）

（二）世界遗产委员会评价

毫无疑问，如果不是 1974 年被发现，这座考古遗址上的成千件陶俑将依旧沉睡于地下。秦始皇，这个第一个统一中国的皇帝，殁于公元前 210 年，葬于陵墓的中心。在他陵墓的周围环绕着那些著名的陶俑。结构复杂的秦始皇陵是仿照其生前的都城咸阳的格局而设计建造的。那些略小于人形的陶俑形态各异，连同他们的战马、战车和武器，成为现实主义的完美杰作，同时也保留了极高的历史价值。

兵马陶俑 （来自全景视觉）

Evaluation by the World Heritage Committee

There is no doubt that if it had not been discovered in 1974, thousands of terracotta figurines on this archaeological site would still be asleep underground. Qin Shi Huang, the first emperor to unify China, died in 210 BC and was buried in the center of the mausoleum. His mausoleum is surrounded by those famous terracotta figurines. The complex Mausoleum of the First Qin Emperor was designed and built in the pattern of his former capital, Xianyang. The slightly smaller potters came in different forms, and together with their horses, chariots and weapons, they became perfect masterpieces of realism, while also retaining great historical value.

秦始皇陵及兵马俑坑符合以下世界遗产价值标准：

标准（ⅰ）：秦始皇陵中随葬的兵马俑和青铜车拥有其突出的技术和艺术品质，是中国雕塑史上在汉代之前所取得的主要成就。

标准（ⅲ）：兵马俑坑中的军队雕塑反映了中国在战国时期（公元前475—前221年）和秦国（公元前221—前210年）期间的军事组织，是一处独特的历史见证，在当地发现的器械（枪、剑、斧、戟、弓、箭等）都是直接证据。这些超现实主义的雕像采用了细腻的写实手法——从勇士的制服、胳膊，甚至马的缰绳，拥有巨大的文献价值。此外，从雕像上所采集到的陶工和青铜工人的工艺和技术信息是不可估量的。

标准（ⅳ）：秦始皇陵是中国现有最大的皇室陵墓。它是一个独特的建筑群，其布局仿照秦国都城咸阳的布局建造，大体呈回字形，陵墓周围筑有内外两重城垣。秦朝的首都（今西安，曾是汉代、隋代、唐代、明代和清代的都城）是中原地区的缩影，秦始皇希望能够统一中国（他把整片大地的文字、货币、重量和测量单位归纳为一个单一的系统），同时防止野蛮人的入侵（此点可从皇帝的脸面向墓外的军队看出）。

标准（ⅵ）：秦始皇陵与重要事件具有关联：公元前221年，秦始皇统一中国，建立了中央集权国家。

秦始皇兵马俑坑 （来自全景视觉网）

（三）秦始皇陵及兵马俑坑赋

客有好古籍者云：吾尝闻，人欲往始皇陵至泉下：铜汁浇致固椁，楼阁宫殿；异宝奇珍盈室，百官梓比。穹饰宝石明珠，九霄星辰；地拟九州五岳，百川地理。水银浩海江流，上浮若凤金雉。室燃鲸油长明，光辉普照；墓埋暗箭待发，制防盗匿。护兵马千万，宣严阵威势！对曰：或然，未足信。今长安氏曰：辄游其宫，果然。愿闻否？客云：愿。乃对曰：

苏秦说六国，致南北联合纵；始皇者嬴政，以西东擅连横。郡统九州，战略政施天下；始称皇帝，改标度量一衡。书同文，车同轨，行同伦，统货币；建灵渠，通长珠，大移民，补长城。憾焚书坑儒，陷仙寿之坑。然肇格局政制，获两千载继承。葬生显厚，阴阳永恒。乃大兴土木造墓，驱七十万众役丁。规模宏大，旷古烁今。内城周围千丈，千八百丈外城。外城套内，回字之形。其陵也，若倾覆斗，四方锥形。高卅四丈封土，历卅八年乃成！其房也，或便殿园寺，或吏舍楼亭。其坑也，或葬马夫俑，或禽兽魂灵。或铜制马车，陶俑百戏；或石质铠甲，文官一行。或刑徒马厩，或工舍匠殉……凡四百座耳！

客云：岂不闻班固、善长言项羽掘墓、地宫失火乎[①]？对曰：其说或然矣——当代已掘，护陵军阵；军马严谨，兵士陶人。骏马千匹，战车百乘。武俑七千，膂力千钧。吾当艳羡其十誉，愿闻否？客云：

愿。乃复曰：

一羡其阵，立跪轮射，人马弩兵。侧卫南北，伍配骑行。骈辔驷马，八列八乘。卅八路纵队，长矛戈戟；十一列戎阵，六千甲军。气壮山河，威风凛凛！二慑其势，李白诗兵法，壕堑决浮云；霸略驭群才，大阵包小阵②。多车则碾士，多骑则克险③；广弩而挫敌，山摇而地震！三爱其姿，执辔缰，驭奔马。挎弓箭，护短甲。着战袍，欲拼杀。有立有跪，涵静涵哗。无速实疾，悍气碾压。马昂首嘶鸣，兵张弩待发。四谊其貌，实惟肖惟妙，若真马真人。浓眉大眼，阔口厚唇。欲言欲止，形态逼真。友发髻容貌，显风骨精神。脸型胖瘦，眉毛眼神。勃勃英气，栩栩如真。或立眉圆眼，昂首挺身。或朴颜憨态，注目丰淳。或侧目虎视，机警锐敏。将军凝神沉思，指挥若定；兵士巍然伫立，众志偕心。骅骝健硕驰虎贲，楛矢疾迅号嘶闻④！

亦对客复曰：

五崇其制，先模作初胎，次覆泥拓垠。捏、堆、模、塑、贴、刻、画、拼。服、冠、容、形、头、

上 （来自全景视觉）
下 （余晓灵 摄）

手、腿、身。塑钉则外孔塑形，腔芯合套；减力则中空减料，泥片联拼。接烧有分，适烧致硬；火候均匀，色泽单纯。窑中烧制，窑外彩臻。六叹其葬，依阵势掏坑，集俑丁列陈。骑车弩步，阵法严谨。顶埂架木，铺席覆土；封之以盖，伤财劳民。廿二世纪，惊现奇珍。七美昔色[5]，红绿蓝黄，白黑褐之。生漆皓底，平涂彩绘；手脚发脸，绘色三施。霜齿红马，黛鬃皎蹄。绚缦绚丽，多彩多姿。

八赞其艺，精湛马车，堪称绝技。篷伞盖轮，金银铜质。三千铸件，历两千之岁序；美轮美奂，尤叹为夫观止！装束诸情，神态各异。骨魂技法，艺术瑰奇；老兵新卒，雄浑精辟。官将步骑，匠心手艺。活灵活现，若回秦市。九陷其魅，八千陶俑，十万兵器。箭镞弩机，剑矛刀戟。光闪冰辉，质含铜锡；地府钩沉，寒锋锐利。浩荡大秦，所向披靡；气势磅礴，武威坚毅。冶技高超，世界奇迹！

嗟乎！十骄其誉，地下藏古代军博馆，中华炫酷；世界第八大之奇迹，东方独步。秦代文明最高之成就，现实主义完美之巨著。赞高超科学水平，全球共同之财富。文化艺术之无价，人类旷古之卓著！

注

① 东汉·班固：史学家、文学家，著《汉书》。善长：北魏·郦道元（472—527），字善长，官至太守、刺史、北中郎将等，地理学家，著6世纪空前之地理学巨著《水经注》。

② 李白·《古风》诗："秦皇扫六合，虎视何雄哉？挥剑决浮云，……大略驾群才。"

③《孙膑兵法》："在骑与战者，……易则多其车，险则多其骑，反则广其弩。"

④ 骅骝：骏马名。周穆王八骏之一。楛矢（hù shǐ）：用楛木做杆的箭。春秋·左丘明《国语·鲁语下》："有隼集于陈侯之庭而死，楛矢贯之。"

⑤ 俑阵出土后，因抗氧化欠技而颜颓尽。

出土文物铜车马　　（来自全景视觉网）

五、周口店"北京人"遗址赋

（一）周口店"北京人"遗址概况

遗产名称：周口店"北京人"遗址 Peking Man Site at Zhoukoudian
入选时间：1987 年
遴选依据：文化遗产（iii）（vi）
地理位置：北京市房山区
遗产编号：449

周口店"北京人"遗址位于北京市房山区周口店龙骨山，因 20 世纪 20 年代出土了较为完整的北京猿人化石而闻名于世，尤其是 1929 年发现了第一具北京人头盖骨，从而为北京人的存在提供了坚实的基础，成为古人类研究史上的里程碑。到如今为止，出土的人类化石包括 6 件头盖骨、15 件下颌骨、157 枚牙齿及大量骨骼碎块，代表约 40 个北京猿人个体，为研究人类早期的生物学演化及早期文化的发展提供了实物依据。根据对文化沉积物的研究，北京人生活在距今 70 万年至 20 万年之间。北京人

的平均脑量达 1088ml（现代人脑量为 1400ml）。据推算北京人身高为 156cm（男），150cm（女）。北京

人属石器时代,加工石器的方法主要为锤击法,其次为砸击法,偶见砧击法。北京人还是最早使用火的古人类,并能捕猎大型动物。北京人的寿命较短,据统计,68.2%死于14岁前,超过50岁的不足4.5%。在龙骨山顶部于1930年发掘出生活于2万年前后的古人类化石,并命名为"山顶洞人"。1973年又发现介于二者年代之间的"新洞人",表明北京人的延续和发展。

(二)世界遗产委员会评价

周口店"北京人"遗址位于北京西南42公里处,遗址的科学考察工作仍在进行中。到目前为止,科学家已经发现了中国猿人属北京人的遗迹,他们大约生活在中更新世时代,同时发现的还有各种各样的生活物品,以及可以追溯到公元前18000至11000年的新人类的遗迹。周口店遗址不仅是有关远古时期亚洲大陆人类社会的一个罕见的历史证据,而且也阐明了人类进化的进程。

Evaluation by the World Heritage Committee

The Zhoukoudian "Peking Man" site is located 42 kilometers southwest of Beijing, and scientific investigation of the site is still ongoing. So far, scientists have found the remains of the Chinese apes of the genus Pekingese, who lived around the Middle Pleistocene, as well as a variety of living objects, as well as the remains of new humans dating back to 18,000 to 11,000 BC. The Zhoukoudian site is not only a rare historical evidence about human society on the Asian continent in ancient times, but

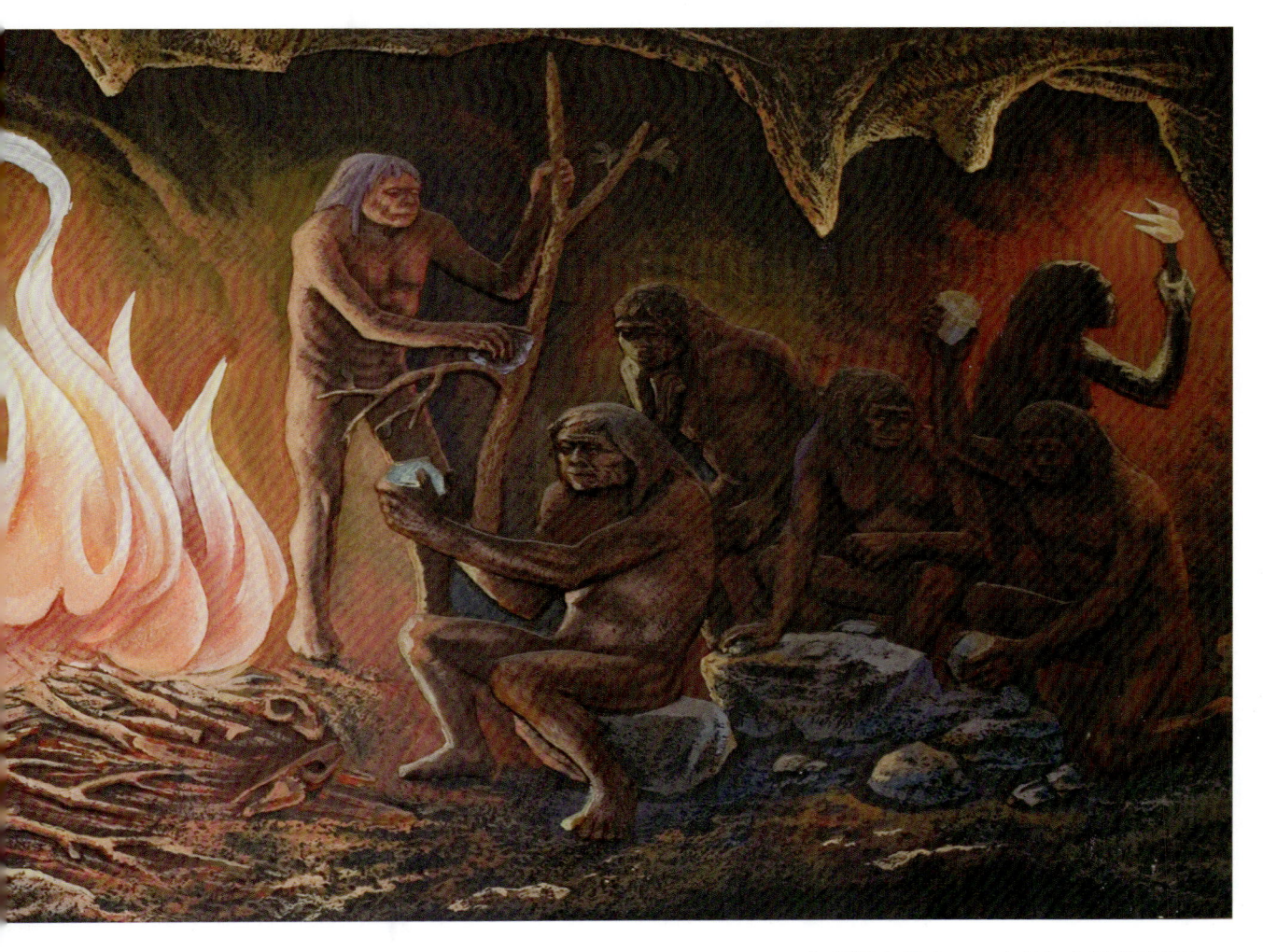

北京猿人用火　　(来自全景视觉网)

also illuminates the course of human evolution.

周口店"北京人"遗址符合以下世界遗产价值标准：

标准（ⅲ）：周口店遗址见证了中更新世至古石器时代亚洲大陆的人类群落，说明了演化过程。

标准（ⅵ）：周口店发现原始人遗址，20世纪二三十年代以后的研究引起了全世界的兴趣，推翻了迄今为止人们普遍接受的人类历史。周口店遗址的发掘和科学工作在世界考古史上具有重要价值，在世界科学史上占有重要地位。

（三）周口店"北京人"遗址赋

有耄耋翁皓首穷经，夕辉映于华馆，乃坐坛议曰：数百万年，古人衍蕃，自攀树而着地；二十万载，智人进化，由非洲而全球[①]。人类变迁，更四足而直立；脑量递增，步两脚而睿智。问苍茫大地，吾其谁矣？究源派机缘，诞其何依？考西方圣经与中国神话，渊源迥异；谓亚当夏娃或女娲伏羲，因说不一[②]。文字载之典籍，相传于心口；骸骨演成化石，发掘于古地。一万年夫太久，沧桑流变；一头骨之探获，洞穴存遗。北京猿人，藏七十万载奥秘；横空出世，属二十万载前期[③]。

席有客曰：诺诺。尝悉：察其形：类猿似人。突嘴犬牙，身矮骨力。眉凸额低，体强筋膂。赞其技：打制石器。割砍锋削，刃刮尖刺。捶落石击，投矛甩臂。慰其宝：用火之利。偶逢天火，拾木以续。驱暗烤食，火明兽惧。悯其食：采猎以取。茹毛饮血，花果叶炙。饱腹以滋，护犊以力。怜其宿：天然洞穴。崖下洞中，遮风避雨。环火御寒，群居兽匿。结其群：数十之人。分工团结，各居领地。男女老少，相互扶持。察其寿：十数岁已。冷饿兽袭，天灾瘟疫。不敌争斗，营养寡僻。若乃人类起源，其说有异。概其有二：各有发掘，考古凭据。一源非洲，或源多地[④]。

乃取案册以展，翁对之：然。非洲乃人类远祖起源：谓夏娃之说也。百五十年前，达尔文著《人类的起源和性选择》已若据[⑤]。今比较解剖学，获诸据证实：地质年代最久：南方古猿化石已四百万年尔[⑥]！所掘古人类化石种最多：十数种矣。化石皆具：古猿、早期猿人、猿人智人，进化于各期。非洲亦现代智人之源：DNA免疫学证已[⑦]。黑猩猩、大猩猩繁滋，与现代人类血缘，涵最近之关系！分子遗传学数据，约20万年之据[⑧]。其智人由此，迁世界各地。

俄而，客复曰：君言即是。然有所不闻：古人类之源，亦起亚非多域[⑨]。腊玛古猿化石，源约七百万年之遇[⑩]。频发雷电火击，中纬度茂林多雨；得火升温食炙，时智人补脑益智。猩猩及长臂猿，黄种人之祖系[⑪]。古猿人与动物，

周口店北京人头盖骨　（余晓灵　摄）

分道扬镳元始。人类之进化，凡南方古猿、能人、直立人、智人四段[12]。二百万年前至今：湖北建始人、重庆巫山人、云南元谋人、北京猿人、湖北长阳人、北京山顶洞人……考古发掘释疑[13]。亚洲中国起源，其说固密[14]！

翁乃复曰：考地球生物之别，基因弥而相似：八成者"人、牛、鼠、猫"；六成者"人、蝇、蕉、雉"[15]。人与黑猩猩，九点八成相似[16]。人类七十亿众，基因同九九点九矣！悉人肇缘仅数人，仅夏娃一氏[17]！

以贝类为食，历千代万年；沿海岸而迁，离非洲一始。毗邻陆岸诸山，浩海烟波未抵。桑田沧海，物新时异。水覆而原低，海退而岛起。而况南暖北寒地候，异族同宗分裔。北则鼻直而腔长肤白，南则鼻宽而腔短肤埴[18]。适气候融宜，非肤色种异。以为然欤？

客遂悦然颔首："诺。当赞君言。"时已灯火阑珊，乃拱手恭曰："亚洲起源论未已，何人寻掘愿将析？"乃别[19]。

周口店北京人模拟生活场景　　（余晓灵　摄）

注

① 周口店"北京人"遗址，位北京房山区周口店镇龙骨山，诞生于约50至70万年前。共发现不同时期各类化石和文化遗物点27处，出土人类化石200余件，石器10多万件及大量用火遗迹及百种动物化石等，是人类化石宝库和古人类学、考古学、古生物学、地层学、年代学、环境学及岩溶学等多学科综合研究基地。

智人：是人属下的唯一现存物种。由直立人进化而来。分为早期和晚期智人。早期生活在距今25万至4万年前，主要特征是脑容量大，在1300毫升以上。

由非洲而全球：直立人进化到智人，非洲有考古学依据：为所掘的大量化石证实。各种森林古猿、地猿、类猿人、类人猿、人猿、古人，含骸骨、各种石器骨器、墓葬，从600万年前到1万年前，基本形成了完整的演化链条。

② 圣经：是西方的犹太教与基督教的共同经典。亚当夏娃：为《圣经》里记载的人物，是古希伯来人崇拜的独一真神"耶和华神"所创造的人类。亚当是世上第一个人类与第一个男人，后来耶和华用亚当的一根肋骨创造了第一个女人夏娃并让他们结为夫妻，共同生活在幸福的伊甸园。但后来夏娃受蛇的诱惑偷食了禁果，并让亚当食用，被耶和华惩罚逐出，二人成为人类的祖先。

女娲：是中国上古神话中的创世女神，是华夏民族人文先始，福佑社稷的正神。伏羲：华夏民族人文先始，也是文献记载最早的创世神。不一：西方的"亚当夏娃"与东方"女娲"都是人类先祖，记载的来源明显不同。

③ 北京猿人：1929年，中国考古学者裴文中在北京周口店龙骨山上的山洞里发掘出了一个完整的头盖骨化石——名震世界的北京人。他们生活在距今约70万年至20万年间，保留了猿的某些特征，但手脚分工明显，能打制和使用工具，会使用天然火。

④ 直立人进化到智人有两说：1. 多区连续说。直立人从非洲迁到亚欧大陆，然后欧亚非三地的直立人分别进化为智人，虽持续杂交，仍保持同一基因库，属同一人种。2. 非洲起源说。认为人类有两次大迁移：一是直立人迁移；二是非洲的直立人进化为智人后，再迁到亚欧大陆（发生在10万年前）。而智人可能在150万至30万年前就已出现。这两种学说目前尚无可靠依据。

⑤ 达尔文（1809—1882年）：英国生物学家、进化论的奠基人。若据：许多"史前文明"的遗迹被陆续发现，意味着生物不需进化就可创造文明。这显然与"进化论"相反。

⑥ 南方古猿化石1924年最早发现于非洲南部。他们已会使用工具和直立行走。生存于距今约550万年前至130万年前。

⑦ 因美国科学家在2005年收集了全球10万份DNA（脱氧核糖核酸）样品分析所证实。

⑧ 分子遗传学：是在分子水平上研究生物遗传和变异的遗传学分支学科。人类和黑猩猩基因相似度超过98%。人类的第二号染色体是由古猿的两条染色体融合而来。

⑨ 亚：亚洲。2005年在缅甸中部出土了"甘利亚"化石碎片，具推算该化石距今已有3800万年。那时的亚洲类人猿就已呈现出现代猴子的特征。1994年，发现了中华曙猿足骨化石（最小的类人猿化石），这种生物生活在4500万年前的中国东部沿海地区。

⑩ 腊玛古猿：是指一种由森林古猿分化出的古猿，其化石最早于1932年由美国学者刘易斯在印度北部发现。它们生活在1400万年至700万年前的亚非欧热带与亚热带的森林区。同类古猿在我国叫禄丰古猿、开远古猿，1980年12月发现点位于中国云南省楚雄彝族自治州禄丰县城边山坡上。

周口店山顶洞　（来自全景视觉网）

⑪ 人类可分为黄种人、白种人和黑种人。古猿是人类和现代类人猿（即长臂猿、猩猩、大猩猩、黑猩猩）的共同祖先。

⑫ 能人：是人科人属中的一个种。能人化石最早是1960年玛丽·利基在非洲坦桑尼亚奥杜瓦伊峡谷中发现的，生存在约180万年前，是介于南方古猿和猿人的中间类型。直立人：距今180万至30万年前生活在非、欧、亚洲的古人类，多认为直立人源于非洲。周口店发现的猿人化石定名为"北京的中国猿人"或"中国猿人北京种"，俗称"北京人"。

⑬ 湖北建始人（约200—250万年前）、重庆巫山人（约201—204万年前）、云南元谋人（约170万年前）、北京猿人（约70—20万年前）、湖北长阳人（约19.5万年前，介于猿人和现代人之间，与北京猿人末期年代相当，是中国长江以南最早发现的远古人类之一）。北京山顶洞人（1万8千年前）……

⑭ 固密：中国考古发掘有完整严密的判断年代的链条。

⑮ 地球生物人、牛、鼠、猫的基因相似度有80%。人、果蝇、香蕉、鸡的基因相似率高达61%（与鸡的相似度也有40%、50%之说）。

⑯ 人与黑猩猩有98.5%相似度。

⑰ 科学家们研究后发现，人类的共同祖先竟然是一位诞生于20万年前来自于非洲的一名女性——那个"夏娃"极有可能是真的。

⑱ 肤埴：肤色若黄色黏土。

⑲ 人类起源于非洲还是非洲及亚洲"分别"有起源，还有待继续研究证明。

作者考察周口店北京人遗址　（崔红秀　摄）

六、承德避暑山庄及周围寺庙赋

（一）承德避暑山庄及周围寺庙概况

遗产名称：承德避暑山庄及周围寺庙 Mountain Resort and its Outlying Temples, Chengde
入选时间：1994 年
遴选依据：文化遗产（ii）(vi)
地理位置：中国 河北省承德市
遗产编号：703

承德避暑山庄历经清朝康熙、雍正、乾隆三代帝王，费时89年建成，是中国三大古建筑群之一，誉为"中国古典园林最高范例"。以山水中有园，园中有山水为特色。东南多水，西北多山，有大小建筑有120多组，是中国自然地貌的缩影。山区面积443.5万平方米，相对高差180米，湖岛区多景仿若杭州西湖，占地43万平方米，有8个小岛屿。平原区占地约60万平方米，含草地和树林。康熙以四字命名36景，乾隆以三字命名36景。乾隆时期建成的"外八庙"有12座金碧辉煌、雄伟壮观的喇嘛寺庙群，其中规模最大的一座名"普陀宗乘之庙"，又称"小布达拉宫"，仿拉萨布达拉宫而建，有大小建筑约60处，多是平顶白墙，吸收了蒙、藏、维等民族建筑艺术。

荷湖方阁　（来自全景视觉网）

作者考察承德避暑山庄　（自摄）

（二）世界遗产委员会评价

承德避暑山庄，是清王朝的夏季行宫，位于河北省境内，修建于公元1703年到1792年。它是由众多的宫殿以及其它处理政务、举行仪式的建筑构成的一个庞大的建筑群。建筑风格各异的庙宇和皇家园林同周围的湖泊、牧场和森林巧妙地融为一体。避暑山庄不仅具有极高的美学研究价值，而且还保留着中国封建社会发展末期的罕见的历史遗迹。

Evaluation by the World Heritage Committee

Chengde Mountain Resort was the summer residence of the Qing Dynasty, located in Hebei Province, built between 1703 and 1792. It is a large complex of palaces and other buildings that handle government affairs and ceremonies. Architecturally diverse temples and royal gardens blend seamlessly with the surrounding lakes, pastures and forests. The summer resort not only has high aesthetic research value, but also preserves rare historical relics from the end of China's feudal society.

承德避暑山庄及周围寺庙符合以下世界遗产价值标准：

标准（ⅱ）：承德避暑山庄及其外围寺庙是中国建筑以人为之美入自然、符合自然而又超越自然思想的突出代表，并对后世景观设计产生深远影响。

标准（ⅳ）：承德避暑山庄及其外围寺庙保留着中国封建社会发展末期的罕见的历史遗迹。

（三）承德避暑山庄及周围寺庙赋

　　京郊承德，避暑山庄。清朝皇数代，葺载缮精良①。夏宫助固国统一，骑射利民族边疆。卅万平米庙庭，麓攀楼院；十二院群豪馆，坡踞坛墙②。练骑射而砺兵，秋狝大典；治蒙古而固边，木兰围场③。馆驿歇宿中途，行宫驻跸；理政兼安避暑，营造山庄。远避天花，利外交之朝贡；近谋韬略，掌内控之朝纲④。赞七十二景，兆康隆清盛⑤；悲三约两帝，寓颓顿衰亡⑥。集中华山川之要，秀江南丛岭之昌⑦。林、麓、原、庄，内造宫廊殿八湖精巧；坛、台、塔、寺，外呈蒙藏维八庙灵详⑧。

　　山环而冬暖，林深而夏凉。历九旬而养就，睹六帝之兴亡⑨。宫蕴四伏惊怵，案哭百悔仓惶⑩。唯钟简朴淡雅，不恋富丽堂皇⑪。湖映春花，岸柳婀娜妩媚；桥横白玉，园石透瘦琳琅。偕露朱阳，粉秀团荷之翠；藏娇华馆，匾书佛慧之纲。画舫曲堤，秋水潜锦鳞之沛；瀑冰玉甲，琼脂拂巨镜之窗⑫。梁雕拱错之镂，橹摇舟荡之翔。廊伴深宫之怨，台倚缠绵之芳。霞沐榭亭昆曲，月邀人寰暖郎。玲珑御馔凤髓，绝妙皇肴琼浆。黎庶忧柴米，皇室虑萧墙。高阁蹲狮，雅溢殿堂之品；重檐腾龙，诗话锋睿之藏。

上　外八庙之一：普陀宗乘之庙
　　（小布达拉宫）（余晓灵 摄）

下　承德避暑山庄室内精美陈设
　　（来自全景视觉网）

第一部分 中国·世界文化遗产赋

　　原骋骅骝，彪营骑射之悍；蒙包轻帏，草驹养蓄之邦[13]。漠北广袤，云月卉茵山远；长白深郁，风涛林莽云樯[14]。曾记否，万树园、永佑寺、春好轩、宿云檐，觥筹乎交错；昭威权，诸王公、列显贵、名教主、国使节，舌剑乎唇枪[15]。于试马埭考牧，奔腾竞技；借文津阁读书，策论华章[16]。

　　山荣青气古松，仙鹿衔草；峪禁冷宫宠爱，疏妃泣觞[17]。"梨花伴月"，绽放银铃遥对；"锤峰落照"，抹寻倩影难妆[18]。"有真意轩"，临壑当别烦闷；"玉岑精舍"，飘岚可悟瑞祥[19]。苑墙窈窕，远眺八庙居京外；古道迢递，近忧一国靖山庄。

　　庙融佛道经纶，依山而布；筹运蒙疆汉藏，绥脑其将。建筑雄伟，藏传佛教圣地；典藏丰富，祭器宝珍佛坊。格蕴北西，喇嘛虔诚神圣；风缘疆藏，寺观金碧辉煌。集其坊拱门碑阁，群楼栉比；色显红黄黑白绿，五塔严庄[20]。"万法归一"殿，重殿飞红台，鎏金铜瓦[21]；三佛信密宗，真宗矗平顶，古木白墙[22]。普渡慈航，金漆木像，观世音千手千眼[23]；朝觐皇帝，礼叩恩德，尊纲纪五福五常[24]。十二寺庙，浩荡辉煌："普佑"社稷，"普陀宗乘"之庙，"溥善""溥仁""普乐""普宁"；"安远"靖边，"须弥福寿"之庙，"广缘""广安""罗汉""殊像"[25]。

　　悠悠往事，历历在目；后事之师，前事不忘。中国典范，地理形貌之缩影；世界遗产，东方园林之皇榜！

承德避暑山庄·湖区鸟瞰　（余晓灵　摄）

注：

① 佰（bì）：二百。

② 园区有依山而建的12座金碧辉煌、雄伟壮观的喇嘛寺庙群。

③ 狝（xiǎn）：古代指秋猎。清代皇帝每秋到木兰围场巡视狩猎骑射。围场在承德正北百公里外。

④ 远离京城在承德建山庄是为了清帝治理朝政、外宾畏避天花。

⑤ 康熙朝定建"烟波致爽"等四字名称36景；乾隆朝定建"青雀舫、驯鹿坡"等三字名称36景，合称72景。

⑥ 三约：1860年咸丰帝在此庄签下不平等的中英中法中俄《北京条约》。两帝：嘉庆、咸丰二帝在本庄病故，预兆清朝颓势。

⑦ 避暑山庄浓缩中华地貌，在平原区设漠北草原、东北林区、江南水乡；在西南山区植树仿中国西南高山。

⑧ 山庄南设湖区为西湖、镜湖等八个湖。山庄北区东区绕建京外八座喇嘛庙，称"外八庙"。

⑨ 此山庄历90年建成，事涉康熙、雍正、乾隆、嘉庆、道光、咸丰6个皇帝。

⑩ 道光帝在1842年于本庄案头签定首个屈辱的《中英南京条约》，咸丰帝也在惊吓中准签了屈辱的北京条约。

⑪ 避暑山庄以青瓦灰砖、简朴淡雅的建筑风格，区别于京都的富丽炫目的黄瓦红墙宫殿。

⑫ 冬季有水凝冰瀑、瓦覆玉鳞，湖冻如巨镜之美景。

⑬ 骅骝：古代的骏马名。

⑭ 长白：在此平原区营造的长白山、大兴安岭类森林。

⑮ "万树园、永佑寺、春好轩、宿云檐"属乾隆定建的36景名。

⑯ 皇帝在此巨型蒙包内接见外国使节和边区王公显贵。试马埭（dài）：埭，堵水的土坝。乾隆题写"试马埭"，为围场选良马。乾隆帝七绝有"试马榆阴锦埭平，流珠喷玉只虚名。"句。避暑山庄文津阁为全国四大藏书阁之一，藏有《四库全书》第四部。

⑰ 苑内山区松林中养有梅花鹿。冷宫并无定址，是关禁王妃、皇子之宅，俗称"冷宫"。

⑱ 山峦区中"梨花伴月、锤峰落照"为康熙定建的36景之两个。锤峰：远处的棒槌峰。

⑲ 山峦区中"有真意轩、王岑精舍"属康熙定建的36景之两个。

⑳ 有"小布达拉宫"之称的"普陀宗乘之庙"（外八庙之最大庙群）山门之北建有"红黄黑白绿"五色的五座藏式佛塔。严庄：庄严。

㉑ "万法归一"殿位于"小布达拉宫"巨大雄伟的大红台中部之上。

㉒ 三佛：密宗里的佛只法身、报身、应化身有三种佛身。密宗：又称密教、秘密教。现在西藏信奉的密宗一般称为"藏密"，俗称"喇嘛教"。

㉓ 普宁寺内供奉有世界上最大的"千手千眼观世音"金漆木雕像。

㉔ 五福：长寿、富贵、康宁、好德、善终。五常：古代五种道德修养。(1)指仁、义、礼、智、信。(2)指父义、母慈、兄友、弟恭、子孝。

㉕ 此两句专含避暑山庄十二个寺庙的名称。

七、曲阜孔庙、孔府、孔林赋

（一）曲阜孔庙、孔府、孔林概况

遗产名称：曲阜孔庙、孔府、孔林 Temple and Cemetery of Confucius and the Kong Family Mansion in Qufu

入选时间：1994 年

遴选依据：文化遗产 (i) (iv)(vi)

地理位置：中国山东省曲阜市

遗产编号：704

孔子（公元前 551 年——前 479 年），名丘，字仲尼。中国古代伟大的思想家、教育家、哲学家和政治家，儒家学派创始人，被中国朝野敬仰为"大成至圣先师"。孔子及其后裔的宗庙、墓地和府邸，被命名为孔庙、孔林和孔府。孔子是当时社会上最博学者之一，在世时就被尊奉为"天纵之圣"，更被后世统治者尊为孔圣人、至圣、至圣先师、大成至圣文宣王先师、万世师表。其思想对中国和世界都有深远的影响，被联合国教科文组织评选为"世界十大文化名人"之一。孔子开创私人讲学之风，倡导"仁、义、礼、智、信"。有弟子三千，其中贤人七十二人。晚年修订六经（《诗》《书》《礼》《乐》《易》《春秋》）。他去世后，其弟子把他及弟子的言行语录和思想记录整理成《论语》，该书被奉为儒家经典。祭祀孔子的"祭孔大典"，2000 多年来从未间断，成为世界祭祀史、人类文化史上的一个奇迹。

孔圣人雕像 （来自全景视觉网）

（二）世界遗产委员会评价

孔子是公元前6世纪到公元前5世纪中国春秋时期伟大的哲学家、政治家和教育家。孔夫子的庙宇、墓地和府邸位于山东省的曲阜。孔庙是公元前478年为纪念孔夫子而兴建的，千百年来屡毁屡建，到今天已经发展成超过100座殿堂的建筑群。孔林里不仅容纳了孔夫子的坟墓，而且他的后裔中，有超过10万人也葬在这里。当初小小的孔宅如今已经扩建成一个庞大显赫的府邸，整个宅院包括了152座殿堂。曲阜的古建筑群之所以具有独特的艺术和历史特色，应归功于2000多年来中国历代帝王对孔夫子的大力推崇。

Evaluation by the World Heritage Committee

Confucius was a great philosopher, statesman, and educator during the Spring and Autumn period of China from the 6th to the 5th century BC. Confucius' temples, cemeteries, and mansions are located in Qufu, Shandong Province. Built in 478 BC to commemorate Confucius, the Temple of Confucius has been repeatedly destroyed over the centuries and has grown into a complex of more than 100 halls today. Not only does Konglin house the tomb of Confucius, but more than 100,000 of his descendants are also buried here. What started as a small Kong Mansion has now expanded into a large and prominent mansion, including 152 halls. The unique artistic and historical characteristics of Qufu's ancient buildings can be attributed to the great respect given to Confucius by Chinese emperors for more than 2,000 years.

作者考察孔庙·至圣庙坊，篆书由雍正皇帝手书 （自摄）

曲阜孔庙、孔府、孔林符合以下世界遗产价值标准：

标准(i)：曲阜孔府、孔庙、孔林具有杰出的艺术价值，因为两千年来得到了皇帝的支持，确保最好的艺术家和工匠参与了建筑与景观的创造与重建，以供奉孔子。

标准(iv)：曲阜孔府、孔庙、孔林是建筑群的杰出代表，它反映出中国相当长一段时间内的物质文化发展。

标准(vi)：两千年来，孔子对东方哲学与政治学的贡献，甚至是对18、19世纪的欧洲等西方国家的现代思想与政权发展也产生了很重要的影响。

（三）曲阜孔庙、孔府、孔林赋

　　夫孔子者，两千五百年前之思想家；亦教育家，中国儒家学派之创始人。世界十大文化名人之首，以诞生列序；天下为公社会大同理想，帜人类识真。开私人讲学风，倡仁义礼智信①。授诗、书、礼、易、春秋，门集三千余弟子；精礼、乐、射、御、书、数，俊杰七十二贤人②。纵横捭阖，灼见睿哲博远；精邃厚重，儒学四海通尊。

　　若其孔子故宅，始唯三间。屡获袭封，日益扩延。曹魏广为屋宇，公塾讲学；宋扩衍圣公府，新第灿然③。嘉靖移城，曲阜新宅随庙；城墙耸目，护河孔府荣瞻④。光绪九年大火，儒邸复修整完。建筑规模，深九进院落；贵族邸府，近五百房间。前厅为官衙，理三堂之公务；文臣耀孔府，履一品之威权⑤。衍圣孔公家眷，居中内宅；假山鱼池花卉，殿后花园。正、二、骈三门，圣府圣人享重光恩赐；大、二、三公堂，御额御敕标华贵威严⑥。案皿橱牒，文档儒籍签印；阁屏椅几，瓷牙竹木古玩。统摄宗姓御笔肃陈，帝后诗文墨宝；龙旗、雀枪、衔牌、主考，金石珠玉衣冠⑦。

　　乃瞻其孔庙，布坊门堂殿坛楼，院落金阁九进；仿北京故宫规制，楼起红墙四角。"至圣先师"，中国四大之文庙；"金声玉振"，弛誉两千年炳耀⑧。衣车琴祭，追慕仲尼；因宅而立，大夫三庙⑨。

曲阜孔子陵墓　（余晓灵　摄）

　　昔汉高祖初经阙里，开孔子之先祭；唐玄宗专奉孔丘，追谥尊为"文宣王"。宋金元屡有增缮，成宗谥"圣文宣王"。元始尊王者，规同王宫之制；明孝宗弘治，建成全盛之详⑩。清雍正拨银帑而诏皇鉴，督十二府州县升缮瓦黄⑪。南北中轴，九进院落；左右对称，三路鼎襄。"圣时""太和元气"，大成"万世师表"，十四门独坛五殿；金声"德侔天地"，玉振"道冠古今"，六牌坊一河一桥⑫。庙学合一，祭孔传承思想；相袭世代，利国礼序文韬。辽金元明清，融民族合尊其道；礼仁和舞乐，衍儒学谐颂而褒。瞻孔庙铭碑匾，教童孺追舜尧⑬。

　　追忆其孔林，孔子仙逝，土封若偃斧；松柏为志，砖瓦砌祠坛⑭。汉尊筑神门，斋宿乃清简。宋刻石仪陈墓道，元建门碑砌周垣。孔林炳焕，"万古长春坊"雄伟；明修享殿，门楼"洙水桥"翁骈⑮。容扩而墙围，植桧柏昭肃穆；亭翔而碑立，奠神道之谨完。孔尚任请增墙扩林，帝予准奏；清雍正依庙工寝制，瓦焕黄颜⑯。石刻"万古长春"坊，镂刻浮雕绝妙；木制夫"至圣林"坊，彩画斗拱精妍。历代名家之手笔，四千碑刻；能工绝技之匠心，二十殿龛。坟冢十万座，彰尊卑之有序；树木四万株，偕新老之茂繁⑰。视死如生，昭葬式等级之范；循俗遵制，续题文嫡庶之延⑱。帝王将相文人，诗联荟萃；文物政经历史，无价墓园。世界独一无二，家族之墓地；延续两千余年，文化之奇观！

　　尤颂乎贵选贤与能，当讲信修睦；训勿施于人，因己所不欲⑲。为政以德，礼仁为道；见利思义，见贤思齐[20]。有教无类,学而不思则罔;择善而从,三人行有我师[21]。

嗟乎!大成至圣文宣王,中华孔丘吾先师。两千五百秋,环球仍尊尼父;乾坤同寿元,天下永颂仲尼[22]。孔府、孔庙、孔林,世界遗产;孔教、孔学、孔道,文化宝笈[23]!

注

① 孔子提出"仁、义、礼",孟子增"智",汉·董仲舒增"信",完善为"仁、义、礼、智、信"后,称儒家"五常"。

② "四书五经"在中国传统文化中位置相当重要,是历代儒家学子研学的核心书经,讲述孔孟等思想家的重要思想。四书指《大学》《中庸》《论语》《孟子》。五经指《诗经》《尚书》《礼记》《周易》《春秋》。

③ "衍圣公"封号始于宋仁宗(1039年),孔子四十五代孙孔宗愿获授国子监主薄,6年后改封为衍圣公。另建新第,称衍圣公府。宋徽宗复改封孔端友为衍圣公。此后至1935年民国改封孔子七十六代孙孔德成为"大成至圣先师奉祀官"止,沿续八百余年。

④ 明·嘉靖年间,明世宗令迁移至曲阜,经十年建成曲阜新城,外有护城河,孔府、孔庙居曲阜城中,奠定了现孔府规模。

⑤ 三堂:大堂、二堂和三堂。"衍圣公"为正一品官阶,列为文臣之首。

⑥ 孔府有"正、二、屏"豪华三门坊。二门"圣人之门",屏门因明世宗颁"恩赐重光"也叫重光门。大堂陈列正一品爵位的仪仗,有"袭封衍圣公""奉旨稽查山东全省学务"衔牌等;二堂挂匾为康熙、乾隆御笔;三堂是衍圣公处理族务之地。

⑦ 大堂挂顺治帝谕旨"统摄宗姓"匾。主考:二堂是衍圣公受皇帝委托,在"第年"替朝廷考试童生之地。龙旗、雀枪等为仪仗器物及藏宝。

⑧ "至圣先师":明世宗给孔子的封号。孔庙是祭祀孔子的祠庙,与南京夫子庙、北京孔庙和吉林文庙并称为中国四大文庙。金声玉振:以钟发声,以磬收韵,也比喻人的知识渊博,才学精到。

孔庙大成殿　　(来自全景视觉网)

⑨ 衣车琴祭：为追慕悼念孔子将其生前所用之衣物、车、琴遗物集于故居。仲尼：孔子子姓，字仲尼。大夫三庙：西汉·戴圣《礼记》王制："天子七庙，……诸侯五庙，……大夫三庙，……士一庙。庶人祭于寝。"

⑩ 元：元代。元成宗大德十一年（1307年），追谥孔子为"圣文宣王"。依王宫制建庙。明孝宗弘治年孔庙遭雷击，诸大殿等毁。历时五年重修达全盛规模。

⑪ 皇鉴：清雍正"亲为指授"。瓦黄：瓦色升至帝王规格的黄色。

⑫ 圣时：孔庙正门明永年乐始建。雍正钦定名"圣时门"。太和元气：孔子思想体现了人类思想之精华高贵，如天地生万物。大成：孔庙大成殿。语出《孟子·万章下》"孔子之谓集大成者"。万世师表：该殿悬"万世师表"匾。独坛：中轴建的四方亭"杏坛"传为孔子讲学之所。五殿：大成殿、启圣殿、崇圣祠、寝殿、圣迹殿。德侔天地、道冠古今：东、西两座木牌坊的坊名。侔（móu）：等同。

⑬ 追：可追。"有教无类"，人皆可成才。孔子开创了学术下移和教育普及。

⑭ 偃斧：指堆土为坟，坟顶窄狭如仰斧形状。

⑮ 洙水桥：洙水，原为西周鲁国故城的护城河，因孔子讲学于"洙泗"二河流域，故以"洙泗"代称儒家。翕（xī）骈：并肩接踵。孔林内先有中间的洙水桥，其后左右对称各设一座，共平行三座。

⑯ 孔尚任（1648—1718）：孔子六十四代孙，清初诗人、戏曲家。

⑰ 坟冢：孔子后裔的坟墓。

⑱ 视死如生：按照死者生前等级规制来布局建设坟墓。

⑲ 孔子"己所不欲，勿施于人"的训论。

⑳ 《论语》曰："见利思义，见危授命，久要不忘平生之言，亦可以为成人矣。"子曰："见贤思齐焉，见不贤而内自省也。"

㉑ 《论语·述而》：子曰："三人行，必有我师焉；择其善者而从之，其不善者而改之。"

㉒ 尼父：东周时鲁哀公封谥孔子为"尼父"。元：第一的。仲尼：孔子，字仲尼。

㉓ 宝笈：珍贵的书籍。比喻孔学是世界文化典籍。

孔庙供奉的圣人及二贤人像　（来自全景视觉网）

八、武当山古建筑群赋

（一）武当山古建筑群概况

遗产名称：武当山古建筑群 Ancient Building Complex in the Wudang Mountains
入选时间：1994 年
遴选依据：文化遗产（i）（ii）（vi）
地理位置：湖北省武当山麓
遗产编号：705

　　武当山古建筑群地处湖北省武当山山麓，是中国的道教圣地。其建筑从唐朝贞观年间开始修建，在明朝时期渐成规模。在明代，武当山被皇帝封为"大岳"、"治世玄岳"，被尊为"皇室家庙"。在古代，武当山以"亘古无双胜境，天下第一仙山"的显赫地位，成为千百年来人们顶礼膜拜的"神峰宝地"。在当代，国务院称誉武当山古建筑群与自然环境巧妙结合，达到了"仙山琼阁"的意境，成为我国著名的游览胜地和宗教活动场所，是中国现存道教建筑中规模最大、规格最高的一处。武当山各处宫殿庙宇中保存有大量雕像、碑刻、摩题刻、法器、供器，以及丰富的书画经卷等，都是不可多得的文化珍品。

武当山石坊 （来自全景视觉网）

（二）世界遗产委员会评价

武当山古建筑群这里的宫殿和庙宇构成了这一组世俗和宗教建筑的核心，集中体现了中国元、明、清三代的建筑和艺术成就。古建筑群坐落在沟壑纵横、风景如画的湖北省武当山麓，在明代期间（14至17世纪）逐渐形成规模，其中的道教建筑可以追溯到公元7世纪，这些建筑代表了近千年的中国艺术和建筑的最高水平。

Evaluation by the World Heritage Committee

The palaces and temples here in the Wudang Mountain complex form the nucleus of this group of secular and religious buildings, epitomizing the architectural and artistic achievements of the Yuan, Ming and Qing dynasties of China. Located in the foothills of the picturesque Wudang Mountains in Hubei Province, the complex of ancient buildings gradually took shape during the Ming Dynasty (14th to 17th centuries), with Taoist buildings dating back to the 7th century AD, representing the highest level of Chinese art and architecture for nearly a thousand years.

武当山古建筑群符合以下世界遗产价值标准：

标准（ⅰ）：武当山古建筑群代表了中国近千年最高的艺术和建筑成就。

标准（ⅱ）：武当山古建筑群对中国的宗教及民间艺术和建筑的发展产生了深远影响。

标准（ⅵ）：武当山的宗教体系以道教为中心（道教是东方主要宗教之一），对地区宗教信仰和哲学思想的发展发挥了重要作用。

武当山紫霄宫俯瞰　（来自全景视觉网）

（三）武当山古建筑群赋

时惟春秋，秦国东南峙楚；奖掖变法，商鞅封地武关①。鏖战汉江，楚以武当名县；"太和"山义，止戈永驻平安②。魏晋隋唐，学道者求仙栖隐；唐诏姚简，武当山祈雨应然③。物极必反，乃以太极化衍；武当太和，战和矛盾其涵。元封武当福地，明代大修殿观。遣丁三十余万，历时一十二年。卅三座建筑，九宫偕八观；卅九套桥栈，卅六座堂庵。相望之宫阁，绵绵乎百六十里；舍房之栉比，累累乎两万余间。煌煌武当之殿宇，赫赫阵容夫俨然！诚入"玄岳门"之户，虔复"净乐宫"之原。"玉虚宫"偕"紫禁城"，恢弘道场；"太和宫"瞰"琼台观"，因循洞天。谒"南岩"圣境，赞"金殿"奇观。子墙形如"九曲黄河"，"太子坡"逸韵④；武柱峰沐千年紫气，"真武像"长仙⑤。参差而嵯峨，营构而依山。峭壁琼楼嵌缀，巉崖殿宇跃悬⑥。北建故宫之盛誉，南修武当而比骈⑦。厚启武当，借寓替天行道；明皇敕赐，大岳太和之山！

于是信女善男，纷至沓来；此伏彼起，道乐香烟。道众香客逾万，宫观道人百千。四大名山皆拱揖，五方仙岳共朝宗⑧。誉治世玄岳，道教之冠。"亘古无双胜境"，"天下第一仙山"。真武即元武，相通其元玄。遂崇玄武为主神，实太上老君化焉。炼修四十二年，道满成神升天。真武玄天之上帝，圣地武当其修仙。尤在明朝，崇尚备至；举国祭祀，每岁必前。皇亲贵族、官吏大员；四方信士、八荒香团⑨。视皇室之家庙，尊护国之家神。焜煌烨烨，大猷媛媛，凡二百余年矣⑩！

其派也，擅长雷法、符箓，强调忠孝伦理；主张三教融合，注重内修炼丹⑪。秉持性命双修，崇尚道法自然。溯源秦汉，隐士结茅为庵；依山就势，官道古径其延。天柱峰为核心，定标金殿；四周向其辐射，拱卫中元。依皇家之法式，布局势尤整完。相其广狭，定其则范；昭匹主次，秩序井然。若明若暗，时现时潜。参差有度，避让得缘。规模大小，疏密空间。位合崖涧，置适峰峦。偕其日月，友其林泉。助其伟岸，借其炳然。彰其深邃，掩其秘玄。豺豹狸獭，雉鹰燕隼；台盘池井，岩洞瀑潭。药材花果，林草苔鹃。材取外地，貌存本原。补秦皇汉武之遗，秀琳宫金阙其璠⑫。实仙山琼阁之精髓，真古建成就之博观。

武当精神，为担当而尚武；仙道思维，甘逸道而修仙⑬。内丹诸法，道士张三丰创；性命双修，武当内家之拳⑭。纳武技之道，创太极之拳。拳属内家，施技击之妙；源自易经，修养生之丹。八卦演变，阴阳消长；五行生克，心身退进。技击为末，内养为本。化生其律，圆旋其运。娴熟、完备、多彩，精深博大；太极、形意、八卦，支柱分鼎。尚柔、静、虚、空、中、正、圆、和；非硬、坚、猛、烈、脆、冷、疾、迅。仿鹰、鹏、猴、虎、蛇、熊、猿、马；显拳、掌、械、法、意、气、精、神。辨位于分寸毫厘，制敌于引闭扑擒。以柔克刚，尚意不尚力；后发制人，四两拨千斤。

第一部分 中国·世界文化遗产赋

武当山道观　来自全景视觉网

武当山悬崖道观　　九曲黄河墙

作者考察武当山　（余晓灵　摄）

左　作者考察武当山　　（张　萍摄）
右　考察武当山太子坡　（张　萍摄）
下　武当山留影　　　　（张　萍摄）

嗟乎！徒汇欧、美、新、日，研集中外古今。其习众百万，其派馆如林。誉南尊武当，北崇少林！钟、鼓、磬、钹、铛、鱼、笙、簧、笛、箫、埙、管。鸣其心胸之委，诉其灵魂之缘。求上天赐福降瑞，庇佑生灵；为神仙祝诞唱诵，崇敬诚虔。感天地，通神灵，安万民，颂华诞。降妖驱魔，猛威果敢；超度亡灵，肃穆庄严。斋醮其仪式，感应其通仙⑮。贯达于天邃，灵犀于神坛。祭告其神灵，免避其灾缠。磅礴其神秘，烘托其染渲。悠扬其缥缈，愉悦其祈虔。

一生其二，二生其三，三生万物，演化自然。无为似达虚静，道法善则升仙。

注：
① 秦国侵占了楚国丹江上游的商地，因商鞅变法有功，在获封地（今陕西丹凤县境）设置"武关"，驻兵以武挡楚。
② 楚国也针对秦国在太和山下的汉江边设武当县，意驻兵以武力阻挡秦国南侵。从此太和山更名为"武当山"。

③ 姚简：隋朝时人，辅佐太宗李世民即位。贞观年间（627—648年），天下大旱，飞蝗遍地。帝命姚简在武当山行道教法事活动祈雨。

④ 玄岳门、净乐宫、玉虚宫、紫禁城、太和宫、琼台观、南岩、金殿、太子坡、九曲黄河墙均为武当山著名宫观建筑群或遗址。子墙：院内小墙。逸韵：高逸的风韵。

⑤ 武柱峰（大明峰）：武当山的天然石峰。两石峰之间有高80米、宽40米的一尊酷似"真武神"的天然石峰坐像。长：长久。石像矗立亿万年。

⑥ 武当山是当今世界最大的宗教建筑群。其体系充分体现了道教"天人合一"的思想，堪称我国古代建筑史上的奇观，被誉为"中国古代建筑成就的博物馆"和挂在悬崖峭壁上的故宫。

⑦ 有"北建故宫，南修武当"的盛誉。

⑧ 明代，武当山被皇帝作为"皇室家庙"扶持，把"真武神"作为"护国家神"来崇祀，武当山的地位升华到"亘古无双胜境，天下第一仙山"，位尊五岳之上。五方仙岳："五岳"。

⑨ 八荒：八方。

⑩ 猷：谋略。西汉·《周官》（《周礼》）：若昔大猷。煖煖（nuǎn nuǎn）：和暖。

⑪ 雷法：是道教声称可以呼召风雷，伏魔降妖，祈晴雨、止涝旱的一种方术。符箓：符和箓的合称。符箓是道教中的一种法术，亦称"符字"、"墨箓"、"丹书"。符箓术起源于巫觋（xí）。觋指男巫师，始见于东汉。法术，是指召役鬼神以及造成超自然变化的操作系统。三教：道、儒、佛。

⑫ 琳：美玉。琳宫：神仙居住之地，道教殿堂的美称。璠（fán）：一种美玉。

⑬ 逸道：使民休养生息的政策法令等。《三国志·蜀志·诸葛亮传》："孟轲有云：'以逸道使民，虽劳不怨；以生道杀人，虽死不忿。'信矣！"

⑭ 张三丰（1247年或1248年－？），号三丰子，别名众多，世称"隐仙"，辽东懿州（今辽宁省阜新市彰武县）人，金末元初至明永乐时期显世道教学者、思想家、丹道学家，中国道教武当派、三丰派开山祖师。

⑮ 斋醮（zhāi jiào）：道士设坛向神祈祷的仪式，亦称斋醮科仪。分为"斋法"和"醮法"，斋法内持，醮法外显。俗称"道场"，谓"依科演教"，简称"科教"，即法事。

武当山名字碑　　（来自全景视觉网）

九、拉萨布达拉宫历史建筑群赋

（一）布达拉宫历史建筑群概况

遗产名称：拉萨布达拉宫历史建筑群 Historic Ensemble of the Potala Palace, Lhasa
入选时间：1994 年（布达拉宫），2000 年（大昭寺），2001 年（罗布林卡）
遴选依据：文化遗产 (i)(iv)(vi)
地理位置：西藏自治区
遗产编号：707

拉萨布达拉宫历史建筑群包括布达拉宫、大昭寺和罗布林卡三个部分。

布达拉宫是世界上海拔最高，西藏最庞大，集古代宫殿、城堡和寺院于一体的宏伟建筑群。始建于 7 世纪吐蕃王朝松赞干布时期，占地 36 万平方米，建筑面积 13 万平方米，宫殿高 200 余米，外观 13 层、内部 9 层。白宫是达赖喇嘛的冬宫，有 698 幅壁画，近万幅画卷，众多雕塑，内有地毯、檐篷、窗帘、瓷、玉、金银细物及大量重要历史文献。中部的红宫，主要建筑是历代达赖喇嘛的灵塔殿。

大昭寺建造于 7 世纪，占地 2.5 万平方米，也由松赞干布所建，是西藏现存最辉煌的吐蕃时期的建筑，也是西藏最早的土木结构建筑，成为藏式宗教建筑的千古典范。它融合了泊尔、印度的建筑风格，其金顶、斗拱为汉族风格。碉楼、雕梁则是藏式，寺内有千米长的藏式壁画《文成公主进藏图》和《大昭寺修建图》。

罗布林卡位于拉萨西郊，建造于 18 世纪，是西藏人造园林中规模最大、风景最佳、古迹最多的园林，占地 36 万平方米，有房屋 374 间，奇花异草 100 余种，堪称高原植物园。

天上圣殿　（王耘农　摄）

（二）世界遗产委员会评价

布达拉宫自公元7世纪起就成为达赖喇嘛的冬宫，象征着藏传佛教及其在历代行政统治中的中心作用。布达拉宫，坐落在拉萨河谷中心海拔3700米的红色山峰之上，由白宫和红宫及其附属建筑组成。大昭寺也建造于公元7世纪，是一组极具特色的佛教建筑群。建造于公元18世纪的罗布林卡，曾经作为达赖喇嘛的夏宫，也是西藏艺术的杰作。这三处遗址的建筑精美绝伦，设计新颖独特，加上丰富多样的装饰以及与自然美景的和谐统一，更增添了其在历史和宗教上的重要价值。

The Potala Palace has been the Dalai Lama's winter residence since the 7th century AD, symbolizing Tibetan Buddhism and its central role in successive administrative rule. The Potala Palace, located on a red mountain at an altitude of 3,700 meters in the center of the Lhasa Valley, consists of the White House and the Red Palace and its outbuildings. Also built in the 7th century, Jokhang Temple is a group of distinctive Buddhist buildings. Built in the 18th century, Norbulingka once served as the summer residence of the Dalai Lama and a masterpiece of Tibetan art. The architectural beauty and design of these three sites, together with their rich variety of decorations and harmony with natural beauty, add to their historical and religious value.

布达拉宫历史建筑群符合以下世界遗产价值标准：

标准(i)：布达拉宫历史建筑群在设计、装饰和与环境景观和谐相融方面都是人类想象力与创造性的杰作。这里包括宫堡结合的建筑布达拉宫、花园式居住区罗布林卡、大昭寺寺庙建筑。各自都有与众不同的特色，组成西藏传统建筑的杰出实例。

标准(iv)：布达拉宫历史建筑群的尺度和艺术财富代表了西藏建筑的最高水平。它是政教合一的杰出建筑实例，也是当今世界的最后遗存。

标准(vi)：布达拉宫历史建筑群构成世俗社会与宗教政权相统一的独特强势象征。

（三）布达拉宫历史建筑群赋

傲兀于拉萨之市，特立于世界之巅。拔地接天，云矗宫阁圣殿；踞峰瞰谷，珍藏精邃博瞻[①]。白红金妆，宇殿巍峨而雄伟[②]；慈慧权义，功德无量夫深涵[③]。昔松赞干布，智勇兼善；平叛迁都，复统西藏。慕唐求亲，文化翕骈汉藏；迎建豪宫，观音普陀道场[④]。后吐蕃乃瓦解，历宫毁而颓伤。五世达赖喇嘛，顺治皇帝封疆[⑤]。重建其布达拉宫，荟萃之艺术炜煌。纪千载之风云，唐元清帝诰敕；谒八座之灵塔，政教史迹鸿篇[⑥]。寓三界之果位，鉴一生之修禅。白宫位东，达赖喇嘛之专享；起居冬宫，西藏政务之公干。七百幅精美壁画，万余幅经典画绢。雕塑奢华地毯，檐篷穹顶窗帘。金银细物玉瓷，经典史牒文玩。僧众时居数万，僧房扎厦西连[⑦]。红宫在中，佛殿经堂及僧舍；悬挂唐卡，高墙庭院尤俱全[⑧]。红墙金顶，辉煌璨然。木制斗拱，橙黄挑檐。擎巨大鎏金之宝幢，瞰耀眼绯红之经幡[⑨]。上覆真金之铜瓦，外闪炳辉而明灿。文化交融于汉藏，藏汉艺术之精湛。灵塔殿供奉，历代达赖喇嘛肉身；乾隆帝亲书，"涌莲初地"睿诏皇匾[⑩]。供奉松赞干布，赤尊、文成公主相伴[⑪]。法王洞最古老，上溯吐蕃王朝所建。圣者殿供主尊佛，观世音檀香木像；属布宫奇绝珍宝，乃举世古今稀罕。站立乎千三百岁，观世之沧桑嬗变。

乃有先于拉萨，时藏王建大昭佛寺；和亲吐蕃，纪公主别唐都长安[⑫]。百余藏教佛阁，依山耸矗；

五座铜瓦金顶，映日壮观。置唐柳甥舅盟碑，纳佛经奇珍异宝；融风格藏、唐、尼、印，像佛祖十二少年[13]。绘千米迂营双画，彰业果炳灵灿烂[14]。藏传佛教精神之支柱，信徒朝拜圣地尤诚虔。慰香火鼎盛，长络绎而不绝；促藏汉交流，助文化之薪传。

若乃"罗布林卡"园林，达赖七世始建。历代达赖哪嘛，续建二百余年。藏汉园林，珠联璧合之艺术；亭阁宫殿，奇花异草之丽观。画栋雕梁，文物稀珍典雅；植物动物，生灵百种靓闲[15]。红白厚墙之曲绕，经幡纷彩而连绵。展臂曲肢，羡虬扎之古柳；彩穹金顶，踱华庭而肃然。藏经书三千卷，悯草芥一秋缘。福祉民生，花卉颜欣而昌瑞；斋亭水榭，宝珍绝致而保完[16]。或忙乎政务庆典，或休之颐养雍闲[17]。致百业昌隆，方享楼廊信步；晓民族大义，可资国富边安。达赖哪嘛夏宫，宝贝园林[18]；雪国江南奇葩，享誉高原。嗟乎，藏区"皇"家园林，拉萨的颐和园！

尔其恢弘建筑之群，雄峻雪国；堡垒华殿之高，气贯云天。逎逎乎气势，巍巍乎伟岸。宫楼庶庶乎栉比，鲜色姝姝乎娟妍[19]。经舍连连而接踵，佛堂比比而庄严。灵塔炫炫乎庄重，彩廊幽幽乎周环。金册金印玉印、籍典经书，六万之函卷；瓷银铜器珐琅、缎绸唐卡，七万幅珍玩。建筑堡宫，文物博览之巨库；千座佛塔，万尊塑像之伽梵[20]。

噫吁嚱！修佛性轮回之生死，续灵童转世之涅槃[21]。趋近天堂，神秘肃穆伟岸；傲居尘世，崇高慧智庄严。世界屋脊之明珠，藏教珈蓝之琪殿[22]。中华珍贵之历史画卷，文化独秀之世界遗产！

注

① 在西藏海拔 3650 米的拉萨市中心独峰矗立的红山之巅，布达拉宫雄踞其上，俯瞰整个拉萨河谷。

② 布达拉宫（高 115.7 米）由红山基脚的白宫、顶部的红宫、红宫顶部的七座金色屋顶组成鲜明的"白、红、金"三种建筑色彩。

③ 政教合一的布达拉宫及其典藏文物的文化，包含象征慈悲、智慧、权威之义。

④ 豪宫：布达拉宫。布达拉是梵语"普陀"之音译，原指观音菩萨居所，意为佛的胜地。于七世纪吐蕃时期藏王松赞干布为了纪念大唐文成公主入藏始建，时称红山宫。翕骈：并肩接踵。

⑤ 吐蕃（tǔ bō）王朝瓦解之后八百年中，布宫经历了兵火及毁损。"达赖"是蒙古语，意为海；"喇嘛"是藏语，意为上师。顺治九年（1652），达赖五世率三千官员和侍佣到北京觐见清朝皇帝顺治，次年返藏途中，顺治派人送去金印及册封为达赖喇嘛的金书。

⑥ 红宫中的灵塔殿是五世达赖喇嘛时期所建，内供奉有历代达赖喇嘛的八座灵塔。

⑦ 扎厦：红宫西侧的僧舍群，曾居有僧众 2.5 万人。

⑧ 唐卡：用彩缎装裱后悬挂供奉的宗教卷轴画。绘制藏族的历史、政治、文化和社会生活等诸多内容。唐卡是藏族文化中一种独具特色的绘画艺术形式，被誉为中国民族绘画艺术的珍品。有的唐卡面积可达数百平方米。收藏于青海藏文化博物馆的《中国藏族文化艺术彩绘大观》长 618 米，绘有 18.3 万人物，乃世界之最。香港收藏界权威评估价值 72 亿元人民币。

⑨ 宝幢：又称法幢，是庄严佛菩萨的旗帜，其外形为圆顶垂幔式，以黄色或各色锦缎制成，象征佛陀教法的尊胜。

⑩ 睿诏：皇帝的命令或教训。宋·范仲淹《陈乞邓州状》："窃念臣昨厕台司，日瞻宸扆，亲承睿诏……"。

⑪ 赤尊、文成：尼泊尔国的赤尊公主（正史中，赤尊尚无确载）、大唐文成公主（625－680）。《唐蕃会盟碑》："於贞观之岁，迎娶文成公主至赞普牙帐。此后，……景龙之岁，复迎娶金城公主降嫁赞普之衙，成此舅甥之喜庆矣。"金城公主（？－739）：唐·雍王李守礼（672－741 年，唐高宗李治之孙）之女。

⑫ 公主：此指文成公主。

布达拉宫雄姿　（王耘农　摄）

⑬ 唐柳：唐代所植的柳树。甥：松赞干布。舅：唐帝。盟碑：会盟的碑纪。藏：西藏。唐：唐朝。尼：尼泊尔。印：印度。佛祖：释迦牟尼。大昭寺供奉有佛祖12岁时的圣像。

⑭ 迁：文成公主和亲迁徙入藏。营：营建大昭寺。此句指两组巨幅壁画《文成公主进藏图》和《大昭寺修建图》。业果：佛教指恶业或善业所致的苦乐果报。

⑮ 靓闲：幽静安闲。

⑯ 保完：保全无损。

⑰ 雍闲：雍容闲雅。

⑱ 罗布林卡：藏语意为宝贝园林。

⑲ 庶庶：众多。姝姝：美好之态。娟妍：俊美，艳丽。

⑳ 伽梵：婆伽梵（Bhagavat）之略，佛之尊称。

㉑ 佛性：众生都有觉悟成佛之可能性。灵童转世：转世灵童是藏传佛教特有的传承方式，源于12世纪西藏佛教噶玛噶举派。该派黑帽系首领圆寂后，门徒推举一幼童为转世继承人，创立了活佛转世之法。西藏各教派先后效法至今。

㉒ 珈蓝：原指僧众所居的园林，泛称僧侣所居之寺院堂舍。琪殿：华美的宫殿。

左　作者考察拉萨大昭寺　　　（张　萍　摄）
上　作者考察布达拉宫　　　　（张　萍　摄）
下　罗布林卡（意为宝贝园林）·历代达赖哪嘛理政之所　（余晓灵　摄）

十、庐山国家公园赋

（一）庐山国家公园概况

遗产名称：庐山国家公园　Lushan National Park
入选时间：1996 年
遴选依据：文化遗产（ii）（iii）（iv）（vi）
地理位置：江西省九江市
遗产编号：778

庐山国家公园位于江西省，北邻长江，东望鄱阳湖。大山、大江、大湖浑然一体，险峻与柔丽相济，素以"雄、奇、险、秀"闻名于世。庐山是断块山，故而奇峰罗列、峻岭连绵，有五老峰、三叠泉、含鄱口等著名景观。庐山是中华文明的发源地之一，在 2000 多年的历史进程中，吸收了儒、释、道等各类文化精华，成为宗教和学术文化中心。这里是历史建筑的聚集地，分散着大约 200 座历史建筑，以坐落在香炉峰下的东林寺建筑群最为有名。白鹿洞书院位于五老峰下，是中国四大书院之一。

公园面积 302 平方千米，外围保护地带为 500 平方千米。有独特的第四纪冰川遗迹，有河流、湖泊、坡地、山峰等多种地貌类型，有地质公园之称。

庐山五老峰　（来自汇图网）

（二）世界遗产委员会评价

江西庐山是中华文明的发祥地之一。这里的佛教和道教庙观，以及儒学的里程碑建筑（最杰出的大师曾在此授课），完全融汇在美不胜收的自然景观之中，赋予无数艺术家以灵感，而这些艺术家开创了中国文化中对于自然的审美方式。

Evaluation by the World Heritage Committee

Jiangxi Lushan is one of the birthplaces of Chinese civilization. Its Buddhist and Taoist temples, as well as landmark buildings of Confucianism (where the most prominent masters taught), are perfectly integrated into the stunning natural landscape, inspiring countless artists who have pioneered the aesthetic of nature in Chinese culture.

庐山国家公园符合以下世界遗产价值标准：

标准（ⅱ）：庐山公园中的建筑、寺庙布局、书院创建了一种展示从汉代后期（公元前3世纪）到20世纪初内在价值更替的文化景观。

标准(ⅲ)：风景区内高品质文化遗产的选择性与敏感性，反映了中国所崇尚的自然与人文的和谐融合。

标准(ⅳ)：白鹿洞书院古建筑群代表了中国传统书院建筑的原型。观音桥，石拱桥采用榫卯结构，在中国桥梁建筑中起到非常重要的作用。现代别墅群证明了在19世纪末到20世纪中叶西方文化的渗透到中国的内陆地区。

标准(ⅵ)：四世纪，高僧慧远在庐山建东林寺，首创观像念佛的净土法门，开创中国化佛教，代表佛教中国化的大趋势。1180年，大哲学家朱熹振兴了白鹿洞书院，他在此开创了中国讲学式教育的先河。他以儒家传统的政治伦理思想为支柱，继往开来，建立了庞大的"理学"体系。自此，"理学"成为中国封建社会的主体思想，影响了中国七百年的历史进程，同时传播到日本、韩国、印尼等国家，对全球教育事业起到非常重要的作用。

（三）庐山国家公园赋

八亿历年之积沉，入洋崛岭；四纪冰川之刨蚀，犁谷累石①。褶皱隆随燕山，断块山蠕之构；冰舌舔触龙涧，危崖峡切之依②。冰斗角峰，刃脊山嶂；峦沟坡麓，峻岭砾泥③。德沐汉阳，峰聚湖江养气；云凝和霁，水跌瀑练蒙漪。庐岳巍峨，迎四方之杰俊；鄱湖潋滟，涵九派之泽熙④。奔葩舞蝶，时幻

左　庐山·白鹿洞书院
（来自汇图网）

右　庐山·三叠泉瀑布　总高155米
（来自全景视觉网）

塌崖骞树；骋容流宦，奈何丢卒保车⑤。叹荣枯之盛衰，纪遗亡之篇翰；思沧桑之兴替，恋暑夏之凉飔⑥。

其峰颖也，乃独秀于苍穹，修立地顶天之志；能群起于草莽，得拨云揽月之瞻。风雷莫撼其直率，冰霜不浸其胸胆。大禹登临，汉阳凸峰峻壁；陶潜远眺，东篱锄草菊园⑦。千峰竞秀，日照香炉紫烟；九天落瀑，诗传绝句青莲⑧。山寺桃开，庐晤香山居士；芳菲我觅，春归花盛人间⑨。其气韵也，环绕湖江，凭水汽而兼得殷润；含鄱牌坊，悉雾泊乃扶瞰微澜⑩。于是雷电秋波，新雨淅淅沥沥；霆曦晨露，清河曲曲弯弯⑪。暖阳恰犹心像，瑞风每伴神媛⑫。葱山泄厚纱云瀑，红楼掩巨氅雪毡。白马舒舒而腾跃，玉龙款款而悠闲。丽日高阳，晓风时雨；凌空雅兴，旅客凭栏。看大江之东去，爱湍瀑之跌连；思先哲之睿智，体黎庶之贫凡。观美人而或欣羡，逢知音乃慰心甘。

其云步也，缘山腰而澜漫，绕峰坳而萦缠；飘绢纱而时缀，罩冠冕若浮岚⑬。恰风流之走马，或苍狗而婵娟。仙殿琼阁，白羊棉海；霜江玉瀑，冰柱雪原。天幕长空，松影投之素毯；夕阳薄霭，霞辉缀其金边。桑山堆皓茧，蚕吻岩足秀蝶梦；风采撩丝韵，蛇吞碧野化龙潜⑭。其松崖也，含鄱携手倾情，吞云沥胆；兀立盘石被甲，垂世披肝⑮。五老六朝，绝壁矗身迎客；万年一翠，拥云虬干问安⑯。沉积岩浆夫变质，崖龄亿岁；耸峙群峰而傲骨，义薄云天⑰。托冰川乃飞坠，偕松鹤而浮悬⑱；凸肌腱之悍雄，裂高峡之岭隘；磊玉岩藏奥秘，亘绝壁凿龙渊⑲。

其水媚也，一泻千姿，乌黄二潭之碧；三叠双瀑，玉帘百翼之妍⑳。崩浪跃涛，暴洪夺路而咆哮；涌泉滴翠，娴溪悬练而呢喃。飘结百丈凝冰，盐覆皓原琼树；笔写三千流瀑，墨源丹井斋坛㉑。其宗教者，西周匡续肇第八洞天，登仙羽化，山名匡庐；东晋慧远建东林之寺，净土弥陀，地履众缘㉒。昔释道曾争雄，今携手而共勉。兼容中外之属，基督天主教；和谐西东之派，佛道伊斯兰。

名人佳句者，滔滔爽爽，逾迈大千㉓——千五百名，诗人贵胄；四千诗赋，高士宦官。香炉初上，瀑水成虹；劲风细雨，句集浩然㉔。居巢云松，揽九江秀色；削出芙蓉，慰五老青莲㉕。楚客相送，沾裳水边。晚风信好，并发江船。张继惬心此，佳句向友传㉖。撒星辰于平野，僧尽道于佛缘。守仁心学知行，韬含治世德言㉗。苍空五老雪，明月九江云；闻钟知何处？独夜元积寒㉘。

嗟乎！万里长江，翩飘玉带；一轮明月，若滚金球。朱帝元璋，吟诗来游㉙。"横看成岭侧成峰，远近高低各不同。"欣苏轼题西林壁，缘先哲洞见山中㉚。

乃赋赞大美庐山！

注

① 在6—8亿年前的震旦纪，庐山在浅海沉积后又抬升，后经第四纪冰川推动犁开了道道深谷。

② 燕山：地质上的燕山运动，以北京附近的燕山为标准地区而得名。中国东部造山运动分为秦岭期、燕山期（侏罗纪末、白垩纪初）、南岭期等。庐山由断块山构造地貌、冰蚀地貌、流水地貌叠加而成。

③ 冰斗、角峰，刃形山脊、山嶂、砾泥都是由冰川运动形成的地貌。

④ 九派：长江在鄂、赣一带有很多支流，因以九派称此段长江。泽熙：广域的水源。

⑤ 骞：高举，飞起。骋容：炫耀姿容。

⑥ 篇翰：犹篇章，一般指诗文。凉飔：凉风。庐山高于长江海拔1400米，是夏季避暑胜地。

⑦ 陶潜（陶渊明）"采菊东篱下，悠然见南山"诗中的"南山"是指江西九江的庐山。

⑧ 千峰竞秀：指庐山秀峰，是香炉峰、鹤鸣峰、龟背峰、双剑峰、姐妹峰等一组山峰。李白，号青莲居士，有著名诗："日照香炉生紫烟，遥看瀑布挂前川。飞流直下三千尺，疑是银河落九天。"

⑨ 白居易号香山居士，著《花径》诗："人间四月芳菲尽，山寺桃花始盛开。长恨春归无觅处，不知转入此中来。"花径园区被誉为匡庐第一境。

上　庐山寺庙塔　（来自全景视觉网）
下　庐山欧式别墅群　（来自汇图网）

⑩ 湖：鄱阳湖。江：长江。殷润：富裕。雾泊：栖止于雾露之中。含鄱口石牌坊位于庐山东谷含鄱岭中央，海拔1286米，可以俯瞰长江和鄱阳湖。

⑪ 霆曦：意为春雷响过，春朝晴明。

⑫ 神媛：仙女。

⑬ 澜漫：色彩浓厚鲜明。萦缠：环绕。浮岚：山林的飘雾。

⑭ 岩足：山脚。此两句谓白色厚云缓飘入数个趾状山脚。

⑮ 沥胆：竭尽忠诚。披肝：以真诚相见。

⑯ 五老：庐山五老峰。六朝：六朝松。东林寺内一松植于东晋六朝，已1600年龄，誉庐山第一松。

⑰ 沉积岩、岩浆岩、变质岩，是庐山三大类岩石，石龄上亿岁。

⑱ 飞坠：庐山有冰川时期拥堆于山顶的"飞来石"。浮悬：悬空貌，指松树向崖外边生长而悬空。

⑲ 玉岩：白色的岩石。龙渊：深渊。古人以为渊中藏有蛟龙，故称。

⑳ 二潭：乌龙潭、黄龙潭。三叠：三叠泉总高155米，庐山第一瀑。玉帘：玉帘泉。百翼：跌瀑若众多羽翼飞悬。

㉑ 丹井：道家炼丹取水的井。斋坛：道士诵经礼神的场所。

㉒ 庐山为道教第八洞天。净土宗：汉传佛教十宗之一。大乘佛教净土宗，专修往生阿弥陀佛净土之宗派。中国净土宗祖庭是江西庐山东林寺和陕西西安香积寺。

㉓ 逾迈：超越。

㉔ 孟浩然《彭蠡湖中望庐山》有"香炉初上日，瀑水喷成虹"；《秀甲东南》有"劲风湮细雨"诗句。

㉕ 李白《登庐山五老峰》诗："……五老峰，青天削出金芙蓉。九江秀色可揽结，吾将此地巢云松。"

㉖ 唐·张继诗："楚客自相送，沾裳春水边。晚来风信好，并发上江船。……惬心应在此，佳句向谁传。"

㉗ 明·王守仁号阳明，有《文殊台夜观佛灯》诗句："散落星辰满平野，山僧尽道佛灯来"。其创的心学主张"知行合一"，做到了治世要立德、立功、立言，被誉为真三不朽者。

㉘ 元稹《庐山独夜》诗："寒空五老雪，斜月九江云。钟声知何处，苍苍树里闻。"

㉙ 朱元璋《庐山诗》有："万里长江飘玉带，一轮明月滚金球。……天缘有份再来游。"诗句。

㉚ 苏轼《题西陵壁》诗："横看成岭侧成峰，远近高低各不同。不识庐山真面目，只缘身在此山中。"

十一、丽江古城赋

（一）丽江古城概况

遗产名称：丽江古城 Old Town of Lijiang
入选时间：1997 年
遴选依据：文化遗产（ii）(iv)(v)
地理位置：位于云南省丽江市
遗产编号：811

丽江古城海拔 2400 余米，始建于南宋末年，是中国罕见的保存相当完好的少数民族古城，也是中国历史文化名城中唯一没有城墙的古城，依水建成三十多条主街和数百巷道，面积 3.8 平方千米。清朝城内有府衙、县衙、校场、书院及文庙、武庙、城隍庙等，今只遗留有书院、文昌宫等建筑。丽江的木府土司曾盛极一时，与蒙化、元江并称为云南三大土司府。明代的地理学家、旅行家和文学家徐霞客当年游历丽江，夜观当地土司木府后曾经惊叹"宫室之丽，拟于王者"，还称道"北有故宫，南有木府"。复建的万卷楼集两千年文化遗产精粹，有千卷《东巴经》、百卷《大藏经》、六公土司诗集、众多名士书画等翰林珍奇瑰宝。地下泉流出在城区形成三条河流水系，建有各式石桥、木桥 300 座。在中河两侧以西河和东河为界，民居建筑错落有致。民居可以分为一坊房、两坊拐角、三坊一照壁、四合五天井等多种形式。富庶人家隔窗多为实木板雕刻，雕花精细，或方或圆。图案多为虎凤、莲花等，是纳西族雕刻艺术的杰作。

作者考察丽江古城 （自摄）

（二）世界遗产委员会评价

古城丽江，把经济和战略重地与崎岖的地势巧妙地融合在一起，真实、完美地保存和再现了古朴的风貌。古城的建筑历经数个世纪的洗礼，融汇了各个民族的文化特色而声名远扬。丽江还拥有古老的供水系统，这一系统纵横交错、精巧独特，至今仍在有效地发挥着作用。

Evaluation by the World Heritage Committee

The Old Town of Lijiang, which is perfectly adapted to the uneven topography of this key commercial and strategic site, has retained a historic townscape of high quality and authenticity. Its architecture is noteworthy for the blending of elements from several cultures that have come together over many centuries. Lijiang also possesses an ancient water-supply system of great complexity and ingenuity that still functions effectively today.

三眼井 （余晓灵 摄）

丽江古城符合以下世界遗产价值标准：

标准（ⅱ）：从12世纪起，丽江古城是川滇藏贸易的重要货物集散地，南部的丝绸之路与古代茶马路相连。丽江古镇成为纳西族、汉族、藏族、白族等民族之间经济文化交流的重要中心。800年来的文化技术交流，形成了独特的地方建筑、艺术、城市规划与景观、社会生活、风俗习惯、工艺美术等文化特征，融合了汉、白、藏等民族的精华，同时表现出鲜明的纳西特色，尤其是宗教建筑和其他建筑中的壁画，体现了儒、道、佛的和谐共存。

标准（ⅳ）：丽江古城的三个组成部分：大雁古城（包括黑龙潭）、白沙住宅群和蜀河住宅群，充分反映了不同时期的社会、经济、文化特征，遵循了山水资源的自然地貌。与纳西族、汉族、白、藏族等民族传统相结合，形成了一个突出的聚落。

标准（Ⅴ）：丽江古城融合了山川、河流、树木和建筑，创造了人与自然统一的人居环境。古镇北延平原，东延平原，生态布局良好。水系起源于白雪皑皑的山峰，流经村庄和农田。黑龙潭和散水井、泉水构成了一个完整的水系，满足了全镇的生活和生产的需要。水在古镇独特的建筑风格、城市布局和景观中扮演着重要的角色，主街、小巷前面是运河，一些建筑物和许多桥梁横跨运河。作为展示人与自然和谐相处的人类栖息地的一个极好的例子，古城是对人类在土地利用方面的独创性的杰出贡献。

丽江古城·四方街标志牌　（余晓灵　摄）

（三）丽江古城赋

名传文化古城，世界遗产；雄踞滇西北位，彩云之南。喜阳丽之能煌，千秋万世；寓木生而不困，有城无垣①。无规无矩，有水有山。流注三河寒玉，泉涌黑龙碧潭②。出象山享玉河之绕，清潆灵动③；分百水入舍园之户，澄净淑娴。路曰"祥和""长水""金虹"，址遗四庙；巷呼"文治""崇仁""兴义"，府邸并骈④。高原水城，悠悠八百余岁；小桥石道，芸芸千万炊烟。登狮山则灰顶鳞集，万户荣荣之象；入民院则时花绽放，五华熠熠之妍⑤。不逊繁达，茶马往来之古道；更彰鼎沸，巷街行宿之游瞻⑥。有骄学者英雄，西南翘楚；不老纳西古乐，中外名传。城滋长懋玉河，开三阳之泰⑦；民赖勤劳聪慧，行一善之缘。纳西族者，氐羌氏之后裔；时惟唐代，南迁而别祁连⑧。因水而活，若水上善。泽万物，滋久旱；纳千流，容浩瀚。

"尤古年"一系，善左右逢源⑨。晓大势而求和，称臣纳贡；获朱明之亲赐，木姓乃传⑩。五百载之土司，滇西北踞；数十回之征调，朝贡未闲。受封赐亦频仍，报国忠义；赏金银夫珠宝，牌匾高

59

悬⑪。时"振之"旅访，著《丽江记略》；言纳西族人，纪乡情风物⑫。赞"宫室之丽，拟于王者"。誉"北有故宫，南有木府"。至己卯之阳春，木府修缮；忆辉煌之鼎盛，旧址复原。街长百一十丈，地平三万；房舍百六十间，楼厅坊殿。列矗忠义坊、议事厅、万卷楼、护法殿，光碧楼、玉音楼、三清殿、官驿院；融汇纳西族、汉文化、活水渠，朝阳向、古朴韵、厚重风、建筑群、精工范。关门慰天子旗幡，开门有诸侯渊范⑬。真画栋雕梁之府，呼滇西丽江之冠！

丽江古城·木府　（来自全景视觉网）

　　三流清澈之河，万户纳西之津。土司流官之府，四方广场之村。小桥流水之景，古道热肠之仁。四合五天井，木石齐便；三坊一照壁，开掩宜人⑭。小院缀百花，四季绽缤纷之彩；木楼观流水，六弦拨知遇之音。"三眼井"鼎兴生态，古来秩序；两水车骈友遐宾，今伴游人⑮。月下闲聊普洱，嫦娥闻醉；庙堂主祭华神，福寿临门⑯。水流三百六十五天，木得水润；桥通三百五十四座，运畅时霖。"南门"跃"马鞍"，"玉龙""锁翠"；"映雪"昭"仁寿"，"天雨流芬"⑰。

　　清代改土归流，流官邸府；府衙县衙校场，书院城隍。忠孝节勇和，五德为要；仁义礼智信，五常炳煌。"方国瑜"之故居，不唯建筑；云南源属谬误，瑞臣纠妄⑱。为求学而北上，诚钻研而诣访⑲。师从燕园名宿，显耀西南边壤。刻苦认真严谨，专注钩沉既往。誉民族史学大师，享二十世纪德望。古滇王国，已两千余岁属汉；大理南诏，逢毗邻时崎宋唐⑳。滇史巨擘，南中泰斗；震古烁今，南国脊梁㉑。且夫周霖诗画，鼎堂师誉三绝㉒；丕震小说，历史回声百锽㉓。黄乃镇之履职，复修木府；丽江人之倔强，震后愈伤㉔。

　　于是民享福祉，人爱丽江。或稀奇于东巴文字，或细究于天雨流芳。或有羡于纳西古乐，或凭吊于宫殿文昌。或对歌于四方街肆，或惊艳于五凤楼坊。还忆三眼井搓衣洗菜，曾乘骈马车浪漫驰翔㉕。

畅履百桥，博爱风情里巷；赏花千舍，好姱佳丽芬芳㉖。雪山书院，纳西族兼赏汉月㉗；茶马古道，内陆商往返西疆。

嗟乎！双水车可寓夫妻母子，万古楼远眺雪峰鳞房。十四翘角，化玉龙山十三峰峦；卅三米高，寓丽江卅三万儿郎㉘。廿三个民族，廿三百吉祥。万龙万古，永盛隆昌。欣然命笔，赋撰丽江。

注

① 明洪武十五年纳西族首领归顺中央王朝被赐世袭姓"木"氏。丽江是中国历史文化名城中唯一无城墙的古城，据传是因筑城则如木外加框成"困"不吉。

② 丽江古城北部玉河出象山一分为三，成东、中、西三条河。

③ 清潦（liáo）：清澈明朗。

④ 丽江古城有祥和路、长水路、金虹路，有文庙、武庙、城隍庙、东岳庙四庙，有文治巷、崇仁巷、兴义巷名。并骈：土司府城、流官府城。

⑤ 五华：五色光华。

⑥ 游瞻：游览。

⑦ 长懋：长久兴盛。

⑧ 祁连：纳西族祖先从祁连山系的大坂山南麓一带向南迁徙。

⑨ 尤古年：纳西族祖先。向南迁徙后至滇西一带，在唐代形成了尤古年一系、梅醋醋一系、波冲一系等部落。

⑩ 丽江纳西族土司阿甲阿得审时度势，于公元1382年"率从归顺"，大获明皇朱元璋赏识，朱将己姓去掉一撇一横，钦赐其"木"姓，从此纳西传统的父子连名制就改成汉姓名字。

⑪ 木氏土司被赏赐的除金银珠宝外，还有田庄、金腰带、金带、金盾牌和明帝王御赐匾额。该家族历经元明清三朝建筑近百座，乃八百年大研古城心脏。

⑫ 振之：徐霞客（1586—1641），名弘祖，字振之，号霞客。1639年游历丽江之时，夜观木府曾惊叹："宫室之丽，拟于王者。"

⑬ 木府气派豪华称雄显耀一方，有"开门是诸侯，关门是天子"盛况。

⑭ 三坊一照壁：前有照壁的三合院。四合五天井：将照壁改成一坊房子，内有五个天井，是丽江古民居的典型建筑样式。

⑮ 三眼井：丽江居民开三级水池，上池饮用，中池洗菜，下池漂衣，符合卫生用水之法。两水车：两个圆形大水车，现为古城著名景观。

⑯ 华神：华胥氏。她是华夏之根、人类共祖。相传是中国上古时期母系氏族部落的一位杰出女首领，是伏羲与女娲之母。

⑰ 丽江古城有三百五十多座桥，有南门桥、马鞍桥、玉龙桥、锁翠桥、映雪桥、仁寿桥等。天雨流芳：纳西语"读书去"谐音，木牌坊上书"天雨流芳"四字，是纳西人推崇知识、重视教育之体现。

⑱ 方国瑜（1903—1983），字瑞丞，丽江古城区五一街人，纳西族，教授，当代著名社会科学家、教育家。1930年代，方国瑜就率先向法国汉学家伯希和有关歪曲云南、贵州历史的谬论发起驳斥，用无可辩驳的历史事实反击了他们"把南诏说成是泰族建立的国家的谬论。"证明早在公元前109年云南就属于中国汉王朝的一部分。

⑲ 诣访：前往拜访。

⑳ 南诏：南诏国（738—902），古代国名，是八世纪崛起于云南一带的古代王国。隋末唐初洱海地区有六个实力小国，各有国王统领，被称为六诏，其中的蒙舍诏（洱海南、西的哀牢人"蒙舍诏"（[今巍山县]）在诸诏之南，称为"南诏"。在唐王朝支持下，南诏先后灭了其他五诏，统一了洱海地区。

大理：大理国（937—1254）：是中国历史上在西南建立的多民族政权，疆域覆盖今中国云南、贵州西南部，以及缅甸、老挝、越南北部部分地区。1254 年被大蒙古国所灭。此后大蒙古国渐分裂为元朝（1271—1368）和四大汗国。

㉑ 中国现代著名历史学家、古文字学家徐中舒（1898—1991）教授称方国瑜是"南中泰斗，滇史巨擘"。

㉒ 周霖（1902—1977），纳西族，丽江玉龙县人，著名国画家、诗人。鼎堂：郭沫若，字鼎堂。郭高度评价周霖诗歌成就，称其"诗、书、画三超"。

㉓ 王丕震（1922—2003），云南丽江人，纳西族，中共党员，被誉为当代"巴尔扎克"。在 18 年时间里共创作 141 部历史小说，共 3000 万字。书中人物有 27 位帝王、52 位将相、25 位才子、17 位佳人等，是以独特眼光和手法描写中华民族五千年来上百个历史风云人物的第一人。锽：形容金属制打击乐器的洪亮声。《说文》：锽，钟声也。

㉔ 黄乃镇，当代丽江人，古城博物院院长。1996 年 2 月 3 日，丽江大地震之后，黄乃镇被任命为木府恢复项目的总指挥。

㉕ 在 1999 年秋，笔者游览丽江古城，与同事曾乘骈马车夜游古街，尽兴乃归。

㉖ 好姱（hǎo kuā）：容貌美好。《楚辞·九章·抽思》："好姱佳丽兮，牉（pàn）独处此异域。"

㉗ 汉月：借指祖国或故乡。

㉘ 万古楼：塔式五重檐全木结构建筑，高 33 米，象征原丽江纳西族自治县 33 万各族人民。主体木柱子 16 根均长 22 米，都是通天木柱，是中国全木结构斗拱建筑一柱通顶不连接的第一楼。楼顶藻井中有万个蟠龙，寓意万龙万古之盛，丽江人是龙的传人。

丽江古城·鲜花流水民居　（来自全景视觉网）

十二、平遥古城赋

（一）平遥古城概况

遗产名称：平遥古城 Ancient City of Ping Yao
入选时间：1997 年
遴选依据：文化遗产（ⅱ）（ⅲ）（ⅳ）
地理位置：山西省晋中市平遥县
遗产编号：812

平遥古城位于山西省中部，是一座具有 2700 多年历史的文化名城。古城始建于公元前 827 年至前 782 年间的周宣王时期，为西周大将尹吉甫驻军于此而建。自公元前 221 年，秦朝实行"郡县制"以来，平遥城一直是县治所在地。平遥古城历尽沧桑、几经变迁，成为国内现存最完整的一座明清时期中国古代县城的原型。迄今为止，古城的城墙、街道、民居、店铺、庙宇等建筑仍然基本完好，原来的形式和格局大体未动，城郊的镇国寺和双林寺它们同属平遥古城现存历史文物的有机组成部分。

鸟瞰平遥古城　　（来自全景视觉网）

（二）世界遗产委员会评价

平遥古城建于 14 世纪，是现今保存完整的汉民族城市的杰出范例。其城镇布局集中反映了五个多世纪以来，中国的建筑风格和城市规划的发展。特别值得一提的是，这里与银行业有关的建筑格外雄伟，因为 19 至 20 世纪初期平遥是整个中国金融业的中心。

Evaluation by the World Heritage Committee

Built in the 14th century, the ancient city of Pingyao is an outstanding example of a well-preserved Han city. Its town layout epitomizes the development of Chinese architectural styles and urban planning over more than five centuries. In particular, the buildings related to the banking industry here are particularly majestic, as Pingyao was the center of the entire Chinese financial industry in the 19th and early 20th centuries.

平遥古城符合以下世界遗产价值标准：

标准（ⅱ）：平遥古城风貌极好地体现了中国五千年来建筑风格和城镇规划的演变，其中融合了不同民族和其他地区的因素。

标准（ⅲ）：从 19 世纪至 20 世纪早期平遥古城是中国经济中心之一。城市中的商店和传统住宅是这一时期平遥古城经济昌盛的历史见证。

标准（ⅳ）：在明清时期（14-20 世纪），平遥古城是一个汉族城市典型案例，突出保留了所有特点。

山西 平遥古城 （来自汇图网）

（三）平遥古城赋

　　源肇西周，脉传晋赵；城开北魏，名改平遥。李唐起兵，武氏兵币；藩人互市，元贸驿交①。宋银易马，百货通辽②；大明市饶，富贾腴膏。护砖嵌于洪武，彪邑崛而雄刚③。方城乎四围铁壁，危楼夫三丈高墙。御洪涛于民幸，削敌寇犯城防。民安家睦，商利城昌。

　　安若磐石，固若金汤。四大街、四角楼，畅六城门达四海；八支街、八票号，集万银币于八方。七十二条古巷，阡陌纵横，民宅逾四千座；七十二座敌楼，爪牙呼应，军勇堪一十当。或名因祠庙，如罗汉、火神、关帝、真武、城隍。或街依建筑，若衙门、书院、旗杆、照壁、校场。或巷因姓氏，类阎家、冀家、郭家、马家之巷。

　　时惟明朝，固城以保。武备之城，民安之堡。悬桥以断，拒敌袭扰。营生之市，栖息之巢。有宋扬商，重文轻武；外敌屡犯，求和忍嚣。方城环堑，水灌其壕。垛旁掩射，楼顶察瞭。寇军高架云梯，上攀径取；敌楼危居马面，侧掷疾镖。边凸陷阱瓮城，诱敌误入④；烟火擂石飞箭，灭顶狂浇。路绕而时延，滞敌以慢；门开而位错，设瓮以炮⑤。四角楼高，凌空两边策应；独墙砖硬，抗弹百折不挠。其城乃护军民，无忧大难；其市乃招商贾，有银富饶。两千岁之脉魂，绵绵继继；六百年之鼎盛，袤袤佼佼⑥。

上　平遥古城·古代的著名票号
　　（来自全景视觉网）

下　平遥古城古代的著名当铺
　　（来自全景视觉网）

平遥古城庭院　（来自全景视觉网）

  于是乎戍边栈以驰快马，烽燧相继；收南茶以贸漠蒙，皮肉与襄⑦。埠靖通关，威仪文化；农兴耕垦，盗遁军强。百业昌隆，荣街闹市；千家兴旺，裕铺达坊。款资由省解交，兑收银票；票号助军协饷，出纳钱庄。大宗批发，需运销其款巨；票号汇兑，免解运之银当。日升昌记，乃中华银行之首。若平遥十大票号曰：蔚泰厚、天成亨、蔚长厚、协同庆、百川通、乾盛亨、谦吉升、宝丰隆、其昌德……。仿于介、太、祁、晋，驰誉汇通天下⑧！号分鲁、豫、辽、苏，出海日俄新国⑨。业务占神州其半，执全国金融之牛耳；晋人居商帮之魁，开赤县银行之先河。

  尔其特色突出，风韵独涵。镖局孪生，武林踊跃；巨银押运，完璧以还。城若巨龟，福寿长绵。东脚西爪，布四门于左右；北尾南头，建二门座后前。铺街巷为龟纹，聚财富寻归路；麓台塔为定桩，栓长桥系银链⑩。甲固城牢，丰腴雄厚；龟灵邦瑞，长寿平安。镇国寺之建筑，木楼典范⑪；双林寺之彩像，泥塑两千。竹马地秧歌，抬阁推光漆器；龙灯手工布，节节高跷旱船⑫。

  嗟乎！文庙时崛市井，晋商屡出豪隽。四水归堂，肥不流外⑬；万坊衍俗，民乐争艳。小北京之规格，大名声播赤县⑭；虽凭栏之一睹，历往事越千年。平遥之古镇，六百年翩跹。逍逍乎琤琤，继继乎绵绵⑮……

注

① 武氏：指武则天的父亲武士彟（huò）写兵书暗示支持唐朝开国皇帝李渊起兵，并以全副家当资助李渊作军费。

② 宋：宋朝。辽：辽国。

③ 洪武：明朝洪武三年，平遥城实施了军事防御性扩建。

④ 瓮城：城墙外或内专修的若篮球场大小的四周围成高墙的半圆形或方形的护门小城。设有箭楼、门闸、

雉堞等防御设施。

⑤瓮城之城门通常与所保护的城门不在同一直线上，以防攻城槌等武器的进攻。守军可从城墙顶的宽道居高临下猎杀入城的敌方。

⑥裒裒（póu póu）：聚集貌。

⑦襄：帮助。

⑧介、太、祁、晋：休休、太谷、祁县、晋中，都是山西的县或市名称。

⑨新：新加坡。

⑩龟在中国文化中是吉祥长寿的灵兽。麓台塔：平遥城外十二里的石塔。长桥：平遥下东门外斜垮惠济河的九眼桥。传说此桥代表系在塔桩上的链环，栓住了城区。

⑪平遥镇国寺的主体建筑，建于五代北汉天会七年（公元963年），誉为千年瑰宝，是我国现存最古老的木结构建筑之一。镇国寺是世界文化遗产平遥古城的重要组成部分。

⑫竹马、地秧歌、抬阁、龙灯、节节高、高跷、旱船是平遥的民俗活动；推光漆器、手工布是当地名产。

⑬四水归堂：平遥古城民居铺面屋脊外高里低，雨水流到院内天井，寓意聚财而"肥不流外"。

⑭平遥古城，古有"小北京"之美誉。

⑮逷逷：越伦超等。璚璚：稀少珍贵。

平遥古城敌楼　　（来自全景视觉网）

十三、苏州古典园林赋

（一）苏州古典园林概况

遗产名称：苏州古典园林 Classical Gardens of Suzhou
入选时间：1997 年
遴选依据：文化遗产（ⅰ）（ⅱ）（ⅲ）（ⅳ）（ⅴ）
地理位置：位于江苏省苏州市
遗产编号：813

苏州是著名的历史文化名城和国家重点风景旅游城市，物华天宝，人杰地灵，自古以来被人们誉为"园林之城"，其盛名享誉海内外。苏州古典园林历史绵延 2000 余年，在世界造园史上有其独特的历史地位和价值，它以取法自然、天人合一为设计理念，以写意山水的高超艺术手法，蕴含浓厚的传统思想文化内涵，展示东方文明的造园艺术典范，实为中华民族的艺术瑰宝。1997 年苏州拙政园、环秀山庄、留园、网师园作为苏州园林的代表被批准列入世界遗产名录，2000 年 11 月扩展沧浪亭、狮子林、艺圃、耦园和退思园列入世界遗产名录。

苏州拙政园水榭　　（来自全景视觉网）

（二）世界遗产委员会评价

没有任何地方比历史名城苏州的九大园林更能体现中国古典园林设计"咫尺之内再造乾坤"的理想，苏州园林被公认是实现这一设计思想的杰作。这些建造于11至19世纪的园林，以其精雕细琢的设计，折射出中国文化取法自然而又超越自然的深邃意境。

Evaluation by the World Heritage Committee

Classical Chinese garden design, which seeks to recreate natural landscapes in miniature, is nowhere better illustrated than in the nine gardens in the historic city of Suzhou. They are generally acknowledged to be masterpieces of the genre. Dating from the 11th-19th century, the gardens reflect the profound metaphysical importance of natural beauty in Chinese culture in their meticulous design.

苏州古典园林符合以下世界遗产价值标准：

标准（ⅰ）：苏州古典园林深受中国传统写意绘画的传统工艺和造园手法的影响，是中国传统文化精髓的极致体现，其艺术的完美展现使其成为中国古代最具创造性的造园杰作。

标准（ⅱ）：苏州古典园林在跨度2000余年内，形成独特并系统的造园艺术体系，其规划、设计、施工技术、艺术效果，对中国乃至世界园林发展产生了重大影响。

标准（ⅲ）：苏州古典园林反映了中国古代文人士大夫所追求的与自然和谐、修心养性的文化传统，是体现中国古代文人智慧和传统的最完美的遗存。

标准（ⅳ）：苏州古典园林是11至19世纪中国江南地区最生动的文化标本，其蕴含的哲学、文学、艺术和传承的建筑、园艺及各类手工技艺，代表了该地区当时社会文化和科学技术的发展成就。

标准（Ⅴ）：苏州古典园林是中国传统居所与精心设计的自然环境完美结合的杰出范例，反映了11-19世纪江南地区的生活、礼仪和习俗。

（三）苏州古典园林赋

阊闾建城，登姑苏而望五湖山水；滥觞宫苑，眺别囿而游十苑群英①。溯源于春秋，发展于晋唐；繁荣其两宋，全盛之明清。传承之当代，鸿茂乎园亭。乃臻原真完整其延，一心保护；抢救维修重现，百园之城②。章法文辞，匾额雕刻楹联书画；氛围香韵，摆件碑石家具窗棂。布局寓文化意识，诗情画意；结构取衬托对借，哲理比兴。

静里乐恬，浓缩中现宏阔；小中见大，变换中涵永恒。洞径桥池，门阶廊院；树石花草，阁榭楼亭。抚琴弈棋，窗秀叠山理水；赋诗品酒，清斋满座高朋③。沧浪之亭，吴越宋延；兴颓转换，传承千年。掩林隅乐心高，以自然为襟尚；偕户廊标俊逸，步池岸而贞闲④。老树虬藤，疏案剑兰浓墨；假山沧浪，清风明月昵檐。嵌栅格百式之图，漏窗问鲤；咏石垒千姿之瘦，踱径凭栏⑤。清缨浊足，傲濯疏狂之腑；远山近水，但疑陋妄之言⑥。

狮子林其雅，禅宗之理，园苑其华。假山雅望，赤县钦嘉⑦。对照指柏，飞瀑问梅读真趣；环石浮舫，见山立雪忆荷花⑧。品气韵形神之灵动，读透瘦漏皱之风华⑨。九路曲桥秋水，三叠碎玉琼花。燕誉绕堂，"通幽""入胜""听香""读画"；狮峰起舞，"吐月""含晖""玄玉""昂霞"⑩。缀藤草竹蕉，古松昭生气；屹碑楼亭院，禅理慧佛家。

拙政园豪奢，逍遥而筑室，拙政砌园棐⑪。小桥轩馆谐复廊，树撑叠伞；楼榭亭台皆临水，湖缀婷荷。青瓦粉墙，秀格窗之石韵；朱阁白雪，骈池镜之月娥⑫。窗开焕五彩花坛，方亭拥翠；夜雨炫重檐金廊，曲径绕泽⑬。沐秋色染丹枫之火，描春兰垂赭案之碟⑭；观盆景知野酌之趣，恋季花享浓艳之得。列四大园林，标中华风格⑮！

苏州·狮子林假山亭桥水景
（来自全景视觉网）

苏州园林　卵石拼花地面
（来自全景视觉网）

　　留园芬芳，西区山水形胜，东区轩舍琳琅。假山石土互搭，天然得趣；溪涧草花拥簇，灵动溢芳。楼阁坊榭亭廊，高低错落；字画珍玩家具，扬抑典藏。听呢喃流水，踱悠婉轩厢。登丘凌云汉之玄，三千重星雨；享景换步移之妙，七百米龙廊⑯。水阁"活泼泼地"，极峰云、云、云祥⑰。已借田园醉乎盆景，欲盼圆门顾其漏窗。"林泉耆硕"之馆，庭院厅骈"鸳鸯"⑱。"五峰仙馆"精髓，豪华楠木⑲；"盛宅""祠堂"名显，留园遗芳。舫"绿荫轩"室雅，"清风池"鲤亭翔㉑。身沐书香之辽缅，心抒情志之透详。"还我读书处"，"揖峰""舒啸"昂㉒！

　　其诸园亦佳。微苑幽深，"万卷堂""看松读画"；布局精巧，网师园"引静""射鸭"㉓。"环秀山庄"独步，假山"大斧"奇葩㉔。危径松兰，"飞雪"清泉"四面"；绿池绝壁，垒石幽谷巉崖㉕。园浮水上亭阁，退则思过；轩榭独楼成景，四时绽花㉖。"四堂"室居，窗廊坊府亭阁树；诸桥"艺圃"，山水石台井径崖㉗。"耦园"因名，分夹宅侧；三面环水，听橹轻哗㉘。明理而读书，心展重檐之鹏翼；迎宾而"载酒"，堂荣贤俊之才华㉙。荟萃其山野，本固其道禅㉚。浓缩于池院，崇尚于天然。纳"咫尺天涯"而创，修"百家文史"而涵㉛。名取其优雅，亭跃其翼翩㉜。花差于石媚，水秀于活恬。簇集苏州之市，传承九域；不拒江湖之远，拓创园缘㉝……携雅赏之方家，红其热焰；慰古稀之浪士，赋其培元㉞。

　　噫嘻，姑苏之古城，园林自然悠古；江南之尘世，礼仪习俗雅然。舍、园、工、技，科学之成就；哲、文、艺、术，文化之风帆。嗟乎！修身养性之追求，精致体现；文化精髓之创造，智慧薪传。取法于自然，超越乎自然。至矣！

注

① 阖闾（hé lǘ）：春秋时的吴王。姑苏：苏州古称。五湖：《史记·河渠书》"上姑苏，望五湖"。泛指太湖统一水体前该平原多个湖泊。十园：春秋时，已有夏驾湖、长洲苑、华林园、吴宫后园、姑苏台、虎丘等十园囿。别囿：别苑。

② 至 2015 年，苏州市公布了四批《苏州园林名录》（108 个园林），重现了"百园之城"盛景。

苏州拙政园·窗花什锦
（来自全景视觉网）

③ 叠山理水是苏州古典园林造法的要诀之一。叠山指垒石创造假山。

④ 襟尚：襟怀和习尚。俊逸：喻英俊洒脱且超群拔俗之人。贞闲：清高闲逸。

⑤ 百式：沧浪亭园林有108式构作精巧的漏窗，图案花纹变化多端，无一雷同。

⑥ 清缨浊足：屈原《渔父》："渔父……乃歌曰：'沧浪之水清兮，可以濯吾缨；沧浪之水浊兮，可以濯吾足。'"濯（zhuó）：洗。缨：系帽的带子。2000年，沧浪亭、狮子林、退思园、艺圃、耦园作为苏州古典园林的扩展项目也被列为世界文化遗产。

⑦ 禅宗：狮子林景点内有禅寺。钦嘉：敬重而嘉许。狮子林为苏州四大名园之一，距今已有650多年的历史。

⑧ 狮子林有对照亭、指柏轩、飞瀑亭、问梅阁、真趣亭、环湖的太湖石假山、石舫、见山楼、立雪堂、湖中荷花等建筑及景点。

⑨ "瘦、皱、漏、透"为太湖石赏石四诀。

⑩ 燕誉堂为狮子林主要建筑。堂屋门上有"通幽、入胜、听香、读画"砖刻门匾。园内叠石景观似狮舞之状，有"含晖、吐月、玄玉、昂霞"等名峰，狮子峰为诸峰之首。

⑪ 逍遥筑室、拙政：拙政园。晋·潘岳《闲居赋》："筑室种树，逍遥自得，……灌园鬻蔬，以供朝夕之膳……此亦拙者之为政也。"之意。

⑫ 池镜：亭阁映池之倒影。月娥：月中仙子。借指月亮。

⑬ 金廓：当今夜间，亭阁轮廓的电灯灯饰。

⑭ 赭案：赭色之案，代指红木家具。

⑮ 北京颐和园、河北避暑山庄、江苏拙政园、江苏留园为中国四大名园。

⑯ 留园精美的长廊长达七百米。

⑰ 留园西部假山东麓有水阁名"活泼泼地"。"林泉耆硕之馆"厅北矗立有留园的"冠云、瑞云、岫云"三峰。冠云峰高6.5米，传为宋代花石纲遗物，系江南园林最高大之湖石。

⑱ 林泉耆硕之馆厅中，以雕镂圆洞落地罩隔窗棂，地坪砌方砖，风格各异的鸳鸯双厅。

⑲ 因盛康从文徵明处得峰石置园内，故名"五峰仙馆"。梁柱家具均以楠木制作，俗称楠木厅。装修精

丽而陈设典雅，乃江南厅堂典型。

⑳ 名显：清光绪二年（1876年）该园为盛旭人所据，始称留园。留有"盛宅""祠堂"旧址。留园遗芳：特指苏州园林"留园"。

㉑ 绿荫轩、清风池馆为留园景观建筑名。

㉒ 还我读书处、揖峰轩、舒啸亭均为留园景观建筑名。东晋·陶潜《归去来辞》"登东皋以舒啸，临清流而赋诗"。

㉓ 微苑：网师园占地不足十亩，是苏州最小园林。万卷堂、看松读画轩均为本园建筑景观名。引静：园内最小石拱桥引静桥，桥长仅212厘米，宽30厘米。射鸭：射鸭廊。网师园为世界文化遗产。

㉔ 环秀山庄以假山名扬天下，为世界文化遗产。大斧：戈氏叠山运用的"大斧劈法"。此庄叠石系清代园林建筑工艺家戈裕良（1764—1830）所建，其擅堆筑假山石，技法胜其时诸家。

㉕ 庄内有四面厅建筑、飞雪泉景点。

㉖ 退思园水面过半，建筑皆紧贴水面而筑，如浮水上，是中国唯一的贴水园建筑。园有退思草堂建筑，名取之"退则思过"。园内每处建筑既可独自成景，又呼应他景。

㉗ 四堂："艺圃"园有博雅堂、东莱草堂、世伦堂、阳光书堂四个取名"堂"的建筑。诸桥：园内有多个小桥。

㉘ 主宅西、东各建一园，乃名耦园，耦通偶。三面环河，时闻摇橹之声。

㉙ 读书：园内有藏书楼。重檐：耦园主厅为苏州园林少见的重檐楼阁。园内有载酒堂、群贤堂景观建筑。

㉚ 道：道法自然；禅：虔修静思。

㉛ 于咫尺而纳天涯之意境，涵修百家文化来营构园林建筑和陈设，是苏州古典园林之要诀。

㉜ 苏州古典园林各园苑的取名，以及园内各亭馆楼堂廊坊取名，无不深涵中华诗书道禅儒家文化。

㉝ 九域：九州，中华的别称。

㉞ 携：拉着（手）。浪士：寄迹于水滨的隐士。

苏州退思园·室内书画　（来自全景视觉网）

上　苏州留园·花圃　（来自全景视觉网）
下　苏州留园·镇馆之宝冠云峰　（来自全景视觉网）

十四、北京皇家园林——颐和园赋

（一）北京皇家园林——颐和园概况

遗产名称：北京皇家园林-颐和园 Summer Palace, an Imperial Garden in Beijing
入选时间：1998 年
遴选依据：文化遗产（ⅰ）（ⅱ）（ⅲ）
地理位置：北京市海淀区
遗产编号：880

颐和园是中国清朝时期的皇家园林，位于北京西郊。它是以昆明湖、万寿山为基址，以杭州西湖为蓝本，汲取江南园林设计手法而建的一座大型山水园林，被誉为"皇家园林博物馆"。1750 年，乾隆皇帝为孝敬其母，动用 448 万两白银，把明武宗修建的"好山园"行宫等四座大型皇家园林改建为清漪园。1860 年被英法联军焚毁。光绪十四年（1888 年）重建作皇家消夏园区，改称颐和园。1900 年其珍宝又遭八国联军劫掠一空。慈禧太后再次扩充陈设修复。新中国成立后，颐和园所藏文物计四万余件。现园区占地 3 平方千米，水面约占四分之三。有景点建筑 100 余座、大小院落 20 余处，面积 7 万平方米。以佛香阁为中心，亭、台、楼、阁、廊、榭等各类建筑 3000 多间，古树名木 1600 余株。代表建筑有佛香阁、长廊、石舫、苏州街、十七孔桥、谐趣园、大戏台等。1961 年颐和园被公布为第一批全国重点文物保护单位，与同时公布的承德避暑山庄、苏州拙政园、苏州留园并称为中国四大名园。

颐和园·昆明湖、玉泉山　（余晓灵　摄）

（二）世界遗产委员会评价

北京颐和园，始建于1750年，1860年在战火中严重损毁，1886年在原址上重新进行了修缮。其亭台、长廊、殿堂、庙宇和小桥等人工景观与自然山峦和开阔的湖面相互和谐地融为一体，具有极高的审美价值，堪称中国风景园林设计中的杰作。

Evaluation by the World Heritage Committee

The Summer Palace in Beijing - first built in 1750, largely destroyed in the war of 1860 and restored on its original foundations in 1886 - is a masterpiece of Chinese landscape garden design. The natural landscape of hills and open water is combined with artificial features such as pavilions, halls, palaces, temples and bridges to form a harmonious ensemble of outstanding aesthetic value.

北京皇家园林——颐和园符合以下世界遗产价值标准：

标准（ⅰ）：北京颐和园是中国园林设计创作艺术的杰出体现，融人文与自然于一体。

标准（ⅱ）：颐和园集中体现了中国园林设计的哲学和实践，它在整个东方文化发展形式中发挥了关键作用。

标准（ⅲ）：颐和园是世界主要文明之一的有力象征。

（三）北京皇家园林——颐和园赋

四大名园，列中国之魁榜；誉满环宇，标世界之遗产。叹为观止，东方奇绝；游心骇耳，京都雅苑。皇家行宫御享之园，皇家园林博物之馆。万寿山之宫殿，叠翼峥嵘；昆明湖之碧波，泛舟浪漫。江南园林之手法，花香宫院；杭州西湖为蓝本，峰影微澜。国强盼民富，十亿众熙颜。三水一陆，占地四千余亩；一湖一山，览景四时怡颜①。

元"守敬"水滋漕运，明诸皇心荡锦帆②。取汉武练水师意，截三溪水充湖，谓昆明湖；诏乾隆挖土石令，掘万轫土垒山，名万寿山③。改曰清漪，乾隆慧四园而建；盗珍焚殿，外军恶两毁斯园④。老佛爷再修，陈设充实渐备；管理处保护，文研林建科宣⑤。皇苑沧桑，工技纷呈才艺；公园衰旺，人民游享休闲。避暑山庄、颐和园，京畿园林皇冠；苏州留园、拙政园，江南瑰玮峰巅⑥。噫吁嚱！四大名园，中国名榜；誉满环宇，世界遗产。

门开新、东、北、西之户，墙围山、湖、街、院之环。建筑百座，房舍三千；平湖卅顷，古木参天⑦。一山一湖，雪梅云影；一重一掩，星月晴岚。四湖分南、西、后湖，昆明其湖；一山曰前、后、瓮山，万寿之山。湖中有岛，湖山毗连。画舫游弋，游客凭栏。楼殿依山，阁塔飞檐。山寓康福万寿，湖似仙桃一丸⑧。藏汉佛寺，廊桥堤船。绿树掩映，彩蝶翩跹。花香鸟语，钟梵佛缘。院街人影，灯火阑珊。烟霞旖旎，气象万千！

世界之最，北岸长廊⑨。逶迤横卧，画栋雕梁。岸摇垂柳，山沐和阳。青山绿树，黄瓦琳琅。中轴矩院，龙蟠鹂翔。楼阁塔殿，宫阙斋堂。亭园寺庙，轩榭门坊。多宝塔高，祥亭谐趣；四重八面，巨阁佛香。宝云铜阁，尘掩辉煌。智慧之海，佛殿无梁⑩。四大部洲，佛缘汉藏。形如桃蒂，后湖狭长。苏州街头，宴饮金闾游往；涵虚堂外，昔阅水军驰航⑪。六合太平，宝瓶铜鹿铜鹤，堂名乐寿；玉棠富贵，牡丹红海红棠，院沐薰香⑫。东有文昌阁，文韬定国；西矗宿云檐，武略安邦⑬。

双堤分三湖，一水绕三山⑭。构三岛嘉名：藻鉴堂、治镜阁、南湖岛；愿三图仙境：方丈洲、瀛洲屿、蓬莱山⑮。石桥缀长堤，鼎岛秀澄澜⑯。仿苏堤之六桥，西堤飘浅；分前后之四湖，昆明、西、南。柳桥观柳、镜桥赏花、练桥如练，界湖洞方、豳风亭长、玉带拱圆⑰。清晏石舫，静水浮船精致；十七孔桥，群足携手毗连。霞映西山之岚，泛舟兴高采烈；景借玉泉之塔，游客接踵摩肩。

真东方奇观也：山湖园林，堤岛桥泉；亭阁楼殿，宫城墙垣；古木奇石，坊廊牌匾；彩描雕像，镌刻楹联。上自商周，唐宋元明；下迄晚清，珍宝集全。真露天博物，颂颐和一园！咸丰十年，强夷盗犯；西洋联军，焚掠野蛮。兵伙八国，浩劫颐园。残破仅存，五百余件。慈禧荟萃，珍藏于馆。北京和平解放，文物免毁一旦。喜成立新中国，续国有颐和园。铜玉金银、竹木牙角，瓷器乐器、漆器根雕。字画古籍、珐琅钟表。珠宝玲珑，家俬奇逸；帐御豪奢，保护精娴。宫廷秘制，皇家御范。添缮芸芸文物，集陈累累四万。中外文物，国级二万。

嗟乎，国有之瑰宝，千秋之珍玩。世界文明之无价，历史慰有其承传⑱！

颐和园·佛香阁　（余晓灵 摄）

注

① 三水一陆：颐和园水体占三分、山体占一分。四时：四季。

② 元守敬：元代水利家郭守敬。他引上游水源入湖，成可济漕运之水库。锦帆：装饰华丽的船。

③ 汉武：汉武帝。三溪水：乾隆拦西山、玉泉山、寿安山三山溪水。轸（zhěn）：借指车。

④ 四园：乾隆帝继位前此处已有四座皇家园林。乾隆帝令建成清漪园。1860年、1900年外国联军两次焚毁颐和园。

⑤ 光绪十四年（1888年）重建，改称颐和园。1990年被外军毁坏后，慈禧（老佛爷）主持恢复重建。共和国建立公园管理处至今，进行多项研究并修复保护。

⑥ "颐和园、承德避暑山庄、苏州留园、拙政园"并称为中国四大名园。

⑦ 顷：面积为一百亩。

⑧ 颐和园湖形恰似"北圆南尖"的桃子果体。

⑨ 湖区北岸的长廊长达728米，1992年入选吉尼斯世界纪录。

颐和园·石舫　（余晓灵　摄）

⑩ 智慧海殿，仿梁砖砌，实际无梁柱。

⑪ 金阊：苏州别称，因有金、阊两城门。涵虚堂：南湖岛假山上主殿，有露台绕石雕栏，乃皇帝检阅水军处。1886年慈禧懿旨清廷秘密动军费"修治清漪园工备操海军"，并提出"创办昆明湖水操学堂"。

⑫ "乐寿堂"匾为光绪帝手书，是湖东北皇帝游居的主建筑。铜鹿铜鹤铜宝瓶雕塑，寓意六（鹿）合（鹤）太平（瓶）；院内种玉兰、海棠、牡丹，寓意玉堂（棠）富贵（牡丹）。

⑬ 文昌阁供奉着文昌帝君，古时认为是主持文运功名的星宿。湖西北的宿云檐，供奉着武圣关帝。

⑭ 双堤：西堤及支堤。三山：湖中三个小岛。

⑮ 营造的三岛"藻鉴堂、治镜阁、南湖岛"对应东海传说中的"方丈、瀛洲、蓬莱"三座仙山。

⑯ 澄澜：清波。

⑰ 仿制杭州宋代苏轼主持修建的"苏堤"，清代在颐和园西堤上建的六桥名叫柳桥、镜桥、练桥、界湖、豳（bīn）风、玉带。豳风是《诗经》十五国风之一，古豳国的风谣。

⑱ 联合国教科文组织对颐和园进入《世界遗产名录》的评价是："以颐和园为代表的中国皇家园林，是世界几大文明之一的有力象征。"

中国·世界遗产赋

上　作者考察颐和园　　　（崔红秀 摄）
下　颐和园·云辉玉宇坊　（余晓灵 摄）

78

十五、北京皇家祭坛——天坛赋

（一）北京皇家祭坛——天坛概况

遗产名称：北京皇家祭坛——天坛 Temple of Heaven: an Imperial Sacrificial Altar in Beijing

入选时间：1998年

遴选依据：文化遗产（i）(ii)(iii)

地理位置：中国北京东城区

遗产编号：881

天坛位于北京的南端，是明清皇帝每年祭天和祈祷五谷丰收的地方。天坛建于明永乐十八年（1420年），与故宫同时修建，面积约270万平方米。天坛有两重围墙，形成内坛和外坛。内外墙的南面二

北京天坛·祈年殿　（余晓灵 摄）

角都是方角，北面二角都是圆角，象征"天圆地方"。主要建筑物都在内坛，南有圆丘坛、皇穹宇，北有祈年殿、皇乾殿，由一座高2米半，宽28米，长360米的甬道，把这两组建筑连接起来。天坛的总体设计，从它的建筑布局到每一个细部处理，都强调了"天"。天坛是建筑与景观设计的杰作，也是一处集中国古代建筑学、声学、历史、天文、音乐、舞蹈等成就于一体的闻名世界的风景名胜和文化遗产。

（二）世界遗产委员会评价

北京皇家祭坛——天坛建于15世纪上半叶，座落在皇家园林当中，四周古松环抱，是保存完好的坛庙建筑群，无论在整体布局还是单一建筑上，都反映出天地之间的关系，而这一关系在中国古代宇宙观中占据着核心位置。同时，这些建筑还体现出帝王将相在这一关系中所起的独特作用。

Evaluation by the World Heritage Committee

Built in the first half of the 15th century, the Temple of Heaven, the imperial altar in Beijing, is a well-preserved altar temple complex surrounded by ancient pines, both in terms of overall layout and single building, reflecting the relationship between heaven and earth, which occupies a central position in the ancient Chinese cosmology. At the same time, these buildings also reflect the unique role that the emperor will play in this relationship.

北京皇家祭坛——天坛符合以下世界遗产价值标准：

标准（ⅰ）：天坛是建筑和景观设计的杰作，它简单而生动地描绘了一个对世界演变极其重要的伟大文明。

标准（ⅱ）：天坛的象征性布局和设计对远东的建筑和规划产生了深远的影响。

标准)(ⅲ)：两千多年以来，中国一直由封建王朝统治，天坛的设计和布局象征着它的合法性。

（三）北京皇家祭坛——天坛赋

古时诸家，所尊宇宙本源；至上之神，乃谓太一元始①。元气初分，清阳为天，浊阴为地。萬物所陈列，千秋之化宜。天者，日月星辰之所，穹汉太空之域；地者，山川石骨之构，木毛土肉之机。祭祀天地，上溯四千余载；帝明道义，下通一窍灵犀。天之道始万物，地之道生万庚②。气血为阳阴之别，礼享则组分而匹。安泰王土，兆皇天国统之幸；丰登五谷，无农业民生之虞③。

祈年殿·36根楠木高柱　（陈志平　摄）

祭天坛·圆心石　　（陈志平摄）

青红黄白黑五土，以土示之谓社；麻黍稷麦豆五谷，以中尊长为稷[4]。社乃土地之神，国是根基；稷为五谷之神，本务农事。帝比上天之子，授权而统民治。人之道，顺天时，合地理，表国家，谓社稷！

自汉以降，各朝略异。位南郊北郊，分冬至夏至[5]。南郊承周朝之圜丘，北郊仿周代之方泽[6]。延至有明，仍承古制[7]。南北之郊，分祭天地。建圜丘于钟山之阳，方丘于钟山之阴。明太祖敕许[8]。冬至则祀昊天上帝于圜丘，以大明、夜明、星辰、太岁从祭；夏至则祀皇夫地祇于方丘，以五岳、五镇、四海、四渎从祀[9]。迁都北京，乃改南京规制；至嘉靖初，皆为天地合祭[10]。明永乐为大祀殿矩形，合祀天地；嘉靖期改三重檐圆形，大享殿屹；乾隆改蓝瓦金顶祈谷，祈年殿葺。因嘉靖九年，世宗既定《明伦大典》："二至分祀，万代不易之礼……当遵皇祖旧制，露祭于坛，分南北郊[11]。"

自此天地分祭，遂为明清之制：位城南者，此天坛本园；位城北者，彼地坛另址[12]。紫烟升而祀天，牲血降而祭地。天之上，以燔燎禋祀，升乾之天神；地其下，以血祭葬埋，滋享之地祇[13]。露祭于圜丘之坛，专祀上帝[14]。重殿祈谷，五方五谷丰登[15]；圜丘祀天，天子天神互语。

历明清六百年风雨，处南郊四千亩苑墙。为苍松翠柏襄助，柱楠木琉璃殿堂[16]。天坛之规制，合内外两坛，容圜丘、祈谷之域；寓天圆地方，围圆北、方南之墙。一墙分北南，双区联袂；二坛座首尾，一轴中当。中有丹陛桥、成贞门达济金镶。北有祈谷坛、祈年殿、皇乾殿，祈年门兆祥迎瑞；南有圜丘坛、皇穹宇、三音石，回音壁反馈声芳[17]。

日行南至，直阳北还。阳生春来，阳景极南[18]。昼长递渐，黄道浑圆。冬至祭祖，宴饮如年[19]。天子出郊，心晤苍天。敬天法祖，斋戒诚虔。

81

天子亲主持，礼部详备办。悉有仪卫兵器、旌旗静鞭、銮驾伞盖、仪幡宫扇。京八件御膳：福字喜字、太师寿桃、鸡油枣花、银锭酥卷。礼序者谨严：香醴秩宣、迎神行礼、进俎初献、亚献终献[20]。备幡帛仪仗，牺牲古乐；莅君臣执事，饮福受胙[21]。捧帛捧馔，燎炉焚烧；帝至望燎，观焚祭膳[22]；唱奏礼毕，祭天已典。

幸甚至哉，民以食为天！风调雨顺之祈，丰衣足食之愿。敬飨滋润民生，哺育万物，献爵彻馔[23]；跪拜昊天上帝，祖宗诸神，感恩苍天。

作者考察北京天坛·九龙柏　（自摄）

注

① 太一：古代指形成天地万物的元气。
② 庚：露天仓库。
③ 虞：忧虑。
④ 五土：古代帝王铺填社坛分封诸侯仪式所用之土。东汉·蔡邕《独断》：天子大社，以五色土为坛。稷：稷为五谷之长（zhǎng）。
⑤ 祭地之礼源自上古。冬至在南郊祭天，夏至在北郊祭地。东汉·郑玄："阳祀，祭天于南郊及宗庙；阴祀，祭地北郊及社稷也。"
⑥ 圜丘（yuán qiū）：古代帝王冬至祭天之地。方泽：古代夏至祭地祇的方坛。因为坛设于泽中得名。
⑦ 有明：明朝。
⑧ 钟山：又名紫金山，位于南京城长江南岸。
⑨ 摘于《明史·卷四十八》"礼二、郊祀之制"。五镇：均为历代帝王加封祭祀的五处名山：山东东镇沂山、浙江绍兴南镇会稽山、陕西宝鸡西镇吴山、辽宁北镇医巫闾山、山西中镇霍山。四海：我国古时所指东海、西海、南海、北海，泛指海内之地，也泛指全国各地。四渎（dú）：古代江、淮、河、济诸水的总称。渎：小渠，亦泛指河川。
⑩ 天坛是明永乐十八年（1420年）仿南京形制建天地坛，合祭皇天后土，时在大祀殿行祭典。
⑪ 嘉靖九年（1530年），"明世宗既定《明伦大典》"，"二至分祀"。
⑫ 地坛：又称方泽坛，在中国北京安定门外，始建于明代嘉靖九年（1530年），是明世宗以后明清两代皇帝每年夏至祭祀土地神之地。
⑬ 燔燎（fán liáo）：烧柴祭天。禋祀：古代祭天的一种礼仪。先燔柴升烟，再加牲体或玉帛于柴上焚烧。
⑭ 露祭：露天祭祀。上帝：中华含义指上天之帝，并不代表某一个神明。此也不是指西方宗教中的上帝。
⑮ 重（chóng）殿：指三重檐顶的祈年殿。大祀殿废弃后，改为祈谷坛。后在坛上另建大享殿。五方：东、西、南、北、中，泛指各地。

上　天坛·丹陛桥　（余晓灵　摄）

下　天坛·圜丘坛　（余晓灵　摄）

⑯ 今天坛的祈年殿由 28 根金丝楠木大柱支撑，环转排列，支撑三重檐顶。盖蓝色琉璃瓦。

⑰ 声芳：美好的名声。圆形的回音壁内墙光滑，能清晰地听到对面反射过来的说话声。

⑱ 中国国土位于北半球，太阳光冬至直射到南回归线，就开始往北返回。唐·韦应物《冬至夜寄京师诸弟兼怀崔都水》有"阳景极南端"诗句。

⑲ 冬至：古有"冬节""亚岁""冬至大如年"之说。祭祖：古人认为冬至后白昼渐长，阳气回升是吉日。在这一天历代王朝都要举行隆重盛大的祭天大典，民间就有祭祖习俗。

⑳ "迎神、行礼、进俎、初献、亚献、终献"是祭天的重要程序。进俎［jìn zǔ］：进献盛放着牛羊等肉食的礼器。古代祭祀时献酒三次，合称"三献"：初献爵、亚献爵、终献爵。

㉑ 饮福受胙（zuò）：古代祭祀的仪礼之一。福：祭酒；胙：祭肉。重大祭祀完毕后，君臣及执事人员共饮祭酒吃祭肉。皇帝先饮酒受肉，再赐群臣。认为经祭献之酒肉已受神之福。

㉒ 帛：丝织品的总称。馔：食物，多指美食。按大祭礼制，烧祭时主家人要站在"望燎位"上观看以尽孝道。此仪曰"望燎"，是祭祀最后一道程序。

㉓ 彻：撤去。

十六、大足石刻赋

（一）大足石刻概况

遗产名称：大足石刻 Dazu Rock Carvings
入选时间：1999 年）
遴选依据：文化遗产（ⅰ）(ⅱ)(ⅲ)
地理位置：位于重庆市大足区
遗产编号：912

大足石刻是重庆市大足区境内主要表现为摩崖造像的石窟艺术的总称。最初开凿于初唐永徽年间，以"大丰大足"而得名，历经晚唐、五代，盛于两宋，明清时期也有所增刻。大足石刻的造像以佛教为主，也有道教和儒教的造像。它们规模宏伟、艺术精湛、内容丰富，其浓厚的世俗信仰和纯朴的生活气息

大足石刻睡佛　（余晓灵　摄）

把石窟艺术生活化推至空前的高度，反映了历史上这个时期佛教、道教和儒家思想和谐相处的局面，是佛教艺术中国化、世俗化、生活化的典范。

大足区境内石刻造像星罗棋布，公布为文物保护单位的摩崖造像多达75处，雕像5万余身，铭文10万余字。大足石刻规模宏大，刻艺精湛，内容丰富并具有鲜明的民族特色，具有很高的历史、科学和艺术价值，在我国古代石窟艺术史上占有举足轻重的地位，被国内外誉为神奇的东方艺术明珠，是天才的艺术，是一座独具特色的世界文化遗产的宝库。

（二）世界遗产委员会评价

大足地区的险峻山崖上保存着绝无仅有的系列石刻，时间跨度从9世纪到13世纪。这些石刻以其极高的艺术品质、丰富多变的题材而闻名遐迩，从世俗到宗教，鲜明地反映了中国这一时期的日常社会生活，充分证明了这一时期佛教、道教和儒家思想和谐相处的局面。

Evaluation by the World Heritage Committee

The steep cliffs of the Dazu region have a unique series of stone carvings dating from the 9th to 13th centuries AD. Renowned for their high artistic quality and varied subject matter, these stone carvings vividly reflect the daily social life of China during this period, and fully prove the harmonious coexistence of Buddhism, Taoism and Confucianism during this period.

大足石刻符合以下世界遗产价值标准：

标准（ⅰ）：大足雕刻代表了中国岩石艺术的顶峰，其美学素质高，风格多样，题材多样。

标准（ⅱ）：印度的坦陀罗佛教和中国的道教和儒家的信仰，在大足共同创造了一种高度原始和有影响力的精神和谐的表现。

标准（ⅲ）：在大足岩艺术的特殊艺术遗产中，对晚帝国时期的宗教信仰的折衷性进行了实质性的表达。

（三）大足石刻赋

夫南宋之昌州，今日之大足也。大足石刻，誉千载雄完！前有古人，其后无来贤[①]。独领中华，千四百年之纪颂；石雕绝唱，四百余岁之续沿[②]。或忆石铜铁器，帆航之三代；文明圣火，改造夫自然。

人类冶铁，七千年之悠远；中华锻炼，五千岁之弥坚。龙门、莫高、云冈，三大石窟；洛阳、敦煌、大同，三千洞天。造像刻石，摹人临畜；涵俗寓理，儒道佛缘。莫高软土山崖，乃适泥塑；大足细砂石壁，当刻窟岩。奇绝造像繁多，明珠璀璨；宏大规模精美，丰富内涵。突破风格夫特色，创规体系之承传。民族、宗教、生活、世俗，四融之腴润[③]；艺术、造型、技巧、情趣，四美之明鲜。圆雕、阴雕、高浮雕、浅浮雕、凸浮雕，秀艺雕凡五种；北山、北塔、宝顶山、南山、石门、石篆，造石像逾五万[④]。

若乃构法，依山而镌，疏水以消。缘石而刻，凹壁以淘。巍冠以镂，蓝本以标。放大以沿，取势以挑。寻崖以聚，究质以雕。均高以等，列像以凿。巨像则卧，微像则饶。世像则潮，立像则彪。佛像则慈，仙像则妖。儒像则仁，力士则骁。肌肤则润，气场则懋。法相则庄，情景则妙。透视力光，水形地兆。比对衬托，恩威并罩。"宝顶山"崖，石刻精绝；磅礴大气，簇集三教。百五十丈，九千别貌。逻辑严密，图文并茂[⑤]。风情以实，悟慧其奥。通俗以表，经义以教。释释之教，理理之道。

举国独娇，构思奇巧⑥！

尔其艺术，宗教佛屠⑦。五山石刻，艺文繁夥⑧。澈悟玄理，妙解机枢。北山乃镌，佛教世俗。俊灵典雅，技艺娴熟。题材半百，精像万如。密宗人物，"宝顶山"窟。总体构思，营治绳督⑨。凭"赵智凤"赤诚，历七十年精笃⑩。像风姿飘逸，若童颜肌肤。造型丰满，彩绘以涂。千手观音，神州唯独。八百卅手，万应一呼⑪！金手法眼，妖降魔伏。阴阳两救，饿鬼穷夫。颂慈航悲悯，存万像佛屠。"南山"造像，十五其窟。细腻精工，道教为主。神系完整，最为卓著。道家石刻，幸汇存孤。"石篆山"崖，百米十窟。尊孔为主，道佛谐淑⑫。中国典型，造像完璞。笃恒慧觉，修行普渡。凤毛麟角，像融史录。"石门山像"，先佛次道；气质威严，丹窦智珠⑬。道甚形丰，一帜独树；道释彩绘，三教兼图。逼真之百态，世像之万殊！

且夫民俗，融合土著。罗汉金刚，菩萨佛祖。王公大臣，官绅黎庶。治于同归，恶惩善助。史涵时宋，教化习故。引经据典，深入浅出。民间侍者，贵胄凡夫。衣着华丽，身少裸肤。吹笛养鸡，村妇婉淑。形体绰约，容貌雅儒。美而不妖，娇而不俗。市井神祇，渔樵耕读。栩栩如生，呼之欲出！尤推经典，牧牛之图。驯程禅悟，修心调服。未牧初调，蛮牛不服。十牛不羁，十人乃牧。受制回首，牛渐约束。驯服无碍，人牛和睦。任运相忘，百诱不顾。独照双忘，身心全忽。禅定心月，物我空无⑭。析深奥于乡土，化玄妙为质朴。

大足石刻·文殊菩萨　（王耘农　摄）

大足石刻大门　（余晓灵　摄）

尤其影响，传胡貌于西域，习西天之梵相[15]。源中原于本土，化西南之容妆。"北山"造像，高峰首肇；"宝顶"镌石，双璧辉煌。履跨多朝，四百年功德延纪；引领世界，石窟之艺术腾翔[16]。历初唐晚唐，至两宋盛极而隆郁；续明朝清朝，恰民国偶遇而震扬[17]。献疑石刻艺术，唐盛宋衰往误；发现奇绝瑰宝，龙水铁硬新章[18]。寂寂无名，落寞千年尔沉睡；刻石遗产，世界文化我属当[19]。

胡不震撼兮？实千古绝唱；靥秀荆榛兮，昭"智宗"勋望[20]。人类石窟，丰碑耀铓[21]！立体清明上河之图，窟存石上世界；中华大足石刻时代，完璞盛誉辉煌[22]。

注

① 雄完：强大完备。源于古印度的石窟艺术自公元 3 世纪传中国，在中国北方有两次造像高峰，但至唐天宝后衰落。

② 现存长江流域大足石刻像最早凿于 650 年（初唐永徽元年）。大足县摩崖造像异军突起，从 9 世纪末至 13 世纪中建成"五山"为主的大足石刻是中国石窟艺术史第三次造像高峰，使中国石窟艺术史向后延续 400 余年。

③ 腴润：丰润。

大足石刻·精美雕像　（余晓灵　摄）

④ 五万：大足石刻造像数有 5 万尊、10 万尊两说，取五万之说。

⑤ 百五十丈：宝顶山大佛湾造像崖壁长达 500 米。图文并包：大足石刻，刻有铭文 10 万余字。

⑥ 释释：以造像人物故事解释释（佛）家教义。理理：梳理三教之道理。

⑦ 佛屠：是梵语"佛塔"的音译。

⑧ 繁旉：繁密铺陈。大足石刻有密如蜂房的石窟。

⑨ 绳督：督正，寓严格监督营造。

⑩ 赵智凤（1159—1249），法名智宗，南宋昌州（今重庆大足）人，大足宝顶石刻创刻者，督造历七十余年。精笃：专诚笃实。

⑪ 经过当代学者详实清理计数，大足石刻千手观音造像的手共有 830 只，是中国"手"最多的千手观音，被誉为"世界石刻艺术之瑰宝"。

⑫ 谐淑：和美。

⑬ 丹窦：仙道的洞府。智珠：智慧圆妙，明达事理。

大足石刻·千手观音　　（余晓灵　摄）

⑭ 牧牛图：大足石刻有12幅牧牛与人的全长三十米组雕造像，以牛喻禅。解读"1 未牧 2 初调；3 受制 4 回首；5 驯服 6 无碍；7 任运 8 相忘；9 独照 10 双忘；11 禅定 12 心月图"12种禅修渐高的境界。

⑮ 唐代佛教艺术中常见的胡人形象。贯休（832—912），唐末五代前蜀画僧。贯休画罗汉，多粗眉大眼、丰颊高鼻，形象夸张，即所谓"胡貌梵相"。大足石刻则融汇南方华人面相。

⑯ 大足石刻经历至今有"唐宋元明清民国"六个时期，于1947年才被媒体发现。

⑰ 隆郁：繁密茂盛。震扬：震动，传扬。

⑱ 龙水铁硬：据方志记载，龙水五金刀具制作传统最早可溯至唐代。北宋时大足县龙水镇已能生产铁齿轮，是世界已知最早的铁齿轮。大足宝顶山摩崖造像的地狱经变像中，就有铁齿轮、铁剪、铁锯、铁锅、铁拐杖等实物造型。且体量极其庞大、历时200多年的石刻营造，必须要有就近便利的巨量的刻石工具。

⑲ 属当：适逢、正当。

⑳ 智宗：高僧赵智凤，法名智宗。（见注释⑩）

㉑ 铓：1. 刀剑等的尖端，锋刃。2. 光芒。

㉒ 大足的石上世界展示出立体的类似《清明上河图》的市井生活，堪称大足石刻时代。

大足石刻·摩崖书法　　（余晓灵 摄）

十七、青城山-都江堰赋

（一）青城山-都江堰概况

遗产名称：青城山-都江堰 Mount Qingcheng and the Dujiangyan Irrigation System
入选时间：2000 年
遴选依据：文化遗产（ii）（iv）（vi）
地理位置：四川省都江堰市
遗产编号：1001

青城山，位于四川成都的都江堰风景区，是中国著名的道教名山。山内古木参天，群峰环抱，四季如春，故名青城山。青城山分青城前山和青城后山。前山景色优美，文物古迹众多；后山自然景物原始而华美，如世外桃园，绮丽而又神秘。

都江堰位于四川成都平原西部的岷江上，建于公元前 256 年，是中国战国时期秦国蜀郡太守李冰及其子率众修建的一座大型水利工程，是全世界年代最久、唯一留存、以无坝引水为特征的宏大水利工程。2200 多年来，仍发挥巨大效益。李冰治水，功在当代，利在千秋。都江堰不愧为文明世界的伟大杰作，造福人民的伟大水利工程。

都江堰·宝瓶口激流　（周　明摄）

都江堰·安澜桥　（周　明摄）

（二）世界遗产委员会评价

都江堰灌溉系统始建于公元前3世纪，至今仍控制着岷江的水流，灌溉着成都平原肥沃的农田。青城山是中国道教的发源地，因许多古庙著称。

Evaluation by the World Heritage Committee

The Dujiangyan irrigation system was built in the 3rd century BC and still controls the flow of the Min River, irrigating the fertile farmland of the Chengdu Plain. Qingcheng Mountain is the birthplace of Taoism in China and is famous for its many ancient temples.

青城山－都江堰符合以下世界遗产价值标准：

标准（ⅱ）：都江堰水利系统始建于公元前3世纪，是水利管理和技术发展的重要里程碑，至今仍在发挥其功能。

标准（ⅳ）：都江堰灌溉系统生动地说明了中国古代科学技术的巨大进步。

标准（ⅵ）：青城山的庙宇与道教的基础密切相关，道教是东亚历史上最具影响力的宗教之一。

（三）青城山－都江堰赋

北客游之蜀者曰：有闻古蜀悠久，人杰地灵，信乎？蓉君云：然。乃有：

昔蜀山氏之称王，杜宇号帝；至蜀争秦而退郡，开明覆陷[①]。尔其西山叠嶂，峻峰连绵。草深林莽，气攒云骞②。势汹雨骤，声骇流湍。飞沙走石，涌浪疾漩。居高而临下，恐后而争先。逸天河之顶上，犹利剑于头悬。陷泽国之稼穑，漫沃野之家园。万山涧汇激流，奔突浩荡；缓地沙沉壅水，横祸平原。猛兽豺狼，若涝若旱。累民骇苦，求福求安。秦国派蜀郡李冰，削洪峰济旱；鱼嘴分岷江内外，凿玉垒通源③。夏泛设杩槎半堤，飞沙溢土；冬枯拦清水六股，归堰滋田④。崖开宝瓶，扼天府法门其营建；石剥烈火，引岷流入堰以驭拴⑤。凿岩以槽，离碓垒便。修营凭工技，统筹颂李官。

若乃镇以石卵，笼以竹编。弱水以归，洪水以翻。流石坠外，沉砂随漩⑥。排以长蛇，堤以埂半。内江流稳，外江水泛。无坝引水，自流其便。春六夏四，内外调换。洪暴则溃笼，沃野犹无险！抛石人沉水，彰水则示限。竭不至足，高不过肩⑦。乘势利导，因季溉然。座石犀卧铁，于岁修淘滩。渠、塘、闸、堰、炊、淘、洗、涮。干、支、斗、农级，衍渠若屏扇⑧。膏腴其田土，富庶其平原。助蜀乡赞"涝旱从人，不知饥馑"；借岷水通自如排灌，养种耕翻⑨。

由是天府之国，勋归灌县。蜀乡绵绣，富顺康安。昭秦堰都江，千载今用；颂李冰父子，二王至贤⑩。因瞻怀而祭水，愿献瑞于丰年。无与之伦比，削洪于安澜。利水之千秋，飞沙之妙堰⑪！

北客曰：诺！真巧手慧心，体民勋业矣！或闻，去西南三十里，有青城山。蓉君云：其山甚幽，名尤盛也："宁封真君"，轩辕习龙跻之术；帝筑紫坛，道观兴万里迢迢⑫。蜀中八仙，"阴长生"慕名修道；集米五斗，"张天师"羽化逍遥⑬。百岭岿拥，城重叠嶂；青幢接踵，幽丽窈窕⑭。乃有青城山幽，道观互眺；丹壁崖伟，宫殿凌霄。道骨丹炉，时逸仙风飘渺；琼阁青殿，乐甘空世寂寥。林荫曲径草芳，霞娇日朗；紫气千云万仞，百岭骈翱。并剑门险、夔门雄、峨眉秀、青城幽，誉蜀中四秀，夸名颂仙韶⑮！宫阁飞檐，蕴养善德；匾联遗雅，崇尊黄、老⑯。十角翔空，"天然图画"；

二王庙 （李媛媛 摄）

一庄"丹鹤",畔桥"天仙"[17]。"王妃梳妆",陆游诗言[18]。"建福宫"高,柱镌长联。"月城湖","金鞭岩";"石笋峰",秀天然。上清宫、圆明宫,老君驭龙虎,五千言未移宫换羽;天师洞、朝阳洞,银杏伴凤麒,五洞天拜八洞神仙[19]。老君阁天穹雄踞,"碧翠青城"拜紫府;祖师殿太极问道,"仙履清凉"修德缘。

其后山也,天桥幽谷,古木参天。山泉群洞,叠瀑雾潭。览山色而淡泊,心皈道法;踱长桥而怀古,流爱水帘。金碧何留?终化云飘席散;天仓安在?偶呈命运人舛[20]。为乐以生,贵生轻死;安贫乐道,顺其自然。我道我德,修解难于他困。我生在我,信我命不由天。"静则知动者正",虚而知实之弦[21];辨识虚假之涤除,皈依大道之玄览[22]。

噫嘻!"拜水都江堰,问道青城山"[23]。利他则称颂于庶民,千年泽润;济世则仁德于天府,万寿神仙。聊已,北客、蓉君乃相揖作别,缘径而返,不复赘言。

注

① 蚕丛、柏灌、鱼凫、杜宇(?—约前666)、开明(鳖灵)(约前666—前316)依次为古蜀国的5代君王。杜宇是第4代。周代末年七国称王,杜宇始称帝于蜀,号望帝。晚年时洪水为患,蜀民不得安处,乃使其相鳖灵治水。鳖灵察地形,测水势,疏导宣泄,水患遂平,蜀民安处。杜宇感其治水之功,让帝位于鳖灵,号曰开明。开明王朝与秦国争战而败守成都。

都江堰·安澜桥 (周 明 摄)

青城山大门　（周　明摄）

②骞：飞腾。

③李冰：秦国时蜀郡太守，主持修建了都江堰水利工程。鱼嘴：岷江中的分水堤。玉垒：都江堰玉垒关，汉朝时叫"镇夷关"，乃是封建王朝寄托镇压西夷以保川西之意。

④夏泛：指夏季洪水。杩槎（mà chá）：用杆件扎制成支架，内压重物的河工构件，挡水的工具，优点是易拆易建，木桩可重复使用，是一种造价低廉的临时性工程结构。半堤：指高度较矮的堤。六股：四、六分水。

⑤石剥烈火：那时还没有发明火药。以烈火烧石，激以凉水，石乃炸松。

⑥夏季洪水时，流石翻到飞沙堰外的外江，沉砂则随漩流被冲走。

⑦水则：标示江水平面高度的刻线。

⑧干、支、斗、农，即依次变小的水渠的干渠、支渠、斗渠、农渠。屏扇：都江堰的水流被分到成都平原之后水渠呈扇状散开。

⑨东汉·常璩（qú）撰《华阳国志》："水旱从人，不知饥馑，时无荒年，天下谓之天府也"。耕翻：用犁翻地。

⑩都江堰建有二王庙，供奉蜀郡太守李冰父子。

⑪在1872年，德国地理学家李希霍芬（Richthofen 1833—1905）称赞"都江堰灌溉方法之完善，世界各地无与伦比"。横跨内外两江的安澜索桥，被誉为"中国古代五大桥梁"之一。四六妙堰：飞沙堰分水及排沙石功能，堪称奇妙智慧。

⑫相传宁封真君，曾经教授轩辕黄帝御风云的"龙跻之术"，乃兴道观。

⑬西汉末年"蜀中八仙"之一的阴长生入青城山修道。张道陵创建五斗米道，入教必须交五斗米。青城山是全国道教十大洞天的第五洞天。羽化：道教徒去世时称为羽化，和佛教的圆寂类同。

⑭ 城重（chóng）：重叠如城。青幢：喻枝叶浓密，树冠如盖的树木。

⑮ 仙韶：泛称宫廷乐曲。

⑯ 黄老：黄帝和老子的并称。

⑰ 天然图画、丹鹤庄、天仙桥都是青城山的著名景观。

⑱ 王妃梳妆台、建福宫都是青城山著名的景观。陆游，南宋著名诗人，写有诗赞美青城山。

⑲ 移宫换羽：宫、羽，古代乐曲中的两种曲调名，借以比喻事情的内容有所变更。八洞神仙：道家谓神仙所居之洞天分上八洞、中八洞，下八洞。上八洞为天仙，中八洞为神仙，下八洞为地仙，总谓之"八洞神仙"。民间则专以指汉钟离、何仙姑等八仙。

⑳ 金碧天仓为青城后山景点。舛：不顺遂。

㉑ 韩非（约公元前 280 年—前 233 年）"虚则知实之情，静则知动者正"。战国时期韩国人，杰出的思想家、哲学家和散文家。

㉒ 涤除玄览：老子用语。意为洗垢除尘，排除杂念，静观深照。

㉓ "拜水都江堰，问道青城山"出自著名学者余秋雨笔下的宣传语。

青城山五祖殿·道家对联　（来自汇图网）

上清宫　（周　明　摄）

十八、皖南古村落——西递、宏村赋

（一）皖南古村落——西递、宏村概况

遗产名称：皖南古村落——西递、宏村 Ancient Villages in Southern Anhui - Xidi and Hongcun

入选时间：2000 年

遴选依据：文化遗产（iii）(iv)(v)

地理位置：中国安徽省黟县

遗产编号：1002

西递、宏村古村落坐落在安徽省黟县境内，是中国徽商故里中两座最具典型性和代表性的古民居村落，以田园景色旖旎、建筑工艺精湛、村落保存完好以及历史文化底蕴深厚而享誉世界，是探索徽商兴衰史的绝佳之地。

西递始建于11世纪，现存124幢明清古民居和3幢祠堂，有"中国传统文化的缩影""中国明清民居博物馆"之称。宏村始建于12世纪，距今已有800年历史，村落地势较高，常年云遮雾绕，被称为"中国画里的乡村"。西递、宏村的水系设计实现了实用和美学的完美结合，堪称水利工程的典范。西递、宏村在选址布局以及营建中，都遵循了传统的周易风水学说，古建筑群与自然环境紧密结合，不仅规划科学，而且极富情趣，展现了中国传统天人合一的哲学理念。

（二）世界遗产委员会评价

西递、宏村这两个传统的古村落在很大程度上仍然保持着在上个世纪已经消失或改变了的乡村的面貌。其街道规划、古建筑和装饰，以及供水系统完备的民居都是非常独特的文化遗存。

Evaluation by the World Heritage Committee

The two traditional ancient villages, Xidi and Hongcun, still maintain to a large

皖南·西递村田园风韵　　（来自全景视觉网）

extent the appearance of villages that have disappeared or changed in the last century. Its street planning, ancient buildings and decorations, and well-equipped houses with a complete water supply system are very unique cultural relics.

皖南古村落——西递、宏村符合以下世界遗产价值标准：

标准(iii)："西递、宏村"是封建时期以繁荣的贸易经济为基础而建立的一种人类住区的生动例证。

标准(iv)：皖南两村落的建筑和街道格局反映了中国历史上的农耕定居社会的经济结构。

标准(v)："西递、宏村"特别完好地保存了中国传统的乡村聚落，而在上个世纪这些聚落和乡土建筑在其他地方已大范围地消失。

西递村·胡文光牌楼　　（来自全景视觉网）

（三）皖南古村落——西递、宏村赋

古迁之夕阳西递，船航山溪①。环巨龟仙寿之岭，古小镇繁衍而居。石坊高彰而云聚，青石撰勒表莺徙②。磋琢百舍，留民居而比"桃源"；穿绕双溪，因驿所而名西递③。"胡文光"之牌坊，"荆藩首相"；唐昭宗之李晔，胄裔清良④。理积案，兴邑庠；驱海盗，建粮仓；政仁矜，绩名扬。官运亨通，镂花卅二；柱梁久稳，狮腹对双⑤。五狮戏珠而虎豹呈威，文武兼全；麒麟嬉逐而鹿鹤同春，福禄寿康⑥。三间四柱五楼，高宽逾三丈；一坊万钧卅旬，奇俊标一郎⑦。院邸之经典，漏窗之殿堂。口碑伴三水，绝艺炳八荒⑧。

若其粉墙飞檐，走"凌云亭"之马；"吴桥夜月"，考"明经湖"之情⑨。避祸入徽，李改胡氏之族姓；近俗遗贵，民传皇裔之伦经⑩。桃花源里人家，楼檐闺闼；"大夫第"宅典雅，窗槛华奢⑪。

富贵经含和履道,"瑞玉庭"华丽燮谐⑫。"追慕堂"翘角飞檐,门开八字;青石瓶祥和典雅,镜壁双珏⑬。方井玲珑,厅柱抬梁臻华贵;先祖家训,雕屏画栋沐恩泽。宫灯明有道,金幔佑福德⑭。古鉴知兴替,吏廉惠威哲⑮。

或曰"履福堂"主之雅风,名闻中外;文物私家之藏馆,无价稀珍。西镜东瓶,清风徐来之古扇;工笔写意,字画名人之墨痕⑯。五七九槛,龟鲤假山对子;二十四孝,草花走兽飞禽⑰。真书香之门第,涵济世之经纶。故居官宦,西东对园⑱。伴锦鲤之碑镌,友花卉之藤缠;壁嵌梅竹之傲,窗镂松石之颜⑲。三友御寒,红木雕玲珑之精粹;四书思睿,叶窗窥尔雅之由缘⑳。园恢宏穆畅,堂富丽雍恬㉑。笃谊之庭,"枕石小筑";绿枝窗漏,紫气东来㉒。刻玉壶莺春之砖镂,纪儒商官士之萦怀㉓。

上　西递村·追慕堂　（来自全景视觉网）
下　宏村·南湖　　　（来自全景视觉网）

尔后则有宏村,始建于南宋,族衍于汪家。古建筑百卌群,巷街如阡陌;村寿春九百岁,宅院蕴物华㉔。聚屋有序,若巨鳌之静卧;熙阳无雪,披鳞甲而履纱㉕。黛瓦分湿雨,粉墙染艳霞。靠山而依水,纳瑞而通达。

于是天人合一,风水易经之律;和合孝睦,齐家教子之修。文以载道,耕以敬牛。尊雷岗为牛头,以古树为牛角;浚南湖为牛肚,崛桥拱为轻舟。谋画牛形,设胃肠于圩内;跨河桥道,如腿脚于村周㉖。抬木梁而阻砖墙,时防火害;引清溪而开渠堰,滋享泉流㉗。

至若"承志堂"富丽堂皇,陈三雕砖石木;立柱镌渔樵耕读,听百子闹元宵㉘。堂院厅厢,分外内后前而左右;轩阁厨厩,供起居读钓夫膳骠㉙。"德义堂"林园,疏木繁花通水暗;猕猴桃藤藓,绿荫盆景环池娇㉚。"树人堂"宅基,取意六和大顺;为官昭品质,单开八字门楼㉛。彩绘牡丹蝴蝶,富贵美满;池鲤书房苔蔓,活水长流。砖刻瓦当,镌君心之锦绣;木雕藻井,阅楼主之文道。惟德惟才,以积善为根本;树人树木,当读书乃风流㉜。幽兰香远志,悬枋显宏猷。

更羡乎碧水蓝天,家塾倚湖而六聚;"南湖书院",启蒙志道乃文昌㉝。祇园授业宗氏,育人解惑;

木刻文心雕饰，大燮栋梁㉞。细品汉书，却化神奇出腐朽；漫研唐句，但知渥盛远迷茫㉟。汪氏宗祠，俊彦聚堂乐叙；月沼北畔，明朝建筑遗芳㊱。缀斗拱而衔曲梁，精雕细刻；面阔七而深十丈，木柱满堂㊲。主奉始祖，族姓祭汪。"胡重"巾帼丈夫，助修水圳；才女宗杰列右，世胄之光㊳。噫嘻！十三间房舍，八百岁族汪㊴。中国画里的乡村，建筑奇观尤焜煌㊵。黟县宏村，皖南民居典藏！

嗟乎！千年历史，两村骈翔；万家绰约，十镇琳琅。中外嘉宾，游民居之古舍；皖南朴野，瞻典范之珍藏。历渔樵而耕读，农庶儒商清宦；图国强之民富，齐家福寿吉康！

注

① 西递村始建于北宋皇祐年间（1049—1054），距今已有969年历史，村的建筑群若船形，村头牌坊大树宛如桅帆，两溪西包东穿其间而西流。

② 撰勒：编定，镌刻。莺徙：升擢、迁居的颂词。

③ 磋琢：磨治雕琢。桃源：桃花源。源于东晋·陶渊明《桃花源记》，意即避世隐居的生活。村西处有古驿站称"铺递所"，村遂名西递。

④ 胡文光是李晔的第十八代后人，其牌楼俗称"西递牌楼"，建于明万历六年（1578年）。朝廷为表彰胡做官政绩卓著而恩赐其在家乡村口建牌坊，刻大字"荆藩首相"。始祖为唐昭宗李晔（yè）之子，因遭变乱匿民间改李为胡姓，成为以血缘关系为纽带的胡氏聚居村落。

⑤ 牌楼镂刻石盘花32朵寓胡做官32年。刻四只倒立石狮夹扶以稳高柱，全国罕见。

⑥ 坊刻深浮雕"五狮戏珠"（寓五子登科：文）、"虎豹呈威"（武），"麒麟嬉逐"（福）、"鹿（禄）鹤（寿）同春"寓福康。

⑦ 牌楼高12.3米，宽9.95米。册旬：坊龄四百年。一郎：胡文光。

⑧ 西递村誉为"漏窗之殿堂"。八荒：八方。

⑨ "吴桥夜月"为西递村古八景之一。凌云亭、明经湖为建筑及湖景景点。明经湖实为"明经胡"（李改胡姓）。

⑩ 伦经：天道人伦的常则。

⑪ 闺阃（guī kǔn）：古称女子所居住的内室。大夫第：西递村的一栋著名楼院，楼有隶书"桃花源里人家"匾额。

⑫ 瑞玉庭为村内一处著名商人宅院。燮谐（xiè xié）：协调而使之和谐。墙角有石雕"履道含和"四字，和气生财之意。

⑬ 追慕堂是该村追慕先祖的胡氏祖祠，供奉着先祖唐太宗李世民塑像。门前雕有巨大青石瓶，两侧整块巨墙琢磨光滑。珏

宏村·承志堂　（来自全景视觉网）

（jué）：合在一起的两块玉。此指两侧双璧。

⑭ 有道：追慕堂后院天井的月梁悬匾："有道明君"。

⑮ 堂内有李世民字屏："……以古为镜，可以知兴替"；另一幅有"……轻征薄赋，选用廉吏，使民衣食有余，为君之道，必须先存百姓"。哲（zhé）：出类拔萃、独具慧眼。

⑯ 履福堂为著名收藏家、笔啸轩主人胡积堂故居。存有镜、瓶，取静平之意。有古扇书"清风徐来"字。墨痕：墨黑痕迹，指前人留下的诗文书画等。

⑰ 对子：指院内多幅对联。精雕有 24 幅《二十四孝》故事场景。经纶：治理国家的抱负才能。

⑱ 西东对园：隔小巷的西园、东园。

⑲ 墙上嵌有镂空的梅竹图、松石图精美石雕。

⑳ 三友：岁寒三友松竹梅。四书：《大学》《中庸》《论语》《孟子》四种儒家经典。叶窗：树叶形漏窗。《尔雅》是辞书之祖，最早收录于《汉书·艺文志》。

㉑ 穆畅：清和畅美。雍恬：和洽安乐。

㉒ 笃谊庭，又名"枕石小筑"。三朝宰相曹振镛之婿胡元熙的故居。庭院朝东大门为砖砌八字门，上嵌砖雕"紫气东来"横额，大门里嵌石雕门额"枕石小筑"。

㉓ 门亭两侧建花瓶，绿叶形小门洞，各嵌"玉壶"、"莺春"砖雕门额。儒商官士：（结交）各界人士。萦怀：牵挂在心。

㉔ 宏村始建于南宋绍兴年间（约 1131—1162），距今约有 860 余年的历史。

㉕ 鳌：古代传说中海里的巨龟。宏村密集的房舍远观如一只披满鳞甲的巨鳌。

㉖ 此前几句描绘专门按照"牛"形设计的村内形象神奇的引水防火、生活的水圳（排洪用水的水利体系）。

㉗ 砖墙：指砖砌的具有防火阻隔功能的徽派"马头墙"。

㉘ 宏村的承志堂为清末大盐商汪定贵全木结构住宅。三雕：徽州砖、石、木三种雕刻。四立柱镌刻"渔、樵、耕、读"。"百子闹元宵"是精美木雕，寓意多子多福。

㉙ 该院内设内院外院、前堂后堂、东厢西厢、书房厅、鱼塘厅、厨房、马厩、池塘、水井等。骠：黄马。

宏村·承志堂木雕艺术　　（来自全景视觉网）

㉚ 德义堂建于清嘉庆二十年（1815年），是宏村徽派私家园林的典型代表。

㉛ 树人堂宅基呈六边形。

㉜ 树人堂正厅对联："惟德惟才积善方为根本，树木树人读书乃是家风。"

㉝ 南湖书院是明末兴建的书院，由"志道堂、文昌阁、启蒙阁、会文阁、望湖楼、祇园"六座私塾合成。

㉞ 燮（xiè）：谐和，调和。

㉟ 南湖书院堂柱有对联：慢研竹露裁唐句，细嚼梅花读汉书。

㊱ 建于明朝永乐年间的汪氏宗祠位于宏村月沼北畔。厅设"乐叙堂"匾。

㊲ 木柱满堂：全祠排布承重木柱70根。

㊳ 胡重：乐叙堂及宏村水圳由族长汪思齐的夫人胡重主持修建。厅内正面左侧挂"世胄之光"、右侧挂"巾帼丈夫"匾额，供奉才女宗杰胡重于右边。

㊴ 南宋绍兴元年，宏村始祖汪彦济举家从黟县奇墅村迁至雷岗山建十三间房为宅，为宏村之始。

㊵ 宏村被誉为"中国画里的乡村"。焜煌：明亮，辉煌。

宏村·南湖书院　（来自全景视觉网）

十九、龙门石窟赋

（一）龙门石窟概况

遗产名称：龙门石窟 Longmen Grottoes
入选时间：2000 年
遴选依据：文化遗产（i）（ii）（iii）
地理位置：位于河南省洛阳市
遗产编号：1003

龙门石窟坐落在河南省洛阳市南郊的龙门山和香山上，与敦煌石窟、云冈石窟并称为中国三大石窟。龙门石窟约于公元493年开凿，历经北魏、东魏、西魏、北齐、北周、隋、唐、北宋等朝代，迄今已有1500年的历史。这里的石窟群长达1000米，东西两山共存1300多个石窟、2300多个窟龛、50多座佛塔。宾阳中洞、奉先寺、古阳洞是石窟中最具代表性的遗存。龙门石窟是中国古代碑刻最丰富的地方，共有题记及碑刻3600余品，被称为古碑林。龙门石窟规模恢宏，气势雄浑，窟内造像工艺水平高超，题材多样，内容广泛，代表了公元5—10世纪中国造型艺术的最高成就。龙门石窟是北魏和唐朝皇族发愿造像最集中的地方，其中许多洞窟的凿建都是皇家思想和行为的体现，国家宗教色彩非常浓厚。

洛阳·龙门石刻全景　（余晓灵　摄）

（二）世界遗产委员会评价

龙门地区的石窟和佛龛包含北魏晚期至唐代(316—907)期间最具规模和最为优秀的中国艺术藏品。这些艺术作品全部反映佛教宗教题材，代表了中国石刻艺术的最高峰。

Evaluation by the World Heritage Committee

The caves and shrines in the Longmen area contain the largest and finest collection of Chinese art from the late Northern Wei to the Tang Dynasty (316-907 AD). These works of art all reflect Buddhist religious themes and represent the pinnacle of Chinese stone carving art.

龙门石窟符合以下世界遗产价值标准：

标准（ⅰ）：龙门石窟雕塑是人类艺术创造力的突出表现。

标准（ⅱ）：龙门石窟展示了一种悠久的艺术形式的完善，它在亚洲这个地区的文化演变中起着非常重要的作用。

标准（ⅲ）：唐代高文化水平和尖端社会被封装在龙门石窟的杰出石刻中。

（三）龙门石窟赋

乃闻大禹治水，凿丘岳而合伊洛；金鲤逆流，翻阙峰而跃龙门[1]。文帝迁都，南钟伊阙；武曌崇佛，西踞水滨[2]。洛阳乃北魏古都，龙门近便；石灰质硬岩致密，伊水宜人。于是掘窟供佛，树碑造像；崇清秀骨，尚瘦雕尊。近继云冈，参合魏晋；远承印度，融化汉伦[3]。孝文、宣武、孝明，接力以建；药方、莲花、古阳，化犷为纯[4]。至若有唐写实，浑圆流畅；尚腴纳瑞，和润存温。法相丰姿，容颜气宇；肌肤慧目，质感精神。气势磅礴，规模宏伟；皇家贵胄，笃志诚勤[5]。凡宗教、美术、建筑、书法，若音乐、服饰、医药、经伦。东魏、西魏、北齐、隋唐其代；五代、北宋、南宋、明清其臻。历千四百年，绵绵继继；造十一万像，窟窟尊尊。千三百石窟，遥遥四里；廿百十洞龛，累累一釜[6]。嗟乎！彰人类艺术创造功力，杰出表现；秀中国唐朝文化水平，宏阔叠陈。涵悠久历史，完美展示；标石窟艺术，博大精深。乃中国石刻艺术，最高之峰；誉世界文化遗产，石窟之珍！

尤其"卢舍那"大佛，融浑典雅；光明照"武媚"，天后贵尊[7]。刻像高五丈，阔耳近六尺；玄首达丈二，善目犹双瞵[8]。仪容乃昭仪，安详和顺[9]；风姿则炳慧，亲切温存。貌依"武曌"之容，佛昭无边之法；眸含千年之睿，艺炫世界之焜[10]。"张萱"唐绘，酷似容真[11]。气宇非凡，雍容大度；规制魁伟、磅礴雄浑。和颐秀目，微笑俯视；善良丰满，宽厚慈仁。噫吁嚱！"圣武天皇"慕学，盛唐古东瀛铜像；香港华人高仿，大佛今南国逼真[12]。佛国慈慧，理想高深；大唐强大，物质精神。神秘之东方，蒙娜丽莎微笑；伟大于世界，古典艺术宝琛。

若乃熙茂，"古阳洞"嘉[13]。人类宗教艺术融合，雕刻绘画；政治经济民俗建筑，洞藏精华。皇族高官，愿发于此造像；文帝改革，南下实行汉化。标皇族风范，凝僧众及佛家；聚能工巧匠，展智慧之才华。佛祖位中，一尊释迦牟尼；面容清瘦，两旁胁侍菩萨。四壁框楣，佛龛精美；千姿窟顶，繁缛雕花。虔诚礼佛，尽显奢华。琳琅满目，富涵变化。"龙门二十品"，古阳洞十九；魏碑独一绝，雄浑于天下[14]！沿隶孕楷，北朝书法；颂赞题刻，碑书奇葩[15]。魄力雄强，点画峻厚；气势浑穆，骨法洞达[16]。丰硕成果杰出，范模宏大；艺术巅峰极致，永溢芳华。

龙门石窟·卢舍那大佛　（余晓灵　摄）

且夫万佛之洞，刻佛万五尊；众生之乐，乃生众一群。主佛阿弥陀佛，丰满圆润；金刚力士垫托，雄悍虎贲。护法雄狮守卫，忠勰威猛；弟子菩萨天王，胁侍统临[17]。伎乐飞天，箜篌、法锣、羯鼓；观音菩萨，优美、端庄、慈心[18]。弘扬佛法，众生虔信；理想佛国，舞美歌昕[19]。或曰龙门、药方之洞，百卌药方古镌[20]。植物动物矿物，儿科五官内外；祖国医学文选，恩泽百姓民间。或曰莲花之洞，奇绝精妍。花纹华美，变化多端。端庄大气，顶绽巨莲。飞天衣袂，灵动淑恬。或曰宾阳中洞，汉化精专。构图多变，纹饰富繁。无与伦比，造像整完。婀娜飘逸，窟顶"飞天"。或曰皇甫公窟，帝后礼佛。群媛雅致，气度非凡。失浩荡之恢宏，憾盗流于外馆[21]。或曰东山石窟，古赛西山。二莲花洞，一组并莲。二十九祖，唐雕罗汉[22]。密宗造像，远播日韩[23]。闻方台擂鼓，犹两岸声传[24]。

俱往矣！龙门石窟，光辉炳然。自印度古国，渡扶桑东传。天竺、新罗，且吐火罗、康国；欧洲纹样，存古希腊柱镌[25]。大唐繁盛，传亚洲东南；石窟极峰，国际化典范。中国石窟，愿果精虔。艺术浪漫，石像不言。飞天空灵，佛法无边。尤钟伊水滔滔，更颂龙门焕焕……

注：

① 伊洛：伊水、洛水。大禹掘开此山，导两水之洪汇于黄河。相传鱼跃此山就会成龙，即此地。

② 北魏孝文帝从山西平城南迁都城于洛阳。伊水切高耸如阙两山，此称伊阙。武曌（zhào）：武则天自造之字，意为日月凌空，普照大地。武则天崇佛，在西山依自己的容貌造像。

③ 北魏时期石窟，源于印度，法承汉晋，逐渐汉化。

④ 宣武：北魏第八位皇帝，孝文帝元宏次子。孝明：宣武帝元恪次子。药方：药方洞窟。莲花：莲花洞窟。古阳：古阳洞窟。均为龙门石窟之洞。

⑤ 龙门石窟主要由皇族发愿出资打造。

⑥ 崟（yín）：高险。

⑦ 卢舍那：译意为"光明遍照"。唐太宗闻武士彟女有才貌，召入宫，以为才人，赐号"武媚"。后为高宗皇后，尊号为天后。

⑧ 玄首：指头发未白。谓在盛年。卢舍那大佛就是一个中年女人的造像。瞵：瞵，目精也。凝视。

⑨ 唐高宗时，武媚娘初为"昭仪"。

上　龙门石窟·精美雕像　（来自全景视觉网）
下　龙门石窟·千佛窟　（来自全景视觉网）

⑩ 焜：光明。

⑪ 张萱（公元八世纪）：宫廷画家。画作《唐后行从图》中的女人相貌与卢舍那大佛酷似。

⑫ 圣武天皇（724—749）：日本奈良时代的第45代天皇。笃信佛教。743年（天平16年）下诏在日本修建东大寺卢舍那佛像（铜像）。香港1989年10月建成天坛大佛，面相参照龙门石窟的卢舍那佛，1993年

12 月 29 日隆重开光。

⑬ 熙茂：盛美。

⑭ 龙门二十品魏碑字体中，古阳洞占了十九品。

⑮ 沿隶孕楷：古阳洞碑刻是魏碑体，上承汉隶，下开唐楷，兼有隶楷两体神韵，属北朝书法。

⑯ 康有为在《广艺舟双楫》中赞誉魏碑之"十美"中有"魄力……洞达"四美。

⑰ 统临：居高统领。

⑱ 伎乐：歌舞女艺人。飞天：佛教壁画或石刻中的空中飞舞的神。箜篌（kōnghóu）：古代来自西域的译词，一种拨弦乐器。法锣：即法螺，是佛教举行仪式时吹奏的一种唇振气鸣乐器，用同名软体动物"法螺"的贝壳制成。羯鼓：乐器名。源自西域，状似小鼓，两面蒙皮，均可击打。娇韵：妩媚的风姿。

⑲ 昕：黎明；明亮之意。

⑳ 古镌：龙门石窟"药方洞"内，刻有北魏晚期的 140 个药方，据今已 1500 年。

㉑ 皇甫公窟的帝后礼佛图，已经被盗卖流失到美国纽约博物馆。

㉒ 东山石窟的看经寺为武则天时期所雕刻，三壁下部雕出高均 180 厘米的传法罗汉二十九祖（正壁 11 身，两壁各 9 身），为我国唐代最精美的罗汉群像，保存完好。

㉓ 鼓台北洞是龙门石窟中开凿较早，规模最大的密宗造像石窟，源于印度的密宗，属于中国佛教派别之一，传入中国经弘扬乃至远播日本、朝鲜。

㉔ 东山擂鼓方台，传为武则天当年为卢舍那大佛开光所建。

㉕ 天竺：古代中国及东亚国家对今印度和巴基斯坦等南亚国家的统称。新罗（公元前 57—公元 935）：朝鲜半岛历史上的国家之一。吐火罗：位于阿富汗北部乌浒水（今阿姆河）上游，唐朝称吐火罗国。康国：古代中亚民族国家。隋唐时称康国。

龙门石窟·香山寺　　（来自绘图网）

二十、明清皇家陵寝赋

（一）明清皇家陵寝概况

遗产名称：明清皇家陵寝 Imperial Tombs of the Ming and Qing Dynasties

入选时间：2000年：湖北钟祥县明显陵、河北遵化市清东陵、易县清西陵。2003年：扩展至北京明十三陵、江苏南京明孝陵。2004年：扩展到辽宁沈阳清永陵、福陵、昭陵。

遴选依据：文化遗产（ⅰ）（ⅱ）（ⅲ）（ⅳ）（ⅵ）

地理位置：分布于北京、河北、辽宁、江苏、湖北等地

遗产编号：1004

明清皇家陵寝是安葬中国明清两朝皇帝及其他皇室成员的大型墓葬群，始建于14世纪，竣工于20世纪，历时近600年。在建筑规模上力求恢宏壮观，在建筑质量上则是精益求精，皇陵中大量使用以龙为主题的雕饰及瓦片，以此彰显皇家的威严和气派。

明显陵位于湖北省钟祥市城东，是明世宗嘉靖皇帝的父亲恭睿皇帝和母亲章圣皇太后的合葬墓，始建于明正德十四年（1519年），圆陵墓面积1.83平方公里，是我国中南地区唯一的一座明代帝王陵墓，是我国明代帝陵中最大的单体陵墓。其"一陵两冢"的陵寝结构，为历代帝王陵墓中绝无仅有。

清东陵位于河北省遵化市西北的马兰峪，西距北京150公里，陵园大小建筑580座，葬有顺治、康熙、乾隆、咸丰和同治五个清朝皇帝，再加上孝庄、慈禧和香妃等161人的大陵园，堪称是清朝遗留的中国文化瑰宝。

北京十三陵分布图　　（陈益峰　制作）

清西陵位于河北省易县城西的永宁山下，在北京西南120公里，与东陵相对而称西陵。这里埋葬着雍正、嘉庆、道光、光绪四位皇帝及他们的后妃、王爷、公主、阿哥等76人，共有陵寝十四座，还有配属的建筑行宫、永福寺，风景秀丽，环境幽雅，规模宏大，体系完整，是一处典型的清代古建筑群。

明清皇家陵寝遗产还包括了2003年扩展项目列入的明孝陵、明十三陵，以及2004年列入的盛京三陵（清永陵、清福陵、清昭陵）。

（二）世界遗产委员会评价

明清皇家陵寝依照风水理论，精心选址，将数量众多的建筑物巧妙地安置于地下。它是人类改变自然的产物，体现了传统的建筑和装饰思想，阐释了中国封建社会持续五千余年的世界观与权力观。位于辽宁省的清朝盛京三陵建于17世纪，是继2000年和2003年列入《世界遗产名录》的明朝寝陵之后的三座清朝皇家寝陵，分别为永陵、福陵和昭陵，是开创满清皇室基业的皇帝及其祖先的陵墓。寝陵遵照中国传统的占卜和风水理论而建，饰以大量以龙为主题的石雕、雕刻和瓦片，展示了清朝墓葬建筑的发展。盛京三陵及其众多建筑将以前朝代的传统和满族文化的新特征融为一体。

Evaluation by the World Heritage Committee

The imperial tombs of the Ming and Qing dynasties were carefully located according to feng shui theory, and a large number of buildings were cleverly placed underground. It is the product of human transformation of nature, embodies traditional architectural and decorative ideas, and explains the world view and power view of feudal China that lasted for more than 5,000 years. Built in the 17th century, the Three Tombs of Shengjing in Liaoning Province are the three imperial tombs of the Qing Dynasty, namely Yongling, Fuling and Zhaoling, following the Ming Dynasty tombs inscribed on the World Heritage List in 2000 and 2003, and are the tombs of the emperors and their ancestors who created the foundation of the Manchu imperial family. Built in accordance with traditional Chinese divination and feng shui theories, the tomb is decorated with a large number of stone carvings, carvings and tiles with the theme of dragons, showing the development of tomb architecture in the Qing Dynasty. The Three Tombs of Shengjing and its many buildings blend the traditions of previous

作者考察明十三陵 （陈志平 摄）

dynasties with new features of Manchu culture.

明清皇家陵寝符合以下世界遗产价值标准：

标准（ⅰ）：在自然环境中选择符合风水标准的优秀建筑群进行和谐整合，使得明清两代帝王陵墓成为人类创造天才的杰作。

标准（ⅱ）：墓葬代表了一个发展阶段，以前的传统融入了明清的形式，也成为后来发展的基础。

标准（ⅲ）：皇家陵墓是文化和建筑传统的杰出见证，这个王朝统治了这个地区500多年。

标准（ⅳ）：陵墓建筑与自然环境完美结合，形成了独特的文化景观。它们是中国古代帝王陵墓的特例。

标准（ⅵ）：明清墓葬是中国封建风水信仰、世界观和风水理论的耀眼例证。

（三）明清皇家陵寝赋

序

辛丑初秋，好友晓灵君约同游华北诸名胜。乃借高铁、乘大鸟、降石门①、登轿车，奔易县游览清西陵。况已游京北十三陵、同游京左东陵、盛京三陵等。且言："子曰：未知生，焉知死。"友诺："庄子云，死生，命也。"吾今思云：

"考明清皇家陵寝者，明有南北二京，皖、苏、鄂省诸陵；清有盛京三陵，东、西群陵各苑。若临沧海，风云归肇历程；近六百年，岁月或休耕战②。二十余万旦夕，九天繁星穹汉③。昆仑以东山野，大洋以西乡岸。帝崩楼存，国破山河犹在；德仁功过，魂飘骨气岂湮？浓缩于圆丘方城，矩匣抔土魂烟……或度明祚清史，分而表之，可与否焉？"友曰："甚可闻愿！"吾乃作《明朝皇家陵寝赋》曰：

明朝篇

"事死如生，信厚葬福佑国祚；沐享尊崇，极奢华昭仪威权。优选前照后靠，山水绕环之域④；炳灵龙脉凤辇，阴阳谐化之涵。依山傍水之气，风水得蓄之原。五行生气流行于土，五云圣瑞佐佑于传。福旺诞祥，人和万物。庇荫社稷，裕隆皇鉴。敬祀之祖先，慎终而追远。"友对曰："赞！举国之力，寝穴于安。规制以格，威昭皇天。居中为尊，长幼有序；帝后王妃，尊卑序沿。豪奢华侈，宏阔囿园。碑坊桥河，神道殿轩。台门城顶，堂庭墙垣。资材善工，绘渲雕镂；物殉随葬，祭祀奉安。皇冠、凤冕、龙袍、珠宝、珍木，神功、圣德、碑记、昭联、史传⑤。导二百七十六年，信仰文化修营遗筑⑥；存数十帝、后、嫔妃，皇家陵寝艺术大观。"

于途泊车稍息，复云："明代有孝陵、显陵、十三陵，自朱元璋开国；陵寝座南京、北京、十五帝，有因尴尬流传。尊皇后合葬，孝治天下；建陵园宏伟，规制谨严。闻南京孝陵独具，广两千五百亩，历廿五载建完。参唐宋而增益，昭大明之耀显。宝城径百廿丈，寺观达七十院。改覆斗方形封土，隐寝宫于地下；始长厚圆浑宝顶，扩祭殿于地面。墙周五十里，军工过十万。养鹿约上千，守士逾半万。亭廊缭绕紫气，楼阁巍峨壮观。列神道瑞兽，沐松涛林岚。有下马坊、神烈山碑、禁约碑、大金门、碑亭、渡槽桥、神道石刻；棂星门、金水桥、文武方门、殿门、孝陵殿、宝城明楼、百丈崇丘。丰懿超唐宋，历近六百年风雨；恢弘标壮阔，典范两朝纲仰瞻。燕王朱棣靖难，火起南京易帝⑦。拜谒孝陵太祖，国事岁祭必还。"

余颔首曰："然！且有湖北钟祥，显陵一陵两冢；嘉靖学孝，最大单园独苑⑧。嘻嘻！唯京都浩荡，借大都元悍。朱棣北京改皇都，明长陵依山天寿；景帝王规追帝制，景泰陵绿瓦黄换。

十三座皇陵依山而筑，夸世界之最⑨；一河曲蜿蜒川原而流，寓寿年千万。真风水胜境，吉壤福地；

实规模宏大，体系备完。精美而瑰丽，磅礴乎昊天！赞'天子御国门'，航彰仪礼，七下西洋之势；知永乐编大典，继往开来，万册楷书之篇⑩。虽败于闯王之悍，陷其满清；得成就皇陵规制，传其有范。"

二人乃相视释怀曰："宁鸣而死，不默而生——范文正公斯言。"⑪

上　明十三陵神道　　（余晓灵 摄）
下　湖北钟祥·明显陵　（来自全景视觉网）

注：

① 石门：河北省省会石家庄市的别名。

② 明朝（1368—1644）276 年，清朝（1636—1912）296 年。两朝共 572 年，故曰近 600 年。

③ 明清两朝共 572 年，近 20 万零 9 千天，取约数二十一万天。

④ 中国古代风水学认为：前有照后有靠，就是阴宅阳宅的吉祥福地。照：水。靠：指靠山。

⑤ 皇陵多建有神功圣德亭，内有巨碑刻有该皇帝的业绩德行文字。

⑥ 明朝国祚 276 年。

⑦ 靖难：平息祸乱。因太子朱标早逝，朱元璋立其孙朱允炆为帝，时称建文帝。文帝要削燕王朱棣之藩，朱棣不服，发起"靖难之役"力克南京，文帝失踪，朱棣自立为帝，次年号万历。

⑧ 明显陵位于湖北省钟祥城东北，历 47 年建成，是明嘉靖皇帝的父皇母后的合葬墓。由王墓改造升级，是中南六省唯一的明代帝陵，占地 2700 亩，在明代帝陵中单体面积最大。

⑨ 北京的明十三陵，是明代 13 位皇帝陵墓的总称。陵区占地面积 80 平方公里，是当今世界上保存较完整的陵墓建筑和埋葬皇帝最多的墓葬群。

⑩《永乐大典》是明永乐年间由明成祖朱棣诏令编纂的，一部集中国古代典籍于大成的类书。全书 22877 卷，11095 册，约 3.7 亿字，汇集了古今图书七至八千种。

⑪ 范文正公：范仲淹。

清朝篇

俄而，余省忆叹曰："悉清祖居东北，藩属于明，或忠顺。女真首领猛哥帖木儿，时为明朝建州左卫使，陷诛于族隙。后金努尔哈赤发檄《七大恨》，誓征大明雪耻，遂都盛京。皇太极父亡子及，攻朝克蒙称帝，改后金，号大清。吾撰《清朝皇家陵寝赋》，赋曰：

满人始称帝，清近三百年①，历十二皇帝，其陵区为三：关外永、福、昭陵，关内东陵、西陵。盛京起三陵，开创满清皇室社稷；永陵祭五祖，兆兴帝业虎踞龙盘。永陵祭祖，福陵扬威，昭陵示宣。表东踞西进，远征一路；寓南融北合，满汉结联。后皇子孙，九谒而祭，国家制典。骑射弓马，孝制天下；文治武功，思祖数典。兴师动众，浩荡东出；振聋发聩，满志西还。旌祀表谥，肃穆庄严。年谒月祭，心尚诚虔。显仁德而兆恩威，左京都而图佑远。"

辽宁抚顺市新宾县·清永陵　　（余晓灵 摄）

沈阳·清福陵（"盛京三陵"之一）　　（余晓灵 摄）

　　友诚然而应："有闻东陵建皇陵五座，建筑近六百宇殿；神路列瑞兽十里，石坊宽六柱五间。入关顺治，福临取抚重于剿②；皈佛染病，世祖若罪己诏嫌③。鸿图康熙，玄烨融满汉大学；文艺乾隆，弘历沐江南风烟。入主中原，问鼎川陕燕，孝陵纪顺治一统汉土④；团结各族，方圆千三万，景陵誉康熙藏疆台湾。乾隆陵思治吏屯田，扫内御外，领土整完；慈禧陵观贴金三殿，凤上龙下，独绝唯见⑤。清之东陵绵延营建，近二百五十冬夏，未闻之旷古；慈禧太后垂帘听政，近五十年治一国，仅有夫实罕！孙殿英隐盗皇家墓，疑恩仇贪耳⑥；孙天义义缮黄帝陵，实功罪迥然。"⑦

　　余默然曰："实天意、天异、天义、添异、添义也！"对曰："已东陵安辟西陵？乃何添义、添异哉？"答曰："雍正帝质'形大而未全，穴优而砂含'，疑'孝东陵'之憾。宜尊风水之法，得水为上。察易水蜿蜒，群山抱环；藏风则生气，昌隆其福缘。雍正喜其'山脉水法，条理详明，洵为上吉之壤'。遂弃东而西，迁冀易县。得西陵使肇，居中寝泰陵。含雍正、嘉庆、道光、光绪四帝及后妃、王爷、公主、阿哥等，建陵寝一十四座，居皇家七十六人。帝诏圣旨，金口玉言。所循规制，座北朝南；多依东陵，亦有其变。泰陵贵尊，居中示范。前增石坊，五门壮观。大红门壮丽，神功碑文镌。七孔美桥，汉玉雕栏。五里神道，南北串联；石像瑞兽，文臣武官；雕刻精美，立卧威严。龙凤隆恩华门，隆恩橙瓦大殿。方城起明楼，宝顶寓浑圆。"

　　友乃疑云："或有特异乎？"对曰："然！乾隆敬康熙厚宠，裕陵寝于东陵。始令隔辈建陵，兼顾西、东制传。遵依昭穆而序，然有时帝诏变⑧。嘉庆伴泰陵，神道仿石镌。昌西陵回音石、壁；唯比肩京都天坛⑨。建道光东陵寝苑，浸地宫恼怒龙颜；迁西陵殿穹龙水，化云霞保地燥干⑩。光绪帝一生冤苦，未酬志爱妃遗憾；灌砒霜崩已建寝，被盗墓失珍百件⑪；生憋屈夙虚宏愿，活受罪死不宁安⑫。溥仪

113

帝辛亥被废，清皇业共和一换[13]。"

嗟乎！俱往矣，人去楼空，唯见江山。城殿桥坊，皇寝殿棺。珍材高技，化文遗范。民生昭国力，口碑乃遗产！

作者考察沈阳·清昭陵　（张　萍摄）

注：

① 清朝（1636—1912）国祚296年。

② 清朝定都北京的首位皇帝顺治福临入关以后，采取了缓和民族矛盾，安抚重于剿杀的策略、措施。

③ 清世祖顺治帝（1638—1661）顺治十四年（1657年）起，渐成佛教信徒，几欲出家。1661年正月染天花病后崩，曾经口授罪己遗诏检讨自己的政绩。

④ 顺治帝开始重用汉臣，成为入关一统汉土的首位清帝。康熙帝三征噶尔丹取胜后巩固了西北边陲，启用汉臣收复台湾，管辖了一千三百万平方公里国土。

⑤ 位高权重的慈禧太后的定东陵三大殿贴满金箔，殿前丹犀石以透雕法构成一幅龙在下、凤在上的龙凤戏珠画面。

⑥ 1928年夏，军阀孙殿英驻东陵，指挥用炸药炸开慈禧、乾隆陵墓，盗取珠宝，造成国家文物遭破坏的惨重后果。他自己辩解出于仇恨清庭。

⑦ 孙殿英之子孙天义解放后成为大学教授，并响应国家号召任黄帝陵基金会会长，牵头修缮黄帝陵。

⑧ "昭穆"为古代宗法制度。宗庙或墓地辈次以始祖居中，双数世位其左方称昭，单世位其右方称穆。雍正帝在易县首建泰陵，才诞生了清西陵皇家陵园。乾隆作为雍正之子为顾两全提出"昭穆相建"之制，令其后子孙分葬东陵、西陵。

⑨ 河北易县清西陵中的"昌西陵"是（嘉庆皇帝之）"孝和睿皇后"的陵墓。其回音石、回音壁因环形围墙反射有逼真回声，是中国陵寝建筑中的孤品，可媲美京都天坛的回音壁。

⑩ 道光帝的陵墓本来建在东陵，验收时见有水浸便废弃，陵墓改在西陵。并于大殿穹顶雕龙头吐水，寓意水化为云，不湿地面。

⑪ 光绪帝突然死亡，其后才建陵墓。在2008年科学家研究后发现光绪尸骨含毒药砒霜。

⑫ 光绪墓1938年被盗暴尸，确属"死不安宁"。

⑬ 清朝末代宣统皇帝溥仪，在辛亥年被废帝制。中国民国是辛亥革命以后建立的亚洲第一个民主共和国。

上　河北遵化市·清东陵　（余晓灵 摄）
下　河北易县·清西陵中的"昌西陵"　（余晓灵 摄）

二十一、云冈石窟赋

（一）云冈石窟概况

遗产名称：云冈石窟 The Yungang Grottoes
入选时间：2001 年
遴选依据：文化遗产（i）(ii)(iii)(iv)
地理位置：山西省大同市
遗产编号：1039

云冈石窟地处山西省大同市西郊的武周山麓，又名灵岩寺、石佛寺。开凿于北魏年间（460—525），依山而凿的石窟在高崖上绵延约 1 千米，气势恢宏，工艺精湛，内容丰富，是中国佛像艺术第一个巅峰时期的经典杰作，代表了该时期中国杰出的佛教石窟艺术。现存主要洞窟 45 个，大小造像 5 万多，附属洞窟 200 多个，佛龛约计 1100 个，雕刻面积达 1 万 8 千平方米。云冈石窟中最高大的坐佛像高 17 米（第 5 窟），最小的佛像仅高 2 厘米。后世为防止沙化蔓延，包泥彩绘，呈唐代风格，向世人展现了中华民族先祖们的智慧、技艺、视野、宗教、文化、民俗、民族融合、民族精神。云冈石窟与敦煌莫高窟、洛阳龙门石窟、天水麦积山石窟并称为中国四大石窟艺术宝库。云冈石窟再现了印度、中亚佛教文化艺术向中国发展的过程，是佛教造像在中国逐渐世俗化、民族化的见证。

（二）世界遗产委员会评价

云岗石窟，位于山西省大同市，现存洞窟252座、石像51000尊，代表了5世纪至6世纪时期中国高超的佛教艺术成就。"昙曜五窟"整体布局严整，风格和谐统一，是中国佛教艺术发展史的第一个巅峰。

Evaluation by the World Heritage Committee

Yungang Grottoes, located in Datong City, Shanxi Province, have 252 caves and 51,000 stone statues, representing the masterful Buddhist artistic achievements of China from the 5th to the 6th century. The overall layout of the "Five Caves of Tanyao" is strict and harmonious and unified, which is the first peak of the development history of Chinese Buddhist art.

云冈石窟符合以下世界遗产价值标准：

标准（ⅰ）：云冈石窟雕塑的组合是中国早期佛教洞穴艺术的杰作。

标准（ⅱ）：云冈洞穴艺术代表了佛教宗教象征艺术从南亚和中亚与中国文化传统的成功融合，公元5世纪在帝王倡导下开始。

标准（ⅲ）：云冈石窟生动地说明了佛教信仰在中国的力量和耐力。

标准（ⅳ）：宗教洞穴艺术的佛教传统，在云冈取得了第一大影响，形成了自己独特的品格和艺术力量。

（三）云冈石窟赋

尝闻平城君或与彭祖寿[①]，自诩前知五百年，后知千载岁，人以妄矣。桂秋啜茗，聊斋云：尔知窟哉何？客答：洞穴耳。或土石以洞，其周覆岩。或蟹螯以掘，鳝击以穿。崖峙其涧，寄宿以缘。不闻狡兔三窟乎？平城君云：诺。或闻缘壁以掘，成窟以诞，造像以凿，尊佛以虔。列列累累，逶迤绵绵。对曰：愿闻。复云：百秋以果，百代以传——

有大鲜卑山麓，衍拓跋属部[②]。崛于蒙古，鲜卑之族。或曰漠北，西融匈奴。"拓跋珪"者，牛川即王，盛乐为都。其号为魏，北魏史呼[③]。克柔然之侵，纳中原以悟。廓定四表，混一戎华[④]。自"拓跋弘"登基为帝[⑤]，崇文重教，兴学轻赋。尤其喜玄好佛。游牧以弃，农耕以渡。更清漠野，大启南服。诸帝接力，文化以图。昔道佛并奉，疑兵丁阙如。"太武"灭佛，北凉迁匠；"文成"尊佛，复法如初[⑥]。乃跌宕起伏也。

作者考察云冈石窟　（张　萍　摄）

由是邻武周之川，依武周之麓⑦。高僧"昙曜"，创肇五窟⑧。潜隐灭佛之悍，献谏隆释之督。砂岩水平断崖，百尺层构；制类鸣沙之山，西域佛窟⑨。了熟虔心，雕刻诸佛。悉石工之绝技，构宏伟之蓝图。借旧成为鉴，创杰卓茂苙⑩。帝即当今如来，以貌为像；佛乃果愿之及，有心泽福⑪。洞外雕梁殿楼，重檐华宇；洞中高大宏丽，佛像恬趺。大洞容三千之众，高壁供四千浮屠⑫。崖察高峻，窟刻佛菩。千佛以壁，神龛以出。露天大佛，高逾四丈；坐佛六丈，矮者寸如。绵绵六百丈洞壁，幽幽四十五巨窟。千余精龛，六万像数。独尊释家，敬供佛祖。雕饰奇伟，冠世精笃。

作者考察 云冈大佛 （张 萍摄）

客乃曰：噫，气势赫然，密若秋荼⑬。敢问精粗？遂云：然！

于是乎中西融汇，杂糅汉胡。兼搭疏密，权贵皇族。四壁顶棚，佛龛密布；丰姿浓彩，唐泥润肤⑭。北魏风骨，盛唐腴俗。庄严肃穆，露天大佛。色润红枝绿叶，石雕菩提经书。精美绝伦，千姿百态；密集镌刻，繁缛贞孤。生动面容，典雅富贵；婉约身态，禅韵滋濡⑮。立佛鼻直眉弯，雍容秀典；伎乐妖娆婀娜，活泼静姝⑯。佛龛精绝，花草缤纷荟萃；飞天群舞，霓裳婉丽泛拂⑰。

于是乎胁侍菩萨，出宝莲而趺坐；束帛龙凤，嵌华绳而因缘⑱。三角圆环，螺旋波动；八方叠缀，对称偕骈。四臂三头，护法神像⑲；六边双塔，璎珞祥莲⑳。太阳法器星辰，童子树冠鸟兽；宝珠华盖金刚，角牛巨象佛龛。冥思而奇幻，极乐之愿果；精雕而细琢，不厌其丰繁。旷古所无，叹为止观。融今独仅，技艺空前！

于是乎绥辑僧众，修寺筑梵。译大吉义神咒经二卷、净度三昧经一卷、付法藏传四卷㉑。入讲堂禅室，静吾心恪虔。正适士于苦寂，处危崖于水边。或静修而清宴，凿仙窟以居禅。摒尘世之欲望，入打坐忆修观。化贫僧之憋闷，思释慧而觉缘。渐佛国之幻想，终冥化而悟参。

于是乎释迦多宝对坐，弥勒菩萨并龛。有双塔其对峙，适一僧之独禅。时常皈重层大悟，见深定七佛小龛。时云冈习禅俗趋，已功夫极盛；或王役避骁尤甚，僧众兮百万㉒！于是乎"孝文"迁洛，"平城"仍为北都；凿窟雕龛，释家故事续繁。远大窟巨佛，彰小窟民缘。逐渐世俗，随民其化；愈加如愿，嵌崖以填。民族融合，精工绮丽；南北斑驳，神秘诚然。艺术造像风格，融汇贯通无前。

噫吁嚱！皇家宗教民俗，技法慧雕悠远。文化艺术宝库，东方石窟典范！北魏王朝，虽或仅称雄百岁；石刻艺术，却震撼存世千年……

云冈石窟·窟内雕刻　　（来自全景视觉网）

俄而，平城君惺忪乃曰：余翔星汉，越兜率天㉓，其艺其窟，北风南衍。悉洛阳龙门、渝州大足石刻，得其真传，上善嘉焉。客缓饮而疑云：闻所未闻？平城大笑：君不闻，老夫后知千载之岁乎？不觉月上西楼，乃拱手而别，乘兴而还。

注

① 彭祖，名铿，帝颛顼（zhuānxū）之玄孙。道教神仙中，彭祖以长寿著称。传说彭祖的八百岁阳寿是尧帝所赐。

② 大鲜卑山：古山名，即今之大兴安岭，为北魏王朝皇室拓跋氏发祥地。

③ 拓跋珪：鲜卑族人，北魏开国皇帝。在牛川（今内蒙古锡拉木林河）召开部落大会，宣布即位代王，不久移都盛乐。

④ 拓跋焘：《北史·卷二·魏本纪第二》："廓定四表，混一戎华"。四表：四周边疆。戎：西边的少数民族，泛指少数民族。华：汉族。

⑤ 父亲文成帝拓跋濬逝世，随后，拓跋弘登基为帝。

⑥ 阙如：欠缺。因佛教弟子可免徭役，故太武皇帝拓跋焘下诏令还俗服兵役，并听信宰相崔浩劝谏而致灭佛。文成（谥号）：自465年，文成皇帝拓跋濬恢复佛教尊佛，在云冈始建佛窟。

⑦ 武周山：云冈石窟位于山西省大同市以西的武周山南麓。

⑧ 昙（tán）曜：北魏名僧。无论废兴，坚守佛道。奉旨于公元460—465年在武周山南麓开凿了5座雕刻巨大佛像的石窟。

⑨ 鸣沙之山：今敦煌鸣沙山，有西域之佛窟。

⑩ 苻（fú）：引义为草木茂盛。寓此佛像繁多。

⑪ 如来：如来佛祖。北魏开国皇帝拓跋珪认同沙门高僧法果教义。法果宣称"皇帝即当今如来"，通过佛教思想肯定了皇权的绝对权力。

⑫ 三千：指大窟洞能容人三千。四千：言佛像众多，也有万佛洞之说。浮屠：悟道者。此指佛像。

⑬ 荼：古书上指茅草的白花。荼至秋而繁茂，喻繁多。

⑭ 唐泥：石刻像至唐代被外敷泥面，作以彩绘，更显妩媚。

⑮ 濡：沾湿；沾上。

⑯ 静姝：娴静美好。

⑰ 飞天：佛教壁画或石刻中的空中飞舞的神，翻译为飞天。泛拂：轻轻地浮动。

⑱ 华绳：石刻之纹饰。最早是希腊狂欢的酒神节上，妇女头戴之葡萄叶和茛苕叶编的花环。

⑲ 云冈石窟中有四臂三头的护法神像。

⑳ 璎珞（yīng luò）：原为古代印度佛像颈间的一种装饰，后随佛教传入我国。

㉑ 北魏高僧昙曜译有《大吉义神咒经》二卷，《净度三昧经》一卷，《付法藏传》四卷。

㉒ 《魏书·释老志》："假慕沙门，实避调役。……略而计，僧尼大众二百余万矣"

㉓ 兜率天：兜率是欲界的第四天。释尊成佛前在兜率天，从兜率天降生人间成佛。未来成佛的弥勒也住在兜率天，将来也从兜率天下降成佛。兜率天的弥勒菩萨住处，有清净庄严的福乐，又有菩萨说法，两全其美，成为佛弟子心目中仰望之地，成佛前所住之地。

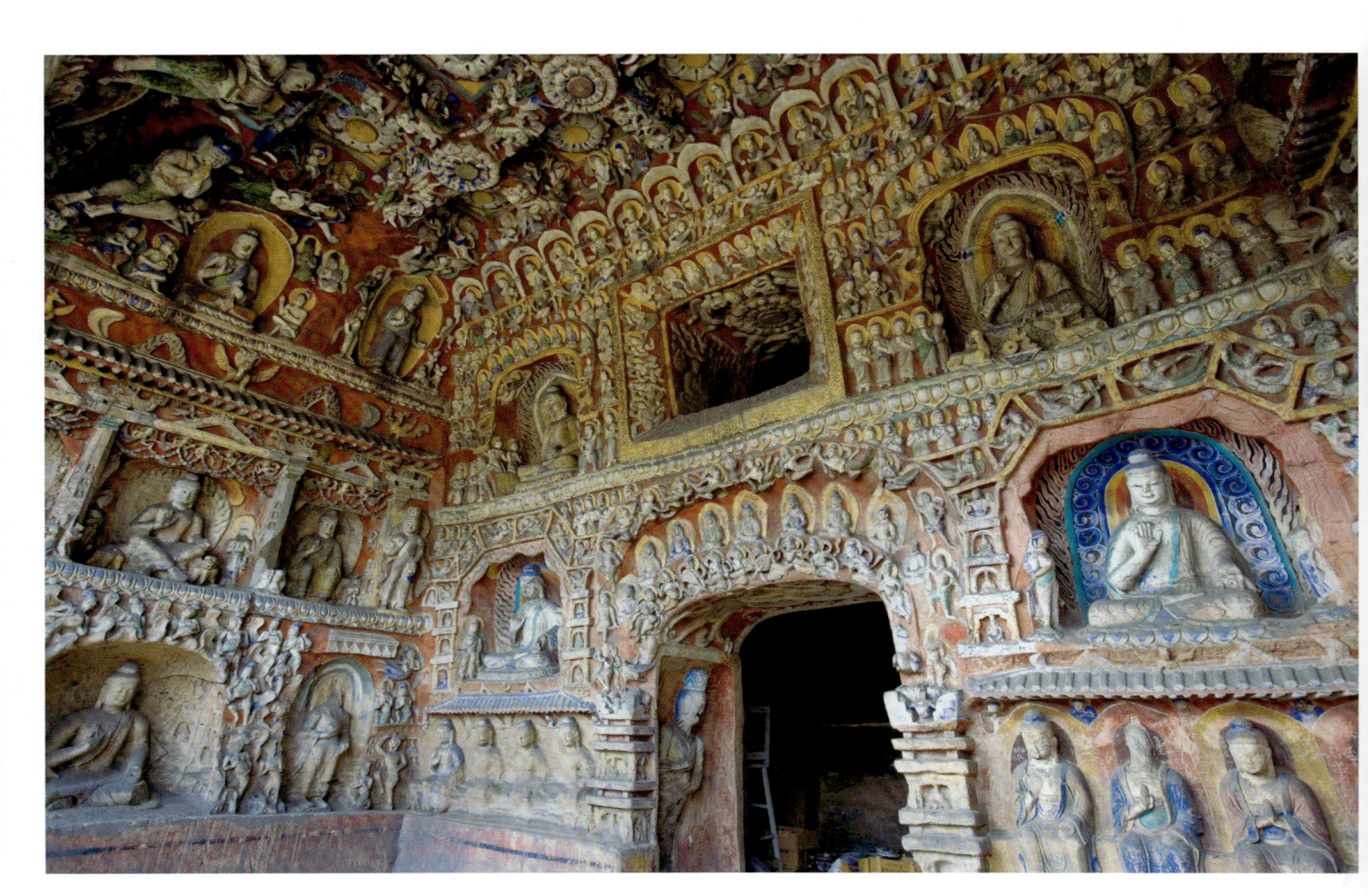

云冈石窟·窟内精美纹饰　（来自全景视觉网）

二十二、高句丽王城、王陵及贵族墓葬赋

（一）高句丽王城、王陵及贵族墓葬概况

遗产名称：高句丽王城、王陵及贵族墓葬　Capital Cities and Tombs of the Ancient Koguryo Kingdom

入选时间：2004年

遴选依据：文化遗产（i）(ii)(iii)(iv)(v)

地理位置：吉林省集安市境内以及辽宁省桓仁县境内

遗产编号：1135

此遗址包括3座王城和40座墓葬的考古遗迹：五女山城、国内城、丸都山城，14座王陵及26座贵族墓葬。这些都属于高句丽文化，从公元前37年到公元668年，高句丽王朝一直统治中国北部地区和朝鲜半岛的北部，这里的文化因此而得名。五女山城是唯一部分挖掘的王城。国内城位于集安市内，在高句丽迁都平壤之后，与其他王城相互依附共为都城。丸都山城是高句丽王朝的都城之一，城内有许多遗迹，其中包括一座雄伟的宫殿和37座墓葬。一些墓葬的顶部设计精巧，无需支柱就可支撑宽敞的墓室，还能承载置于其上的石冢或土冢。

高句丽王城、王陵及贵族墓葬见证了高句丽王国兴起、延续和消亡的历史，体现了中原文化在文字、绘画艺术、宇宙观和信仰、生产、生活方式、技术、习俗等许多方面的传播和影响，反映出高句丽自身在城市规划布局、建造和丧葬制度等方面的传统与因地制宜的地方特征。

丸都山城图　（陈志平　摄）

作者考察高句丽王陵　（张　萍　摄）

（二）世界遗产委员会评价

高句丽项目符合入选世界遗产名录 6 个标准中的 5 项。包括：它体现了人类创造和智慧的杰作；作为历史早期建造的都城和墓葬，它反映了汉民族对其他民族文化的影响以及风格独特的壁画艺术；它也体现了已经消失的高句丽文明；高句丽王朝利用石块、泥土等材料建筑的都城，对后来产生了影响；它展现了人类的创造与大自然的完美结合。

Evaluation by the World Heritage Committee

The Goguryeo project meets five of the six criteria for inscription on the World Heritage List. Including: it embodies a masterpiece of human creation and ingenuity; As a capital city and tomb built early in history, it reflects the influence of the Han people on the culture of other ethnic groups and the unique style of mural art; It also embodies the Goguryeo civilization that has disappeared; The Goguryeo dynasty's capital city built using stone, clay and other materials had an influence on later times; It shows the perfect combination of human creation and nature.

吉林集安·高句丽王陵　（余晓灵 摄）

高句丽王城、王陵及贵族墓葬符合以下世界遗产价值标准：

标准（ⅰ）：陵墓是人类在壁画和建筑中创造性天才的杰作。

标准（ⅱ）：高句丽王国的首都城市是山区城市的一个早期例子，后来被邻近的文化所效仿。这些坟墓，尤其是重要的石碑，以及在其中一个坟墓里的长铭文，显示了中国文化对高句丽的影响（他们没有发展自己的作品）。坟墓里的绘画，虽然展示了艺术技巧和具体的风格，但也为其他文化的强烈影响提供了一个范例。

标准（ⅲ）：古代高句丽王国的首都和坟墓，代表着消失的高句丽文明的杰出见证。

标准（ⅳ）：由高句丽市和万都山市代表的首都城市体系也影响了高句丽政权建造的后期首都的建设；高句丽的陵墓为石刻和土墓的建造提供了突出的例子。

标准（ⅴ）：高句丽王国的首都城市是人类创造和自然的完美结合，无论是岩石还是森林和河流。

（三）高句丽王城、王陵及贵族墓葬赋

西汉其时，东北之域，奄利大水，玄菟郡畔[①]。太阳神之子，河伯神外孙，"夫余国"人氏，骁勇夫善战[②]。有朱蒙创国，于"高句丽"县；建"纥升骨"城，兼"五女"之山[③]。创山城之肇始，

中国·世界遗产赋

存兴避难；复双城之京邑，进得退兼④。演义辉煌，秀七百年灿烂；星光闪耀，溯两千载渊源⑤。

乃悉突兀一崖，壁立千仞之岭；卫护千民，横陈双垒之垣。扼缝当关，凭借一夫之悍；居高临下，俯察百里之原。建营盘，扩村舍；活商贾，兴城垣；葬墓陵，祭先祖；图峥嵘，拓江山。揭揭其骁兵，泱泱之疆域；骎骎其街市，睽睽之衍蕃⑥。灭于大唐，安东都护之府；迁融汉族，王族绝嗣其延⑦。由是墓制壁画，精富瑰绝之美；碑文勋业，"高丽"文化之掩。腾挪山城闪避，凭险趋于安奠；经纬平都征战，习韬仿于术沿⑧。山城平城，徙备谐兼。七百年辉煌壮丽，万陵墓沉寂不言⑨。处辽吉之省，今桓仁集安之县；建城墓之陵，藏宇楼街市之间⑩。新罗、北济、东瀛、辽、金；三都迁筑，诸朝仿传⑪。

若乃山城者，因山形走势而构："五女"山城，守备下古；地处桓仁，一峰峻险。地阔千亩，壁高卅丈；兵营遗址，半地穴范⑫。平城为伴，址遗昔殿。节料省工，低垒高限。转危为安，固牢避便。噫！王宫无踪影，得竖耳陶罐。铁镞说惊诧，出箭镞甲片。崖坡岩顶，墙隘路关。泉池门户，闭守望探。奈狭窄孤峰，城如弹丸。选都"国内"，征战东迁。平、山互补，四百廿年⑬。"丸都山城"，为其守备；依崖踞险，今位"集安。"周十四里，六门谨严。瓦当铠甲，犹闻铁矛响箭；高墙两丈，墓葬勇士不言。

尔其平城者，依原水缓区而建：楼阁殿宇，房舍墙垣。砖石竹木，梁柱桁椽。檐门础顶，穿斗拱尖。排水通衢，出入两兼。宜居宜业，院护街联。宁营则危撤，难退则安还。十二座王陵，唯"太王陵"规模宏大，筑修阔然。乃高句丽第十九代王"好太王"，姓高名安。边长廿丈，四方冢峦。石椁

吉林集安·高句丽王陵·将军坟　（余晓灵　摄）

棺床，巨石垒填。莲纹瓦当，文字铭砖。在位二十二载，距今千六百年。开拓疆土，南征北战。几经兵燹，陵貌巍然。"好太王碑"文，赞"恩泽洽于皇天"[14]。

更有"东方金字塔"誉赞，"将军坟"石立威严[15]。第廿代王，名长寿王；或为坟主，百岁差三；砌叠阶缩，七级方坛；曾遮阁殿，宏伟壮观。五十吨重，一石盖板；十三米高，四棱截尖。护坟巨石，单重十吨；臣妃小墓，二、四随缘[16]。花岗石硕，精琢整严。其余众陵，岸川散布；墓数逾万，今存七千[17]。土石棺椁，堆覆叠连。祭仪陪葬，技法精娴。

尤其壁画，雅色浓艳。想象丰富，内容广泛。日月星辰，四灵贺诞。先祖高皇，神佛仙典。生活起居，礼佛烹馔。贵胄将士，宗教争战。狩猎百兽，舞伎饮宴[18]。碑文勋绩，风俗习范。工艺非凡，瑰丽精湛。

嗟乎，人类之创造，智慧之杰作！七百零五岁高丽古国，文化绚烂；一千五百载封存艺术，世界遗产[19]。

注：

① 奄利大水：古水名，也称淹水、淹滞水等。传说夫余始祖东明和高句骊始祖朱蒙出逃至此水（今浑江），鱼鳖浮水成桥，使其渡。玄菟郡：汉四郡之一。东汉时西移至辽东，之后被高句丽所灭。

② 扶余国国王解夫娄无子而祈于山川，天帝之子与河伯之女生下"破卵而出"之子：朱蒙，被国王收养。扶余国：也称夫余国。

③ 朱蒙（前59年—前19年），姓高，名朱蒙，约在西汉建昭元年（前37年）在纥升骨城创建高句丽国第一代都城。五女山：位于桓仁自治县桓仁镇北，高804米，作避难之用。

④ 双城：纥升骨城为平地之城，五女山为山城。均为其国京都，山城作避难之用。

⑤ 高句（gōu）丽（lí）：古国。汉元帝建昭二年（前38年）至唐（高宗李治）总章元年（668年）被唐朝与新罗联军所灭，共705年国祚。

⑥ 朅朅（qiè）：勇武，壮健。《诗经·卫风·硕人》："庶姜孽孽，庶士有朅。"骎骎（qīn qīn）：马快跑之态，喻事业进行迅速。睽睽（kuí kuí）：张目注视。

⑦ 北宋·司马光《资治通鉴》载：被灭国之后，高句丽贵族及富户与数十万百姓被迁入中原各地，融入中国各民族中。另有部分留在辽东，融入突厥及新罗。高句丽王国消亡于世。

⑧ 高句丽古国善于踞险山而筑城，在山区易守难攻，约建200余处山城，之后多为各朝王国仿效。

⑨ 在1962年，初步查明古墓有11280座。1983年再查，因考古发掘及"文革"期间损毁，现存较完好者7160座。

⑩ 在今集安城区建有名"国内城"的平原都城，在集安建都时间达424年，有多处宫殿街市城墙遗址。在山城区也建有陵墓。

⑪ 见注释⑧。

⑫ 在五女山城区内，发掘有半地穴式兵营遗址。

⑬ 国内：位于今集安市区的平原之城"国内城"。平山：平原城区域山城区互补共生。四百廿年：见注释⑩。

⑭ "好太王"（374—412，高句丽第19代王，姓高，名安。）石碑发现于清末。方柱形高6.39米，底均宽约1.6米，顶均宽约1.3米，系洞沟古墓群中著名碑刻。刻隶书碑文1775字，系高句丽第20代王"长寿王"为其父所立。文述高句丽建国传说、该王功绩及当时东北、朝鲜半岛与日本列岛倭人关系。

⑮ 附近另有"将军坟"誉"东方第一碑。"国内专家认为此应是其第二十代王长寿王的陵墓。

⑯ 附近至今仅存类似小型石陵一座，疑为臣子、嫔妃陪葬之墓。

⑰ 洞（通）沟古墓群：今存最大墓群位于通沟河岸，有土坟、石坟数百座，蔚为壮观。中国高句丽（公元前37—公元668年）墓群。其余分布在河畔、平川，范围东西长约16公里，南北宽约2—4公里。大型贵

族石墓周长均在 200 米以上。

⑱ 已发现集安有 20 座古墓中有精美的壁画，还发现一座书法墓。有"西北有敦煌，东北有集安"之说。

⑲ 长寿王于公元 491 年去世，仍然从平壤移葬"国内城"已建好之陵墓，至今 1530 年。高句丽项目符合入选世界遗产名录六个标准中的五项，展现了人类的创造与大自然的完美结合。

吉林省集安县·约东晋时期《高句丽好太王碑》（拓片）　（来自全景视觉网）

二十三、澳门历史城区赋

（一）澳门历史城区概况

遗产名称：澳门历史城区 The Historic Centre of Macao
入选时间：2005 年
遴选依据：文化遗产（ii）(iii)(iv)(vi)
地理位置：澳门特别行政区历史城区
遗产编号：1110

从 16 世纪中叶起，澳门就处于葡萄牙统治之下，直到 1999 年中国对澳门恢复行使主权。400 多年以来，澳门逐渐成为一个东西方文化和谐共存、风貌独特的城市。"澳门历史城区"是连结相邻的众多广场空间及 20 多处历史建筑，以旧城区为核心的历史街区。覆盖范围包括妈阁庙前地、亚婆井前地、

澳门大三巴牌坊　（王耘农　摄）

岗顶前地、议事亭前地、大堂前地、板樟堂前地、耶稣会纪念广场、白鸽巢前地等多个广场空间，以及妈阁庙、港务局大楼、郑家大屋、圣老楞佐教堂、圣若瑟修院及圣堂、岗顶剧院、何东图书馆、圣奥斯定教堂、民政总署大楼、三街会馆（关帝庙）、仁慈堂大楼、大堂（主教座堂）、卢家大屋、玫瑰堂、大三巴牌坊、哪吒庙、旧城墙遗址、大炮台、圣安多尼教堂、东方基金会会址、基督教坟场、东望洋炮台（含东望洋灯塔及圣母雪地殿圣堂）等20多处历史建筑。

（二）世界遗产委员会评价

澳门是一个繁华兴盛的港口，在国际贸易发展中有着重要的战略地位。从16世纪中叶开始，澳门就处于葡萄牙统治之下，直到1999年中国对澳门恢复行使主权。澳门历史城区保留着葡萄牙和中国风格的古老街道、住宅、宗教和公共建筑，见证了东西方美学、文化、建筑和技术影响力的交融。城区还保留了一座堡垒和一座中国最古老的灯塔。此城区是在国际贸易蓬勃发展的基础上，中西方交流最早且持续沟通的见证。

Evaluation by the World Heritage Committee

Macau is a prosperous port and plays an important strategic role in the development of international trade. From the mid-16th century, Macau was under Portuguese rule until 1999, when China resumed the exercise of sovereignty over Macau. The Historic Centre of Macau preserves ancient streets, residences, religious and public buildings in Portuguese and Chinese styles, bearing witness to the fusion of aesthetic, cultural, architectural and technological influences of East and West. The city also retains a fortress and one of the oldest lighthouses in China. This urban area is the earliest and continuous communication between China and the West on the basis of the vigorous development of international trade.

澳门历史城区符合以下世界遗产价值标准：

标准（ⅱ）：澳门在中国领土内的战略位置以及中葡当局之间建立的特殊关系有利于数世纪以来文化、科技、艺术、建筑等不同领域的人类价值观的重要交流。

标准（ⅲ）：澳门是中西文明交流最早及最悠久的地方，从16至20世纪，澳门是国际贸易商旅、传教机构和各种知识的聚合点，其影响可见于澳门历史城区内的不同文化融合。

标准（ⅳ）：澳门代表了建筑群的一个杰出实例，该建筑群说明了四个半世纪间中西文明交汇的发展；这种发展以历史路线为代表，其中一系列的建筑群和广场空间将中式港口与葡式城区连成一片。

标准（ⅵ）：澳门关联着中西文明之间多种文化、宗教、科学和技术影响的交流。这些思想直接推动了中国的变革，最终结束了封建帝制时代，建立了现代共和国。

（三）澳门历史城区赋

若夫澳门历史城区，中西荟萃；四百余年见证，城岛荣衔①。建筑遗产，西式风格艺术；宗教文化，妈祖天主偕传②。现存一流品质，中国四最无双。最集中区域，沿半岛街旁。台院楼堂，屋馆宅坊。最大规模，中西建筑；欧非亚美，杂错华洋。

乃慰今廿五遗存，尤满目琳琅。最古老现存，基督教坟场；东望洋之炮台，修道院与教堂。贵保存完整，尚功能正常。葡、西、法、意、荷、英、之国，瑞、美、日、印、马、菲之邦。异国风情，沿袭保真借鉴；质材样式，品流色调专长③。洋洋乎大观，济济乎轩昂。引领潮流时代，中国四早率先——

凡若西式大学，圣保禄学院；西式医院，白马行医院④；西方金属制版，拉丁文印工厂；外文报纸，蜜蜂华报……

则悉中葡文化，融合之起点；靠山面海，石狮其镇门⑤。护航海神，崇敬千年之"林默"；"妈阁"庙宇，澳门葡语之拟音⑥。救闽商海难于平安，船图石镌；誉天后弘仁之浩荡，"和平女神"⑦。善目慈眉，三平米殿怀四海；扪心虔敬，一缕香德佑万春⑧。全球建庙四千，信众二亿；救难襟怀高尚，护国庇民。

若乃港务局大楼：穆斯林外墙色调，哥特式穹顶柱窗。三叶纹花，曲饰点缀；尖券列拱，长阔回廊。角楼重顶加层，女儿墙矮；尖叠方式雉堞，韵律悠扬⑨。更有修旧如旧，郑家大屋炳焕；中式坡顶，匾额两院绘墙。雅名陈设厅堂，木石镌刻；檐口浮雕泥塑，内饰架梁。西式门牖上楣，圆弓而厚塑；廊配天花檐线，云母之片窗⑩。最敬其"郑观应"著，《盛世危言》；倡工商学、宪政自强⑪！

莫不奇"圣老楞佐"教堂，覆金色瓦坡顶；庇佑平安航海，遂中名"风顺堂"⑫。欧西巴洛克风格，黄墙楣塑；并峙钟楼显时响，民便业昌⑬。彩窗蓝顶吊灯，豪华精美；密柱弓穹欧饰，神秘肃庄。传教修士，"圣若瑟"修道院；楼堂欧式，圆穹弧拱精良。敦勉二百年传教，皇家修道院辉煌⑭。

华美其大三巴牌坊，"圣保禄"大教堂遗址；明嘉靖年建，中国最早天主教堂。意师设计，日匠协建；中西合璧，融纳东方。铜像铜鸽，四组三门，五层卅柱；圣婴圣母，六像一匾，独坊一榜。风格属巴洛克，材质其岩花岗。浮雕精细，形象卓拔而雄伟；立体圣经，文化澳门之绝唱⑮。中部小丘，大炮台雷鸣以抗；四百年前，退敌致荷舰遁亡⑯。观老炮之默然，文物古迹；踱草坪偕古树，和平安详。

澳门·妈祖阁　（来自全景视觉网）

澳门·岗顶剧院　　（来自全景视觉网）

　　尤敬乎何东捐献图书馆，三层楼宇；绿窗黄楼红瓦顶，万册典藏。史艺文哲建、报，汉语古籍；多媒听视资料，善本精详。学子黎民，公共分享；读书益智，万世流芳。乃羡岗顶剧院，白柱绿墙。三角山花，尖山硬山顶，四覆金红坡面；三门拱券，爱奥尼柱式，四联倚柱成双[17]。圆厅方舞台尤精粹，月牙观众席更堂皇。九连罗马式圆拱，双廊墨绿之门窗。早措集资，一百六十岁老建筑；首映电影，中国首家西式剧场。精美殿墙壁画，中西技法彷摹[18]。葡人韬钤，利于航海；台风夜寇，炮塔兼掴。造东望洋之灯塔，远东最古老；设东亚澳门领地，欧洲第一国。西方宗教文化，于中国发展；中国民间宗教，向西方传播。

　　嗟乎！澳门历史城区！西东方建筑之艺术，综合荟萃；近代西方文化交流，中国首倬[19]。

注

① 澳门历史城区从明朝至民国，建设时间跨度达400多年。荣衔：荣誉称号。

② 妈祖：亦称"天妃""天后"，传说中掌管海上航运的女神，是中国沿海及全球华人共同敬重的海上女神。天主：天主教。全称为"罗马天主教会"，与东正教、新教并列为基督教三大派别。基督宗教是一种信奉耶稣基督为救世主的宗教体系，与伊斯兰教、佛教并称世界三大宗教。偕传：在澳门城区均各有信仰袭传。

③ 品流：品类；流别。

④ 白马行医院：又称圣辣菲医院。澳门第一座医院，也是中国和亚洲第一所西医医院。明隆庆三年（1569年），澳门第一任主教贾内罗（D·BelchiorCarnei-ro）在澳门伯多禄局长街创办。

上 澳门·大东洋灯塔 （来自全景视觉网）
下 澳门·圣老楞佐教堂 （来自全景视觉网）

⑤妈阁庙紧靠海边码头，是葡国人来澳首见之地，誉为文化交流起点。

⑥千年：妈祖信仰始于宋代莆田。林默：传说中的福建女子，功成海神。拟音：葡人靠岸问此何地？华人以庙名答："妈阁"。葡人乃名澳门为："MACAU"（英文 MACAO）。澳者，蕃舶港口。

⑦船图石镌：福建商人将获救海船貌刻于妈阁庙内的石上。1980年代，联合国授予中国妈祖"和平女神"称号。

⑧三平米：妈阁庙中的弘仁殿是一座仅三平方米的小石殿，供奉妈祖。

⑨雉堞：有锯齿状垛墙的城墙。

⑩牖（yǒu）：窗户。天花：廊楣上的花纹。云母：是一类结构复杂的水合铝硅酸盐矿物，广泛存于自然界，用作工业绝缘隔热，多为无色透明可做窗片。

⑪郑观应（1842—1921）：民族资本家，近代思想家。1894年著《盛世危言》中提出"欲攘外，亟须自强；欲自强，必先致富，必首在振工商；必先讲求学校，速立宪法，尊重道德，改良政治"主张。郑家大屋是其祖屋。

⑫圣老楞佐是天主教的海神。中文叫此教堂为"风顺堂"，寓航海出入一帆风顺。

澳门·天宫娘娘 （来自全景视觉网）

⑬ 欧西：泛指欧洲及西方各国。巴洛克：是17—18世纪盛行欧洲的一种艺术风格，涵盖绘画音乐、建筑装饰等，具有"豪华、激情浪漫、运动变化、立体感、综合艺术、宗教题材、远离生活与时代的象征"等七特点。

⑭ 敦勉：勤勉。劝勉。

⑮ 大三巴牌坊即圣保禄大教堂遗址残存之一壁，三巴取自"圣保"译音。牌坊："三门四柱五层"为中式高等级牌坊规制。立体圣经：牌坊中的几组铜雕像及花纹表征了圣经中的重要内容。

⑯ 中部：澳门半岛中部。遁亡：逃亡。

⑰ 山花：建筑名词：屋顶两侧的三角形墙面，在西方古典建筑中指檐部上的三角形山墙。硬山顶：屋檐不出山墙。拱券（gǒng xuàn）：圆弧状。四覆：四块屋面覆盖剧院（见图）。爱奥尼柱式：是希腊古典建筑的三种柱式之一（另两种是多立克柱式、科林斯柱式）。特点是较纤细秀美，柱身有24条凹槽，柱头有一对向下的涡卷装饰。倚柱：离墙很近的完整（中式为方形凸半）柱子，此指欧式圆形倚柱。壁柱则在墙内。

⑱ 彷摹（páng mó）：摹仿。

⑲ 倬（zhuō）：显著。

作者考察澳门历史城区　（张　萍　摄）

二十四、殷墟赋

（一）殷墟概况

遗产名称：殷墟 Yin Xu

入选时间：2006 年

遴选依据：文化遗产（ii）(iii)(iv)(vi)

地理位置：河南省安阳市殷都区

遗产编号：1114

殷墟古时称为"北蒙"，甲骨卜辞中记为"商邑""大邑商"，是中国商朝后期都城的遗址，也是中国历史上首个有文献可考，并且被考古学以及甲骨文确证的都城遗址，代表了中国青铜器鼎盛时期科技、文化和工艺的最高成就。遗址主要由殷墟王陵遗址、殷墟宫殿宗庙遗址和洹北商城遗址等构成，

殷墟标志石碑 （来自汇图网）

划分为宫殿区、王陵区、一般墓葬区、手工业作坊区、平民居住区和奴隶居住区六大区域。

在殷墟遗址出土了大量王室陵墓、宫殿以及中国后期建筑的原型。遗址中的宫殿宗庙区（1000米×650米）拥有80处房屋地基，还有唯一一座保存完好的商代王室成员大墓"妇好墓"。殷墟出土的大量工艺精美的陪葬品证明了商代手工业的先进水平，它们是中国的国宝之一。在殷墟发现了大量甲骨窖穴，甲骨上的文字对于证明中国古代信仰、社会体系以及汉字这一世界上最古老的书写体系之一的发展有着不可估量的价值。

（二）世界遗产委员会评价

这里出土的15万片甲骨上，发现了目前中国文字体系最早的证据，至今仍为世界上1/4的人口使用。

与古埃及、巴比伦、古印度媲美，以其甲骨文、青铜文化、玉器、古文历法、丧葬制度及相关理念习俗、王陵、城址、早期建筑乃至中国考古学摇篮闻名于世，文化影响广播而久远，真实性完整性强，具有全球突出普遍价值，有良好的管理与展示。

Evaluation by theWorld Heritage Committee

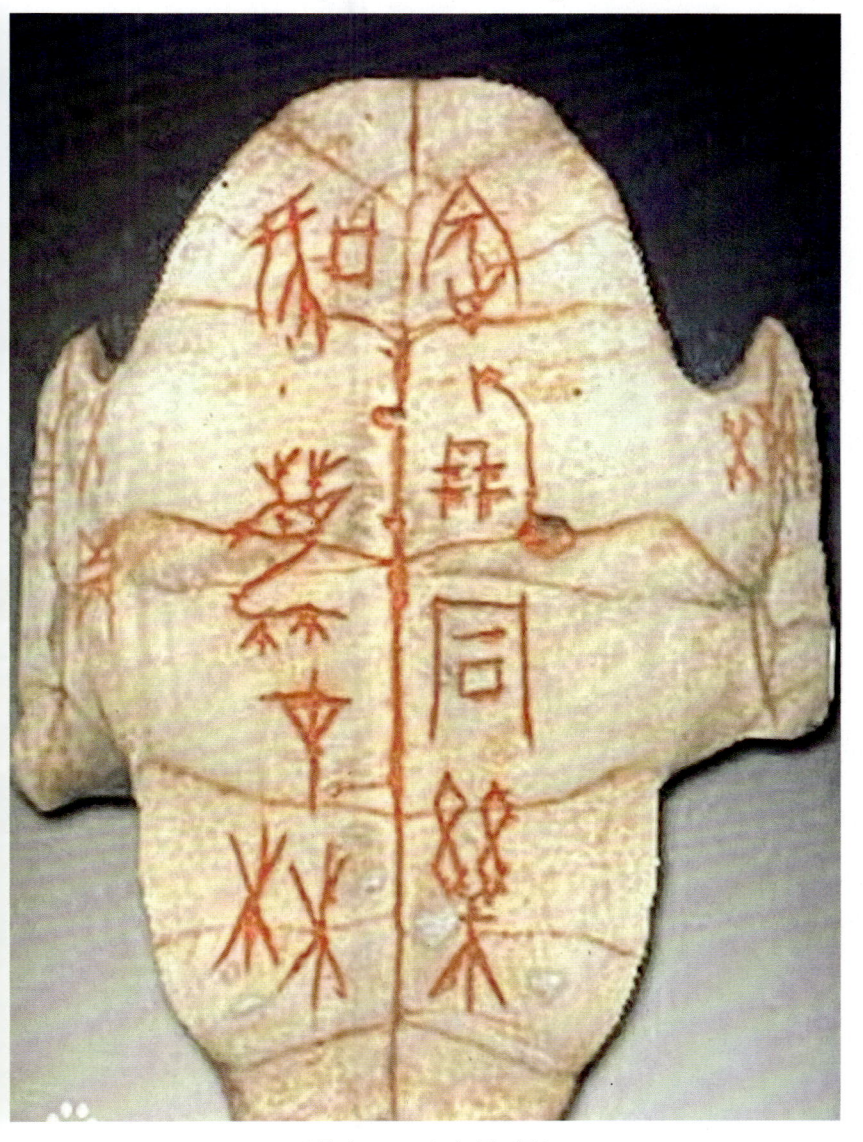

On the 150,000 oracle bones unearthed here, the earliest evidence of the current Chinese writing system has been found, which is still used by 1/4 of the world's population. Comparable to ancient Egypt, Babylon, ancient India, with its oracle bones, bronze culture, jade, ancient calendar, funeral system and related concepts and customs, royal tombs, city sites, early architecture and even the cradle of Chinese archaeology, cultural influence broadcast and long-standing, strong authenticity and integrity, with global outstanding universal value, good management and display.

殷墟符合以下世界遗产价值标准：

标准（ⅱ）：商朝的都城殷墟，在中国古代青铜文化中，包括书写体系，表现出了重要的影响和最高的发展水平。

标准（ⅲ）：殷墟的文化遗存为晚商时期的文化传统提供了独特的证据，证明了许多科学技术的成就和创新，如太阳和阴历系统，以及最早在甲骨文中有系统的书写中文的证据。

甲骨文　（余晓灵　摄）

标准（ⅳ）：中国早期建筑的宫殿、祠堂和皇家陵墓都是中国早期建筑的杰出典范。它们对于建立中国宫殿建筑和皇家陵墓的早期原型具有重要意义。

标准（ⅵ）：在殷墟中发现的物质，为中国文字、语言、古代信仰、社会制度和重大历史事件的早期历史提供了切实的证据，这些历史事件被认为具有突出的普遍意义。

（三）殷墟赋

掠梢而跃，缘树而撷。攫花啮果，扶叶而嚼。坤灵以走，立身以携①。钻木生火，群居狩猎。茅庐以聚，水草以歇。耕逮以殖，村舍以偕。夯土以筑，柱廊以依。苇束以骨，填泥以坯。舍屋围院，四合以矩。凹形直角，若闭或启。集墟以街，堑垣以踞。结之苑院，谐之逵市②。遂关控营，乃臻城邑。

祖乃炎黄，承夏溯虞③。有据典章，有重仪序。衣冠舟车，内经音律。十邑一都，十都一师；十师一州，九州延续。迁之避水，殷丘盘踞。商殷享祚，卅六之纪④。悠悠三千，绵绵辰续。儳儳代御，幝幝颓倚⑤。四季蓁芜，一派颓寂。奔以草驹，被以稼事。人购龙骨，方悉刻迹。昭其文明，肇以文字。考以亘古，祭之畦畤⑥。贵以厚遗，累以世纪⑦。王陵阔宏，人殉城邑。甲骨镌辞，方鼎祀礼。三千年前，殷商都市。

洹北商城，鸿基遗址。边长五里，矩城灵祇⑧。时惟中商，悬缺完璧⑨。城基古远，故国悠寂。殿宫墓葬，居民房址。水井灰坑，青铜陶器。方制圆形，柱墙夹壁。门道阶级，廊庑庭室。门塾教习，踏步木质。柱网其构，夯土殿底。猪羊骸骨，人殉奴隶。聚众万余，商王庭议。镌文甲骨，祈福大祀。

殷墟·国宝司母戊鼎出土地 （余晓灵 摄）

百年考古，百大发现；环球朗耀，考臻惊世！

殷墟王陵，靡贵祖遗。黄河水患，盘庚迁徙⑩。开帝王陵寝制先河，誉世界第二古埃及。迁殷求避，勋劳长逸。与民生息，励精图治。十三商王，厚葬于此。天地玄黄，泉在其地。土染泉黄，人死居室。灵魂未已，宛若在世。王礼洪威，陪葬祭祀。木骨石金，青铜陶玉。车马戈矛，人殉兽祭。司母戊鼎，青铜礼器。商王祖庚，祭母礼祭⑪。陶范泥模，复杂工艺。盘龙饕餮，精美纹饰。寓祷国民，祈福社稷。牛鹿方鼎，沟通神祇；珍存宝岛，两岸共举⑫。贾湖甲骨，雏形符字；八千岁次，世界肇始⑬。殷墟甲骨，四千刻字。笔画符识，象形指示。最早汉字，惊现当世！鼻祖至今，文辞衍序。

宫殿宗庙，其数半百；形制阔大，奥博耸矗。后寝前朝，左祖右社；布局严整，兼赅法度⑭。天造祸福，慈荫万物。帝寄威权，民离祸缚。先祖有德，遂丰五库⑮；"国之大事，在祀与戎"⑯；国人旄祀，感恩以顾。万物有灵，敬享贵诚。王以祭天，民以祭地；人愿以祖，智德以能。庇佑社稷，感天宽明。民生为贵，社稷次之，君实若轻⑰。尊以大道，形以天命；循以圣贤，蕙以织耕。和谐以处，相克相生。"妇好"墓存，巾帼将军⑱；方鼎铸文，名"后母辛"⑲。武丁盛世，母后女神⑳。位高识博，战功卓勋。隆重厚葬，王祀冥婚㉑。

百业六服，史事丰腴；万片诸坑，甲骨累聚㉒。物候晴雨，历法天文；军事患疾，猎农器具。地理方国，刑罚牢狱。宗法王民，交通货币。炙纹解辞，乃卜万事。洋洋洒洒，四千汉字。幸出墓陵，玄古史迹。档案宝藏，最早擢世㉓。

考泱泱古国，阅悠悠信史；传魁伟文明，探闳奥典志。殷墟回荡，千秋黄钟大吕；华夏康隆，九

甲骨文中记载的商代第一位女性军事统帅、杰出的女政治家"妇好"

（来自全景视觉网）

州鲲鹏云翼㉔！

注：

① 坤：大地。坤灵：灵秀的大地，对大地之美称。前几句谓远祖猿人从树上到地面生活的漫长进化。

② 遂市：古代城郭内大道两旁的集市。

③ 虞：夏之前的朝代，舜为君主。

④ 商殷：朝代名。其始祖契封于商（前1600—前1046）；汤有天下，遂号为商。后屡迁都，到盘庚迁殷地后改为殷，亦称殷商。享祚（xiǎng zuò）：帝王在位的年数。纪：古代以十二年为一纪，殷商享祚554年。

⑤ 儳儳（chán）：杂乱。代御：替使用。幝幝（chǎn）：破旧的样子。颓倚：坍塌倾侧。此句指朝代的兴衰更替。

⑥ 畤畤（qí zhì）：古时祭天地和五帝的固定处所。

⑦ 殷墟遗址从1928年考古至今已经发掘了近一百年。

⑧ 灵祇：天地之神，泛指神明。

殷墟·出土文物坑　　（来自全景视觉网）

⑨ 中商：因商都殷在中州，奉行中原华夏文明，后世也称中商。悬缺：殷墟考古基本完成后，补齐了缺失的中商历史。

⑩ 盘庚：甲骨文作般庚，子姓，商王祖丁之子。盘庚继位后，为避天灾与人祸，迁都于今殷墟遗址。

⑪ 祖庚：祖庚是商朝著名国王武丁次子，商朝第二十三位国君。司母戊鼎，指司母戊大方鼎，是商后期铸品，于1939年出土于河南省安阳市殷墟遗址，是已知中国古代最重的青铜器。

⑫ 牛方鼎、鹿方鼎均出土于殷墟商王陵，今存台北中央研究院。

⑬ 中国河南"贾湖遗址"出土的骨笛刻有"甲骨契刻符号"，是世界上最古老的文字雏形，距今7800—9000年。

⑭ 兼赅：亦作兼该，兼备之义，包括各个方面。汉·扬雄《交州牧箴》："大汉受命，中国兼该。"

⑮ 五库：古代贮藏材料的五种仓库。西汉·戴圣《礼记·月令》："是月也，命工师、令百工审五库之量。"

⑯ 语出《左传·成公·成公十三年》。祀与戎：祭祀和战争。

⑰ 孟子《尽心章句下》："民为贵，社稷次之，君为轻。是故得乎丘民而为天子"。丘：众。《尚书》："民惟邦本，本固邦宁。"

⑱ 妇好（好，古音zǐ）：殷墟出土保存完好的妇好之墓。其陪葬的甲骨上之文中记载的第一位女性军事统师，商王武丁60多位妻子之一，亦是杰出的女政治家。

⑲ 方鼎：妇好墓出土的殷商青铜方鼎内铸有"后母辛"铭文。后母即王后，"母辛"为妇好的庙号。此器当为其子辈祖庚、祖甲所制。

⑳ 武丁（？—前1192），子姓，名昭，商王盘庚之侄。使商朝空前发展，史称"武丁盛世"。

㉑ 王：商王武丁。商王为爱妻"妇好"操持冥婚，祈愿她在冥界嫁给先祖，获得保佑。

㉒ 六服：周王畿以外的诸侯邦国曰服，其等次有六：侯服、甸服、男服、采服、卫服、蛮服。畿：古代称靠近国都之地。西周·周公旦《周礼·秋官·大行人》："邦畿方千里，其外方五百里谓之侯服……，又其外方五百里谓之甸服……，又其外方五百里谓之男服……。"

㉓ 擢（zhuó）世：超群出众。寓出土的万片甲骨之文是最早的档案馆。

㉔ 云翼：大鹏之翅。远大的志向、抱负。

二十五、开平碉楼与村落赋

（一）开平碉楼与村落概况

遗产名称：开平碉楼与村落　Kaiping Diaolou and Villages
入选时间：2007 年
遴选依据：文化遗产（ii）（iii）（iv）
地理位置：广东开平市
遗产编号：1112

开平碉楼是中国乡土建筑的特殊类型，是集防卫、防洪、居住和中西建筑艺术于一体的多层塔楼式建筑民居，成为中国华侨文化的纪念丰碑，体现了华侨与民众主动接受西方文化的历程。自明朝以来，开平因位于新会、台山等四县之间，为"四不管"之地，土匪猖獗，社会治安混乱。加上河流多，每遇台风暴雨，洪涝灾害频发，当地民众被迫在村中修建碉楼以求自保。按功能不同可分为众楼、居楼、更楼等，其中居楼最多，其上部造型分为柱廊、平台、退台、悬挑、城堡和混合式等。楼顶造型可归纳为上100种，较美观的形式有中国式、中西混合、古罗马式山花顶、穹顶、美国城堡、欧美别墅、庭院阳台式等。碉楼内部楼层有中式匾额、对联字画、中西彩绘、家具装饰等特色。碉楼体现了中西

作者考察广东开平碉楼　（崔红秀　摄）

方建筑艺术的巧妙融合，反映了19世纪末到20世纪初开平侨民与故乡的紧密联系，具有非常重要的审美价值及历史价值。

（二）世界遗产委员会评价

开平碉楼与村落以广东省开平市用于防卫的多层塔楼式乡村民居——雕镂而著称，展现了中西建筑和装饰形式复杂而灿烂的融合，表现了19世纪末及20世纪初开平侨民在几个南亚国家、澳洲以及北美国家发展进程中的重要作用，以及海外开平人与其故里的密切联系。此次收录的遗产包括四组共计20座碉楼，是村落群中近1800座塔楼的代表，代表了近五个世纪塔楼建筑的颠峰，也展现了散居国外的华侨与故土之间仍然紧密的联系。这些建筑分为三种形式：由若干户人家共同兴建的众楼，为临时避难之用，现存473座；由富有人家独自建造的居楼，同时具有防卫和居住的功能，现存1149座；以及出现时间最晚的更楼，为联防预警之用，现存221座。也可分为石楼、土楼、青砖楼、钢筋水泥楼，反映了中西方建筑风格复杂而完美的融合。碉楼与周围的乡村景观和谐共生，见证了明代以来以防匪为目的的当地建筑传统的最后繁荣。

Evaluation by the World Heritage Committee

Kaiping Diaolou and Village are famous for the multistorey towerstyle village houses used for defense in Kaiping City, Guangdong Province, which show a complex and splendid fusion of Chinese and Western architectural and decorative forms, showing the Kaiping diaspora in several South Asian countries in the late 19th and early 20th centuries. The important role played in the development of Australia and North American countries, and the close ties between overseas Kaiping people and their homelands. The heritage included in this collection includes four groups of 20 watchtowers, representing nearly 1,800 towers in the village cluster, representing the pinnacle of tower architecture in the past five centuries, and also showing the still close connection between the diaspora and their homeland. These buildings are divided into three forms: 473 buildings built by several families for temporary refuge; 1,149 residential buildings built by wealthy families alone have both defense and residential functions; and the newest building, which appeared at the latest, for joint defense and early warning, there are 221 in existence. It can also be divided into stone buildings, earth buildings, green brick buildings, and reinforced concrete buildings, reflecting the complex and perfect integration of Chinese and Western architectural styles. Harmoniously coexisting with the surrounding rural landscape, the watchtower bears witness to the last flourishing of the local architectural tradition since the Ming Dynasty for bandit prevention.

开平碉楼符合以下世界遗产价值标准：

标准（ⅱ）：碉楼引人注目的独特造型反映出了一种重要的人文价值观的交流融合——从北美归来的华侨带回来的建筑风格与本地的乡村传统的融合，属于在世界上特定文化区域内的交流。

标准（ⅲ）：从明朝开始，为了对付当时猖獗的匪患，开平地区就有了建造防御性碉楼的传统，碉楼的名称说明这一传统盛极一时，归国华侨带回来的丰富资源为应对匪患泛滥做出了巨大的贡献，他们所建造的碉楼就是极好的印证。

标准（ⅳ）：碉楼主楼以其环境和奢华的财富展示，成为一种建筑形式，反映出开平华侨在19世纪末和20世纪初对南亚、澳大利亚和北美等国家的发展所发挥的重大作用，以及开平乃至中国社会与上述各国持续的联系。

(三) 开平碉楼赋

以"开平碉楼，建筑艺苑"为韵

  碉楼者，碉有防御之功，楼为叠构居宅。时惟明末，南粤有江门诸邑；匪患猖獗，洪涝借台风偶灾。里巷陋房，稻作垄耕熟地；桑田穷岸，洋徙渡海拓开。澳岛淘金，疲信富沦身之苦；美洲筑路，荣侨工搏命之衰。欧土南洋，万数华侨砥命；餐商工旅，千金乡聚兴宅。立堡固基，营壁垒而登高闻远；防洪御匪，躲庐屋而避险吉筛。遂无村不碉，乃碉堡同侪①。噫嘻！实村之哨，家之爱；御之堡，匪之哀；楼之矗，匠之才；安之所，艺之斋！

  层叠越二楼可九层，宇出而栋颖；视野环十顷而百丈，堡秀于原平。"潭江"近海千村，乡邑百十之数；靠山面水诸楼，碉楼三千之丰。若乃今存，盖一千八百栋矣！千楼千貌，千姓千名。一碉一韵，一式一灵。融汇中西，一匠一图一法；峥嵘气韵，一格一苑一风。伊斯兰式，圆顶雅致，造设姝婷。或罗马式，明快简洁，敦实拱形。或哥特式，彩玻尖拱，耸锥修棂。脉承西洋，有巴洛克之豪华气派，俗丽格迷凌乱；本据中式，具粤岭南之实用端庄，飞檐山顶兼承。有万国流派，纳五洲风情。廿米之高，可减黑云之患；十房之舍，能驱族戚之惊。荣膺世界文化遗产，荟萃侨乡建筑琼锳②！

  环拥于菜地荷塘，危楼高宇；掩映于榕林竹苑，厚堡雄碉。或环水枕山，村野前平后靠；或卫营

领里，亭台远眺低瞄。古树丛排，可挡风炎之悍；新须扎土，宁归人脉之交。水流归堰而潜，流流常顺；村舍沿阶而上，步步升高。享稻作锄禾利便，得睦邻鸡犬声邀。时晤花香鸟语，常观石瀑松涛。荷锄闻童子书声之朗；庭训悟长翁禅理之聊。

底层会客餐厅，厨杂灶神之奉；二层长辈起居，主卧书房之楼。三五六层子女，厨卫卧储完备；护铁厚门坚固，防火防弹防偷。门栅通风疏透，外封内敞鸿庥③。射孔刁窄密布，火力交叉考究。匪患则哨灯预警，水涝则登高无忧。顶层居高临下，露台瞭望运筹。"燕子窝"悬，射爬墙之匪患；"山花墙"炫，饰冠冕之妆楼④。给纵火凿墙匪痛击，予避险求安民解愁。上敬神龛，供祖庭牌位尊贵；下慈孝睦，教子嗣知行骈修。

外则黄墙绿瓦，斗拱飞檐；内则沙发字画，精工懋建⑤。廊则立柱圆拱，窗扇白玻；材则土石砖混，木铁绸缎。圆穹盔顶，缀壁画及灰雕⑥；瑞兽繁花，寓福禄并康健。地砖精画，五色水磨石栏；玻璃彩屏，百镂雕床几案。红木刻花之桌，好享肴馔；金扣箍皮之箱，或藏细软。阳台悬空，凭栏远眺曲水；柱顶雕花，环周外托镶嵌。低层简单实用，精似锦衣夜行；高层堆砌琐繁，务必张扬耀显。有平台廊柱之格，实城堡混合之范；或滋炫耀奢华，攀比虚荣之陷也！

时惟乙酉盛夏，七壮士南楼抗倭；骁武卓绝，八昼夜铁壁肉筑。勇哉！归侨队长，司徒族户；以一敌万，浴血不怵。汽艇帆船，水陆围攻；炮轰弹雨，拒降胆铸。毒气致昏，誓死保家遭戮；万民缅

广东·开平碉楼群 · 荣生、居庐 （来自全景视觉网）

怀，忠烈名楼长矗。廿日寇降，憾英雄之未睹；潭江流芳，慰开平之翘楚！

潭江曲回，十八镇重楼傲立；南粤沧桑，五百年建筑玮艺。沃畴竹林，藤枝攀倚。闹市平原，丘陵城邑。鱼稻共生，舍房栉比。踱步于阡陌园庐，精种于旁楼田地。凭栏于画栋雕梁，考据于股约典契。掩卷于文论丹青，瞻仰于墨痕联意。叹服于楼主之创新，惊叹于工匠之不羁。噫嘻！中外咸为我用，古今兼收不鄙。

消十镇侪心之千虑，集五洲神韵于一苑。凡百合塘口，兼有长沙蚬冈赤坎。悉五镇碉楼，存千八百卅座大献！况族人村民契约入股，公开公正公平秩建。靠山照水，朝向位限。起迄先后，材质样板。村规谨严，然诺不谩。敬老孝慈，家族福善。天人合一，世代繁衍。中西结合，村落碉楼奇葩；广州魁首，世界文化遗产！中国碉楼之乡，开平村落典范！

注

① 侪（chái）：辈；类。
② 琼锳：美玉。
③ 鸿庥：鸿荫。

广东·开平碉楼·微缩雕塑　　（陈志平 摄）

④ 燕子窝：形如燕窝。方形碉楼顶部悬空凸出于外壁四角的圆柱或棱柱形小砖屋，由水泥制成，可抵御轻武器射击，有利于无死角的向外向下射击、查看低处攻击攀爬外墙的盗匪和强敌。

山花：建筑名词。在中式建筑中，歇山式的屋顶两侧形成的三角形墙面；在西方古典建筑中指檐部上面的三角形山墙。

⑤ 戆建：勉力建立。

⑥ 用泥灰做的浮雕式装饰花纹。外观效果类似于砖雕。

广东·开平碉楼·微缩雕塑集锦　（陈志平　摄）

上　作者考察开平立园　（崔红秀 摄）
下　广东·开平碉楼·自力村碉楼内饰　（来自全景视觉网）

二十六、福建土楼赋

（一）福建土楼概况

遗产名称：福建土楼 Fujian Tulou
入选时间：2008 年
遴选依据：文化遗产（iii）（iv）（v）
地理位置：中国福建省永定、南靖、华安三县
遗产编号：1113

福建土楼位于福建省西南部，大多数为福建客家人所建，又称"客家土楼"。土楼产生于宋、元时期，成熟于明末、清代和民国时期。福建土楼的形成与历史上中原汉人的几次大迁徙有关。土楼所在的地区是福佬与客家民系的交汇处，地势险峻，人烟稀少，曾经有野兽出没，盗匪四起。福建土楼依山就势，吸收了中国传统建筑规划的"风水"理念，适应聚族而居的生活和防御的要求，是一种自成体系，具有节约、坚固、防御性强等特点的生土高层建筑，总数 3000 多座。

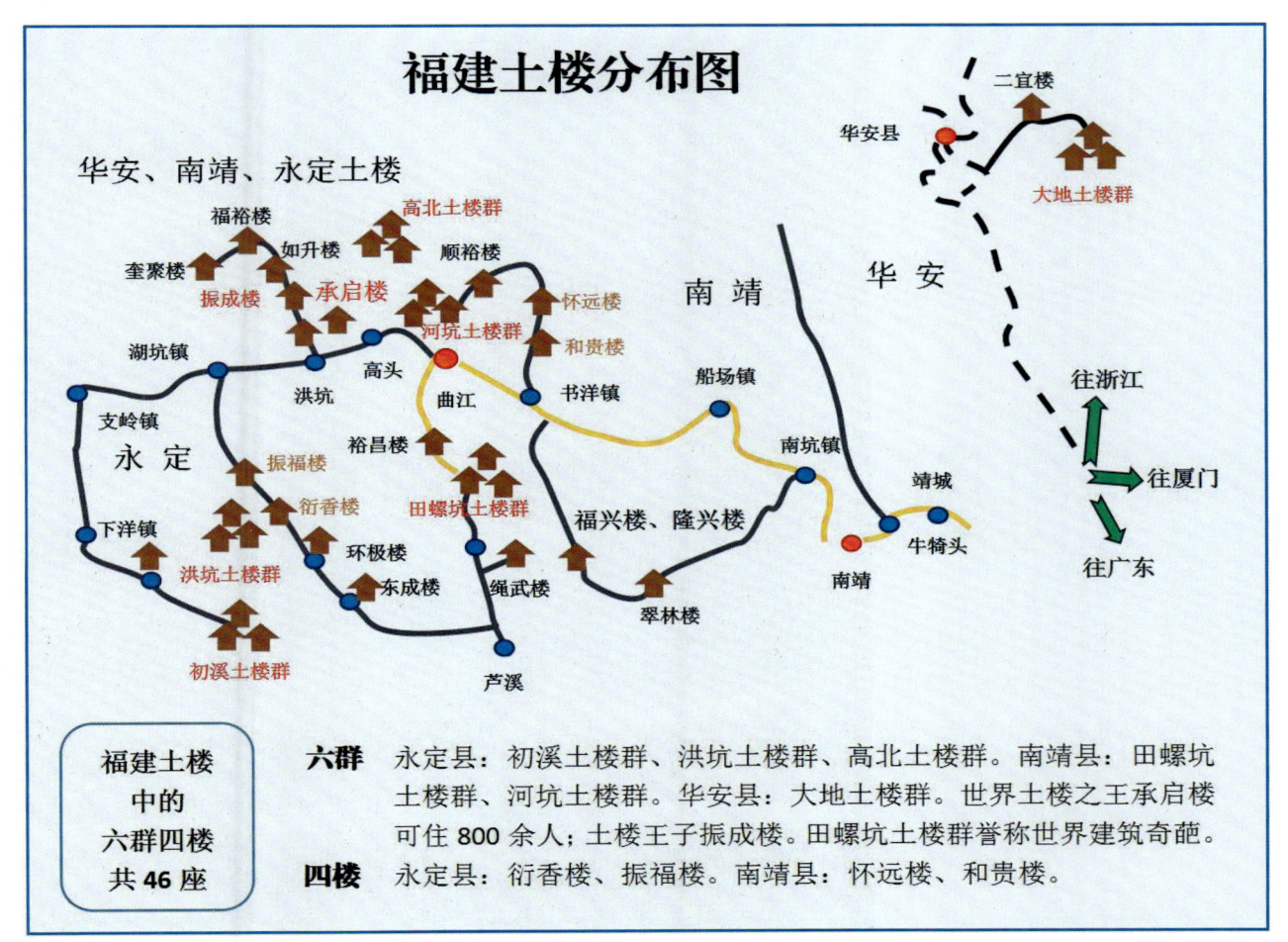

福建土楼分布图

福建土楼中的六群四楼共46座

六群 永定县：初溪土楼群、洪坑土楼群、高北土楼群。南靖县：田螺坑土楼群、河坑土楼群。华安县：大地土楼群。世界土楼之王承启楼可住 800 余人；土楼王子振成楼。田螺坑土楼群誉称世界建筑奇葩。

四楼 永定县：衍香楼、振福楼。南靖县：怀远楼、和贵楼。

根据资料仿制改编

土楼通常为多层,建筑内沿为圆形或方形,大型的土楼可供约800人居住。土楼最初是为防御目的而建造,围绕中央的开放式庭院,只有一个入口,一楼以上方有对外侧的窗户。作为以土作墙而建造起来的集体建筑,土楼实际上成为了村寨,常常被称为"家族的小王国"或"繁华的小城市"。土楼的外墙高大坚实、屋顶覆以瓦片,形成宽阔的屋檐。建筑内部纵向区分不同家庭,每户每层拥有两到三个房间。与其朴实的外墙相反,土楼内部是为舒适性而建造的,并具有极高的装饰性。土楼以其建筑传统和功能作为典型范例被列入,它体现了一种特定类型的公共生活和防御组织,并且体现了人类居住与自然环境和谐相处。

(二)世界遗产委员会评价

世界上独一无二的集居住和防御功能于一体的山区民居建筑的福建土楼,体现了聚族而居之根深蒂固的中原儒家传统观念,更体现了聚集力量、共御外敌的现实需要。同时,土楼与山水交融、与天地参合,是人类民居的杰出典范。

Evaluation by the World Heritage Committee

Fujian Tulou, which is unique in the world that integrates residential and defensive functions in mountainous areas, embodies the deeprooted Confucian traditional concept of gathering ethnic groups to live together, and also reflects the practical need to gather strength and jointly defend against foreign enemies. At the same time, Tulou blends with mountains and rivers, and integrates with heaven and earth, which is an outstanding example of human dwelling.

福建土楼符合以下世界遗产价值标准:

标准(ⅲ):土楼为一个悠久的聚族而居的防御性建筑文化传统提供了独特见证,体现了高度发展的建造传统与和谐协作的理念。

标准(ⅳ):土楼在建筑体量、传统和功能上,体现了一个特殊聚居社会在一个相对广阔的区域中对不同历史时期的经济、社会发展阶段的非凡应对方式。

标准(Ⅴ):土楼尤其是申报项目福建土楼的奇特形式是聚居和防御需求的特殊体现,而其与自然环境的和谐关系,又是优美人居环境的典型范例。

作者考察福建土楼·"四菜一汤" (张 萍摄)

（三）福建土楼赋

律赋

以"东方古堡、建筑奇葩"为韵

　　乃悉客家土楼，华南之东①。全球建筑之独秀，中华三省之殊荣②。始于宋元，成熟于明清民国；衰于当代，保护昔文化峥嵘。滥觞迁徙，悠悠乎六百春秋；创新完善，恢恢乎三千堡墉③。安居抗守躬耕，宗族聚落；和睦团结繁衍，孝悌昌隆。孝于家，忠于国；子当孝，民当忠④。世界之独存，楷模关乎生态；民居之瑰宝，文化尤乎浑雄⑤。

　　其衍矣三省百县，两万楼房⑥。耕艺缓坡，土木取材近便；靠山面水，围墙形制圆方⑦。均衡乎严谨，规整而端庄。设距参差而错落，选址避风而向阳。朝向自然而谐雅，防潮隔音；天人合一其禅道，冬暖夏凉。叠层分梯，隔火通廊⑧。搭结串构支撑，抗震强韧；厚重拒敌慑盗，防御优良。可居民八百众，偕塾徒三十郎⑨。安居乐庭院，祭祀宜祖堂。

　　乃其夯土板筑，中原技古。石础砂泥，防潮穿斗结阁；竹筋杉骨，木楼厚墙生土。起搭缀之层楼，联接双之梁柱。形若方、圆、椭、角、府、殿；偕之山、水、田、林、桥、路⑩。对称谐中轴，叠高眺邃穆⑪。木竹沙灰砖瓦，匾联雕画栏梯；门廊庭井戏台，祠室厅厨仓库。

作者考察福建土楼　（张　萍 摄）

福建·方形土楼群　　（来自全景视觉网）

　　由是土楼雏形，唐开墙堡。唐灭宋亡，金元入侵袭扰；客家南迁，民寨仿军营肇。西汉木架难承重，墙筑厚高；主客纷争务防御，卫居兼保。峥嵘而矗，楼以生土围合；娴熟于胸，式衍民间传造。

　　若夫方形土楼，乃臻广建。楼形迭出，纷纭缭乱：曲、角、纱帽、三合，长、正、五凤、府殿。内通外闭，前矮侧叠后高；周耸院墙，面角森严规鉴。"府第楼"主栋等高，祖堂居中；侧天井实用朴素，廊道通贯。"宫殿楼"后设祖堂，华丽复杂；前后楼错落有致，顶叠鸿渐⑫。两进院九顶，对称阶序递升；"五凤楼"九脊，五叠宏图翼展⑬。"和贵楼"高，世界极限⑭。楼矗沼泽，屹两百年不倒；阴阳水井，闻三奇景争艳⑮。"奎聚楼"者，环宫殿矩墙孤本；高贵端庄，三重檐方阁典范。

　　况若瑰丽圆楼，奇绝建筑。正圆椭圆，前圆后方之形；多环半月，前方后圆之属。绵延书香之愿，"衍香"土楼；圆天方地之涵，内方邸府。前陈笔架玉案，诗书传家；后兆展翅凤凰，耕商福禄⑯。"振福"之楼，土楼"公主"。溪涵八卦之缘，楼接双恋之渡。中西合璧，融天地人伦自然；富丽堂皇，刻砖石联意清悟⑰。"怀远"之楼，善文孝祖。德墩祖训，修齐忠孝秀溪；礼让传家，人文"宝田""玉树"⑱。"怀远楼"感怀，怀善德谒环堡英雄虎胆；"斯是室"读书，忠孝行和璧联雅镌文馥⑲。

　　尤其六群四楼，果然雄奇。老少千楼，田螺、河坑、大地；福建三县，洪坑、高北、初溪⑳。靠榫头不用铁钉，两环六百余年；"集庆楼"自由私密，一院七十二梯㉑。"承启楼"套四环，圆楼王者；住居民达八百，雄院威仪。历八十秋懋建，迎四百室晨夕㉒。"河坑"土楼群，风水林田溪。阴阳其合，"北

方楼：溪边五凤楼　（来自全景视觉网）

斗七星"双阵；方圆相配，"南靖"存保独奇[23]。"田螺坑"群，天外飞碟绝配；"四菜一汤"，足致神仙迷离[24]。"华安"丰域，土楼村名大地；"二宜"圆楼，单元墙厚独一[25]。袖珍圆楼，名曰如升；乡野别墅，世界瑰琦。

嗟乎！世界独有，东方奇葩。一县三十寨，土楼古民家。三省三千座，建筑荟精华。圆如飞碟天降，巨蘑崛地；方若镇章棋铸，金殿映霞[26]。凡间神奇，衍匠心之群创；御外凝内，护家族之昌达。斯楼矣！携北京四合院、陕西土窑洞、广西干栏居、云南一颗印，并称汉族五大传统住宅，六百年精进浪漫生涯……东方文明，一颗明珠尤璀璨；福建土楼，三千府邸秀中华！

注
① 该世界文化遗产名录以福建土楼为主，福建土楼又以客家土楼为主。
② 板筑式大型土墙楼，有圆形、方形两大类，在闽南赣南粤东三省区域都有，但以闽南最多。
③ 一般认为土楼起源于明代永乐（1403—1424）年间。堡：通常指军事上防守用的建筑物。堡垒，此指大型土楼。墉：高墙。
④ 孝于家，忠于国，子当孝，民当忠，是客家人源自中原汉族的文化价值观。

⑤浑雄：浑厚雄健。

⑥百县是约数。实际各类土楼共有两万三千余座。

⑦耕艺：泛指耕植。圆方：指土楼约有圆形、方形两大类。

⑧隔火：少部分土楼建有隔火墙。

⑨塾徒：私塾学生。围楼内设有宗塾小型学堂。

⑩版筑围合的土楼有方、圆、椭圆、各形角楼、府邸、宫殿等形式。

⑪邃穆：意境深远明净。

⑫鸿渐：谓鸿鹄飞翔从低到高，循序渐进。南朝·梁·刘勰《文心雕龙·夷饰》："言必鹏运，气靡鸿渐。"

⑬五凤楼：原是宫城正门形制。上有崇楼五座连以游廊，侧各有阙亭，形如雁翅，乃名。此专指方土楼形制。九顶、九脊：三排（两院落）中楼每排中轴屋顶压两侧屋顶，共九顶九屋脊。五叠：从前楼屋顶沿半环向上至后主楼，共有五个阶梯叠高。

⑭南靖县梅林镇璞山村的五层和贵楼高21.5米，是土楼高度的世界之最。

⑮和贵土楼为世界最高、处沼泽地二百年不倒、院内一浑一清两个水井谓"三奇"。

⑯衍香土楼风水地形环境是：前有笔架玉案，后有凤凰展翅。耕商：建楼主人因为经营烟丝发财乃建此楼。

⑰清悟：清醒，觉悟；明慧。

⑱怀远土楼所镌对联最多："怀以德敦以人藉此修齐遵祖训，远而山近而水凭兹灵秀育人文。"两侧对联："诗书教子诒谋远，礼让传家衍庆长。"宝田、玉树：左右廊道拱顶门上有此两匾额。

⑲怀远楼内小环特有学堂，子孙读书及祭祖场所，名为"斯是室"。在上厅，有对联"书为天下英雄胆，善是人间富贵根"、"世间善事忠和孝，天下良谋读与耕"。

⑳老少：指600年和30年的土楼龄。田螺、河坑、大地、洪坑、高北、初溪是录入世界文化遗产中的六群土楼代表地乡村名。

㉑集庆楼72个楼梯分为72个单元，而不是楼层通廊。

㉒承启楼圆楼四环，誉土楼之王，历三代八十一年方建成。懋建：勉力建立。有四百间房室。

㉓河坑土楼群有方楼、圆楼相配，组合成两组"北斗七星"阵形。南靖：本楼群所在县名。

㉔田螺坑群土楼，四圆一方，游客谐趣为"四菜一汤"。

㉕华安县大地村的二宜圆楼，是单元式土楼，底部墙厚达1.5米。

㉖金殿：土黄色墙体在霞辉映照下呈现金色。

二十七、五台山赋

（一）五台山概况

遗产名称：五台山 Mount Wutai
入选时间：2009 年
遴选依据：文化遗产（ii）(iii)(iv)(vi)
地理位置：山西省忻州市五台山
遗产编号：1279

五台山地处五台县东北部，由东、南、西、北、中五座山峰环绕而成，五峰耸峙，高出云表，顶无林木，平坦宽阔，犹如垒土之台，故名五台山。五台山自东汉永平 11 年（公元 68 年）开始建庙，历时近 2000 年，形成了国内唯一的一处由青庙（汉传佛教）、黄庙（藏传佛教）并居一山共同讲经说法的道场，被誉为中国佛教的缩影，是世界著名的佛教圣地。五台山迄今仍保存着北魏、唐、宋、元、明、清等 7 个朝代的寺庙建筑 47 处，荟萃了 7 个朝代的彩塑，5 个朝代的壁画，以及堪称典范的古建艺术。五台山是东亚地区乃至全世界现存佛教古建筑群中规模最大的一处，有"佛国"之称。

五台山 寺庙 （来自全景视觉网）

（二）世界遗产委员会评价

五台山位于山西省忻州市，是中国四大佛教名山之首，以浓郁的佛教文化闻名海内外。五台山保存有东亚乃至世界现存最庞大的佛教古建筑群，享有"佛国"盛誉。五台山由五座台顶组成，珠联璧合地将自然地貌和佛教文化融为一体，典型地将对佛的崇信凝结在对自然山体的崇拜之中，完美体现了中国"天人合一"的哲学思想，成为持续1600余年的佛教文殊信仰中心——一种独特而富有生命力的组合型文化景观。

Evaluation by the World Heritage Committee

Located in Xinzhou City, Shanxi Province, Wutai Mountain is the first of the four famous Buddhist mountains in China and is famous for its rich Buddhist culture at home and abroad. Wutai Mountain preserves the largest existing Buddhist ancient buildings in East Asia and even the world, enjoying the reputation of "Buddha Country", Wutai Mountain is composed of five terraces, which integrate natural landforms and Buddhist culture, typical of the belief in Buddha condensed in the worship of natural mountains, perfectly embodying China's philosophical thought of "the unity of heaven and man", and has become the center of Buddhist Manjushri belief for more than 1600 years – a unique and vibrant combined cultural landscape.

五台山符合以下世界遗产价值标准：

标准（ii）：五台山的整个宗教寺庙景观，与佛教建筑、雕像和宝塔反映了深刻的思想交融。以山区寺庙的方式成为了神圣的佛教之地，反映了中国佛教寺庙的影响来自于尼泊尔和蒙古。

标准（iii）：五台山是对宗教山文化传统的独特见证，是由修道院发展而来的。它成为了来自亚洲广大地区的朝圣的焦点，这是一种仍然存在的文化传统。

标准（iv）：五台山的景观和建筑整体展示了帝王赞助的非凡效果，在一千年的时间里，山景被建筑、雕塑、绘画和石碑装饰，以庆祝它对佛教徒的神圣性。

标准（vi）：五台山充分体现了自然景观与佛教文化的融合、自然景观的宗教信仰和中国哲学思想对人与自然和谐的思考。这座山有

作者考察五台山　（张　萍摄）

着深远的影响：在韩国和日本，以及中国甘肃、山西、河北、广东等地的其他地方，也有类似于武台的山脉。

五台山牌坊、门坊、殿宇　（来自汇图网）

（三）五台山赋

　　五百里方圆，贵五台环抱；三千米高山，适三界修习①。屹平顶而阔宽，犹如垒土；秀若平台魁貌，而赋名实。噫！清凉之山西云鹤，神州之华北屋脊②。聚释家之宝坊，佛光普照；若印度之灵鹫，山势伟奇③。传佛祖履亲足，乃崇圣地；敬文殊之演教，亦因驻居④。妙德洞偕，玄真观之石盆；早注道经，紫府山之福持⑤。法王子，多慧知；紫金色，如童子；冠五髻，昭威仪⑥。金刚剑智能犀利，斩群魔，断烦恼；般若经卷宝青莲，显威猛，骑雄狮⑦。

　　于是文殊道场说法，四大名山首事⑧。东汉缘驮经而讲，天子察明慧而踞⑨。近白马觉居士皈依，邻京畿幸帝王驻跸⑩。钟鼓轮鸣，经声不息；庙宇林立，释室栉比。聚数百伽蓝，引万千僧侣⑪。"十方庙"僧侣云游，贤俊擢职；"子孙庙"师徒家传，青庙资历⑫。青庙乃汉传佛教，着青衣青裤；黄庙乃藏传佛教，喜黄帽黄衣⑬。

　　历史悠久，显赫薪传。三大宗教驰名世界，唯释家悠久；五台峨眉普陀九华，誉四大佛山⑭。大华严经，东晋入传。东北方地，清凉名山。文殊师利，说法而禅⑮。载记佛经，五台山因首位；文殊道场，世尊金口亲宣⑯。灵鹫之寺，始建东汉；北魏扩建，赐名花园。唐武则天，改称华严。明代重

五台山金殿　　（来自汇图网）

　　修，大显通寺；佛像万尊，纳于铜殿[17]。万斤铜钟，"震悟大千"[18]。塔院之寺，明朝再缮；藏式白塔，五台之冠[19]。菩萨顶寺，黄庙之首；蒙藏教徒，修住其间。康熙乾隆，数拜台山。赐大喇嘛提督，敕天子印威严[20]。其殿主奉文殊，乃云殊像之寺；药师释迦弥陀，鼎助菩萨之龛[21]。不登黛螺之顶，不算游访台山[22]。

　　木构材质，工艺精妍。从明清民国，溯唐宋金元。实艺工精美，尤规矩谨严。或庄重朴实，或豪华精湛。或繁杂细腻，或粗犷自然。或砖砌木结，或铜浇铁铸。或鼻祖唐朝，或明清典范。尤其木构沿袭，台山高居其冠。建筑规模宏伟，沿革历代续连。构件细节精细，手法样式多繁。全国绝无仅有，制规系统绵延。尤塔众多，不唯宇殿[23]。其选材也，润玉水晶，琉璃砖石塔质。铜银木铁，法工材料衡铨[24]。

　　其形制也，密檐、楼阁、窣堵波式[25]；组合、阁亭、宝座古刹。小者一寸余，如握玲珑精恰。高者十七丈，方携穹昊云霞。其稀珍者，圆果寺之阿育王塔；塔院寺之舍利宝塔；显通寺之组合铜塔；华严经之小楷字塔……岂非五台精品，标誉佛门；方兴群聚梵林，名传华夏！

　　佛像珍稀精粹，风光绝美精真。尔其佛像，三万余尊[26]。画像分壁画、轴画、插图、叶画，金属有鎏金、铁铸、铜造、纯金。石刻分玉雕、全雕、崖刻、浮雕，雕画有烧瓷、泥塑、木雕、绣绢。尤其久誉清凉之山，最宜避暑；夏时燥热难度，当沐适闲。绝壁危悬，仰望飞云溅瀑；密林掩映，穿行叠翠拂岚。黛瓦金佛，古寺晨钟暮鼓；蓝天皓月，清风凉露善缘。日色霞披，熠熠流光笼罩；山舟云举，飘飘雪浪柔绢[27]。明星慧眼灵犀，当脱塞钝；夜雨孤灯寥寂，笃愿修疫。尘寰嗔恶中，陷痴昧之贪赂；

156

鸟语花香处，觉出秽之宝莲。三步一趣典，大悟则迷三藏；五步一掌故，小乐则除五难[28]。奇妙之绝，圆光射游人伴影；镇山之宝，活画居灵彩双环[29]。

佛教名山，中华四大；天人合一，首位五台。隋唐宋清，名声远播诸国；汉藏蒙满，民族融会五台。莅临帝胄之尊，释家学问；常会龙门之客，禅理凡胎。汇粹名僧，弘扬佛法；双修福慧，秉持耽怀[30]。澄观尊七帝之师，华严宗之四祖；文殊位七佛之师，母佑子其如来[31]。

嗟乎！传承千年，佛国三世；慈悲一统，化祈百态。法身父母，度众悲愿；专司智慧，救离苦海[32]。佛国典范，释缘五台。山韵蕴清凉，佛法长宏泰。彰中国佛教之显赫，居功至伟；得慧命信徒之崇拜，领悟先率。

五台山 精美雕刻　　（来自全景视觉网）

注

① 三界：此佛教中指众生所居之欲界、色界、无色界。欲界未摆脱世俗七情六欲的众生境界；而色界的众生已摆脱对欲望的执着，唯未脱形体束缚；无色界指超越物质之世界。

② 云鹤：比喻远离尘世、隐居不仕的人。五台山之北台为最高峰，海拔3061米，号称"华北屋脊"。

③ 灵鹫山，坐落于印度恒河平原。山顶有座古平台，是当年佛祖与诸弟子讲经说法之地。

④ 汉明帝时，天竺高僧摄摩腾、竺法兰到五台山（时名清凉山），发现此地有释迦牟尼佛所遗足迹，且文殊菩萨有在此显现。

⑤ 文殊：意为"妙德"。明·释镇澄撰《清凉山志》称文殊菩萨初来中国时居于石盆洞中，而石盆在道家的"玄真观"内，故五台山当时为道家所居，乃名紫府、紫府山。

⑥ 法王子：大菩萨的尊称，因大菩萨出生于法王之家，且能传承佛法。唐·佛经《大宝积经》："文殊菩萨，身紫金色，形如童子，五髻冠其项。"顶结五髻，以代表大日五智。

⑦《大宝积经》云："左手持青莲华（花），右手执宝剑，常骑狮子出入，既青年，又威猛。"

⑧ 首事：为首主持其事。

⑨ 东汉永平十年（公元67年），梵僧汉使以白马驮载经卷和佛像到了洛阳。汉明帝一见释迦牟尼佛像，果如梦见，遂敕令建白马寺，并着摄摩腾、竺法兰在中国传播佛教。

⑩ 驻跸（zhù bì）：帝王出行时，开路清道，禁止通行。泛指跟帝王行止有关的事情。白马：洛阳白马寺，与五台山灵鹫寺同为我国最早创建的寺院。

⑪ 伽蓝：佛教寺院的通称。

⑫ 子孙庙接受小沙弥（小和尚），按师祖、师父、徒弟、徒孙序列排位。一寺内分成多个家族，可持有公产私产。子孙庙严格规定，本寺职事须由本寺僧人担任。五台山多属子孙庙。十方庙：不准剃度，僧人一律按平辈称呼。财产属僧众，供交流服务用。

⑬ 黄庙：藏传佛教寺院，住喇嘛。明永乐年后，蒙藏传佛教信徒进驻五台山。

⑭ 三大宗教：指世界三大宗教：基督教、伊斯兰教、佛教。"五台山、峨眉山、普陀山、九华山"为中国四大佛教名山。

⑮ 文殊菩萨别名文殊师利。

⑯《大方广佛华严经》中的《诸菩萨住处品》载："东北方有处，名清凉山。……现有菩萨，名文殊师利，与其眷属……常在其中，而演说法"。

⑰ 明朝朱元璋在其重修后赐额"大显通寺"。殿前两铜塔铸于明代，原有五座，寓五台顶。于此朝拜，犹登五台山。现只存两座完好无损。

⑱ 在钟楼正面的石券门洞额上有"震悟大千"4个楷体金字．

⑲ 塔院寺：因院内有大白塔，故名。通高七十五米，巍峨壮观，乃五台山标志。

⑳ 清康熙、乾隆皇帝曾数次朝拜五台山，宿于菩萨顶，赐菩萨顶大喇嘛提督印。

㉑ 殊像寺佛龛背面塑药师、释迦、弥陀三世佛。

㉒ 民间素有"不登黛螺顶，不算台山客"之说。乾隆帝钟情于黛螺顶风光，旨意住持和尚把五方文殊合塑于一殿。来此一拜如拜黛螺顶参拜了五方文殊。

㉓ 五台山有数以百计的塔。

㉔ 铨：衡量。

㉕ 窣（sū）堵波：《佛学大辞典》：（梵 Stūpa），又音译为素睹波、浮图。

㉖ 五台山典藏佛像众多，材质各异，大小不一。

㉗ 云雾缭绕时，山丘若舟浮于云海。

㉘ "藏"的梵文原意是盛放各种东西的竹箧。佛学者借以概括佛教全部经典。五难：三国·魏·嵇康《答难养生论》："养生有五难：名利不灭，……喜怒不除，……声色不去，……滋味不绝，……神虑消散，此五难也。"

㉙ 五台山天不下雨，也会出现圆环状彩虹，有时可现内外两圈，内有房舍飞禽走兽或游人动感之画。被宗教界视为"镇山之宝"。

㉚ 耽怀（dān huái）：潜心。

㉛ 澄观：唐代高僧，被尊为七帝之师、华严宗之四祖。

㉜ 文殊为代表智慧的菩萨。

二十八、登封"天地之中"历史建筑群赋

（一）登封"天地之中"历史建筑群概况

遗产名称：登封"天地之中"历史建筑群 Historic Monuments of Dengfeng in "The Centre of Heaven and Earth"

入选时间：2010 年

遴选依据：文化遗产（iii）（vi）

地理位置：分布于河南省郑州市登封市嵩山腹地及周围：太室阙、中岳庙、少室阙、启母阙、嵩岳寺塔、少林寺建筑群、会善寺、嵩阳书院、观星台等

遗产编号：1305

"中原"指黄河中下游流域，因夏商周三代在此奠基，是中华文明及华夏文化的发源地之一。在中国早期的宇宙观中，中国是位居天地中央之国，而天地的中心在中原，中原的核心在郑州登封，所以这里成为中国早期王朝建都之地和文化荟萃的中心，不同宗教、学术流派、古代天文科技的观测点和国家祭祀设施，都在这里建有最高等级的建筑物。神龙、圣贤、思想、宗教、名流、英雄、汉字、

登封"天地之中"观星台碑 （来自汇图网）

科技、农耕、中医、武术、姓氏等文化最早发源于此,历数千年风雨绵延不绝。以"天地之中"为基本理念的庙、阙、寺、塔、台和书院等集中体现了中国各代的礼制、宗教、科技、教育等建筑学成就,是我国中原文化和传统文化的杰出代表,是佛、道、儒三教的源头,是中国多元文化的载体和典范。此地有世界文化遗产8处11项,全国重点文物保护单位16处,省重点文保单位22处,各类珍贵文物6700多件,构成了一部古老中原地区三千年形象直观的建筑史,是中国时代跨度最长、建筑种类最多、文化内涵最丰富的古代建筑群。

(二)世界遗产委员会评价

位于中国河南省的嵩山,被认为是具有神圣意义的中岳。在海拔1500米的嵩山脚下,距河南省登封市不远,有8座占地共40平方公里的建筑群,其中包括三座汉代古阙,以及中国最古老的道教建筑遗址——中岳庙、周公测景台与登封观星台等等。这些建筑物历经九个朝代修建而成,它们不仅以不同的方式展示了天地之中的概念,还体现了嵩山作为虔诚的宗教中心的力量。

登封历史建筑群是古代建筑中用于祭祀、科学、技术及教育活动的最佳典范之一。

俯瞰 少林寺庙群 (来自全景视觉网)

Evaluation by the World Heritage Committee

Located in Henan Province, China, Song Mountain is considered to be of sacred significance to Mount Zhong. At the foot of Song Mountain, at an altitude of 1,500 meters, not far from Dengfeng City, Henan Province, there are eight buildings covering a total area of 40 square kilometers, including three ancient gates of the Han Dynasty, as well as the oldest Taoist architectural ruins in China, such as Zhongyue Temple, Zhougong Observation Deck and Dengfeng Stargazing Observatory. Built over nine dynasties, these buildings not only illustrate concepts in heaven and earth in different ways, but also embody the power of Songshan as a devout religious center.

The Dengfeng Historical Complex is one of the best examples of ancient architecture used for ritual, scientific, technological and educational activities.

上　嵩阳书院　（自摄）
下　嵩阳书院二将军柏　（来自汇图网）
右　汉三阙之一·少室阙　（余晓灵 摄）

登封"天地之中"历史建筑群符合以下世界遗产价值标准：

标准（ⅲ）：天与地中心的天文学思想与皇权的思想紧密联系在一起，它以其嵩山的自然属性和与之相关联的仪式为中心。系列遗产反映了该地区在声望和赞助方面的重要性。

标准（ⅵ）：登封地区的神圣和集中的世俗结构，反映了与圣山相联系的天地中心的强大而持续的传统，在1500年的时间里，佛教的结构与圣山有一种共生关系，圣山一直反映了朝代的衰亡和圣山被扶持，在中国文化中具有重要的意义。

（三）登封"天地之中"历史建筑群赋

　　夫乾坤者天地，地方天圆；历夏商周故都，华意荣观。时大禹分九州，环豫州外绕；据众州之心域，称中州中原。尊位天地之中心，宇宙大观；中华祖族之居地，百国史元。融儒道释三教，源母亲河三川①。三代国都之纪，九朝历史踞垣②。溯瓷陶于墓野，光寒鼎剑③；赖文明之延亘，华夏摇篮。

　　东汉三阙，凿石砌建④。昭礼仪而设，若双门而骈。偕皇家神道，助大汉威严。羡刻石之艺术，尤丰富而精妍。古文贞铭，汉书镂镌。生活神话，禽兽飞翻。出行之车马，迎门之宾客；或驭教猎围，或奏吹饮宴⑤。杂技玄武，比翼乎三足之鸟；蹴鞠朱雀，斗鸡夫双蛇之缠⑥。奔追犬脱兔，寓逐鹿中原。

　　老子云：道生一，一生二，三生万物；庄子见：天地我，并生之，万物融一⑦。中岳庙者，独建天地之中盆原，遥以太室山峰枕倚⑧。雄阔恢弘，气格冠五岳其首；祀禜礼化，道观居皇家势一⑨。

　　标帝敕祭河渎之范模，依工部施营造之则例。亭廊宫殿楼阁，卅九之琦；古树庭唐御苑，十万平米⑩。孝文帝离宫，乃肇佛事；隋文帝赐名，敕"会善寺"。武则天巡幸，赐名安国；增殿宇佛塔，宏道规制。元建大雄宝殿，件配典型；尤推硕大斗拱，木构玮艺⑪。贵中岳"嵩阳寺"碑铭，千五百岁；存北齐碑唐塔明钟，古树百计⑫。道安、普寂、沙门一行，高僧辈出；"净藏师塔"仿唐木构，古法砖质⑬。千僧甘受戒，须上奏皇帝允准；"一行"作戒坛，位唐代全国鼎立⑭。

　　白鹿洞、岳麓、应天府、嵩阳，宋代四黉书院；范希文、颢、颐、司马光、朱熹，大儒三尺讲坛⑮。开创来学，二儒程讲学十载；继承往圣，四学府隆邈千年⑯。涑水《资治通鉴》，四朝元老，析不囿成说；杨时程门立雪，一尺琼蕤，昭洛学薪传⑰。汉武瞻仁寿，信虞柏乃敕将军；庠序育英才，历寒窗方鉴龙盘⑱。碑林曾溯其脉，学子青胜于蓝。

　　日影则昼参，极星遂夜观。以正朝夕，以授时间。周公首制观景台，以圭表测影；郭守敬创《授时历》，先驱三百年⑲。等分二十四节气，量测精准乎空前。

　　禅宗祖庭，少林寺滥觞北魏；中国功夫，集众家腿法之全⑳。以禅入武，习武修禅。武术第一门派，天下第一禅院。禅拳内外皆合，步法攻防应便。横顺神形一体，打法腿拳一线。刚猛勇疾，曲环移闪。刁密朴花，短小精悍㉑。依拳械身心声气，分南北西东硬软。煌煌乎国学之页，道道乎健击兼善。

　　少林寺塔林，推赞未虚传：皇誉若林，砌二百卅座砖塔；僧甘空寂，历千载六朝续延。诰普度慈悲，诸帝欣而封敕；安衣钵灵骨，众僧圆寂弥虔。嵩岳寺高塔，十一丈高耸；十二边叠面，十五层密檐。形饱满而雄健，廓柔和尤丰圆。密檐砖塔之鼻祖，千五百年犹魁然。

　　嗟乎！原真而唯一，悠久而保完㉒。大河之南，龙兴之地；确居天地之中，果然华夏摇篮㉓。

登封·观星台　　（来自全景视觉网）

注

① 三川：黄河、洛水、伊水（洛河支流）。简称河洛（黄河中下游一带）。

② 三代：夏商周三代在河洛区建都。司马迁在《史记·封禅书》：昔三代之居，皆在河洛之间，故嵩高为中岳。九朝：登封在洛阳附近，洛阳是九朝古都：即东周、东汉、曹魏、西晋、北魏、隋、唐、后梁、后唐等均建都于此。

③ 瓷陶出土于墓、野。鼎：殷墟出土的"司母戊"大方鼎。剑：三门峡出土西周时期的铜柄铁剑。以上

均属于中原地区。

④ 东汉三阙：太室阙、少室阙、启母阙。

⑤ 驭教：掌握教化。

⑥ 此段之数句，皆表汉三阙六座之上的镌刻图形铭文。

⑦ 庄子《内篇·齐物论》："天地与我并生，而万物与我为一。"

⑧ 枕倚：凭倚，依托。

⑨ 五岳：中岳嵩山。祀禜（sìyíng）：消除灾害的祭祀。礼化：礼仪教化。

⑩ 庭唐：平坦的道路。

⑪ 玮艺：卓越的技艺。

⑫ 北齐碑：北齐《会善寺碑》。唐塔：净藏（cáng）禅师塔。明钟：明代的铁钟。

⑬ 道安：道安禅师，俗寿128岁，历经隋唐两朝八帝，定居于会善寺45年。普寂大师曾经设斋于嵩山寺，是一行和尚的师傅。沙门一行：天文学家一行和尚。净藏禅师塔是今存的仿木结构砖砌古塔。梁思成和刘敦桢先生合著的《塔概说》指出："唐代砖石结构的墓塔中，采用木构式样最多的，只有净藏禅师塔一处"。

⑭ 鼎立：一行禅师领建的戒坛，是唐代时全国佛教三大授戒坛之一。

⑮ 范希文：范仲淹。颢颐：程颢、程颐两胞弟，一起被奉为宋学之正统。

⑯ 二儒程：程颢程颐在嵩阳书院讲学十年。隆邈：兴盛而久远。继往圣开来学，始终传递兼容并包的开放精神。

⑰ 涑水：指宋代司马光，山西夏县涑水乡人，世称涑水先生，主持编纂了编年体通史《资治通鉴》，历仕仁、英、神、哲宗四朝。杨时：北宋时的进士。拜访程颐于室外立雪候师求学，有"程门立雪"成语。琼蕤（qióng ruí）：玉花，此指雪花。蕤：花。洛学：北宋洛阳以程颢、程颐兄弟为首的学派。薪传：柴烧尽，火种仍留传，喻学术相传不绝。

⑱ 汉武：汉武帝。虞（yú）：先于夏朝的第一个朝代。武帝观此苑葱茏古柏敕名将军柏，至今已4500岁。庠序：代指学校。龙盘：龙之盘卧状，喻豪杰隐伏待时。

⑲ 周公：是西周周文王第四子，天文学家周公旦。《周礼》载"日至之景，尺有五寸"以圭表测影。郭守敬（1231—1316）：元朝著名的天文学家、数学家，主建观星台（1276年）是我国现存最古老的天文台。郭创《授时历》推算出一个回归年为365.2425天，与现代阳历《格里高利历》的周期只差26秒，却比《格里高利历》早三百多年。

⑳ 北方的少林功夫长于腿法技击，有"南拳北腿"之说。

㉑ 花：少林功夫中的"小手花"："截、沾、刁、扣、封、搅、扳、收"等招法，趋于滴水不漏。

㉒ 保完：保全无损。

㉓ 大河：黄河。天地之中：天（乾）与地（坤）的中心。

二十九、杭州西湖文化景观赋

（一）杭州西湖文化景观概况

遗产名称：杭州西湖文化景观 West Lake Cultural Landscape of Hangzhou
入选时间：2011 年
遴选依据：文化遗产（ii）（iii）（vi）
地理位置：浙江省杭州市西湖
遗产编号：1334

杭州西湖文化景观由西湖自然山水、"三面云山一面城"的城湖空间特征、"两堤三岛"景观格局、"西湖十景"题名景观、西湖文化史迹和西湖特色植物六大要素组成。西湖旧称武林水、钱塘湖、西子湖，宋代始称西湖。西湖文化景观肇始于9世纪，成形于13世纪，兴盛于18世纪，并传承发展至今，是中国第一个湖泊类世界遗产。西湖湖泊作为主体成为文化景观遗产，目前堪称世界唯一。

（二）世界遗产委员会评价

自公元9世纪以来，西湖的湖光山色引得无数文人骚客、艺术大师吟咏兴叹、泼墨挥毫。景区内遍布庙宇、亭台、宝塔、园林，其间点缀着奇花异木、岸堤岛屿，为江南的杭州城增添了无限美景。数百年来，西湖景区对中国其他地区乃至日本和韩国的园林设计都产生了影响，在景观营造的文化传统中，西湖是对天人合一这一理想境界的最佳阐释，是文化景观的一个杰出典范，它极为清晰地展现了中国景观的美学思想，对中国乃至世界的园林设计影响深远。

Evaluation by the World Heritage Committee

Since the 9th century AD, the lake and mountains of West Lake have attracted countless literati and art masters to sigh and splash ink. The scenic area is full of temples, pavilions, pagodas and gardens, dotted with exotic flowers and trees, and shore banks, adding infinite beauty to the city of Hangzhou in the south of the river. For hundreds of years, the West Lake Scenic Area has had an impact on garden design in other parts of China and even Japan and Korea, and in the cultural tradition of landscape creation, West Lake is the best interpretation of the ideal state of the unity of heaven and man, and is an outstanding example of cultural landscape, which clearly shows the aesthetic ideas of Chinese landscape, and has a profound impact on garden design in China and even the world.

杭州西湖文化景观符合以下世界遗产价值标准：

标准（ii）：即在某期间或某种文化圈里对建筑、技术、纪念性艺术、城镇规划、景观设计之发展有巨大影响，促进人类价值的交流。

标准（iii）：即呈现有关现存或者已经消失的文化传统、文明的独特或稀有之证据。

标准（vi）：即具有显著普遍价值的事件、活的传统、理念、信仰、艺术及文学作品，有直接或实质的连结。

（三）杭州西湖文化景观赋

　　三人荡舟西湖，陈时鲜而小酌。西客乘兴曰：上有天堂，下有苏杭。柔湖西子，浓抹淡妆①。湖座火山岩，三面云山长翠；"临安"都南宋，一城闹市隆昌②。"华信"筑堤，时惟东汉；沼淤隔海，咸涩蓁荒③。宝石山下缆舟，始皇东跸；六井湖中引水，"李泌"西浜④。金、龙、赤、长，沿四涧而滋灵秀；白、苏、赵、杨，筑四堤乃成灏茫⑤。

　　余君覆杯尽饮，乃云：汉晋唐朝，隐逸书藏茶道；亚洲文明，宋元忠孝佛堂。名著诗文戏剧，边乡市井恢扬。访三桥方疑断，叹柔女最情长⑥。祝梁别泪，殉爱蝶骈彩翼⑦；骤雨断桥，许仙心会白娘⑧。呜呼！壁车芳冢梦，骢马恸苏郎⑨。

　　寺碑镌墓祠之纪，诗文咏画印之书。千二百年，白居易笙歌杯酒；烟波澹荡，蓬莱宫"日醉西湖"⑩。雪欺春早摧芳，曲传吹管；"隼励秋深拂翠"，《重别西湖》⑪。东坡奏章，《乞开杭州西湖状》；不变雌雄，欲把西湖比西子⑫。"放龟鱼"而"还绿静"，"肯容萧苇"；崇伟人而定议谋，清波美事⑬。画舸三浮，赠二十四桥之月；"醉翁"一绝，换西湖十顷之秋⑭。画仿于京，清乾隆六跸西湖；爱辞于笃，爷康熙五幸杭州⑮。

　　舟近苏堤，过客者云："尤以诸景，文胆湖髓，或赘述以指，何如？"二人对曰："诺。"复云：西湖十景，妩媚四时。晨昏晴雾，林鸟阁鱼。朝野薪传，文脉山湖月岛；淑娴贞静，风花寺塔桥堤。"苏堤春晓"，翠麓澜夕。六桥烟柳，千桃虹霓⑯。"曲院风荷"，莲湖旨醴；凌波洁雅，御笔帝诗⑰。"平湖秋月"，美景良辰。风清云淡，爽气宜人⑱。"断桥残雪"，雨伞缘真。人钟贞玉，爱沐红尘⑲。"花港观鱼"，落英缤纷。鲤噆人飨，"删点"佛心⑳。"柳浪闻莺"，檐飞环苑；三山一水，十舫八音㉑。"三潭印月"，一岛环田。光影互叠，花树缀轩㉒。"双峰插云"，连山偶雾；晴空时雨，南霭北烟㉓。"雷峰夕照"，雄旷霞鲜。覆旧鼎新，匡继千年㉔。"南屏晚钟"，声宏尘世；"净慈"积善，禅法庄严㉕。

杭州西湖 （来自全景视觉网）

客曰：吾眺其三潭，若蒙夜雨，必其妙果然。或闻新十景，乃何名哉余君释云："其容堪妙，其景弥衍，其域广耳。浙商襄爱，名胜园林。继往开来，十景添新[26]：

"黄龙吐翠，玉皇飞云"；"云栖竹径，宝石流霞"；"满陇桂雨，阮墩环碧"；"虎跑梦泉，龙井问茶"；"九溪烟树，吴山天风"。"和谐西湖，品质杭州"[27]。三评十景，万众心连："灵隐禅踪，万松书缘"；"湖滨晴雨，杨堤景行"；"三台云水，六和听涛"；"岳墓栖霞，钱祠表忠"；"梅坞春早，北街梦寻"。

过客者把盏然诺：嗟乎！与时俱进，道法自然。遂悟之曰：

天人合一生态，城山活水湖滢。一山二塔三岛，三堤五湖；六素七文八作，九溪十景[28]。五湖波光潋滟，三山环面一城。白苏杨堤"小瀛洲"，"阮公墩"偕"湖心亭"[29]。常绿、落叶、阔针，茂实七彩；浙楠、穗竹、野豆、国保廿英[30]。年轮已三百，古木犹屡青。灵隐岳庙行宫龙井，六和炳炳；春桃夏荷秋桂冬梅，四季盈盈[31]。传延半岛，锦带湖堤，渡东亚日韩"江户"；法式神州，"颐和"皇苑，上北平明清京畿[32]。

孤舟悠然徘徊……三人举杯尽饮，微醺而登堤系缆。时已夜色阑珊。晓风拂面，山孕曦白。噫嘻！树果材薪，沐荫凉而恩树；湖堤桥市，踱亭榭乃荣湖。善莫大焉！羡秀珍苑囿园林，苏州实水墨之画；醉文锦堤桥湖岛，杭州乃仕女之图[33]。

千秋绵绵，柔婉西湖；四海津津，世界唯独。理想杰出典范，东方文化名湖！

注

① 苏轼有诗句："欲把西湖比西子，淡妆浓抹总相宜。"西子：美女西施。

② 杭州西湖三面环山，一面毗接城区。宋高宗赵构绍兴八年（1138）南宋王朝正式定临安为行都（今杭州临安区）。

③ 华信筑堤：东汉光武帝时（公元 25—57）。《钱唐记》云："防海大塘，在县南一里，郡议曹华信，议立此塘，以防海水。"

杭州西湖·湖中小瀛洲　（余晓灵 摄）

④ 始皇：司马迁《史记·秦始皇本纪》："三十七年……，始皇出游……过丹阳至钱塘"。六井：唐建中二年间，杭州刺史李泌凿六井引西湖水入。苏辙称"杭本江海之地，水泉咸苦，……李泌始引西湖水作六井，民足于水。"

⑤ 西湖有金沙涧、龙泓涧、赤山涧、长桥溪四条溪流。白居易、苏轼、赵与𬭚（宋任临安知府）、明·杨孟瑛分别于主政时筑堤坝，后人以姓名堤。

⑥ 三桥：西湖有著名的三个爱情桥：断桥（许仙白蛇）、长桥（梁祝）、西泠桥（苏小小）。

⑦ 传说故事：梁（山泊）祝（英台）于长桥往返十八次泪别，然终未成婚，梁病思而亡，祝殉爱入坟，后化双蝶如愿。

⑧ 传说故事：许仙白娘子雨中偶会于断桥，法海和尚察出白娘的白蛇真身而力阻，白以"水漫金山寺"报复法海而被压入雷峰塔。

⑨ 苏小小是钱塘人，南朝·齐时期著名歌伎，写有《同心歌》诗"妾乘油壁车，郎跨青骢马，何处结同心，西陵松柏下"。在西泠桥遇心仪男子，后因男子悔约而病亡。后人于此建其墓。《全唐诗》与涉苏者达 200 余首。

⑩ 白居易各有"笙歌杯酒正欢娱，……何如尽日醉西湖。"及"烟波澹荡摇空碧，……蓬莱宫在海中央。"诗句。

⑪ 唐·李绅《重别西湖》诗："吹管曲传花易失……雪欺春早摧芳萼，隼励秋深拂翠翘。"

⑫ 苏轼任杭州知州时给朝廷奏表《乞开杭州西湖状》；苏轼《和刘道原见寄》诗有"独鹤不须惊夜旦，群乌未可辨雌雄。"句。

⑬ 苏轼《开西湖》诗："伟人谋议不求多，事定纷纭自唯阿。尽放龟鱼还绿净，肯容萧苇障前坡。一朝美事谁能继，……月明时下浴清波。"

杭州西湖·著名的断桥　（余晓灵　摄）

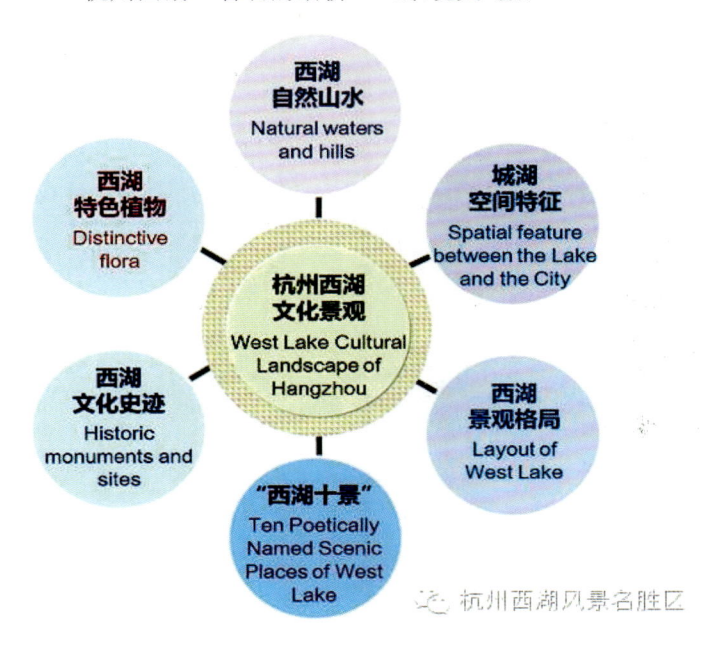

杭州西湖特色要素图　（来自杭州西湖风景名胜区网）

⑭ 欧阳修，号醉翁，有诗《西湖戏作示同游者》："菡萏香消画舸浮，使君宁复忆扬州。都将二十四桥月，换得西湖十顷秋。"菡萏（hàn dàn）：睡莲科莲属多年生水生草本植物。

⑮ 清康熙帝曾5次南巡亲自审善西湖十景，为其众多景点题额撰联。乾隆帝6次驻跸西湖多有题咏。圆明园和承德避暑山庄亦有仿西湖景命名等类景致。

⑯ 此句以下，完呈"西湖十景"各名，为对偶适韵，原排序有变。六桥烟柳：苏堤建有六桥。

⑰ 曲院：原址为酒坊，名麯院。旨醴：美酒。康熙御笔碑为"曲院风荷"，后人或疑"曲"为别字（今曲的繁体字为麯）。碑后刻乾隆"莫惊误笔传新榜，恶旨崇情大禹同。"诗为其爷解释。恶（wù）旨："绝旨酒"。西汉·刘向《战国策·魏策二》："禹饮而甘之，遂疏仪狄而绝旨酒。曰：'后世必有以酒而亡其国者。'"乾隆说康熙爷少写了一个偏旁，类如大禹"绝旨酒"之厌酒。

⑱ 爽气：秋风送爽。

⑲ 雨伞：许仙因以伞为白娘子遮雨相识恋。贞玉：坚美之玉寓其爱情。红尘：泛指人世间，寓白娘仙子与凡间的许仙。

⑳ 鱼的繁写字为"魚"。康熙帝书题"花港观鱼"时认为四点为火岂非烹鱼？三点为水，于是写为三点，乃见佛心。

㉑ 八音：金、石、土、革、丝、竹、匏、木这八种乐器材料。此指笙歌绕于诸舫。

㉒ 一岛环田：指湖中田字形小岛"小瀛洲"。

㉓ 连山：远处多层连绵的山岭之景。

㉔ 覆旧：雷峰塔始建于五代十国时期之吴越国（907—978），于1924年秋垮塌。鼎新：2002年11月重建开放。匡继：匡扶时局，以延续统治。

㉕ 净慈：净慈寺，南宋时改称，时为禅宗五山之一，历代屡有毁建。一九八〇年代得海内外信众襄助重建，悬巨钟于寺内。

上　三潭印月　（来自全景视觉网）
中　保俶塔　　（余晓灵　摄）
下　净慈寺　　（来自汇图网）

㉖ 十景添新：1984年，《杭州日报》等五家单位发起了"新西湖十景"评选活动，确定"新西湖十景"，为表当代建湖懋绩，但世界遗产评定时未获纳入。

㉗ 以"和谐西湖，品质杭州"为主题，2007年发起"三评西湖十景"，参与人数近34万。

㉘ 五湖：里、外、岳、西里、小南五个湖。六素：西湖的自然山水、空间特征、景观格局、十景题名景观、文化史迹、特色植物六大景观要素。七文："蒙元、赵宋、禅宗、忠孝、隐逸、藏书、茶禅"七大文化。八作："五行八作"中的八作："金银铜铁、锡木瓦石"匠艺，泛指各行业。九溪：泛指西湖的九溪十八涧。十景：此指南宋明清以来的，今进入世界遗产名录的"西湖十景"。

㉙ 此句指杭州西湖三堤、三岛。阮公墩：是湖中面积最小之岛。清嘉庆五年（1800）浙江巡抚阮元主持疏浚西湖，以湖泥壅成其岛，后人乃称阮公墩。

㉚ 阔针：阔叶针叶混交林。茂实：茂盛而多实。七彩：指秋季彩叶林。西湖特色植物：浙江楠、野大豆、短穗竹等21种国家一级保护珍稀植物。

㉛ 春桃夏荷秋桂冬梅，是宋代以降至今的四季花卉观赏主题植物。盈盈：仪态美好。

㉜ 锦带湖堤：西湖堤、锦带桥元素。江户：指江户（东京）时代。德川幕府统治的年代（1603—1867），是日本最后一个封建幕府政权。相当于明末、清代。斯时日本人画有西湖图。法式：园林技法。颐和：颐和园。京畿：国都和国都附近之地。

㉝ 杭州因西湖而誉女性柔美之城。

西湖十景之一·曲院风荷　（来自全景视觉网）

三十、元上都遗址赋

（一）元上都遗址概况

遗产名称：元上都遗址 Site of Xanadu
入选时间：2012 年
遴选依据：文化遗产（ii）(iii)(iv)(vi)
地理位置：内蒙古自治区锡林郭勒盟正蓝旗
遗产编号：1389

元上都是中国元朝的发祥地，元世祖忽必烈在 1256 年修建，并在这里登基建立了元朝。《马可·波罗游记》中记载元上都"内有大理石宫殿，甚美，其房舍内皆涂金，绘重重鸟兽花木，工巧之极，技术之佳，见之足以娱乐人心目"。明代初期，元上都被废弃，此后成为废墟。经考古测绘和局部发掘证实，遗址至今保存较完整，城内、城外埋藏文物非常丰富。这座由中国北方游牧民族创建的草原都城，被认定是草原游牧文化和中原农耕文化共存与融合的产物，展现了蒙古族和汉族在价值观与生活方式上的交互影响。史学家称誉它可与意大利古城庞贝媲美。

元上都遗址　（余晓灵　摄）

（二）世界遗产委员会评价

位于长城以北的元上都遗址包含着忽必烈这座传奇都城的大量遗存，占地25000多公顷。元上都是1256年由蒙古统治者的汉人幕僚刘秉忠设计的，这是一次特有的融合蒙古游牧民族文化和汉族文化的尝试。忽必烈就是由此出发开创了元朝，统治中国百年之久，并把其疆域扩大到了亚洲以外。曾在此进行的宗教辩论令藏传佛教得以在东北亚地区传播，并且成为这一地区很多地方沿袭至今的文化与宗教传统。元上都根据中国传统风水理论依山傍水而建。元上都遗址现存有寺庙、宫殿、坟墓、游牧民族帐篷以及包括铁幡竿渠在内的水利工程。

Evaluation by the World Heritage Committee

North of the Great Wall, the Site of Xanadu encompasses the remains of Kublai Khan's legendary capital city, designed by the Mongol ruler's Chinese advisor Liu Bingzhdong in 1256. Over a surface area of 25,000 ha, the site was a unique attempt to assimilate the nomadic Mongolian and Han Chinese cultures. From this base, Kublai Khan established the Yuan dynasty that ruled China over a century, extending its boundaries across Asia. The religious debate that took place here resulted in the dissemination of Tibetan Buddhism over northeast Asia, a cultural and religious tradition still practised in many areas today. The site was planned according to traditional Chinese feng shui in relation to the nearby mountains and river. It features the remains of the city, including temples, palaces, tombs, nomadic encampments and the Tiefan'gang Canal, along with other waterworks.

元上都遗址符合以下世界遗产价值标准：

标准（ii）：元上都遗址的区位和环境表现出来自蒙古族和汉族价值观和生活方式的影响。城址融合了两个民族的城市规划格局。从蒙古族和汉族思想和制度的结合使元代能够在当时大陆上极大地扩张控制范围。元上都为涉及不同族裔社区的综合城市规划的独特的案例。

标准（iii）：元上都，是元朝征服者忽必烈，被同化为被征服的文化和政治制度的典型范例、是征服者的坚持与维护原文化传统的决心和努力的特殊见证。

标准（iv）：元上都遗址区位和环境以及城市格局展示了游牧文化与农耕文化的共存与融合。在元上都，汉族城市必要的园林景观与元朝蒙古族生活方式结合，产生了人类历史上城市布局的杰出范例。

标准（vi）：13世纪元上都举办了佛教与道教之间的大辩论，推动了东北亚地区藏传佛教的传播。

（陈志平摄）

（三）元上都遗址赋

　　魏巍雄山，森森莽林，大兴安岭，东环紫气；婉婉长河，潺潺流水，额尔古纳，北泛晴澜①。居世界四大草原显位，慰呼伦贝尔绿野迤连②。胤"匈奴"之"东胡"，列"鲜卑"名"契丹"。位兴安岭崇山之西麓，骈南契丹、北"室韦"同源③。有涅古斯、乞颜氏族，爱百草枯润；惧"突厥"悍、"鞑靼"脉裔，潜两双女男④。降"苍狼"偕和"白鹿"，即成吉思汗祖先⑤。乃有蒙兀室韦，东渐西迁。峥嵘部落，三河上源⑥。隶属辽金，治下衍蕃。狩猎游牧，易贸中原。分化阶级，族群征战。自治脱"金国"，国力时强健。

　　闻"哈拉和林"，乃蒙古国首都；今蒙古国中，留遗址残垣⑦。战争奇才，成吉思汗；飚骑纵横，冶铁炮蛮⑧。"箭速传骑"，飞马人换；蒙古旋风，军情疾传。率励子孙，蹄踏欧亚；三次西征，卅国伏元⑨。四子得分封，掌管行威权⑩。历诸汗之领替，征漠北及中原。"忽必烈"挥师南下，帐宣幕府；桓木表邑郭宫殿，城建东桓⑪。开平建府，三秋始全⑫。元宪宗蒙哥崩驾，忽必烈继位可汗⑬。取义《易经》："大哉乾元"；联宋克金，国号大元。

　　尔其四山拱卫，佳气绕环。滦河水上游，金莲川高原。百里径殿草，诸弧连岭山。地域宽宏，二百五十方公里；外墙笔直，二千二百米矩边。一都之外，民舍兵营，驿院署仓店铺；四向关厢，街衢园厩，界域毗邻都甸⑭。城池雄踞，护河蜿蜒。今惟遗矣，凸梗墙垣，蒿丛摇劲；黄泥夯筑，龙翰衰残⑮。外城七门，西墙一设；余各二门，东比北南。御道明德之门，闭开扼守；北向复仁之门，西东通骈。驿路八达夫漠北，交通四顾之中原。

　　岂徒外城内城，宫城三重；军政工商，攻守俱全。地方四千三百廿亩，臣民一十一万女男。万户千家，营生春秋冬夏；一百六十，庙堂枊比寺观。且夫方城其内，六门启关；"复仁"踞北，"明德"位南。四角四庙，曰乾元寺、华严寺、帝师寺、孔庙⑯。矩周十七里，官署六十馆。街道纵横，门楼

作者考察元上都古城墙遗址　（张　萍　摄）

客栈。院落毗连，廊阶铺店。商贸工坊，业居宜便。内宫者复四门，曰东华、西华、穆青、御天之门。广达五百二十其亩，道超两丈三丈余宽。中心"大安阁"标上都正殿，南征拆汴京熙春阁流迁。拔地而起，接云飞檐。帝后妃起居之所，理朝政祭佛之殿。南宋君主跪拜，供玺降黜[17]；西人马可波罗，陛下诏见。呜呼！今唯遗址七百余秋，往悍微澜……

至若蒙汉结合，元允同化。元朝百年，统治中华。上都演绎两京，列世界文明史；大都选址规划，赞帝师"八思巴"[18]。忽必烈三主辩论，佛道互诘；致元代百年尊释，《道藏》湮华[19]！帝尊儒术，连"程、朱"、"阳明"心学之接[20]；叙事主导，孕水浒三国演义之芽。吟聚散之曲，缠绵悱恻；观爱恨之剧，悲喜交加。阅关、马、张、乔，羡阳春白雪，散曲四大名俊[21]；关、马、白、王、郑，悲下里巴人，杂剧五大名家[22]。《倩女离魂》，莫非"窦娥"沉冤[23]？《墙头马上》，必有《汉宫秋》嫁[24]。建天文台，察日月星汉，"守敬"观天；编授时历，探宇宙之玄，昼研历法[25]。"王祯"精撰《农书》，心忧黎庶桑麻[26]。

嗟乎，大元铁骑悍彪，叹仅存遗址；赤县国强民富，愿隆旺中华！

上　俯瞰元上都遗址　（余晓灵　航拍）
下　元朝疆域图

注

① 自清代始名额尔古纳河，位内蒙古东北部呼伦贝尔市境内，是黑龙江正源，中俄界河。在《元史》里名也里古纳河，发源自大兴安岭西侧。

② 呼伦贝尔草原居世界四大草原第三（单位平方公里：南美阿根廷的潘帕斯76万、锡林郭勒18万、呼伦贝尔11万、新疆那拉提1800），是众多古代文明、游牧民族的发祥地，东胡、匈奴、鲜卑、室韦、突厥、契丹、女真、蒙古等民族曾繁衍生息于此，被史学界誉为"中国北方游牧民族摇篮"。

③ 唐·李延寿·《北史》卷94《室韦传》："南者为契丹，在北者号为室韦"。同源繁衍。

④ 据史书记载，蒙古部落最初只含涅古斯和乞颜两个氏族，被其他突厥部落打败后只剩下两男两女，之后迁居到额尔古纳河旁边山中逐渐繁衍。

⑤《蒙古秘史》和后晋的《旧唐书》记载：苍狼和白鹿是成吉思汗的祖先。其中一部落的首领名叫孛儿贴赤那（汉译为苍狼），他的妻子名叫豁埃马阑勒（汉译为白鹿）。

⑥ 十二世纪时，蒙族子孙支系渐分布于今鄂嫩河、克鲁伦河、土拉河三河上游。

175

⑦ "哈拉和林"曾经是蒙古帝国首都。故址即今蒙古国中部鄂尔浑河上游。

⑧ 成吉思汗建炮军之悍以攻城，一次用炮数百座，迅即破城。随后建工匠军冶铁制兵器。创"箭速传骑"，借驿站换马飞驰通信联络，日速数百里，誉"蒙古旋风"。

⑨ 成吉思汗及子孙三次西征，降伏40余国。

⑩ 按蒙古正妻之孩为真正子女的传统，成吉思汗分封四个儿子术赤（钦察汗国，又称金帐汗国）、察合台（察合台汗国）、窝阔台（窝阔台汗国）、拖雷（伊尔汗国），按照文化相似度来管理四个汗国的广大领土。

⑪ 桓（huán）木：在中国古代，衙役于交通要道立木柱一根，上安放横木，百姓谏言、诉冤可刻于横木，称为"桓木"。东桓：桓州城东。金代的桓州与元上都在同一地区，与元上都遗址相距约19公里。

⑫ 开平：1256年，忽必烈命近臣刘秉忠于桓州城东、滦水北岸建城，初名开平府。

⑬ 北方民族多用"可汗"之号。可汗：亦作"可寒"、"合罕"，古代柔然、突厥、回纥、蒙古等族最高统治者的称号。

⑭ 关厢：城门外的大街与附近居民地区。上都遗址城外东西南北四方各有关厢。都甸：都邑郊外之地。

⑮ 翰：长而坚硬的羽毛。龙翰：犹龙毛，龙鳞。

⑯ 帝师寺：寺：寺庙。八思巴，义为"圣者"，藏传佛教萨迦派第五代祖师，是元朝第一位帝师。

⑰ 降黜（jiàng chù）：贬退废黜。

⑱ 大都：今北京。八思巴，元帝之师（见⑯），是元上都迁移北京城的选址、设计、规划者。

⑲ 《道藏》（dào zàng）：道家书籍的简称。湮（yān）：沉没；埋没。

⑳ "连……接"：连宋朝接明朝。程：北宋程颢、程颐的哲学理论，建立了客观唯心主义的理学体系，主张以天理克服人欲，提倡封建道德伦理。朱：宋代思想家朱熹的学说及学派。阳明心学：明代思想家王阳明的心学思想，主张"心外无物，心即理"、"知行合一"、"致良知"等。

㉑ 元代散曲四大名家有关汉卿、马致远、张可久与乔吉。

㉒ 元代杂剧五大名家是关汉卿、马致远、白朴、王实甫、郑光祖。

㉓ 《倩女离魂》：元代郑光祖著之杂剧。《窦娥冤》：元代关汉卿著之杂剧。

㉔ 《墙头马上》：元代白朴著之杂剧。《汉宫秋》：元代马致远著之杂剧。

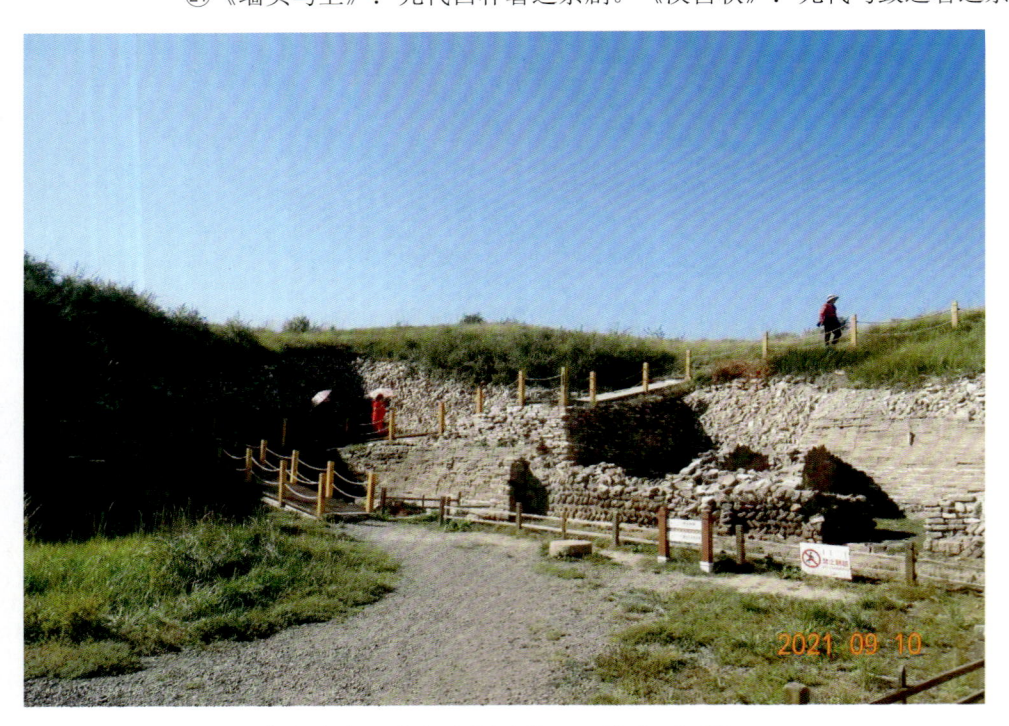

㉕ 元代科学家郭守敬主持编制《授时历》，历法传承四百年，是人类历法史上一大进步。

㉖ 王祯《农书》是元代影响最大的农学著作。王祯（1271—1368）：字伯善，元代东平（今山东东平）人，农学、农业机械学家。

作者考察元上都宫殿遗址　（陈志平 摄）

三十一、红河哈尼梯田文化景观赋

（一）红河哈尼梯田文化景观概况

遗产名称：红河哈尼梯田文化景观　Cultural Landscape of Honghe Hani Rice Terraces
入选时间：2013 年
遴选依据：文化遗产（iii）(v)
地理位置：云南省红河哈尼族彝族自治州元阳县
遗产编号：1111

哈尼梯田一般指云南省红河哈尼族彝族自治州元阳县的梯田，中心区是元阳梯田。它是以哈尼族为主的各族人民利用当地的地理气候条件创造的农耕文明奇观，是我国第一个以民族名称命名、以农耕文明为主题的活态世界文化遗产。据载已有1300多年的历史。哈尼梯田"林田相间"的水源树林、山高水高且四季长流的灌溉系统、最高级数达3000级的山坡梯田、在水源林与梯田之间的民族村寨，是列入世界文化遗产的四大要素。

梦幻哈尼梯田　（来于汇图网）

（二）世界遗产委员会评价

位于云南省元阳县的哀牢山南部，是哈尼族人世世代代留下的杰作。元阳哈尼族人民根据"一山分四季，十里不同天"及"山有多高，水有多高"的独特地理气候条件，开垦的梯田随山势地形变化，因地制宜，坡缓地大则开垦大田，坡陡地小则开垦小田，甚至沟边坎下石隙也开田，因而梯田大者有数亩，小者仅有簸箕大，往往一坡就有成千上万亩。元阳梯田规模宏大，气势磅礴，绵延整个红河南岸的红河、元阳、绿春及金平等县，仅元阳县境内就有17万亩梯田，是红河哈尼梯田的核心区。红河哈尼梯田呈现的生产和生活方式，体现了人与自然的高度和谐，反映了人类在艰苦的自然环境中顽强的生命力、创造力和积极乐观的精神状态。

Evaluation by the World Heritage Committee

The "four-element isomorphism" system of forests, water systems, terraces and villages embodied in the Honghe Hani Rice Terraces cultural landscape meets World Heritage standards, and its complex agricultural, forestry and water distribution systems are perfectly reflected, reinforced by a unique socio-economic religious system that has been developed over time, highlighting an important mode of interaction between man and the environment. The declared heritage area covers an area of 16,603 hectares and a buffer zone area of 29,501 hectares, including the most representative

作者考察云南元阳哈尼梯田 （张 萍 摄）

concentrated and continuous rice terraces and their dependent water source forests, irrigation systems, and ethnic villages. The production and lifestyle displayed by the Honghe Hani Rice Terraces reflect the harmonious coexistence between man and nature, and show the tenacious survival ability, great creativity and optimistic spirit of human beings under extreme natural conditions.

红河哈尼梯田文化景观符合以下世界遗产价值标准：

标准（ⅲ）：红河哈尼梯田完美地反应出一个精密复杂的农业、林业和水分配体系，该体系通过长期以来形成的独特社会经济宗教体系而得以加强。红米是梯田的主要作物，其耕作是通过一个复杂的耕作和饲养一体化体系，在该体系中，鸭为幼苗提供了肥料，鸡和猪为更成熟的稻苗提供肥料，水牛在水田里劳作为下一年的耕作做准备，生活在梯田里的螺蛳以各种害虫为食。稻米的耕作过程靠一个复杂的社会经济宗教体系得以维系，通过对自己和社区的田地尽责，该体系强化了人类同环境的关系，重申了自然的神圣。这种被称为"人神合一的社会制度"相互依赖，以梯田的形式得以表现，是重要的依旧生命力旺盛的文化传统。

标准（Ⅴ）：哈尼梯田彰显出与环境互动的一种重要方式，通过一体化耕作和水管理体系之间的调和得以实现，其基石是重视人与神灵以及个人与社区相互关系的社会经济宗教体系。从大量档案资料可以看出，该体系已经存在了至少一千年。

作者考察云南元阳哈尼梯田　　（张　萍　摄）

（三）红河哈尼梯田文化景观赋

　　西南边陲，红土矗群山峻岭；彩云中笼，绿风漫列镜灵辉。中兴唐盛，吐蕃友边疆秩靖；"中宗"威武，和平保诸镇服归①。劝课农商，减轻赋税；生息百姓，励重耕培。有古羌之后裔，缘川越岭；衍哈尼封滇首，承濮徙随②。一一四时，接秋熟岁；千三百载，绵邈轮回③。铲草削皮，逐田依进；壅泥捶埂，夯路施肥。柔顺依稀，缘湾排塝；蜿蜒绵密，着意疏随。长短高低，平为规矩；凹凸宽窄，水乃臬圭④。

　　噫嘻！累登三千级，坡缀水田百万亩；攀跃六百米，镜镶云霭亿霞辉。遍夕阳照晚，主鲁、坝达、麻栗寨；"多依树"爱春，保山、硐浦、老虎嘴⑤。一锄一耙，雕大地之艺术；一朝一夕，积元阳之精髓⑥。天梯田头，铸大地精深雕塑；哀牢山上，镌农耕经典诗碑⑦。世界东方，北纬廿三度之珍宝；神州西陲，中华五千岁之殊瑰。赞文明之星火，羡耙锄之芭蕾。颂哈尼之慧智，慰历史之声回。赞潜心之艺术，惊笔力之风雷。嗟乎！元阳梯田文化景观——世界文化遗产，活化石之见证；世界农耕艺术，发祥地之丰碑！乃颂元阳红河，金平绿春。两州四县，百万人民！

元阳哈尼梯田·晨曦　（余晓灵 摄）

　　茫茫云海，莽莽丛林。形胜乎天然，同构之四素；陇耕乎人定，圩代之一心⑧。森林、村寨、梯田、水系、云雾、光辉、鱼稻、乡民。云雾飘之山顶，水汽升于光温。水滴聚之雾霭，时雨降乎密林。露珠积之泉涌，涓流汇乎溪奔。拦堰而沟，乃续横渠之达畅；刻缺滋水，方得清淼乃适分⑨。于是各得其所，乃匀兼济诸耘。满春水而镶明鉴，映金乌而喜绿茵。朝霞袭四野香熏，群峦皆醒；夕阳射一田璀璨，三星鼎尊⑩。千日耀霓天梯，半田谷镜阳晕。

若夫浓雾也，似棉花绽放之朵簇，如雪被悬裹而山环。静则匹实柔软，心趋捏抚；动则潜移微妙，纱缀缠绵。染朝晖而金壳琼球，美轮美奂；起瑞风则白龙皎甲，若附若粘。且夫田色者，心悟女娲五彩之石，光渲大地调色之板。缤纷之明镜，童话之呢喃。春来碎玉妖娆百态，宝蓝靛蓝湖蓝之岚；夏至翡翠婀娜多姿，嫩绿碧绿葱绿之律。秋到金黄稳重稔熟，鹅黄金黄褐黄之煌；冬降银雪琼林万类，洁白灰白纯白之白。

尔其魅力也，摄影家趋之若鹜，纵然菜鸟，慰探囊满载；发烧友难舍难分，来夫全球，甘穷夜流连。深夜调光，爱起早而归晚；长枪短炮，甘凌冽而暖天。阳起一分，其色早熏五彩；晖行一尺，其光更媚千番。森林掩映，村寨因缘。万镜出金，山田垒晶其聚；千辉飞眼，田山列甲而弯。尤擅其万锄铲绣金田坎，五指插生翠褥毡。赶牛于春汛，插秧于绿环。秧苗靠鸭粪助青，优生碧绿；分蘖需鸡猪肥料，螺啖虫虷⑪。薅秧于初夏，割稻于秋炎。倘佯其松院，崇尚于肥田。

劲舞于稻收之丰乐，对歌于田种之居安。干稻草养牛滋壮，大水牛助农犁田。复杂之耕作，配套系连环。西南农耕文化，滇民智慧无边！

冬季冰封以雪盖，红萍池满浮朱丹。黛边锈畦，琉冠粉带；玉树琼花，皓野素盐。山麓若红梅傲雪，村寨有火塘炊烟。围炉夜话，却忆经年。香肉青蔬，紫米粑粑软糯；甜粥黄饭，竹石滚煮汤鲜。噫吁嚱！阁楼鳞次栉比，访客五洲互联。倘佯于视屏，心仪于光炫。躬耕于山坳，起舞于水田。祭祀于先祖，祈福于来年。宗教神灵，昊天环境；社会经济，民俗轨范。人神合一，神圣自然。

祝愿哈尼，书耕史册；传承云上，梯晋福田。大地之雕塑，手插之犁笔；人牛乎牛人，哈尼之梯田⑫！

注

① 中宗：唐中宗李显（656—710），前后两次当政，共在位五年半。

② 古羌：古代的羌族原游牧于青藏高原。哈尼族与彝族、拉祜族等同源于古代羌族。濮：春秋战国时代的百濮人，是川滇区域哈尼族的后裔。

③ "一 一"：哈尼梯田主要区域高度从1400米到2000米。海拔高差达600米的三千级哈尼梯田，水稻等庄稼成熟随海拔高度增加，一 一陆续滞后。四时：四季。

④ 臬圭（niè guī）：也叫圭臬。古代测日影的标杆。圭：圭表。引申为目标、准则。此指依据地形和水平线，决定梯田的弯曲形状。

⑤ 主鲁、坝达、麻栗寨、多依树、爱春、保山、硐浦、老虎嘴，均为当地村寨的地名。

⑥ 元阳：云南省红河州元阳县。

⑦ 哀牢山：位云南省，全长约500公里，主峰海拔3166米，横跨热带和亚热带。元阳梯田位于元阳县的哀牢山南部。

⑧ 四素：森林、水系、梯田、村寨。圩：五十。圩代：人生五十代按26岁一代人，总约1300年，寓哈尼梯田有1300多年的历史。

⑨ 刻缺滋水：村规民约，以刻度来分水，体现公正合理。

⑩ 三星鼎尊：夕阳映照在多阶弯曲的梯田，可见到三个太阳。

⑪ 分蘖（fēn niè）：禾本科等植物在地面以下或接近地面处所发生的分枝。啖（dàn）：吃。虷（hán）：孑孓，蚊子的幼虫。

⑫ 手插、犁笔：人以手插秧，牛以犁当笔。

三十二、丝绸之路"长安—天山廊道的路网"赋

（一）丝绸之路"长安—天山廊道的路网"概况

遗产名称：丝绸之路"长安—天山廊道的路网" Silk Roads: the Routes Network of Chang'an-Tianshan Corridor
入选时间：2014 年（与哈萨克斯坦、吉尔吉斯斯坦共有）
遴选依据：文化遗产（ii）(iii)(v)(vi)
地理位置：河南、陕西、甘肃和新疆等地
遗产编号：1442

长安—天山廊道的路网以汉唐两代的都城长安和洛阳为起点，向西一直延伸到中亚的七河地区，全长约 5000 千米，是丝绸之路的一部分。由中哈吉三国联合申报的丝绸之路成为首例跨国合作、成功申遗的项目。涉及到三个国家一共 33 个申遗点，其中中国是 4 个省共 22 个申遗点，哈萨克斯坦境内有 8 处遗产点，吉尔吉斯斯坦境内有 3 处遗产点。这些遗产囊括了沿线国家各个时期的都城、贸易中心、文化重城、古道、驿站、关隘等防御工事，以及佛教洞窟、寺庙等宗教建筑。长安—天山廊道路网各处遗址见证了亚洲各个文化区域在公元前 2 世纪至公元 16 世纪这一时期的经济、文化交流，特别是游牧文明和定居文明之间的交流。在交通贸易和城市发展的相辅相成上，长安—天山廊道路网也为后人提供了范例。

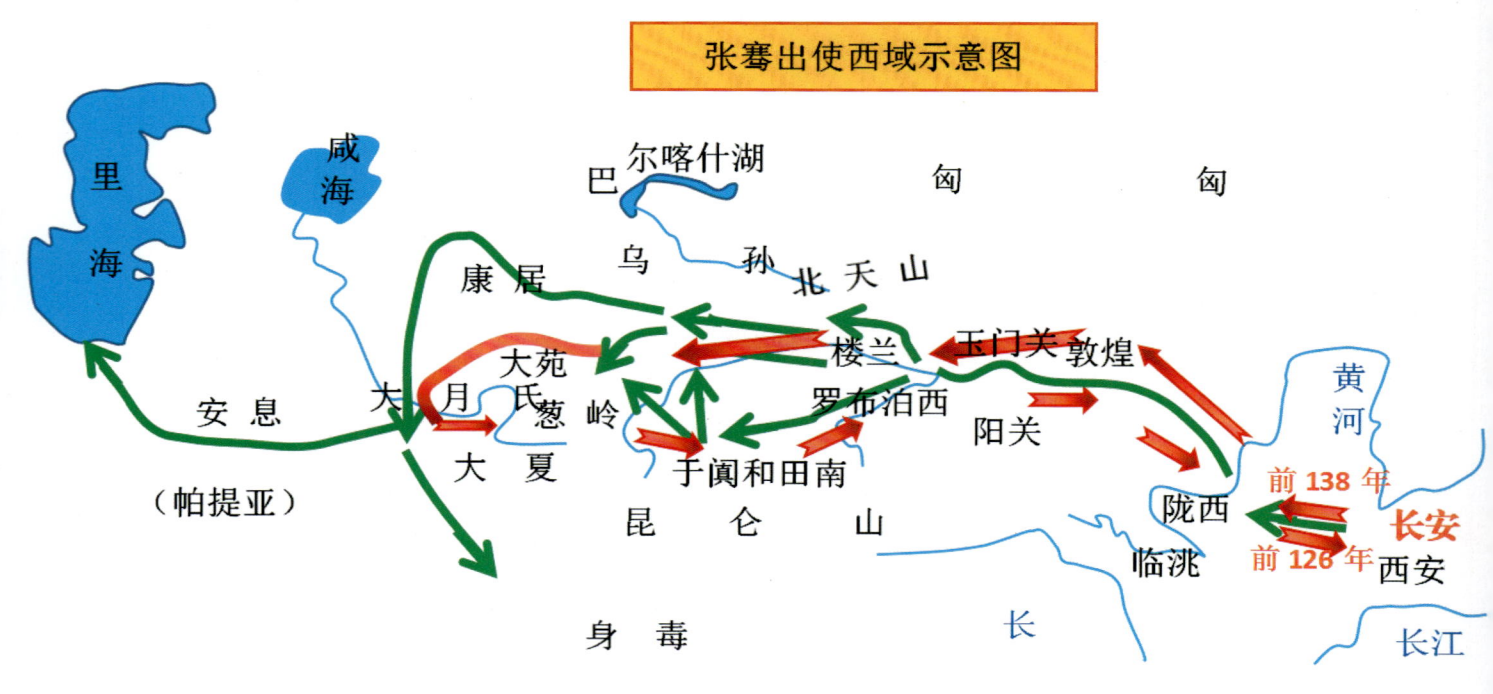

张骞出使西域线路图　（仿制）

（二）世界遗产委员会评价

丝绸之路：长安—天山走廊的路网是路网跨距近5000公里的丝绸之路的一部分，从中国汉唐中央首都长安/洛阳延伸到中亚的哲提苏地区。丝绸之路形成于公元前2世纪至公元1世纪，一直使用到16世纪，将多种文明联系起来，并促进在贸易、宗教信仰、科学知识、技术创新、文化习俗和艺术方面的广泛活动与交流。路网中包含的33个组成部分包括首都和各帝国和汗国的宫殿建筑群、贸易定居点、佛教洞穴寺庙、古径、驿站、通道、灯塔、部分长城、防御工事、坟墓和宗教建筑。

Evaluation by the World Heritage Committee

Silk Road: The Chang'an-Tianshan Corridor is part of a Silk Road that spans nearly 5,000 kilometers and stretches from Chang'an/Luoyang, the central capital of the Han and Tang dynasties of China, to Central Asia Zhetysu area. Formed between the 2nd century BC and the 1st century AD, the Silk Roads were used until the 16th century, linking multiple civilizations and promoting a wide range of activities and exchanges in trade, religious beliefs, scientific knowledge, technological innovation, cultural practices and the arts. The 33 components included in the network include palace complexes of the capital and various empires and khanates, trading settlements, Buddhist cave temples, ancient trails, post stations, passages, lighthouses, sections of the Great Wall, fortifications, tombs and religious buildings.

丝绸之路"长安—天山廊道的路网"符合以下世界遗产价值标准：

标准（ii）：广阔无垠的大陆路网、超长使用时限、遗产遗迹及其动态互连的多样性及其所促进的丰富的文化交流、连接并交叉穿越的不同地理环境，都清晰地展示了公元前2世纪至公元16世纪之间，欧亚大陆不同文化区域内发生的大量交流，尤其是游牧草原和定居耕地/绿洲/牧业文明之间的相互交流。从建筑和城市规划的发展、宗教和信仰、城市文化和居住地、商品贸易、以及路线沿线区域不同种族间的关系等几个方面来说，这些相互交流和影响是深远的。天山廊道展示了一个动态发展的通道如何将欧亚大陆上的文明和文化连接起来，并实现文明与文化之间最广泛、最持久的相互交流，这是世界历史上非常典型的范例。

标准（iii）：天山廊道独特见证了公元前2世纪至公元16世纪期间欧亚大陆经济、文化、社会发展之间的交流和互通传统。贸易对景观定居结构产生了深远影响，表现在：城镇和城市的发展将游牧社区和定居社区有机结合起来，水力管理系统为定居地的发展提供了基础条件，广泛分布的要塞、烽火台、路站和商队旅馆为旅行者提供了食宿并确保他们的人身安全，佛教圣地和石窟寺的不断

丝绸之路　作者考察　嘉峪关　（自摄）

兴建，拜火教、摩尼教、基督教教派和伊斯兰教等其他宗教受益于在高价值贸易背景下组织形成的国际化多民族社区的发展而得到展示和传播。

标准（Ⅴ）：天山廊道是一个出色的范例，反映在以下方面：高价值长途贸易推动了大型城镇和城市的发展，精心设计的复杂水力管理系统从河流、水井和地下泉水引流并传送作为饮用水或灌溉用水，支持了居民和旅行者的生活。

标准（Ⅵ）：天山廊道与张骞出使西域完成外交使命直接相关，这是欧亚大陆人类文明和文化交流史上的一个里程碑事件。它也深刻地反映出佛教对古代中国以及东亚文化所产生的重大实质性的影响，以及基督教教派（于公元500年传至中国）、摩尼教、拜火教和早期伊斯兰教的广泛传播。廊道沿线许多城镇和城市也以特别的方式展示其受到了水力管理、建筑和城市规划等思想的影响。

敦煌鸣沙山　（余晓灵　摄）

（三）丝绸之路"长安—天山廊道的路网"赋

骚体赋

　　源昔中原与西戎兮，实神秘而虚渺。西汉之军政兮，制匈奴于钳挠。赴大月氏诸西域兮，领汉武帝之铃韬①。使张骞率百人兮，结友好而远交②。载恩荣夫重任兮，路漫漫其迢迢。甘驰跋于大漠兮，闻驼铃而恒嚣③。陷匈奴之羁囚兮，熬十载之寂寥。历长安陇西敦煌玉门兮，负使命而笃好。日晒雨淋风雪兮，饮血啖肉未腹饱。艰难困阻重重兮，冒险西行而不挠。至龟兹、大宛、大月氏城垣兮，返游访诸闻教④。实睁眼察觉世界第一人兮，誉中华之骄傲。

　　持汉节而不失兮，心十三年之不负；凿空洞而相通兮，拓陆上丝绸之路⑤。忆蜀布及邛竹杖见"大夏"兮，度商贾之东南国"身毒"⑥。其乘象以战临大水兮，悉无寇或近于西蜀。帝命张骞复南下兮，使蜀郡"犍为"探滇途。王朝着骞复使西域兮，联"乌孙"抗其"匈奴"⑦。遣三百人抵"乌国"兮，派使访宛、月、夏、安及身毒⑧。联西亚、北非、欧土兮，催南、中、北道之丝路⑨。漠蒙北、南俄、西亚瀚海、北陆兮，古有草原丝绸之路。历民族"和亲"、朝贡、战争兮，文化复杂而融互。南有楼兰、且未、于阗、葱岭兮，接大宛、康居之途⑩。融汉夷历代之交往兮，促文技耕畴之进步。

帝遣使赴天竺求佛法兮，"伊存"口授经曰浮屠⑪。白马驮佛像及经卷兮，释家于洛阳始沿驻。传核桃、榴、豆、葡萄、苜蓿兮，移中原栽培成果蔬。得龟兹乐曲及胡琴兮，献其汉军穿井之助。得大宛汗血之天马兮，汉献蚕丝冶铁术⑫。因蚕虫吐丝之轻薄兮，令西域尤羡慕。开西东交往之门户兮，均有利其相互。传鸟类、植物、皮货、药材、香料、珠宝兮，易铁、镜、金银、瓷器、造纸、印刷之术⑬。著《大宛列传》之传今兮，揽西域地理之丰富⑭。得经文政教之交流兮，促人类文明之进步。

乱曰：

悠悠兮千四百岁，遥遥兮万里之路⑮。惊西方兮环球航海，渐成兮海上丝路。尤近代兮科学发展，夸工业兮革命迅速。赞海轮兮航运利便，观世界兮趋之若鹜。惜陆上兮丝绸之路，其衰颓兮难再如初⑯。

呜呼哀哉！陆途遥兮期远，辉煌逝兮不延。大漠炙兮酷旱，人无水兮生难。沙漠之舟兮坚韧，载货憾寡兮未繁。步履艰兮缓缓，驼队形兮蜿蜒。人随步兮疲劳，货翻山兮困焦。慰海轮量巨兮费薄，适慢货兮晚交。其陆铁量薄兮资贵，利快物兮速捎。然海洋峡浪兮遥遥，慰亚欧专铁兮骄骄⑰。欲求事兮急急，朝夕达兮即即。跨洲际兮万里，旬日抵兮亟亟。互惠兮全球贸易，海陆兮并驾齐驱。陆上兮丝绸之路，再现兮廿一世纪！

敦煌月牙泉　（王耘农 摄）

注：

① 铃韬（qián tāo）：泛指兵书或谋略。古代兵法有《玉铃篇》和《玄女六韬要决》。

② 张骞（约前164—前114）：汉中郡城固人，中国西汉杰出的外交家、旅行家、探险家，丝绸之路的开拓者。汉武帝派张出使西域各国，尤欲与大月氏（今乌兹别克、塔吉克斯坦）共伐匈奴。

③ 骉（biāo）：众马奔腾的样子。

④ 龟兹（qiū cí）：汉代西域国之一，在今新疆省库车、沙雅二县之间。大宛（dà yuān）：古代中亚国名，今乌兹别克斯坦费尔干纳盆地。

⑤ 汉节：汉天子所授予的符节。张骞在途中被匈奴国扣押13年。史称此首次出使（公元前139年）是"凿空（孔）"，意即打通中原通西域的孔道。丝绸之路：19世纪下半期，从公元前114年至公元127年间，中国与中亚、印度间以丝绸贸易为媒介的这条西域陆上交通道路被德国地理学家李希霍芬（Ferdinand von Richthofen）称为"丝绸之路"，学界沿用至今。

⑥ 大夏：古国名。音译巴克特里亚（Bactria），也叫希腊·巴克特里亚王国。中国汉代称之为大夏。身毒：古代对天竺（印度）的音译，始见于《史记》，为中国对印度的最早译名。

⑦ 乌孙：汉西域国名，乌孙人所建，在今天新疆伊犁河上游流域。公元前119年，汉王朝派张骞再次出使西域到达了乌孙。

⑧ 派副使访问了大宛、大月氏、大夏、安息（今伊朗）、身毒（今印度）等国家。

⑨ 欧土：连接到环地中海的路。南中北丝路：从汉都长安西出玉门关后有南道、中道、北道三条路线，见后文之描述。

⑩ 楼兰：小国，位于罗布泊西部，今存遗址。且末：今新疆阿克苏地区且末县。于阗（tián）国（公元前232—公元1006）：是古代西域佛教王国。东通且末。今和阗（和田）县。葱岭：帕米尔高原。康居：在今哈萨克斯坦南部及锡尔河中下游。汉时，地处大宛西北，大月氏（即月氏）之北，乌孙以西。

张骞出使西域　（来自汇图网）

⑪ 帝：汉明帝。伊存：汉哀帝元寿元年（公元前2年），西域大月氏使臣伊存来朝，在帝都长安向中国博士弟子景卢口授《浮屠经》。

⑫ 汉朝之蚕丝冶铁术于是传到西域。

⑬ 瓷器：中国在商代已出现早期瓷器。造纸：在楼兰遗迹的考古发现了2世纪的古纸。此时西域尚无工业造纸。印刷之术：发明于西汉改进于东汉。

⑭ 张骞将沿途地理知识见闻上奏汉武帝，在西汉·司马迁（前145年—？）《史记·大宛列传》中有记载。

⑮ 千四百岁：公元前139年至公元14世纪明朝中前期，陆上丝绸之路衰亡。

⑯ 海运繁荣于唐宋元明清之后，陆上丝绸之路逐渐消亡。

⑰ 亚欧专铁：亚欧铁路起于中国连云港，经哈萨克共和国沿中亚铁路与俄罗斯联邦的部分欧洲铁路连接，终点为大西洋港口德国汉堡和荷兰国阿姆斯特丹。

丝绸之路·新疆交河故城　（余晓灵 摄）

三十三、大运河赋

（一）大运河概况

遗产名称：大运河　The Grand Canal

入选时间：2014 年

遴选依据：文化遗产（ⅰ）（ⅲ）（ⅳ）（ⅵ）

地理位置：地跨京、津、冀、鲁、豫、皖、苏、浙等 8 个省市通达海河、黄河、淮河、长江、钱塘江五大水系

遗产编号：1443

大运河始建于公元前 486 年，历经春秋战国、南北朝、隋、唐、宋、元、明、清等各个朝代 2000 多年的修整和改造，其大部分河段至今仍然发挥着运输作用，是世界上开凿时间最早、规模最大、线路最长、延续时间最久的运河。大运河的主要航道由隋唐大运河、京杭大运河、浙东运河三部分组成，自北至南，由东到西，贯通北京、天津、河北、山东、河南、安徽、江苏、浙江等省、市，全长 3000 余千米，沿途有典型河道遗产 27 段，遗产点 58 个。大运河连通海河、黄河、淮河、长江、钱塘江 5 道水系流域，是古代人类水利工程无与伦比的伟大杰作，被《国际运河古迹名录》列为世界上"具有重大科技价值的运河"。在扬州古运河港口，立着一块"古运河"石碑，唐朝著名和尚鉴真即从这里出发，东渡日本。

（二）世界遗产委员会评价

大运河是世界上最长的、最古老的人工水道，也是工业革命前规模最大、范围最广的工程项目，它促进了中国南北物资的交流和领土的统一管辖，反映出中国人民高超的智慧、决心和勇气，以及东方文明在水利技术和管理能力方面的杰出成就。历经两千余年的持续发展与演变，大运河至今仍发挥着重要的交通、运输、行洪、灌溉、输水等作用，是大运河沿线地区不可缺少的重要交通运输方式，自古至今在保障中国经济繁荣和社会稳定方面发挥了重要的作用。

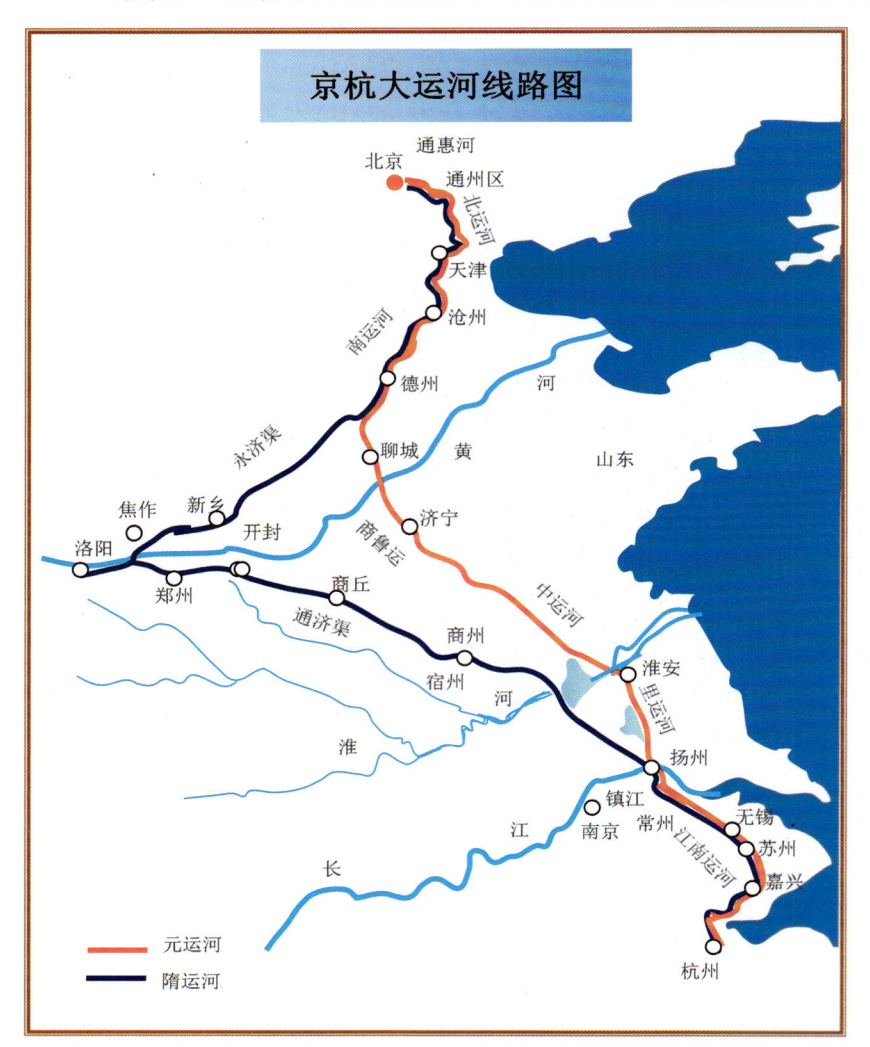

大运河历朝代线路图　　（仿制）

Evaluation by the World Heritage Committee

The Grand Canal is the longest and oldest artificial waterway in the world, and it is also the largest and most extensive engineering project before the Industrial Revolution, which promotes the exchange of materials between the north and south of China and the unified jurisdiction of the territory, reflecting the superb wisdom, determination and courage of the Chinese people, as well as the outstanding achievements of the Eastern civilization in water conservancy technology and management capabilities. After more than 2,000 years of continuous development and evolution, the Grand Canal still plays an important role in transportation, transportation, flood flow, irrigation and water transmission, and is an indispensable and important mode of transportation along the Grand Canal, which has played an important role in ensuring China's economic prosperity and social stability since ancient times.

作者考察古运河河道 （自摄）

大运河符合以下世界遗产价值标准：

标准（ⅰ）：运河是人类历史上最伟大的杰作的水利工程，因其历史悠久和规模庞大，它随着时代不断发展与适应。它提供了人类智慧、决心和勇气的有力证明。它是人类创造力的一个突出的例子，展示了中国古代庞大的农业帝国水利技术。

标准（ⅲ）：运河见证着独特的文化传统，通过运河漕运的管理系统，其成因、其适应各个朝代和持续的资本运营并蓬勃发展，后来在二十世纪消失。它包括了粮食、盐和铁的运输和储存，以及税收制度。它促进了小农经济、朝廷、军民食物供给之间的根本联系。这是中国自古以来的一个帝国的稳定系数。

沿运河经济和城市发展见证了一个伟大的农业文明的核心功能,并通过水路网络的发展在这方面发挥的决定性作用。

标准(ⅳ):大运河是世界上最长的、最古老的运河。它是早期水利工程的见证。这是一项重要的技术成果,可以追溯到工业革命前。它是处理复杂的自然条件的基准,体现在许多建设完全适应环境的多样性和复杂性。它充分体现了东方文明的技术能力。运河包括重要性、创新性,特别是早期液压技术案例。它也见证了在堤防、堰和桥梁建设的具体诀窍,以及原始、复杂的材料应用,如石头、夯土,和混合材料的使用(如粘土和稻草)。

标准(ⅵ):自从第七世纪,中国的历代王朝到现代的中国,运河已经成为影响经济和政治的统一的重要因素,是文化交流的重要场所。住在运河沿岸的人们创造和保持的生活方式和文化,通过相当长的历史时期影响着中国领土上的大部分人口。运河是中国古代高度统一的哲学概念的论证,是中国的农业帝国时代的统一、互补和整合的一个基本要素。

(三)大运河赋

洪灾乃国民之患,治则思大禹;滴水乃生命之源,诞则赖斯神。水集泉溪河江,顺流而泻;舟骋沟漕渠渡,应运而奔。然丰枯河憾之别,滩激塞浅;微硕船航之运,时虑泊囤。山阻水消,向异而流背麓;石出河已,途穷而远毗邻。人力开挖之河,导疏因借;秫粮漕运之技,税赈匀存。其大运河者,肇之春秋,成于隋朝,荣之唐宋。取直其元代,疏通于明清。海、黄、淮、江、钱,诸江一河,串接大运;桥、坝、闸、堤、站,千仓百镇,兴获并臻。京北杭南,历两千五百岁时季;谷籴粟粢,跨八省五水福官民①!

乃慰苏杭今市运航,携近海膏腴之地;春秋古河横纵,肇缘渠吴越之侵。赞诸朝南北贯通,辐射时空谋略;忆隋代西东连创,渠开地缘国魂。一字河形,宜逢遵时隆祚;人字河形,恰利洛阳京运②。稻鱼漕粮,丝绸达海十路;船仓人货,旺实殖邑万金。开凿较早,时久网巨路长,世界运河之最;水运睿工,灾缓壅低流畅,工程智慧之琛。

噫吁嚱!船闸翔累重之舻,曲桥越鱼贯之艓③。仓储集万乡之物,长河缀毗镇之埠。京杭融中华之运,骈海扬古国之帆。斯运河者,奇功彪炳矣!

曰规模最宏大:隋唐京杭浙东,十段三区河道;南北交通动脉,历今福泽人寰。曰技才称精湛:疏浚开挖蓄引,靠泊储运囤发;集散缓急序候,行停列贯挽纤。曰航船驰慧巧:一橹三桨聚离,十舸百艒往还;

繁忙的瓜州船闸
2017年11月7日

(余晓灵 摄)

桨手漕帮号子，纤夫镖客追帆④。曰漕舸秀峥嵘：楼船舴艋游艇，艅艎雀舫艨艟；凤艒鱼艖兰棹，舟楫筏舨艒舢⑤。曰名桥接跨穿：万宁闸桥京首，通州张家湾古；苏州五亭桥美，杭州拱宸步船⑥。曰舱甲聚货人：砂石器具技工，菽粟布帛瓷器；靓女甲兵艺伎，石纲珠宝珍玩⑦。曰带动溢丰泽：铺坊市埠宿食，仓窖署衙驿站；州郡镇区枢纽，行宫会馆钞关⑧。曰繁衍利民生：船务居行交往，民风耕作贸商。茂业逸劳享会，乐娱消费宿餐⑨。曰管理堪娴熟：挖改创维引蓄，建防跨泻疏拦；盛季税营调控，制衡规法健全。曰景观夸优美：岸柳烟波船列，田园水镇栈房；池榭亭桥苑囿，人丁灯影霞骞⑩。

嗟乎！高铁海运，今公路网结尤密；星移物换，慰运河风采依然。遗存犹昭在⑪：桥闸水门纤道，险工堤岸码头；水坝亭阁坊店，千年生计承传。文化慰传承：水利家国社稷，技术鸿猷史观；礼仪百艺民俗，江山一统安全。功绩最杰出：人类工程历史，伟然哲睿薪传；政军商贸生活，建筑艺术丽观⑫。历史地理人文，遵循创造；决心信心勇气，发奋眺瞻⑬。

伟乎盛哉！国祚人生文脉，农业文明帝国；水运工程史诗，两千余岁颂传。南粮北给，屡兴江南富庶；南水北调，今滋城乡润含⑭。技物官民，千载中华智慧；东原荣泰，一昭大运续延！

穿越乌镇的大运河　　（余晓灵 摄）

注：

① "籴（dí）：买粮食（跟"粜"相对）。粜（tiào）：卖粮食。

② 隆祚：赐予洪福；绵长的国运。

③ 艧（huò）：船。艔（dào）：由机动船牵引的客船。亦称"拖艕"。

④ 一橹三桨："一橹若三桨"之意，犹鱼摇尾前行。中国在西汉始用橹，因连续划水，不需使桨进出水面而"虚功费时"，故言此。舽（páng）：古代吴船名。镖客：旧时保护运输货物的武士，也叫镖师。

⑤ 舴艋（zé měng）：两头尖状的小船。艅艎（yú huáng）：吴王大舰名。后泛称大船。雀舫：古代形似鸟状的游船。艨艟（méng chōng）：古代战船。凤艒（fèng mù）：小船；龙舟凤艒。鱼艖（chā）：艖，小船。舨（bǎn）："舢"，原指大船。舢舨：现指用桨划的小木船。艍（jū）：水艍船，清代战船之一种。

⑥ 万宁桥：作为运河进出京都第一桥，连接"元大都（北京）"的中轴线。通漕之日，元世祖忽必烈站在万宁桥上，命名了京都"通惠河"。通州张家湾古桥：明万历三十三年（1605）告竣，赐名"通运"。拱宸桥是众多船只抵达离开杭州的标志桥，人步拱桥，拱下行船。

⑦ 石纲："花石纲"的简称。宋徽宗赵佶为修建宫殿园林，在苏杭设立"应奉局"，搜罗江浙一带民间奇花异石，用船运到都城开封。每十只船组成一队叫一纲，运送花石的船队称花石纲。

⑧ 钞关：明、清两代收取关税之所。因以钞纳税，故名。

⑨ 逸劳：安逸与劳苦。享会：犒劳将士的宴会。

⑩ 霞骞：志向高远。晋·陆机《晋平西将军孝侯周处碑》："忠烈果毅，……远性霞骞。"骞：高举；飞腾。

⑪ 昭在：光辉地存在。

⑫ 伟然：卓异超群貌。丽观：比喻美德或勋业。

⑬ 眺瞻：远望。

⑭ 润含：滋润涵养。

上　拱宸桥　（余晓灵　摄）
下　大运河·扬州五亭桥　（来自全景视觉网）

三十四、土司遗址赋

（一）土司遗址概况

遗产名称：土司遗址 Tusi sites
入选时间：2015 年
遴选依据：文化遗产（ii）(iii)
地理位置：湖南永顺、湖北咸丰、贵州遵义（播州区）
遗产编号：1474

土司制度的发展与演化，经历了一个漫长的历史时期。最早起源于公元前三世纪少数民族地区的王朝统治体系。其目的是为了既保证国家统一的集权管理，又保留少数民族的生活和风俗习惯。至元朝开始较大规模实施。土司遗址位于中国西南山区，包括一系列部落领地。这些领地的首领被中央政府任命为"土司"，是这里十三至二十世纪世袭的统治者。湖南老司城、湖北唐崖和贵州海龙屯均属于土司遗址，它是中华文明在元、明两代发展出的这种统治制度的特殊见证。

（图片来自国家文物局网）

湖南永顺老司城遗址位于湖南省湘西土家族苗族自治州永顺县，是湖广地区土司体系中的最高职级机构——宣慰司的治所遗址。永顺宣慰司土司为彭氏家族，属民以土家族为主。

贵州播州海龙屯遗址位于贵州省遵义市汇川区，是播州宣慰司杨氏土司专用的山地防御城堡的遗址，与播州宣慰司治所穆家川土司城配合使用，是战争时期播州土司的行政中心，其属民以仡佬族、苗族为主。

湖北唐崖土司城遗址位于湖北省恩施土家族苗族自治州咸丰县，是湖广地区土司体系中较低的职级机构——长官司的治所遗址。唐崖长官司土司为覃氏家族，属民以土家族为主。

（二）世界遗产委员会评价

"土司遗址"反映了13至20世纪初期中国在西南群山密布的多民族聚居地区推行管理少数民族地区的政治制度。留存至今的土司城寨及官署建筑遗存曾是中央委任、世袭管理当地族群的首领"土司"的行政和生活中心。其中，湖南永顺老司城遗址、湖北恩施唐崖土司城址、贵州遵义海龙屯是相对集中于湘鄂黔交界山区的代表性土司遗址，在选址特征、整体布局、功能类型、建筑形式、材料和工艺等方面既展现出当地民族鲜明的文化特色，又在此基础上表现出尤为显著的土司统治权力象征、民族文化交流和国家认同等土司遗址特有的共性特征，是该历史时期土司制度管理智慧的代表性物证。

"土司遗址"系列遗产，也见证了古代中国作为统一多民族国家，对西南山地多民族聚居地区独特的"齐政修教、因俗而治"的管理智慧，这一管理智慧促进了民族地区的持续发展，有助于国家的长期统一，并在维护民族文化多样性传承方面具有突出的意义。

Evaluation by the World Heritage Committee

The "Tusi Site" reflects the political system of managing ethnic minority areas in ancient China from the 13th to the early 20th century in the multiethnic areas of the southwestern mountains. The remains of the Tusi Walled City and the official buildings that have survived to this day were once the administrative and living centers of the "Tusi", the leader of the centrally appointed and hereditary management of the local ethnic groups. Among them, the site of Laosi City in Yongshun in Hunan Province, the site of Tusi City in Enshi Tangya in Hubei Province, and the Hailongtun in Zunyi, Guizhou are representative Tusi sites relatively concentrated in the mountainous area at the junction of Xiang, Hubei and Guizhou, which not only show the distinctive cultural characteristics of the local ethnic groups in terms of site selection characteristics, overall layout, functional types, architectural forms, materials and craftsmanship, but also show the unique common characteristics of Tusi sites such as symbols of Tusi ruling power, ethnic cultural exchanges and national identity on this basis, which are representative physical evidence of the management wisdom of the Tusi system in this historical period.

The series of heritage of "Tusi Ruins" also bears witness to the unique management wisdom of "Qi government and religion, rule according to customs" in the southwest mountainous and multi-ethnic areas as a unified multi-ethnic country, which promotes the sustainable development of ethnic areas, contributes to the long-term unity of the country, and has outstanding significance in safeguarding the inheritance of ethnic cultural diversity.

土司遗址符合以下世界遗产价值标准：

标准（ii）：通过中央政府的结构，老司城遗址、唐崖遗址和海龙囤遗址清晰地展现了中国西南民族文化和国家认同的价值观交流。

标准（ⅲ）：老司城遗址、唐崖遗址和海龙囤遗址体现了中国西南地区土司管理制度，从而也是对源自中国早期少数民族管理系统和元、明、清时期中国文明的证明。

（三）土司遗址赋

神州土司，授两千年诰命；世界遗产，著三湘及鄂黔①。山险峡穷，岭岭高原莽野；人稀地广，臻臻郡县诸蛮。西和诸戎，南抚夷越；孔明鸿韬，沿之秦汉②。仍容自保，安抚西南。两晋南朝，沿袭羁縻之法③；唐因豪帅，诸王虚赐以安。宋范土酋，歃血诚谕贡制；元开招抚，土司世代袭传。诰敕印章，玺书虎符，以为信物；朝贡纳赋，自治承袭，罚惩升迁。土官治土，世袭世官。承宋元明清土司，世袭管治；明"改土归流"委任，军政统参④。边地豪酋，民族繁衍聚落；生活军事，政民衙府城垣。

（图片来自国家文物局网）

彭、覃、杨氏，湘鄂黔之彪悍；枭雄自治，址三省数百年。

老司之城，遗址湖南永顺；靠山环水，沿袭八百年华。五溪巨镇，号城内三千户；百里边城，接城外八百家⑤。彭氏土司，上忠中央之敕；团结土苗，下行德政之法。"蛮不出洞，汉不入境"；守遵互信，彼此融达。伐献"大木"之赏，抗倭善战之嘉⑥。兵胜倭寇，"东南战功第一"；"赶年"大节，湘西军勇土家⑦！明诰"翼南牌坊"，子孙永享以昭纪；宋铸江边铜柱，疆界互盟以息伐⑧。

其城者就势依山，临河俯视；踞台靠岭，排布谨严。筑坚垒石墙以守，开门洞水道以穿。屹楼阁长廊以镇，通街巷祖祠以安。殿阁、衙署、民居，教育、宗教、墓葬，分区合理；城墙、门楼、安寝、御街、乐宫、步道，功能井然。烽火台、演兵场、玉皇阁、古牌坊，遗址丰涵往事；土王祠、文昌阁、祖师殿、彭氏祠，韬钤显著遐篇⑨。

位湖北唐崖，遗土司城垣。近衍元蒙，可溯"匈奴"夫"突厥"；远融土家，当嗣"廪君""五溪蛮"⑩。"铁木易儿"后裔，覃氏鄂西宗干⑪。同源异流，呈勇朴之魂魄；勤劳聪慧，擅建筑之干栏⑫。前临唐崖清河，后傍玄武雄山。幽幽乎十八巷，道道三街三十六府院；赫赫乎十七世，绵绵三朝三百八十年！农时为民，贾商踊跃；闲时为兵，耕读征战。一百镇之乡，集万众勇士；六百丁之城，出数代土官。屡建战功，力克渝黔。华坊镌"荆南雄镇"，丰碑撰"楚蜀屏翰"⑬。征西蜀升"都司佥事"之重职；兼宣抚司"宣抚使""覃鼎"吉旦⑭。

于是大兴土木，营建城垣。土司小城，署衙帅府；布排机构，兴修庭院。不独官堂衙门，牢房书院。更有阅台靶场，万兽之园。房阔外厢跑马，壁坚重库存钱。"玄武""桓侯"寺庙，寺堂百花庐园⑮。深山野卅顷闹市，不毛地千踵摩肩。果然政治经济军事文化中心，威震尖山、活龙、清坪、二仙之岩⑯。呜呼！城广五百亩，颓落台阶曲径；地方一千里，唯羡牌坊屹然。犹见石人石马、土司王墓，但遗石阶石道、石坊石垣。覃鼎长官，陷阵卫国虎胆；夫人田氏，固城操持懿范。苍翠兮挺拔，十三之丈；枝干兮连理，夫妻巨杉⑰！

海龙屯位贵州遵义，土司城遗址于山巅。发私兵力克"南诏"，乃称霸"播州"剽悍；居大娄武陵山界，源杨氏汉裔太原⑱。族雄威"二杨"，荐播绅"二冉"⑲。踞"鱼台"鏖战，助南宋抗元⑳。一母同胞，孤城兼御；钓鱼、海龙，踞险渝黔㉑。敕宣慰司使，耀先祖"杨端"。胁贵州肘腋，扩播州幅员。垒石烧砖，踞险山而营造㉒；伐木盖瓦，建王宫夫豪园。实为备战屯兵，九关守卡；不仅纳凉避暑，六月跋骞㉓。建铜柱二关，卡飞龙、飞虎；设天梯单桥，兀绝壁孤悬㉔。诱敌深入，陷阱瓮城淹月；卫屯护绕，跸院"凤关""朝天"㉕。"王宫"且替旧新，参拜踏道；"花楼"可兼哨塔，居高俯瞰㉖。

可借一夫当关，万夫莫过；兀立铜墙铁壁，东山六关。呜呼哀哉！属五司七姓，讼廿四宗罪；侵异邦豪夺，陷"应龙"暴殄㉗。银库角亭，"天空之城"湮灭；敌楼马道，枭雄祸水西南㉘。防不胜防，气尽因原屡泄；一损俱损，密失屯后三关㉙。营巍巍播州，号西南之雄踞；历二十九世，跨七百廿五年。大明征讨，凭巨炮戈矛攻克；顽垒终破，遗颓石草莽残垣㉚。

呜呼！龙屯陷毁，应龙自缢；古播枭雄，化作云烟㉛。昔土司骎骎三屯，今遗址莽莽群山……

(图片来自国家文物局网)

注：

① "湖南永顺土司城遗址、湖北唐崖土司城遗址、贵州海龙屯土司城遗址"三处同为世界文化遗产。

② 孔明：三国时期蜀国的军师诸葛亮。

③ 羁縻（jī mí）《史记·司马相如传·索隐》："羁，马络头也；縻，牛靷（yǐn）也"，靷：古代拴在车轴上拉车前进的两条皮带，引申为笼络控制。

④ 土司制度由唐宋时期羁縻州县制发展而成，实质是"以土官治土民"。"改土归流"始于明代中后期，即以中央委派流动的官员管理土民。

⑤ 五溪：五溪蛮，亦称"武陵蛮"。东汉至宋时对分布于今湘西及黔、渝、鄂三省市交界地沅水上游若干少数民族的总称。鼎盛期老司城人户稠密，故史书有"城内三千户，城外八百家"之记。

⑥ 大木：彭氏土司受明朝指派向朝廷贡献巨大木柱运抵北京建皇宫。26代土司彭翼南奉令征调土兵赴东南抗击倭寇，明史称"自有倭寇以来，东南用兵未有逾此者，此其第一功云"。

⑦ "赶年"即"赶前一天过年。"当年圣旨传彭翼南率部出征正值年关，他决定提前一天过年，让土家族子弟次日再赴前线保卫海疆。习俗传承至今。

⑧ 圣旨敕"子孙永享"，乃立牌坊（翼南牌坊）昭纪，今犹存之。

⑨ 韬钤（tāo qián）：用兵谋略。遐篇：远世的典籍。

⑩ 廪君：古代巴郡、南郡氏族首领名，巴人的先祖。武陵之五溪曰雄溪、樠溪、辰溪、酉溪、武溪。

⑪ 据唐崖《覃氏族谱》载，其始祖为元朝宗籍"铁木易儿"，"授平肩王"。覃（qín）：姓，亦作秦。宗干：主干，比喻位尊任重的人物。唐崖土司是鄂西土家族著名土司，覃氏世袭。

⑫ 干栏（gàn lán）：南方少数民族住宅建筑形式之一。"干"是上面之意，"栏"是房屋之意，干栏即"上面的房子"。

⑬ 明代万历进士、四川督抚朱燮元为覃鼎立石牌坊一座，牌坊前后雕刻"荆南雄镇"、"楚蜀屏翰"以纪战功。

⑭ 覃鼎：明末唐崖土司长官，天启二年至七年（1622—1627）在任。奉调征讨奢安之乱等有功，使得唐崖司由长官司升为宣抚司，本人升任都司佥事兼宣抚使，封为武略将军。在其任职期间，位列恩施18土司之首，有"西南王"之称。土家族"皇权"世袭到18代覃鼎时达到鼎盛。

⑮ 玄武：供奉道教玄武大帝。而且唐崖司城后傍玄武山。桓侯庙：即张王庙。古谥法中，土服远曰"桓"，意指

贵州海龙屯36级天梯

（图片来自国家文物局网）

最擅开疆拓土、威震敌国之人，始能以"桓"为谥。张飞死后，后主刘禅追封张飞"桓侯"。

⑯ 湖北省咸丰县尖山乡、活龙乡、清坪镇、二仙岩，均为唐崖土司城所在乡镇及地名。

⑰ 夫妻杉又名"玄武杉"，位于该土司城址西面玄武山顶，树龄已超400年。二树据传为土司覃鼎夫妇所植，棵围约5米，高44米，并峙而枝干连理，为遗址自然景观标志。

⑱ 遵义古称播州。杨氏先祖杨端源于山西汉族大户。861年，杨端在安南都护李鄠的率领下，赶走了反唐朝入侵播州的南诏军队。南诏国（738—902）：是八世纪崛起于云南一带的古代王国。三十世土司播州宣慰使杨应龙在先祖扩建龙崖屯宫室、城堡，集8万役夫工匠用时4年建成海龙屯。海龙屯毁于明万历二十八年（1600年）的平播之役。

⑲ 二杨：南宋末年播州杨价、杨文两代土司。多次击败蒙古人，播州军被朝廷授予"御前雄威军"称号。二冉：杨家推荐的冉璞、冉琎兄弟更主持修建了改写世界历史的重庆抗元的合川钓鱼城。此后杨文在播州建了海龙屯，可谓与钓鱼城"一母同胞"，均是西南山城防御体系的重要组成部分。

⑳ 鱼台：合川钓鱼城，原名钓鱼台。

㉑ 钓鱼：指重庆市合川区钓鱼城。

㉒ 山顶海龙屯内有采石场、砖窑遗址。

㉓ 高居险要的海龙屯有九道关卡防御强敌。其屯前六关为铜柱、铁柱、飞虎、飞龙、朝天、飞凤关，屯后三关为万安、二道、头道关。跂骞（qiān）：高举，飞起。

㉔ 飞虎关外有陡峭而步阶长达51米的陡石天梯；飞虎关及铁柱关外本来设有吊桥拒敌，易守难攻。

㉕ 瓮城也叫月城（月字型内坝）。护遶（hù rào）：围护环绕。飞凤关、朝天关为山顶王宫最后两道关卡。

㉖ 屯顶平阔，内有"老王宫"和"新王宫"遗址。花楼：传为杨应龙女儿在海龙屯的绣花楼，却是位于一面衔山、三面临渊孤悬绝壁半腰的哨塔。

㉗ 五司七姓：海龙屯杨氏土司附近的五司七姓豪族向明朝朝廷起诉杨氏侵扰逞霸的廿四宗罪，造成杨应龙被明军征讨的灭顶之灾。

㉘ 海龙囤雄踞高崖，堪称贵州的天空之城。

㉙ 密失：屯后三关守将泄露屯内秘密，导致明军李化龙（明神宗万历二年进士）万历二十七年奉令征讨播州杨应龙叛乱，调陈璘、刘綎等从后山转攻三关破城。

㉚ 该战中明军使用了从意大利进口的巨炮。

㉛ 城破后，一代土司枭雄杨应龙自缢身亡。

三十五、左江花山岩画文化景观赋

（一）左江花山岩画文化景观概况

遗产名称：左江花山岩画文化景观 Zuojiang Huashan Rock Art Cultural Landscape
入选时间：2016年
遴选依据：文化遗产（iii）(vi)
地理位置：广西崇左市宁明县、龙州县、江州区及扶绥县境内
遗产编号：1508

该景观位于广西壮族自治区崇左市宁明县、龙州县、江州区及扶绥县境内，由岩画密集分布的、最具代表性的3个文化景观区域组成，包含38个岩画点（共107处岩画，3816个图像），岩画所在的山体和对面的台地，以及约105公里左江、明江河段，面积总计6112公顷。左江花山岩画文化景观展现出独特的景观和岩石艺术，生动地表现出公元前5世纪至公元后2世纪期间，当地古骆越人在左江沿岸一带的精神生活和社会生活。这是对该传统的唯一见证，左江花山岩画中的铜鼓及相关元素与当地铜鼓文化直接相关，见证了该区域广泛兴盛的文化特色。

作者考察 广西崇左市宁明县·花山岩画 （陈志平 摄）

宁明县·明江东岸·花山岩画　　（余晓灵 摄）

（二）世界遗产委员会评价

花山岩画位于中国西南边陲地区的陡峭岩壁上。这38处岩画展现的是骆越族人生活和宗教仪式的场景，这些绘制年代可追溯至公元前5世纪至公元2世纪的岩画，与其依存的喀斯特地貌、河流和台地一起，使人得以一窥过去在中国南方盛行一时的青铜鼓文化仪式的原貌。这一文化景观如今是这种文化曾经存在的唯一见证。

Evaluation by the World Heritage Committee

The Huashan petroglyphs are located on steep rock faces in the southwestern frontier of China. The 38 petroglyphs depict scenes of the life and religious ceremonies of the Luo Yue people, dating from the 5th century BC to the 2nd century AD, together with the karst landscapes, rivers and terraces that depend, provide a glimpse into the original rituals of the bronze drum culture that were popular in southern China. This cultural landscape is now the only testimony of the existence of this culture.

左江花山岩画文化景观符合以下世界遗产价值标准：

标准（iii）：左江花山岩画文化景观展示出独特的景观和岩石艺术，生动地表现出从公元前5世纪到公元2世纪，生活在左江沿岸一带的骆越族人蓬勃的精神生活和社会生活。它是这一传统的唯一见证。

标准（vi）：左江花山中的铜鼓形象及相关元素与当地铜鼓文化直接相关，见证了该区域广泛兴盛的文化特色。铜鼓在中国南方仍然被视为权力的象征。

（三）左江花山岩画文化景观赋

夫岩画者，以石为器；以坚刻次，示软留痕。其板者岩，图集点拼。持锋为刃，刻凹若锟[①]。时无文字，其画贵存。图腾祈愿，人类精神。古朴自然，粗犷逼真。曰生活狩猎，鸟飞兽奔。曰勇骇逃逸，哀乐搏擒。曰祈求繁殖，滋养族民。或牛马骆驼，战争格斗；或弓、箭、斧、枪、剑、刀、矛、盾；或运、骑、马、象，动物仿真。或舞乐闲劳，祈福祭祀；或礼拜畜牧，采蜜耕耘。若乃岩画欧、非，多为洞穴其内；纹图具象，常见眉目之真。磨刻、敲凿、线刻，欧非手法；简洁、纯朴、涂画，中华图纹。绘描艺术，打动人心。石镌流芳，瑰宝传今。原始人类，文献史珍。欧、非、亚、印，其域广远；中华岩画，其巨独尊！

秦汉为郡，桂林合浦之属；骆越、西瓯，稻作古国之邦。食垦骆田，铜鼓青蛙壁画；巫祈祥瑞，图腾洪退船航。表东南亚文明，位"春秋"代远古；积大中华文明，越两千岁遗芳。

尤赞中华南桂，左江"宁明"[②]。巨崖八十丈高，临江而矗；金壁百十丈阔，傍岸而横。下脚内缩，倾江心而立；西躯陡峭，挂奇画而呈。赤色秘图，五十丈之岩画；宏篇巨著，四十米其高凌。畜脂赤粉，混合调制；软羽毛刷，平涂剪影。图像千八百幅，或高尺、丈；面积八千平米，唯壮独称。最丰富之内容、最宏大之单体，最完好之保存、最神秘之图腾！

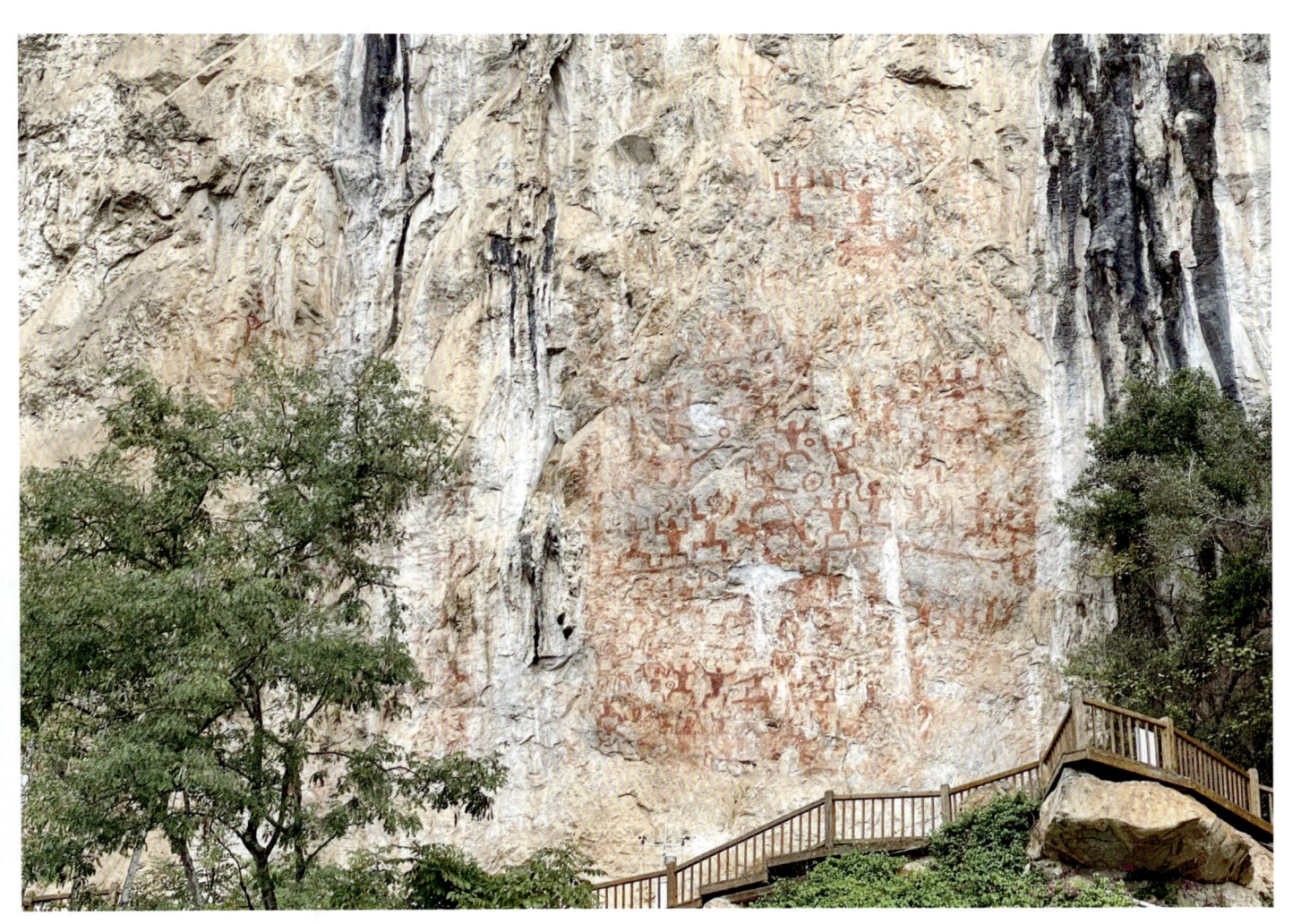

嗟乎！聚人像为主体，友马犬为陪衬；有男有女，有跳有蹲。有钟有鼓，有乐有音。簇拥首领，

群环一尊。众星捧月，长剑佩身。翎首虎冠，蛙态人神。雄雄伟岸，凛凛威临。严兵悍马，铁骨钢筋。跣足裸体，曲膝半蹲。或举手叉腿，或正姿侧身。有平肘举手，有弯腿坐臀。马跳乎人欢，群情乎激奋。

然则其位临江，攀崖之画；其写于壁，彰显或其？秀峰兀立，田肥葱茏碧水；高崖亘横，湾秀虬螟膏腴[3]。船路剑刀，阳钟铜鼓；头饰造型，乐声舞姿。两千岁月，鲜艳清晰。中华岩画，壮观珍奇。人形硕大，三特神秘[4]。宏大规模，雄伟气势。称著之丰，斯左江之流域；流存之处，若市县其百里。

乃有慕之瞻仰，观之络绎。画者尤存，颜色尤晰。古弥探索，今莫穷极。理莫服众，人莫信依。百思不解，内容主题。所昭何意？五问困疑：

一或发征战，卫邑拱乡，安民护子，发兵讨逆。二或描狩猎，捕豕逮羊，烹牛吮乳，育族遂滋[5]。三或期稻作，丁旺风调，神庥骆越，春播秋刈。四或因祈祷，祥瑞平安，纳康驱疫，祈福昌吉。五或昭祭水，船运亨通，流畅洪消，救赎淹溺。其意境之深沉，跃张扬而含蓄。情醇浓而专注，声高亢而婉丽。标畅舒而剽悍，涵沉稳而奋激。录钩沉之骆越，绽壮家之胆识。

二疑斯壁高峻，底仄尺窘，架莫其构，人莫其攀。巉崖内退，纵索垂悬，笔莫其触，画孰其完？三疑常存其色，何料何颜，两千历载，迄今尤鲜。其牢或补，何脂其粘，或涂何法，何术乃延？四疑其时何代，其溯何朝，其因何故，其滥何源？其纪无典，其鼎无传，竹简无现，默颂无言。五疑有古墓陵，石器时代，或资比鉴，冢开谜悬。乌有其考，乃画之缘，先祖后裔，纪岁二千？浩浩流川，袅袅夕烟。赤赤飞马，翠翠丘峦。赭赭蛙人，累累索研。殷殷困惑，忽忽疑嫌……

嗟乎！悬八千季奥秘，引全人类究探[6]！待破译天书，期来者溯缘。慰两千年遗画，鼓文明之风帆。继继绵绵，世界文化之遗产；轰轰烈烈，左江岩画之花山！

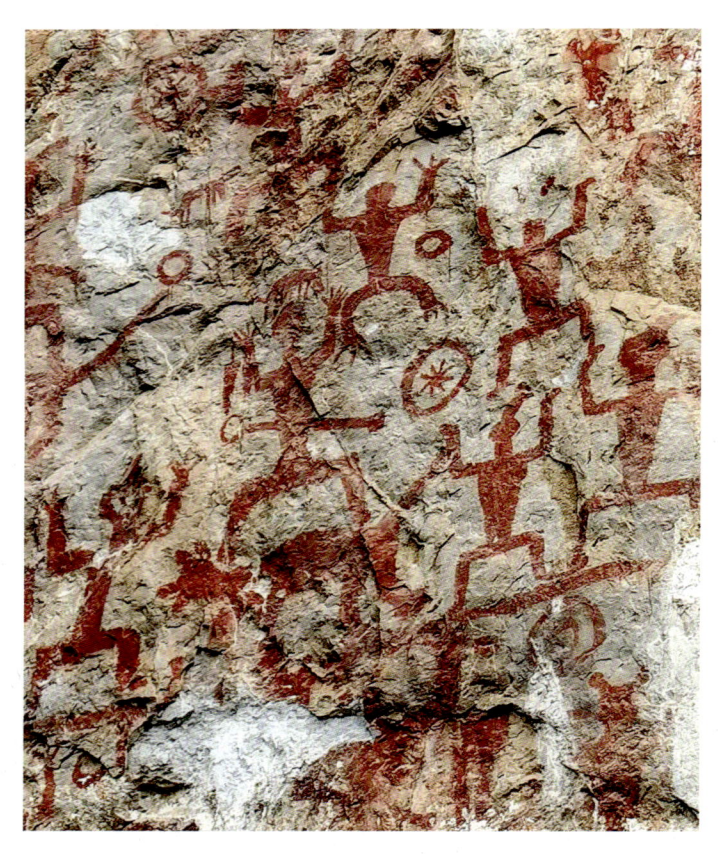

注：

花山岩画局部　　（余晓灵　摄）

① 锟：锟铻（Kūn wú），古书所记山名，所出铁可造剑，剑亦称锟铻。《列子·汤问》："周穆王大征西戎，西戎献锟铻之剑……用之切玉如切泥焉。"

② 宁明：广西崇左市宁明县，以此县花山岩画最具代表性。

③ 虬蜵（qiú xiù）：释为龙伸颈低昂貌。清·王夫之《九昭》：龙虬蜵其且蛰兮，凤翩翩而不宁。

④ 三特：左江岩画有整体规模宏大、单体气势雄伟、个体人物体形硕大三大特征。

⑤ 遂滋：养育；滋养。

⑥ 八千季：约二千年，每年四季。

广西宁明县·明江山崖（崖的下半部为岩画区）　（余晓灵 摄）

三十六、鼓浪屿：历史国际社区赋

（一）鼓浪屿：历史国际社区概况

遗产名称：鼓浪屿：历史国际社区 Kulangsu, a Historic International Settlement
入选时间：2017 年
遴选依据：文化遗产（ii）(iii)(iv)(vi)
地理位置：福建省厦门市思明区鼓浪屿
遗产编号：1541

鼓浪屿是福建厦门最大的一个卫星岛。原名圆沙洲，南宋时期命名为五龙屿，明朝改称"鼓浪屿"，因涨潮水涌、浪击礁石声似擂鼓而得名。自1843年厦门正式开埠，鼓浪屿作为一个窗口，见证了东西方文化碰撞、交融的过程，形成了多元丰富的近代国际社区。鼓浪屿融历史、人文和自然景观于一体，现留存有931座展现不同时期、风格多样的历史建筑及园林、自然有机的历史道路网络以及内涵丰富的自然景观，著名景观有日光岩、菽庄花园、皓月园、郑成功纪念馆、海天堂构等。风格各异的中式、西式建筑，在这里相对完整地保留下来，交相辉映，形成了独具特色的风格。其建筑特色与风格体现了中国、东南亚及欧洲在建筑、传统和文化价值观上的交融，这一特色与风格不仅在鼓浪屿发展，还影响到广大东南亚沿海及更远地区。

鼓浪屿日光岩
2017年11月20日

福建厦门·鼓浪屿日光岩　（余晓灵　摄）

近百年来，这座小岛诞生了林语堂、林巧稚、马约翰等蜚声中外的专家。

在鼓浪屿日光岩远眺厦门　　2011.10.31

福建厦门鼓浪屿　（余晓灵 摄）

（二）世界遗产委员会评价

鼓浪屿展现出独特的建筑特色和风格，以及中国、东南亚和欧洲在建筑、文化价值与传统上的交流，它们经由定居在岛上的外来侨民或还乡华侨传播而来。这一国际社区不仅反映出定居者受到本土化不同程度的影响，同时还融合产生出一种新的混合风格——即所谓的厦门装饰风格，它诞生于鼓浪屿，并在东南亚沿海地区及更远地区产生了较为深远的影响。在这方面，鼓浪屿国际社区成为了亚洲全球化早期阶段不同价值观的碰撞、交流和融合的集中体现。

Evaluation by the World Heritage Committee

Gulangyu Island exhibits unique architectural features and styles, as well as the exchange of architectural, cultural values and traditions between China, Southeast Asia and Europe, which are transmitted through the expatriates who settled on the island or returned to their hometowns. This international community not only reflects the varying degrees of local influence of settlers, but also blends to produce a new hybrid style, the so-called Xiamen decorative style, which was born on Gulangyu Island and has had a more profound impact on coastal Southeast Asia and beyond. In this regard, the Gulangyu International Community has become a concentrated embodiment of the collision, exchange and integration of different values in the early stage of globalization in Asia.

鼓浪屿：历史国际社区符合以下世界遗产价值标准：

标准（ⅱ）：鼓浪屿在一个狭小但相对独立、完整的岛屿中保存下来的，与周边区域截然不同的整体空间结构、环境特征、风格多样的历史建筑和宅园设计以及从中反映出的当时的社会结构和文化形态，展示了从19世纪中叶到20世纪中叶一百多年间，以闽南文化为代表的中国传统文化与外来多元文化，在文化、建筑、技术、园林景观方面广泛而深入的交流和融合。

标准（ⅲ）：鼓浪屿全方位地展现了一个处于封建社会晚期的传统聚落在政治、社会、经济、文化、技术等众多层面向具有全球化初期特点的现代社区发展的变革历程，反映出这一进程中外来文化在异域寻求生存，以及本土文化传统在外来文化刺激下自我更新的特殊历史阶段。特别是进入20世纪后，活跃于当地和东南亚的华侨文化所表现出的强大创造力，使其成为19世纪末至20世纪中叶亚太地区本土文化传统，受到外来多元文化影响逐步向新社会形态转变，这一普遍时代变革的独特见证。

标准（ⅳ）：鼓浪屿完整且保存特别完好的城市历史景观在整体空间结构和环境、建筑类型、建筑风格形态、装饰特征方面，使其成为亚太地区甚至世界范围内，在多元文化共同影响下发展、完善的近代居住型社区的独特实例。

标准（ⅵ）：鼓浪屿与一系列影响中国文化开放和文化进步的本土精英、华侨、台胞，及其相关作品、思想的产生有着直接联系，如林语堂、卢戆章、马约翰等人。他们不仅是向西方社会介绍中国传统文化的早期尝试者，其相关作品突出地体现了东西多元文化的共同影响。而且他们还积极参与当地和东南亚的政治、社会活动，对于该区域多元文化交流与融合具有重要作用。

（三）鼓浪屿：历史国际社区赋

考鼓浪屿者，溯岛元留人迹，半渔半耕；浪鼓礁石溶洞，明代雅名[①]。郑成功扎寨雄威，水师操练；

鼓浪屿·海滨沙滩　（余晓灵　摄）

慰驱荷收台虎将，"拂净泉"清②。鸦片战争，败而启通商口岸；迫签租界，允其开领馆滋蕃③。商贾华侨，注家资而打造；抗敌胜利，脱日占而璧还④。六百岁之经营，渔耕守戍；一百年之发展，西东融繁。于是乎分宗教、教、医、文、娱，俱港、水、讯、营、墓、馆⑤。墅馆楼堂园院校，路屋场寨洞台岩。陆续勃兴，相继整完。开放包容，创传统之新窗口；交流互鉴，汇中原而融闽南。完存遗址馆阁，风格各异；独特风情巷道，绿树林园。万国建筑博物馆，情怀屿海；一岛浓缩近代史，文化遗延。

于是乎环岛路游，享风情之浪漫；移步换景，赏碧海而蓝天。可登山而下海，任近赏而远观。借其美景，遐想游玩。品美食美景，迷变化万千；赞万国建筑，实名不虚传。于是乎仰望晃岩永固，登临沐露严凌。兀立趋百米极峰，环瞻鼓屿；正气捍千顷闽海，故垒雄风⑥。培元守土，砥柱抟鹏⑦。

乃羡其"菽庄花园"，园林典传⑧。铺携远海之辽，偕波巧妙；仰借"晃岩"之障，取法天然⑨。"藏海"于中，融水天之浩渺；"补山"于苑，观庐馆之菊鹃⑩。"壬秋阁"但倚山，各式四亭，"卌四桥"借天海；"补山园"实夙愿，骈园双岛，"十二洞"寓福天⑪。"胡友义"藏稀世"进"瑰，钢琴博览；"林尔嘉"创"菽庄"独秀，园艺惊瞻⑫。

毓杏林巧稚，悬济世之壶，鸣鼓浪之音，迎新生之子，甘孑然之身⑬。医风医德，炳六十年荣瘁；育人育志，施五万腔闵仁⑭。研括预防，钻妇科而殚技；心关母子，毓桃李而诲谆⑮。颂"圆洲仔"院小妞，白衣天使；誉中华妇女骄傲，赤县超人⑯！马约翰君，誉中国现代体育之父；百年巨匠，尽"强国必先强种"身心。倡导"动是健康的泉源"，体德为要；教育学生强壮其体魄，卫国为民。真鼓屿翘楚，实体育强人！

若乃"八卦楼"奇，风琴博览⑰。珍藏于斯馆，三十架精赡⑱。各式管风琴，脚踩而手弹。排管组合，电动自行演奏；教堂雅乐，风簧音色宏琁⑲。艺精体硕之珍，巨如楼宇；古色古香之品，小可手搬。秦笙尊乃鼻祖，清代技乃西研⑳。

作者考察鼓浪屿　（自摄）

尔其"海天堂构",汇中西之典范;方柱对称,缀斗拱而飞檐[21]。中坊西厢,无二奇观。古希腊之圆柱,西洋窗饰;精挑梁之雀替,翘角枝缠[22]。雕镂廊楣,飞罩悬纹万字;石基空底,圆盆垂柱花篮。半圆方矩门厅,风格独特;八角高穹藻井,观音站莲[23]。

何况乎海滨浴场浪平,水温沙细;游泳休闲赛艇,惬意怡然。海底世界,水分淡咸。鱼种三百,形色斑斓。人行隧洞,鱼泳身边。"三一教堂"建筑,风格独具;红墙白冠黄瓦,雄伟非凡[24]。"皓月园"肃穆庄严,英雄盖世;"忠孝伯"驱逐荷夷,立地顶天[25]。巧计强攻,收复先人故土;"开台圣王",力阻殖民东缠[26]。石雕虎将雄姿,永驻覆鼎高岩[27]。

嗟乎!亚洲全球化,早期之见证;融合价值观,碰撞乎交流。文化多样,发展变化之痕迹;自然生态,城市肌理之保留。琴乐风鸥,岛海云天石树;人杰功过,亭桥巷馆堂楼……

鼓浪屿十大园林之一　菽庄花园　　(来自汇图网)

注

① 元留:此指元朝末期始有人迹。

② 郑成功(1624—1662),明末清初军事家,抗清名将,民族英雄。郑在日光岩设营操练水师,留寨门、"拂净泉"等遗址。1661年郑率军由金门横渡台湾海峡,翌年击败荷兰在台湾驻军,收复台湾。

③ 在1841年,英舰队攻占鼓浪屿,设炮台于山顶。鸦片战争中国战败,清英签定《南京条约》,厦门成为五口通商口岸之一。英、美、西班牙三国在鼓浪屿设领事。1902年,清政府被迫同日、美、德等签定《厦门鼓浪屿公共租界章程》,岛被列强确为公共租界。英、美、德、日、西、荷等12国曾设领事馆,办教堂、

学校、医院、洋行。

④ 1941年12月太平洋战争爆发，日本独占此岛，四年后日本战败，鼓浪屿回归中国。

⑤ 教、医：学校及医院。港水：港口、自来水。讯、墓：通讯、墓地。营、馆：军营、馆舍。

⑥ 晃岩：晃字拆开为日光，郑成功改称日光岩，为岛内最高峰（92.7米）。岩上有题刻：蔡元培题有诗句："正气觥觥不可淘"。刻民国10年海军总司令蒋拯直题"狂波千顷"字。另刻泉州府尹李增霨楷书"闽海雄风"四字及蔡廷锴将军楷书诗句："当年故垒依然在"。

⑦ 抟鹏：盘旋在高空的鹏鸟。喻有大志者。

⑧ 菽庄花园：该岛十大别墅之首，世界文化遗产的核心要素之一，是台湾富商厦门名绅林尔嘉的私人别墅，以他的字"叔臧"谐音命名花园。1955年，园主之亲属将此园献给国家。

⑨ 日光岩在庄园后，可为借景屏障。

⑩ 全园分为藏海园、补山园两大部分，有建筑及山石花卉。

⑪ 园内有水榭"壬秋阁"。真率（菱形）、渡月（半月形）、千波（正方形）、招凉（折扇形）四亭各式。卌四桥：园主44岁时所建乃名。支海：桥架于海滨水上。补山园：因日占台湾岛，林家不甘愿台湾被占而迁居厦门。隐含"山河破碎，亟待修补"之意。骈园双岛：林尔嘉（陈尔嘉过继给林家后改姓）之父陈胜元在台湾淡水建有板桥花园，两园格局约同。十二洞天：园中大型垒石连环洞景名。

⑫ 胡友义（1936—2013）：澳大利亚籍华人，鼓浪屿出生的著名"钢琴人"，毕生收藏钢琴、风琴百余架，倾家荡产建钢琴博物馆（在菽庄花园院内），乃中国首个钢琴、风琴博物馆的缔造者。进：意为七十，藏有七十架钢琴。惊瞻：惊讶仰慕。

⑬ 毓：生育，养育。后引申为孕育、产生。毓园为纪念妇科医学家林巧稚（1901—1983）女士。1955年林巧稚当选为中国科学院学部委员（院士）。她忠于事业，终身未婚生子。

⑭ 六十年：有64年履职妇科。荣瘁：盛衰。意至逝世方休。悯仁：怜悯关怀。

⑮ 研括：研考总括。殚技：竭尽技能。桃李：林教授任教一生学生众多。诲谆：谆谆教诲的话。

⑯ 圆洲仔：鼓浪屿的别名。小妞：林巧稚出生于鼓浪屿岛。全国政协原副主席康克清："林巧稚是中国妇女界杰出的代表，她的成就是中国妇女的骄傲"。

⑰ 八卦楼：原主人为台湾板桥林本源家族的第三房林鹤寿。收藏大师胡友义现改为风琴博览馆。

⑱ 精瞻：精深丰富。宋•范仲淹《乞召还王洙及就迁职任事札子》："文词

上　钢琴博物馆　（余晓灵　摄）
下　室内图　（来自全景视觉网）

精赡，学术通博。"

⑲ 管风琴（气鸣式键盘乐器），欧洲历史悠久之大型乐器。音洪大，气雄伟，音色优庄，能奏和声，誉乐器之王，主用于西方教堂奏乐。宏琏：壮丽。南朝·萧统《文选·何晏·景福殿赋》："既栉比而攒集，又宏琏以丰敞。" 李周翰·注："宏，大；琏，美。"

⑳ 秦朝的笙属于簧片乐器族内的吹孔簧鸣类，是现存世上诸簧片乐器的鼻祖。并对西洋乐器的发展起过积极作用。

㉑ 海天堂构：共五栋别墅，菲律宾华侨黄秀烺购而改建，为中西合璧的经典建筑群。中主楼为中式，两厢及后院为欧式。风格在鼓浪屿独一无二，是世界文化遗产。

㉒ 雀替：放在柱上端与柱共承上部压力的物件，可减梁、枋的跨距。

㉓ 厅八角藻井之下，有一尊高大的观音菩萨雕像站于叠莲座。

㉔ 三一堂，由厦门基督教中的"新街、竹树、厦港"三个堂会的信徒组合命名而建的教堂。

㉕ 皓月园专为纪念郑成功而建。忠孝伯：郑成功本名森，南明第二位皇帝隆武帝朱聿键，赐明朝国姓"朱"，赐名成功，并封忠孝伯，世称"郑国姓"。

㉖ 台湾人誉称郑成功为"开台圣王"。

㉗ 在1985年厦门市在鼓浪屿海边的覆鼎岩上，竖有郑成功巨型花岗岩雕像，像高15.7米。

鼓浪屿·"三一堂"欧风宗教建筑　（来自汇图网）

三十七、良渚古城遗址赋

（一）良渚古城遗址概况

遗产名称：良渚古城遗址 Archaeological Ruins of Liangzhu City
入选时间：2019 年
遴选依据：文化遗产（ⅲ）（ⅳ）
地理位置：浙江省杭州市余杭区瓶窑镇、良渚街道，湖州市德清县三合乡
遗产编号：1592

良渚古城遗址（公元前 3300 年—前 2300 年）位于中国东南沿海长江三角洲，向人们展示了新石器时代晚期一个以稻作农业为支撑、具有统一信仰的早期区域性国家。该遗址由 4 个部分组成：瑶山遗址区、谷口高坝区、平原低坝区和城址区。通过大型土质建筑、城市规划、水利系统以及不同墓葬形式所体现的社会等级制度，这些遗址成为早期城市文明的杰出范例。

良渚古城遗址填补了《世界遗产名录》中亚地区新石器时代城市考古遗址的空缺。

（二）世界遗产委员会评价

良渚古城遗址在空间形制上展现出的向心式三重结构——宫殿区、内城与外城，成为中国古代城市规划中进行社会等级"秩序"建设、凸显权力中心象征的典型手法，揭示出长江流域早期国家的城市文明所创造的"藏礼于器"和"湿地营城"的规划特征，以及作为城市水资源管理工程的城址外围水利系统，在工程的选址、规模、设计与建造技术方面展现出世界同期罕见的科技水平，展现了 5000 年前中华文明、乃至东亚地区史前稻作文明发展的极高成就，在人类文明发展史上堪称早期城市文明的杰出范例，符合世界文化遗产标准。

Evaluation by the World Heritage Committee

The three-fold centripetal structure of the Liangzhu ancient city site, namely the palace area, the inner city and the outer city, has become a typical method of building social hierarchical "order" in ancient Chinese urban planning and highlighting the symbol of power center, revealing the planning characteristics of "Tibetan ritual in vessel" and "wetland camp city" created by the urban civilization of the early country in the Yangtze River Basin. As well as the peripheral water conservancy system of the urban water resources management project, it shows a rare level of science and technology in the world in terms of site selection, scale, design and construction technology, and shows the extremely high achievements of the development of Chinese civilization and even prehistoric rice cultivation civilization in East Asia 5,000 years ago, which can be called an outstanding example of early urban civilization in the history of human civilization development and meets the standards of world cultural heritage.

良渚古城遗址　　（美篇号3361640红原摄）

良渚古城遗址符合以下世界遗产价值标准：

标准（ⅲ）：良渚古城遗址是良渚文化的权力和信仰中心，是新石器时代晚期中国长江流域下游一带出现的早期区域性国家的杰出见证，这里以稻作农业为经济支撑，并出现了明显社会分化和统一的信仰体系。该遗产为中国和该地区新石器时代晚期和青铜器时代早期的文化认同、社会和政治组织、以及社会文化发展状况提供了独一无二的证据。

标准（ⅳ）：良渚古城遗址阐明了从小规模新石器社会向具有明显社会分化、礼制和工艺相结合的大规模统一的政治社会的过渡。这反映在以下杰出的例证中：陶制遗迹、城市和景观规划反映了早期城市化特征；遗产现存墓葬等级体系反映了社会分化现象；对空间的组织安排和权力的物质化反映了社会－文化策略。该遗产代表了5000多年以前中国史前稻作农业文明所取得的伟大成就，也是早期城市化文明的杰出代表。

（三）良渚古城遗址赋

若夫杭州良渚，遗址古城①。黄土荒荆，北靠丘陵莽宕；沼泥厚掩，南滨水网台町②。溪抱山环，周港高墙以骈护；水通陆守，内城宫殿套邻城③。嗟乎！良渚遗址，掩藏皕代；横空出世，石破天惊④。仓储坊殿皇陵，显凸其城貌；墙础高台水坝，疑似其国形⑤？琮璧玉陶，埋遥夕之故事；"木舟""碳谷"，纪耕垄之风情⑥。五千年历史，文化趋文明⑦！

莫不惊工艺生活：玉质者，钺、璧、琮、镯、坠、管、璜，纺轮织具；工艺者，切、磨、镂、刻、胎、劈、绘、割钻圆雕⑧。男事墙屋而覆草，女工米果而烹调⑨。集会磋商，祭祀于高台大殿；采收制作，辛劳于作坊乡郊。文物琳琅满目，精当物品丰饶：龟鸟鱼蝉，造型动物；木竹角骨，漆器石陶⑩。锥、柱、叉、冠，三角石犁；珠、瓶、环、柄，半月形刀⑪。良渚最大玉琮，琢磨刻钻；世界首片丝绸，后织先缫⑫。

尤赞其水利系统：借山水之丰，供庶民之用；开宽渠为道，便木舟之迤⑬。拦谷口垒高坝，沿山脚以长堤。处平原而矮筑，浇水稻以田畦。环水堑之周城，船通六道；留陆原之旱路，丁护一门⑭。稻作犁耕，闸口池缺田埂；组合水利，河堤港坝沟渠⑮。挡洪排涝，掩土浚淤。欠津丰储，稻业畜殖。湿地水城环境，罕见杰出范例。世界最早水坝系统，标肇中国组合水利⑯！

良渚古城遗址高台区模型　　（美篇号3361640红原摄）

细究其图腾文化：礼器神徽，猛威形象；王权神授，显赫魁雄。天圆地方，蕴原始宇宙之观念；外方内圆，创良渚筒形之玉琮⑰。圆孔片身薄刃，斧形玉钺；兽面神人纹饰，王权威荣⑱。神鸟人面，族徽精妍。神人居上，头戴羽冠。鸟驮兽面，牙獠眼圆。人兽复纹，主导显要；合纹鸟兽，或简或繁。

良渚威权，绵延千年[19]……利淤土之翻松，弃单锹铲耜；播宜秧之水稻，续三尖石犁[20]。磨石刻玉烧陶，阶升技艺；煮米养猪采果，兼杂温食。表意象形，七百余刻画符号；形词文化，尚属之原始文字。精神夫物质，文化尤瑰琦。

考羡其阶级国家体制：垒逾丈之垣墙，草裹泥土；筑巨型之台址，土覆砂石[21]。城郊分块，功能布局。舍屋坊殿，墓室港区。遗址整完，保城墙之宽厚；殿基高大，享四野之瞻依[22]。瞭望视察，居高防涝；御外安内，谋划组织。派遣人丁，规范落实。应季收播，通神礼器。祈福顺天，葬丧祭祀。有别贵庶，乃分阶级。尤以之兴修水利，其工程尤浩繁；建管城国，实工种当精细[23]。由是财富非平均适配，社会之分化加剧。出露其端倪，宗法乎政治。

噫嘻！权威性之神权天授，号令统一；区域性之国家形态，已臻早期。长江之下游，衍环太湖区；权力与信仰，此中心之极。荣荣良渚社会，赫赫盛极一时！赣粤鲁苏，播蕃之南、北；太湖江淮，影响其东、西。

嗟乎！曾引领其千年，突消失于罔知。当代惊现，发掘于斯[24]。中华第一国城，盛名赋颂其实。

注

① 中国"良渚文化"以浙江省杭州市余杭区良渚街道发掘点命名。

② 莽宕（mǎng dàng）：广阔貌。町（tīng）：田间小道。

③ 已经发掘区分为外城、内城、宫殿三个区。

④ 佰（bì）：二百。经过碳十四法测算，良渚古城遗址距今5300—4700年，按每25年一代人计算，距今200代。

⑤ 城址郊北至西面有庞大的11条人工坝体和天然山体、溢洪道构成的大型水利系统，水库面积约13平方公里，需国家级的指挥管理系统能力。

⑥ 遥夕：长夜。木舟碳谷：此区出土有长5米的独木舟、众多碳化的稻谷粒。

⑦ 此区尚未发现文字，只能说是趋于文明。世界遗产委员会给出的结论只是："印证了长江流域对中国文明起源的杰出贡献"，"良渚文化"要真正成为"良渚文明"，还必须加快释读那些"目前尚不能释读"的"原始文字"。

⑧ 劈：制独木舟的内仓，采用劈法。其出土玉器7000件，种类之多、打磨之精在中国新石器时代首屈一指，呈现出多样化、专业化与规范化特征。

⑨ 覆草：当时只有茅苇草类覆盖屋顶。

⑩ 出土有圆雕的鸟、龟、鱼、蝉等动物形玉器。陶器以黑陶为主。骨针眼很细，如今之涤纶线才可穿过。

⑪ 三角：三角形石犁片。在良渚文化中，玉璜是一种礼仪性的挂饰，体扁薄，呈半圆形，直边中部凹雕一兽面，双眼为重环形，供巫师使用。

⑫ 该玉琮重6.5公斤，高8.9厘米，上口径达17.6厘米，是已发现的良渚玉琮中最大、最重、做工最精美者，被誉为"玉琮王"。

⑬ 木舟：出土有独木舟。

⑭ 河水环城一周，六道水门，一道旱门。

⑮ 田埂：在深厚的淤泥之下，发掘出了稻田埂。

⑯ 此区发掘的世界同期罕见的大型水利及互为关联、独具特色的水城规划与建造技术规模，是世界最早的水坝及水利系统。

⑰ 天圆地方，是中华原始宇宙观，以"外方内圆"的筒形玉琮来表现。

⑱ 象征军权的斧形玉钺（yuè）上，刻有精致细线的神人兽面纹饰，表达王权的威荣。

⑲ 良渚文化绵延千年后就突然消失了，至今是个迷。

⑳ 用三尖形石犁，可连续犁田地，比一锹一铲一耜翻地大大提高了效率。耜（sì）：套在单柄上的主要铲土部件，形若今之铁锹用以翻土。

㉑ 束状"草裹泥"构件，当作筑城的"泥砖"，以增加韧性。巨型高台面积超过30万平方米，确认是人工堆积的大土台。土层最厚处达10米，工程之浩大，世所罕见。

㉒ 瞻依：瞻仰依恃。表示对尊长的敬意。

㉓ 建管：建立与管理。古城面积达8平方公里，国尤庞大。西亚的苏美尔人的乌尔古城只0.6平方公里。

㉔ 当代：良渚古城遗址发现于民国二十五年（1936）。2007年，良渚古城被发现。2010年，外城得初步确认。2015年，浙江省文物考古研究所发现和确认古城外围的大型水利系统。

左　出土文物·象征神圣权力的玉琮　（来自全景视觉网）
右　出土玉器上的神文　（来自百度图片网　佚名）
下　出土文物　（来自百度图片网　佚名）

三十八、泉州：宋元中国的世界海洋商贸中心赋

（一）泉州：宋元中国的世界海洋商贸中心概况

遗产名称：泉州：宋元中国的世界海洋商贸中心 Quanzhou: Emporium of the World in Song-Yuan China

入选时间：2021 年

遴选依据：文化遗产（iv）

地理位置：福建省泉州市

遗产编号：1561

该遗址群体现了泉州在宋元时期（10—14 世纪）作为世界海洋商贸中心的活力，及其与中国腹地的紧密联系。泉州在亚洲海运贸易的这个重要时期蓬勃发展。遗产地包括多座宗教建筑，如始建于 11 世纪的清净寺（中国最早的伊斯兰建筑之一）、伊斯兰教圣墓；以及大量考古遗迹，如行政建筑、具有重要商贸和防御意义的石码头、制瓷和冶铁生产遗址、城市交通网道的构成元素、古桥、宝塔和碑文。在公元 10—14 世纪的阿拉伯和西方文献中，泉州被称为刺桐。该遗产地还包括一座保留了部分原貌的元代寺庙，以及世界上仅存的摩尼石像。摩尼是摩尼教（又称琐罗亚斯德教）的创始人，该教约于公元 6—7 世纪传入中国。

作者考察泉州·清源山·老子雕像　（自摄）

（二）世界遗产委员会评价

《宋元中国的世界海洋商贸中心》通过其组成部分，突出地展示了在10—14世纪亚洲海上贸易的高度繁荣时期，泉州地域一体化结构和关键的制度、交通、生产、市场和社会文化因素使它成为一个全球级的重要商业中心，体现了泉州对东亚和东南亚经济文化发展的巨大贡献。

Evaluation by the World Heritage Committee

Through its components, The World Maritime Trade Center of Song and Yuan China highlights Quanzhou's regional integration structure and key institutional, transportation, production, market and socio-cultural factors during the high prosperity of Asian maritime trade in the 10th-14th centuries AD, reflecting Quanzhou's great contribution to the economic and cultural development of East and Southeast Asia.

泉州：宋元中国的世界海洋商贸中心符合以下世界遗产价值标准：

标准(iv)：泉州：宋元中国的世界海洋商贸中心，通过其各遗产构成，突出地反应了泉州地域一体化结构和主要的制度、交通、生产、经营和社会文化因素。在10—14世纪亚洲海上贸易的高度繁荣时期，它逐渐发展成为一个全球性的商贸中心和重要的商业枢纽。这一遗产地展示了泉州对东亚和东南亚经济文化发展做出的巨大贡献。

（三）泉州：宋元中国的世界海洋商贸中心赋

乃闻北宋重商贸，南宋实甚尤。"行在""临安"之沐衍，海商兴旺于泉州①。昔陆贸颓竭，时海路方猷。军民平战，商戍兼筹。乃励农商并重，商街坊市合揉。寡骏骁而兵缓，组群舰而军优。其木船庞大：卅丈单艘，六桅大帆十二；千人四甲，百货精品一流。勺柄针盘，善"司南"而准向；风帆麻索，驶巨舸之层艛②。敦海贸兴辅：促手工业勃臻，民航西海；振两朝之经济，互利双优③。东亚南洋，达非洲波斯半岛；北帆西贸，抵宋瓷海运丝绸。

其南宋者，北方经济，中心南移。"南外宗正司"，迁数百之子弟；司"赵皇族"事，慕舶税之膏腴④。俸食宗子之养廉，奢玩宗学之养士；传绘染绣之织技，尚绢罗锦而纱衣⑤。州"太守"倡控，"市舶司"管职。促海外贸易，滋银两其支⑥。冬出南，夏返北；海季风，船借利。据典官规，祈信风之达顺；皇族贵胄，佑航安而无虞。祷海神而庇佑，祀"通远王"祖祠⑦。设祭祀坛，陈猪酒羊糕其果；读"祈风文"，奉高香迎神之曲。乃行岁祀祈风之礼，遂于"九日山"壁勒石⑧。读千年之外贸史，谒遗址于市舶司。

若夫"德济门"遗址，密砌条石坚础；城垣河外护，古墙壕盖瓮城。气势恢宏，构结完整；守援启闭，备善功能。考碑刻之字图：犹太、基督、印度、伊斯兰，分崇贞教。藏出土之文物：官砖、石柱、古炮、抱鼓石、海交筑城。"天后宫"奉妈祖海神，佑安达之人货；真武庙祀真武大帝，保海贸之泽宁⑨。于是乎经济繁荣，规模宏大；官绅僧教，文化多元。"开元寺"供五方佛像，密宗轨制；仁寿、镇国两座石塔，千载依然⑩。百柱殿、藏经阁、甘露坛、弘一学苑；大藏经、法华经、贝叶经，国珍佛典⑪。草庵摩尼光佛造像，世界仅存；老君岩石像雕老子，千年犹健。伊斯兰双贤眠圣墓，虔诚传教；穆斯林礼拜清净寺，商住繁衍⑫。尊文庙之孔公，儒学德道；慰学宫之才俊，昌教精英。镇海防之安固，通物流之畅行。殊珍乎历史价值技法，见证其科学艺术勃兴⑬！

上　泉州·九日山亭子
（余晓灵　摄）

下　官方祭风纪要·九日山石刻
（余晓灵　摄）

　　尔其"磁灶"多山窑址，外销专美陶瓷。青瓷夫釉下之彩，绿釉乎酱黑之器⑭。分工技法精熟，东南西洋驰誉。"德化"窑址，千年记忆。四座空窑，跨宋元明清朝代；一煌千载，如冻玉象牙凝脂。祭林炳"窑坊公"窑神，赞老翁"单金对"护址⑮。呜呼哀哉，沉若九百年矣！海捞出"南海一号"，"中国白"再闻于世⑯。手工业珍贵见证，"下草埔"冶铁遗址。采铸倡民间营法，炼铁焦煤；技能实高过西邦，外向经济。怀贸易输出之记忆，证雄强产业之能力。

　　"六胜""万寿"乃同塔，地标商船方安抵⑰。洛阳、安平，跨海交通之石桥；石湖、江口，水陆码头之体系。百丈颀长，顺济桥之遗址；石梁平顺，干砌船墩搭砌⑱。置桥头堡之戟门，昼开夜闭；遇警扰袭而起吊，兵御寇敌。扼守海通，护阖商旅；"雄镇天南"，精神托寄⑲。厚重明晰，廿二名古迹遗址；惊涛浪骇，一万里海路崎岖。

嗟乎！士农工商，官民绅企。因誉泉山一泉之州，时发诸路七省之力[20]。多元社群，建海上丝绸之路；陆海网络，利商舶货物云集。世界海洋商贸中心，泉州宋元中国，千年记忆……

注

① 临安：今杭州，南宋首都。宋建炎三年（1129 年）南宋朝廷感念吴越国王钱镠之孙钱弘俶"纳土归宋"的历史贡献，以其故里"临安"为府名升杭州为"临安府"。行在：1138 年宋金两国和议，定临安府为"行在所"。"行在所"指天子所在的地方。1138 年，南宋临安府为"行在所"，成为南宋政治经济文化中心长达 141 年。海商：海上贸易。

② 司南：是中国汉代或更早发明的指南器，刻盘承勺形天然磁石辨方向。针盘：晋代改勺石为磁针，南宋时出现带针的旱罗盘，指导航海。

③ 两朝：南宋及元朝。

④ 南外宗正司：南宋管理迁居泉州的赵宋皇族群体的机构。

⑤ 技：赵皇族带来中原的技术。尚：时尚。皇族奢靡的消费风习。

泉州开元寺塔　　（来自全景视觉网）

⑥ 市舶司：唐朝起延续的在各海港设立的管海上对外贸易的官府，相当于海关。

⑦ 通远王：南宋官方力倡的海神"通远王"。

⑧ 岁祀：官方每年一次的祈风仪式。九日山：祈风仪式后纪刻其岩的山名。

⑨ 元朝入主后，倡奉海神"妈祖"，亦称"天后"，俗称海神娘娘，是传说中掌管海上航运的女神。全世界 45 个国家和地区有万座妈祖庙，信众 3 亿人。真武大帝：为道教贵尊的玉京尊神，是汉族神话传说中的北方之神。据阴阳五行，北方属水，故祀为水神。

⑩ 五方佛：供奉于开元寺中央的毗卢遮那佛（大日如来）、东方阿閦（chù）佛（不动如来）、西方阿弥陀佛、南方宝生佛、北方不空成就佛。唐时二塔为砖制，南宋改石材，形制大略同，镇国塔高 48.24 米，工艺精湛。

⑪ 该寺有 86 根巨型石柱支撑的大雄殿，号称百柱殿。甘露坛：甘露戒坛。中国现存最完好的佛教古戒坛。其八角圆形藻井，结构复杂而精巧。弘一学苑：近代高僧弘一法师亲著编《佛学丛刊》四册典籍的讲学之处。他在泉州间断驻锡雪峰寺、开元寺、承天寺、清源洞、草庵、净峰寺等数十座寺院长达 14 年之久并圆寂于此州。

⑫ 双贤：穆罕默德之高徒 4 人到华，三贤沙仕谒、四贤我高仕到泉州传教及制服鳄鱼灾害，卒葬于此圣墓。繁衍：今泉州本地姓丁、郭的市民，多是穆斯林后裔。元朝时泉州人一半是穆斯林后裔。

泉州·天后宫与德济门城墙遗址　　（来自全景视觉网）

⑬ 勃兴：包括南宋及元朝以来至今的海贸综合治理。

⑭ 青瓷、釉下彩、绿釉、酱黑都是宋瓷著名的特色。

⑮ 林炳：相传北宋时德化人林炳试建大窑终成。后人奉为"窑坊公"窑神。单金对：当代人单金对，六十年始终呵护宋元窑遗址。

⑯ 南海一号：2007年8月打捞出水的南宋沉船"南海一号"上，不少瓷器产自德化。中国白：泉州市的德化窑是古代著名民窑之一，以烧色如凝脂的"象牙白"瓷著称。流传到欧洲后，法国人称为"中国白"。

⑰ 六胜塔又名万寿塔。

⑱ 顺济桥遗址：是泉州古城与晋江岸的陆运节点。

⑲ 护阖：守门。顺济桥南端桥堡上曾经勒有"雄镇天南"四字，今已不存。

⑳ 泉州的主山是北郊的清源山，因有泉水流出故名"清源"，亦名"泉山"。诸路：指南宋辖区的南浙东路、江南西路等十余路。七省：元朝设置的中元、甘肃、江浙、湖广等七个行省。

三十九、普洱景迈山古茶林文化景观赋

（一）景迈山古茶林文化景观概况

遗产名称：普洱景迈山古茶林文化景观 Jingmai Mountain ancient tea forest cultural landscape
入选时间：2023 年
遴选依据：文化遗产（iii）（v）
地理位置：云南省普洱市
遗产编号：1576

普洱景迈山古茶林文化景观位于云南省普洱市澜沧拉祜族自治县惠民镇，地处北纬 22°、东经 100°，平均海拔 1400 米左右，雨量充沛、云雾多、湿度大，年平均雾天 140 天，土层深厚、质地疏松、酸度适宜，这里是茶树生长的乐园。

推荐序作者考察云南普洱景迈山景区　（岳庆平 自摄）

自10世纪以来，布朗族先民发现和认识野生茶树，利用森林生态系统，与傣族等世居民族一起，探索出"林下茶"种植技术，历经千年的保护与发展，形成林茶共生、人地和谐的独特文化景观。该文化景观是保存最完整、内涵最丰富的人工栽培古茶林典型代表，由5片古茶林，9个布朗族、傣族村寨以及3片分隔防护林共同构成，至今仍保持着蓬勃生命力，是我国农耕文明的智慧结晶，是人与自然良性互动和可持续发展的典范。

作为全球首个茶主题世界文化遗产，普洱景迈山古茶林文化景观填补了全球茶叶世界文化遗产的空白，同时向世人有力地展现我国农耕文明的智慧结晶，以及茶文化、茶产业的保护、传承和发展。

（二）世界遗产委员会评价

景迈山古茶林文化景观反映了传统茶祖信仰基础之上，政府管理与基层自治相结合，形成独特的古茶林保护管理体系。这一体系充分尊重了当地气候条件、地形特征和动植物种群，实现了对文化和生物多样性的保护和自然资源的可持续利用，展现了山地环境下布朗族、傣族等世居民族人民，对自然资源互补性利用的独创传统，而遗产构成要素中的村寨与传统民居建筑在选址、格局和建筑风格方面，也体现了对生态环境的认识和利用。

普洱景迈山茶祖庙 （岳庆平 摄）

Evaluation by the World Heritage Committee

The cultural landscape of ancient tea forest in Jingmai Mountain reflects thetraditional belief of tea ancestors, and the combination of government management andgrassroots autonomy forms a unique ancient tea forest protection management system. This system fully respects local climatic conditions, topographical features and flora andfauna populations, and achieves the conservation of cultural and biological diversity andthe sustainable use of natural resources.It shows the original tradition of the Brown, Daiand other ethnic peoples in the mountainous environment of complementary use ofnatural resources, while the villages and traditional residential buildings in the heritagecomponents also reflect the understanding and utilization of the ecological environmentin terms of site selection, pattern and architectural style.

景迈山古茶林文化景观符合以下世界遗产价值标准：

标准ⅲ：能为延续至今的或已消逝的文明或文化传统提供独特的或至少是特殊的见证。

标准ⅴ：是传统人类聚居、土地使用或海洋开发的杰出范例，代表一种或几种文化或者人类与环境的相互作用，特别是由于不可扭转的变化的影响而脆弱易损。

（三）普洱景迈山古茶林文化景观赋

骈赋

以"赤县古茶，传承千载"为韵

喜闻中国"普洱景迈山古茶林文化景观"，荣膺世界文化遗产！溯千年之接力，颂精细夫管理。世界三大饮料，中华一茶鼎立。此乃茶文化主题，世界之首例。赞景迈山古茶林，天人合一；补全球茶饮空白，横空惊世[1]！乃有彩云之南，边陲壤赤[2]。实温暖和宜，秀滇南绚质[3]。承西戎人氏之繁衍，沐澜沧江流之水汽。衍殷周属百濮之族，溯夏商纪梁州之域。源自上古，濮族遗裔。其时惟唐代，后属国大理[4]。民于缅甸佤邦，族自西北瑞丽[5]。邂逅林海，羡茶驻足于景迈；狩猎采摘，搭寨栽培而营制。

乃颂福浓红土，丰泽热力倾情；膏腴绿乡，润雨密林名县。秦取蜀后，方有茶饮。巴蜀东瀛，乃臻习范[6]。大唐茶圣，古今独冠。陆羽《茶经》，论善精湛[7]。千年砥砺，伐榛莽于山峦；两族耕耘，植茗柯于林苑[8]。中华八雅，琴棋书画，诗酒花茶；禅茶一味，说唱吃用，文化道典[9]。不唯煎煮之术：兼叶、水、火、具、境、修、礼、式、料、情；但品玉华之享：宜沏、赏、闻、饮、和、静、精、行、德、俭[10]。

有悉岁月悠悠，香茗郁馥。树诞逾六千万年，溯肇夫六千岁古[11]。神农遍尝百草，茶以解毒；布朗族尊祖先，茶替财畜[12]。野生之茶，西南滇一省普迈标独；栽培之茶，树龄逾百年方可称古。千秋冬夏，寿五百岁高年；独冠全球，存百万株古树[13]。靠森林滋养护防，茶套疏林；植香樟治理病虫，叶肥根土。森林带中老寨田，枝数百年；乔木林下古茶林，近两万亩。乔、灌、草，原生态和谐相生；土、水、肥，存完整精耕配伍[14]。噫！两族世居之民，卅代茶农，一心奉献经营[15]；五片古茶之林，九个村寨，三带分隔林护。

若乃世界三大之饮料：非洲促兴奋之可可，拉美蕴浪漫之咖啡，亚洲捧婉和之香茶。茗解腥荤热腻，贸易盐马腊茶[16]。茶马古道，远通滇藏身毒；繁荣边贸，古来互市俱佳[17]。布朗族人，庆"山康茶祖之节"；茶神信仰，蒸祈福糯米之粑[18]。聚茶祖庙，祭茶祖神灵验；唤茶魂到，愿吉祥佑千家。饮茶思源，"帕岩冷"智慧先祖；除旧迎新，古枝发嫩绿春芽[19]。

不唯敬茶如神，业茶以传。林生西南，乃呼嘉木；布朗、傣族，顶礼千年。守质真，品誉馥甘[20]。一言九鼎，敬畏自然。噫！精耕细作，科学策援。种植、管理、技术、采优、制程、质量、品味、食用，茶之环链；伦理、生态、售卖、公买、收集、散发、智慧、诚信，茶业世传。

盛赞之人地和谐，林茶共生；敬畏神山，薪火传承。膜拜树王，敬茶神灵。出平面而化垂直，究生态而避失衡：山共林、林生茶、茶绕村，村隔林、林掩茶、茶丰盈。免化肥、无农药、纯天然，友生物、性多样、互无凌。土壤肥、水分足、气候宜，政扶持、村自治、法制衡。林间开垦，林下种植；生链自繁，有机驰名。一片神奇之叶，清馨独特回萦。惠及后世，千年赋能。嗟乎！卓越之生态智慧，朴素之生态伦理；执着之景迈人民，荣耀之古茶贡茗。

尤羡其世代耕耘，岁秋纪干。驻山守护，爱茶敬天。友竹架木，房称干栏。生态产业，茶、人、林缘。布朗、傣、汉，民族团结共建；时代进步，竹房有换瓦砖[21]。林茶楼寨鲜活，手机汽车；营茶产业兴隆，全球递传。年产五十万吨，远销卅国地区；种、采、制、饮、营、文，时尚5G物联。节庆起居婚丧，生活滋润；歌舞美食恬淡，古寨新颜。全国文保，建筑石刻古墓；悉心保护，仪式遗址茶园……煌煌焕焕，凡建筑，盖三百二十一座也！唯祭茶祖茶树之王，未曾懈怠；兴待全球旅客其游，文化播传。

况醉尔恩恩爱爱，相伴千载。皋芦形香饼满月，茗甘全球；甘露润人间春潮，云华景迈[22]。卅一万其昼夜，九寨炊烟；五千人之情怀，一无倦怠[23]。"三值千秋"，世守清和香茗饮；一芽二叶，季攀古树兰指采[24]。香叶玉食，景迈普洱瑞草魁；蟹爪缓伸，甘露味灵芽布朗菜[25]。森木翠芽悠古，云雪高原；小园薄饼清香，苍山生态。秦观咏茶诗曰："茶实嘉木英，其香乃天育"[26]。景迈九寨人云：茶道茶神灵，茶王茶祖在。噫吁嚱！法以在天然，茶已化文脉。薪火相传，天佑布、傣。人茶共生，福泽万代！欣然以赋。

注

① 在2023年9月17日，"普洱景迈山古茶林文化景观"入选全球首家茶主题文化世界遗产名录。中国人民既最早发现并利用了茶树，又有世界上最多的茶叶品种。各地的栽茶技艺、制茶技术、饮茶习惯等均源于中国。

② 赤：云南多为红色土。

③ 绚质：华丽的本质。明·陆时雍《诗镜总论》："虽卸华谢彩，而绚质犹存。"

④ 大理国（937—1094）：是中国历史上在西南一带建立的多民族政权。定都羊苴咩城（今云南大理），国号"大理"。斯时，布朗族先民始逐渐迁徙至景迈山。

⑤ 今景迈山布朗族来自滇西南瑞丽，部分村民来自缅甸佤邦。

⑥ 东瀛：日本国。日本是世界上饮茶最普遍的国度之一。

⑦ 中国唐代茶学家陆羽（约733—约804），名疾，字鸿渐，复州竟陵（今湖北天门）人，世誉茶圣。陆羽历时二十六年著成世界首部茶的学术著作《茶经》。

⑧ 两族：布朗、傣族。茗柯：茶的别称。

⑨ 中国是茶道首创国。日本茶道源于中国，它在日本是一种仪式化的、为客人奉茶之事，原称为"茶汤"。和其他东亚茶仪式一样，均是一种以品茶为主而发展出的特殊文化。在"日常茶饭事"的基础上发展起来，它将日常生活行为与宗教、哲学、伦理和美学熔为一炉，成为一门综合性的文化艺术活动。

⑩ 中国茶道讲究"茶叶、茶水、火候、茶具、环境"五境之美。修养、礼节、程式、情谊、可有添料。"和、静、淡、真"；"精、行、俭、德"是茶道之要义。玉华：茶叶的雅称。陆游试茶诗云："苍爪初惊鹰脱鞲，得汤已见玉花浮；睡魔何止避三舍，欢伯直知输一筹。"

⑪ 茶树所属的山茶科山茶属植物起源于上白垩纪至新生代第三纪，距今逾6600万年前，野生种遍见于中国长江以南各省山区。人工栽培古茶树遗存出土于余姚田螺山遗址中，该遗存处于六、七千年前的地层中，遗存物体是二十来株仅剩根部及短杆的古茶树。

上　普洱景迈山的古茶树　（岳庆平摄）
下　普洱景迈山古茶林文化景观　（岳庆平摄）

⑫ 神农：发明农具以木制耒耜，教民稼穑饲养、制陶纺织及使用火，以火德称氏，故为炎帝，尊号神农，并被后世尊为中国农业之神。他尝百草中毒之后，以荼（chá）解读。荼："茶"的古字。相传布朗族祖先"帕岩冷"种植茶，临终前给后代留下遗训："留下金银财宝终有用完之时，留下牛马牲畜也终有死亡之时，唯有留下这茶园和茶树给你们，方可让子孙后代有吃有穿。"

⑬ 景迈山古茶林的茶树龄最高的有 500-600 岁了，仍然健在。

⑭ 景迈山林下诸小片古茶林特点是茶园与森林实现了乔、灌、草和谐相生的优良生态环境。肥：落下的树叶最终成为茶树的天然有机肥料。

⑮ 东汉·许慎《说文解字》："世，三十年为一世"。

⑯ 腊茶：布朗族《祖先歌》中，把野生茶"得责"经人工栽培后的茶叫做"腊"，为后来的傣族、基诺族、哈尼族伲人、卡多人所借用，均称茶为"腊"。

⑰ 身毒（shēn dú）：古代对天竺的音译，始见于《史记》，为中国对印度的最早译名。

⑱ "山康茶祖之节"是布朗族人祭祀先祖的信仰茶神的原始宗教的传统节日，其重要性如汉族的春节。

⑲ "帕岩冷"——布朗族的祖先：见本篇注释⑫。

⑳ 甘：景迈山普洱古茶树得天然森林养护，茶汤回味甘馥。

㉑ 景迈山九个民族寨原有众多竹木干栏式建筑，现在作为古建筑文物加以保护。也有少数换成了砖瓦和混凝土楼房。

㉒ 皋芦、甘露、云华：均为茶的雅称。唐·皮日休《吴中苦雨因书一百韵寄鲁望》："十分煎皋卢，半榻挽醽醁（líng lù）"。唐代陆羽《茶经·七之事·引宋录》："新安王子鸾、豫章王子尚，诣昙济道人于八公山；道人设茶茗，子尚味之曰：此甘露也，何言茶茗"。唐·皮日休《寒日书斋即事诗》："深夜数瓯唯柏叶，清晨一器是云华"，是指高山多云雾，代指茶。景迈：景迈山林海茂密，故多云雾。

㉓ 卌一万：自10世纪起至今，布朗族人迁来景迈山已经约41万个日夜。

㉔ "三值"：即"三大价值"。北京大学世界遗产研究中心主任陈耀华总结的云南"古茶树作为稀缺资源，具有独特价值：一是资源价值。支撑着中国乃至世界茶产业的种子保障。二是文化价值。云南丰富的野生茶树资源，是中国作为世界茶树原产地的证据；古茶树资源中人工栽培的古茶树，是中国发现并利用茶的证据。三是生态价值。云南的古茶园是在森林中种植茶树，形成了稳定平衡的生态系统。"

清和：茶文化之精髓。"清"是茶道和禅宗共有的意识。禅宗认为"本心清静"是"物我两忘"的先决条件。茶道中火煎茶水，水火相容且相得益彰。"和"在茶道中是"天地和谐"最朴素之表现。而景迈山林中茶园正是人、茶、林、寨"千年和谐相生"的典范。"一芽二叶"：普洱茶选材的标准。季攀：因古茶林乔木茶树高大，春夏秋三季需"攀古树而采茶"，与灌木状茶园的"站地采"极不相同。兰指采：用大拇指和食指去采摘这"一芽二叶"的茶叶尖，手型若戏剧中的表演手法"兰花指"。

㉕ 香叶、玉食、瑞草魁、灵芽均为茶之雅称。唐代杜牧《题茶山·在宜兴》诗句："山实东吴秀，茶称瑞草魁"。宋·欧阳修《和梅公仪尝建茶》诗句："逗晓灵芽发翠茎"。蟹爪缓伸：大叶茶在杯中形若蟹爪被水慢慢泡开。布朗菜：布朗族有口含"腊"茶、吃酸茶、吃烤茶、煮青竹茶等把茶当菜吃的习俗。

㉖ 宋代秦观《茶》："茶实嘉木英，其香乃天育。芳不愧杜蘅，清堪掩椒菊。"

第二部分 中国·世界自然遗产赋

（十四篇）

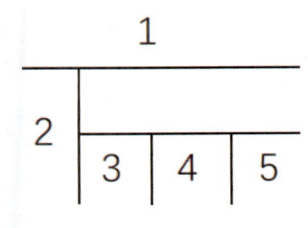

1. 黄（渤）海候鸟栖息地
2. 重庆武隆　喀斯特地貌
3. 武陵源风景区
4. 天山·巴音布鲁克·九曲霞光　九个太阳
5. 三清山　巨蟒出山

一、九寨沟风景名胜区赋

（一）九寨沟风景名胜区概况

遗产名称：九寨沟风景名胜区 Jiuzhaigou Valley Scenic and Historic Interest Area
入选时间：1992 年
遴选依据：自然遗产（ⅶ）
地理位置：四川省阿坝藏族羌族自治州九寨沟县漳扎镇
遗产编号：637

九寨沟是中国第一个以保护自然风景为主要目的的自然保护区。地处青藏高原向四川盆地过渡地带，距离成都市 400 多千米，是一条纵深 50 余千米的山沟谷地，总面积 64297 公顷，森林覆盖率超过 80%。因沟内有树正寨、荷叶寨、则查洼寨等九个藏族村寨坐落在这片高山湖泊群中而得名。

区内长海、剑岩、诺日朗、树正、扎如、黑海六大景观，呈"Y"字形分布。翠海、叠瀑、彩林、雪峰、藏情、蓝冰，被称为九寨沟"六绝"。泉、瀑、河、滩以及 108 个海子，随着周围景色变化和阳光照射角度变化变幻出五彩的颜色，构成一个个的瑶池玉盆。神奇的九寨，被世人誉为"童话世界"，号称"水景之王"。区内有 74 种国家保护珍稀植物，有 18 种国家保护动物，还有丰富的古生物化石，具有极高的科研价值。

作者考察九寨沟　（张　萍摄）

（二）世界遗产委员会评价

九寨沟位于四川省北部，连绵超过72000公顷，曲折狭长的九寨沟山谷海拔4800多米，因而形成了一系列多种森林生态系统。壮丽的景色因一系列狭长的圆锥状喀斯特地貌和壮观的瀑布而更加充满生趣。山谷中现存约140种鸟类，还有许多濒临灭绝的动植物物种，包括大熊猫和四川扭角羚。

Evaluation by the World Heritage Committee

Located in the north of Sichuan Province, Jiuzhaigou stretches for more than 72,000 hectares, and the winding and narrow Jiuzhaigou Valley is more than 4,800 meters above sea level, thus forming a series of various forest ecosystems. The magnificent scenery is enhanced by a series of narrow conical karst formations and spectacular waterfalls. About 140 species of birds are present in the valley, as well as many endangered species of flora and fauna, including giant pandas and Sichuan horned antelope.

九寨沟风景名胜区符合以下世界遗产价值标准：

标准（Ⅶ）：九寨沟是著名的风景名胜与艺术胜境。其众多的湖泊，瀑布和石灰石梯田景观，与吸引人、清澈、富含矿物质的水宛如仙境，在壮观的高寒山区组成一个高度多样化的森林生态系统，展示了非凡的自然美景。

九寨沟·诺日朗瀑布　　（余晓灵 摄）

九寨沟清湖　（来自全景视觉网）

（三）九寨沟风景名胜区赋

骚体赋

　　鸟瞰掠影兮，速写旖旎。翔九天而回眸兮，羡地球之蓝烨。融人类之灵魂兮，悟蓝宝石之浓绮[①]。望世界之屋脊兮，慕巍峨而壮丽。瞰青藏之高原兮，接川西之盆地。属喀斯特之地貌兮，极高寒之世域。誉人间之仙境兮，乃九寨沟之胜地。颂童话之世界兮，藏瑰杰而神秘！若游历其山水兮，必惊艳之奇异。惊九寨六绝之奇妙兮，缀一沟双岔之百里。恨少生之双眼兮，莫尽享其造诣。若美以为皇冠兮，尊皇冠顶珠玉。播天女之撒花兮，坠女娲之彩璧。尤水景之魅仙兮，夸全球之天赐。颂水景之皇王兮，位天下之水帝！

　　翠海透视兮，迷人妩媚。观五彩池之迷人兮，醉斑斓之深邃。惊寒冬而不冻兮，恒雨旱之水位。生水绵夫小蕨兮，伴轮藻依芦苇。色碧蓝而橙红兮，绿橄榄兼蓝蔚。游银鲤之悠闲兮，恰阳光之抚慰。沉枯枝于彩湖兮，育水草之柔美。潜玉虾入深闺兮，化妖娆为惑魅。生缤纷于龙宫兮，实仙乡之珍卉。真奇绝精华之明珠兮，铸神池之声威。犹孔雀开屏之彩尾兮，恰斑斓而韶媚[②]。涵九寨之精髓兮，迷九寨之眼魅。赏九寨水幻奇兮，出九寨不复看水！

　　叠瀑雷鸣兮，奔腾烟云。沐上苍之甘露兮，集水汽之氤氲。垒白絮滴染墨兮，降雪雨赖乌云。依林莽而逐根兮，迁溶岩而幻真。出暗河之潜水兮，宽百丈而跃分。飞赤岩悬冰挂兮，跌千瀑腾雾雰。夏犁雪涧驰虬龙兮，冬堆珠玉铺碎银。春耘翠树荫裸鲤兮，秋育山菌从兰馨。化钙湖偶澎湃兮，滋苔藓镶折裙。沐骄阳以霞蔚兮，构虹彩以缤纷。鼓雄雷而霹雳兮，越蛟龙而虎奔。沥肝胆之高节兮，秀娇媚以客魂[③]。

　　彩林锦绣兮，仙人调色盘。水清清兮醒昧，桃夭夭兮婵媛。迸新芽兮喙吻，探初阳兮问安。养精锐兮三夏，绣彩栅兮十栏。出瑞雪兮芳华，唤百灵兮飞翻。调色兮画板，绣锦兮斑斓。赤槿兮曾忆，绿萝兮或缘。晏晏夕阳兮熏染，琼琼镜画兮偕骈[④]。依依静谧兮海子，姝姝沉稳兮宝蓝[⑤]。青雀兮隐纵，黛兽兮攀援。群海兮蓝蓝，娇水兮婉婉。橙菲兮高贵，黄煌兮灿烂。雅紫兮梦莹，山花兮妖艳。化坚

九寨沟·树正寨群湖　（来自汇图网）　　　　　　　　　　　　　　五彩池　（全景视觉网）

冰兮春风，鸳鸯鸯兮知暖。居绿丛兮逸唱，友杜鹃兮饱绽⑥。金秋来兮舒舒，深秋至兮款款。

　　蓝天兮白云，雪媚兮冰原。凛凛兮雪峰，浩浩兮高原。雄雄兮银焰，皑皑兮剑峦。披长岭兮银幔，走巨舌兮冰川。云淡兮曦浓，月皓兮日寒。斑驳兮大氅，温柔兮玉毡。六出兮凝晶，未央兮瑶颜⑦。结冰花兮滢纹，似哈达兮丝绢。瞰群海兮串珠，化清流兮飞泉。润林海兮峥嵘，享游人兮缠绵。偕沟峡兮九寨，掠鹰马兮神山！

　　蓝冰倩影，梦幻迷兮。海拔四千，天穹低兮。何慕九寨，南极移兮⑧？昭色宝蓝，成因奇兮。冰川乃成，色蔚极兮。雪及原野，时空易兮。六角消棱，雪圆粒兮。挤压密之，孔弱隙兮。亮透弥失，空气闭兮。减泡晶莹，赛钢毅兮。化色宝蓝，冰嘉誉兮。

　　浓郁藏风兮，雄秀流连。融羌回藏汉之和睦兮，承农牧沿袭之交缘。游藏寨磨房其寺院兮，瞻白塔金顶乎红檐。悉苯教文化之深邃兮，宜入乡随俗而羡虔。爱水山瀑海之色林兮，乃世居之桃源。友绿树飘岚之碧水兮，映白云夫蓝天。探原始宗教之神秘兮，览建筑经轮之常旋。

　　乱曰：

　　景浓妆淡抹之恬静兮，人冠服珠宝而光鲜。乐赛马驰骋于草原兮，时近观五色之经幡。过玛尼堆夫喇嘛塔兮，修悉心祈祷之诚虔。会锅庄庆典之祥节兮，恋炽爱生活之高原。酌青稞美酒之麴香兮，献酥油奶茶之醇甜。

　　赞华丽服饰之精美兮，爱镶钻腰刀之剽悍。献哈达洁白之祝福兮，敬八方朋友之往远。游九寨神秘之奇绝兮，迷九寨水舞之酷炫！

注：
① 浓绮（qǐ）：浓艳绮丽。蓝宝石是最著名的贵重宝石之一，在西方象征财富、吉祥、诚实、信任、纯洁、忠诚。
② 韶媚：秀美妩媚。
③ 客魂：游子的魂魄。

④晏晏：和悦貌。《诗·卫风·氓》："总角之宴，言笑晏晏。"琭琭：珍贵貌。老子《道德经》三十九章：不欲琭琭如玉。

⑤姝姝（shū shū）：自满貌，好貌。《庄子·徐无鬼》："所谓暖姝者，学一先生之言，则暖暖姝姝，而私自说也。"

⑥饱绽：饱满得像要绽开。

⑦瑶颜：玉颜，美丽的容貌。

⑧一般来说，南极才有蓝冰。

九寨沟美湖　（余晓灵 摄）

二、黄龙风景名胜区赋

（一）黄龙风景名胜区概况

遗产名称：黄龙风景名胜区　Huanglong Scenic and Historic Interest Area
入选时间：1992 年
遴选依据：自然遗产（vii）
地理位置：四川省阿坝藏族羌族自治州松潘县
遗产编号：638

黄龙风景名胜区既以独特的岩溶景观著称于世，也以丰富的动植物资源享誉人间。从黄龙沟底部（海拔 2000 米）到山顶（海拔 3800 米）依次出现亚热带常绿与落叶阔叶混交林、针叶阔叶混交林、亚高山针叶林、高山灌丛草甸等，黄龙多样的森林生态系统，为大熊猫和四川金仰鼻猴等濒临灭绝的动植物提供栖息地。景区的特殊岩溶地貌与珍稀动植物资源相互交织，浑然天成。黄龙的彩池、雪山、峡谷、森林称为"四绝"，再加上滩流、古寺、民俗称为"七绝"。沟中彩池会随着周围景色变化和阳光照射角度变化变幻出五彩的颜色，被誉为"人间瑶池"。

黄龙蓝镜　（来自全景视觉网）

黄龙微波　　（来自全景视觉网）

（二）世界遗产委员会评价

  黄龙名胜区，位于四川省西北部，是由火山雪峰和中国最东边的冰川组成的山谷。除了高山峡谷，人们还可以在这里发现各种森林生态系统，以及迷人的石灰岩构造、瀑布和温泉。这一地区还生存着的濒临死亡的动物，包括大熊猫和四川疣金鼻丝猴。

Evaluation by the World Heritage Committee

  The Huanglong Scenic Area, located in the northwest of Sichuan Province, is a valley made up of volcanic snow peaks and China's easternmost glaciers. In addition to the mountain valleys, one can also find a variety of forest ecosystems here, as well as fascinating limestone formations, waterfalls, and hot springs. The area is also home to extinct animals, including the giant panda and the Sichuan verrulous snarenose monkey.

黄龙风景名胜区符合以下世界遗产价值标准：

  标准（Ⅶ）：黄龙是著名的美丽风景山区，有静谧和高度多样化的森林生态系统，结合局部形成的石灰池、瀑布和石灰石浅滩等更壮观的喀斯特地貌。石灰岩梯田与湖泊在亚洲所有地区是独有的，也是世界上三个最突出例子之一。

（三）黄龙风景名胜区赋

神奇惊艳，鸟瞰黄龙。岷山魏巍，佑雪宝顶峰吉兆；涪江瀼瀼，恋牟尼沟水娇容①。赞人间之瑶池，妒天府之宝玉；爱高原之仙境，羡神州之独钟。瞠目结舌，不信自然之奇趣；叹为观止，已甘人生此情衷！噫吁嚱！彩凤翔云天起舞，金龙出山涧迎侬②。金体蓝鳞，露身三千九百其尺；彩池秀水，嵌镜三千四百余泓。蜿蜒一千丈兮，黄龙腾跃于翠谷；体阔五十丈兮，橙蛟批覆其瑶琼③。

似甲似鳞，宝镜得黄金镶嵌；亦真亦幻，彩池如蓝玉微澜。光色托霓虹澄净，玲珑依浪漫随缘。曲线婀娜多姿，迭迭护埂；冰鳞流光溢彩，片片纯蓝。跌宕起伏，时旋律妙音之逶迤；错杂别致，有黄钟大吕之宣言。远看乃弯湖一水，地镶皎练；近观则汇聚千池，黄绿湛蓝。小树丛丛，秀婀娜于婷婷玉立；明琼熙熙，陈眷恋于侃侃而谈。万载之情，水绣钙华吟永爱；三秋之吻，流溶层塔聚微檐。偕草舍之花芳，流积框架；伴梯田之帘动，座砌围栏。水自溪来，别依依之沉淀；光从天降，绣浓浓之恬澜。

雪山雄姿，天镜蔚蓝。瞰长峡之绿野，接九天之穹汉④；着巨裙于山麓，濯千璧之婵媛。漫之绒氅流云，秀兀峰之坳岭；陈以雪冰纯被，友晴空之碧蓝。山雄绽霜月梨花，荼芳缟素；峡峻偕琼妃星斗，盐粉毡岩。银蛇乐狂舞之吉祥，疾风冻雨；仙鹤吻白霓之华盖，玉殿凤鸾。晶幔笼穹，粉丘兀于霜宇；莹天挂壁，凝野毗其皓原。

四季森林，曼妙烟霞。冬来枝裹素衣，树撑皎伞；秋韵石依金凤，麓缀彩葩。春风鸣雀翩跹，脱兔享夏荫之庇；高瀑悬流醒梦，溅珠书碎玉之答。羽衫七彩，顾躯万众；林天一色，季绽百花。藤绕尔欣欣向荣之愿，根扎吾念念不忘之家。

峡谷金龙，扶摇飞骞。巨镜荣藏，峡谷涵洞天奇妙；清泉群瀑，溪涧隐雷霆震天。百龙戏珠，夺路跌跌撞撞；千泽醉舞，争锋滃滃澹澹⑤。十里滩流，美美乎高原湿地；一湾锦绣，娇娇乎泻瀑金滩。玉龙与金龙缠绵，龙飞凤舞；平镜偕碎镜演绎，镜鉴夙缘⑥。离别乃万古动因，何疑失去？相聚彰一朝注定，当慰团圆。唯跌落阶级，悟各奔东西之苦；恰坎坷莽撞，尝涅槃生死之甘。几番奔涌之冲突，未知胜负；再次融合于重组，早寓危安。

于是犹万马奔腾，齐声呐喊；但得闻千鼓擂动，一派狂澜。水雾漫山谷，助磅薄之气势；珍珠缀黄玉，织锦缎之金滩。飞液激流清澈，白龙元娇美；钙华积淀诚挚，金蛟若绞缠。奇固液两态，造金玉一缘。爱扎嘎瀑布，誉雄秀壮观。民俗藏寨，雪乡仙境；古寺经声，钟鼓佛缘。

黄龙四绝，中华第一瀑；蓝金双璧，牟泥奇万年⑦！

注

① 黄龙沟位于岷山主峰雪宝顶下，面临涪江源流。瀼（ráng）：波涛开合貌。

② 侬：你。

③ 瑶琼：美玉。此句指金色钙华河床上的蓝水圆弧彩池若巨龙身上的鳞甲。

④ 穹汉：犹天汉，银河。借指天空。清·赵翼《仙霞岭》诗："何年通往来，线路入穹汉。"黄龙景区的雪山最高海拔5800余米。

⑤ 滃滃澹澹（wěng wěng dàn dàn）：云气腾涌貌。

⑥ 夙缘：前生的因缘。寓倾慕。

⑦ 彩池、雪山、森林、峡谷为黄龙景区四绝。重点以彩池黄龙、峡谷瀑布景色迷人。牟泥：牟泥沟。水景观地名。

中国·世界遗产赋

左 作者考察黄龙景区 （张 萍摄）
右 游人如织赏美景 （余晓灵 摄）
下 黄龙飞瀑流辉 （来自全景视觉网）

三、武陵源风景名胜区赋

（一）武陵源风景名胜区概况

遗产名称：武陵源风景名胜区（Wulingyuan Scenic and Historic Interest Area）
入选时间：1992年
遴选依据：自然遗产（ⅶ）
地理位置：湖南省西北部
遗产编号：640

武陵源风景名胜区由张家界市的张家界国家森林公园、慈利县的索溪峪自然保护区和桑植县的天子山自然保护区组合而成，后又发现了杨家界新景区。

主要景观为石英砂岩峰林地貌，境内共有3103座奇峰，姿态万千，蔚为壮观。加之沟壑纵横，溪涧密布，森林茂密，人迹罕至，森林覆盖率85%，植被覆盖率99%，中、高等植物3000余种，乔木树种700余种，可供观赏园林花卉多达450种。陆生脊椎动物50科116种。区内地下溶洞串珠贯玉，已开发的黄龙洞初探长度达11公里。武凌源以奇峰、怪石、幽谷、秀水、溶洞"五绝"而闻名于世。

武陵源·云雾　（来自全景视觉网）

（二）世界遗产委员会评价

武陵源景色奇丽壮观，位于中国湖南省境内，连绵26000多公顷，景区内最独特的景观是3000余座尖细的砂岩柱和砂岩峰，大部分都200余米高。在峰峦之间，沟壑、峡谷纵横，溪流、池塘和瀑布随处可见，景区内还有40多个石洞和两座天然形成的巨大石桥。除了迷人的自然景观，该地区还因庇护着大量濒临灭绝的动植物物种而引人注目。

Evaluation by the World Heritage Committee

Located in China's Hunan Province, Wulingyuan stretches for more than 26,000 hectares, and the most unique landscape in the scenic area is more than 3,000 pointed sandstone pillars and sandstone peaks, most of which are more than 200 meters high. Between the peaks, ravines and canyons, streams, ponds and waterfalls can be seen everywhere, and there are more than 40 stone caves and two huge natural stone bridges in the scenic area. In addition to its stunning natural landscapes, the area stands out for sheltering a large number of endangered species of flora and fauna.

武陵源风景名胜区符合以下世界遗产价值标准：

标准(Ⅶ)：超过3000，数量庞大的砂岩柱和峰非常壮观。再加上其他地貌形式（天然桥、峡谷、瀑布、溪流、潭和洞穴）和茂密的阔叶林，营造了一条云雾缭绕美丽的风景线。有超过40个洞和两个巨大的天然石桥，其中一处凌驾于357米深的谷底之上。为一些濒危动植物提供栖息地，例如，豹、云豹、黄腹角雉、珙桐、伯乐树、南方红豆杉等。

武陵源霞辉　（来自汇图网）

（三）武陵源风景名胜区赋

沧桑石峰惊世兮，迷仙乡之奇观。山蓄兀形之亘古兮，三亿八千万年前。亿又三千万载后沉海兮，袤袤积乎石灰之岩①。复崛山之凸矗兮，经远古之荒蛮。逢喜马拉雅旋回兮，时川湘武陵凹坍。水汇汪洋之庶庶兮，渐积乎石英砂岩。百五十丈之层岩兮，出沧海秀于桑田。流切风化之陷塌兮，世界奇绝乃精现！柱石累乎千寻兮，峰峡状诡谲怪诞。危达百丈孤石兮，屹迢迢之悠远。

其独特地貌者，得天工雕塑，经六十万年，迥异于喀斯特、丹霞、河谷、雅丹②。奇柱独尊，组合有序；巉崖险峻，集聚丰繁。地势高低错落，石形心貌跃然。旖旎乎风光四季，奇绝乎气象万千。和谐之峡溪，鲜明之色彩；引人而入胜，联想夫逸赡③。命名其"张家界地貌"④：含砂岩峰林、剥蚀构造、构造溶蚀、河谷侵蚀，四属容兼。系统性、完整性、自然性、稀有性、典型之性，五性俱全。位全球地貌研究，上佳之地；具特征规模价值，美感科研。其格位世界自然遗产，石林奇英，构形独冠！

上　武陵源·御笔剑锋　（来自全景视觉网）
下　武陵源·岚绕峰林　（来自全景视觉网）

雄峻柱峰天苑，却疑吾乃神仙。西人誉地球之花，我邦贵雄浑天然！奥区藏之神州，灵境诞乎禹甸⑤。晤之惊叹，未之夙愿。人生临睹，夫复何憾？三千奇峰，八百秀水；独一武陵，万亿石缘。盆景誉超级，独张家之园囿；微缩之仙境，幸畅享乎人间。砍削雕劈，风琢水切；陷凸生殁，鸟种日搀。藤卉悬之崖壁，群松跃若接天。嗟乎！鬼斧神工，雕琢于岁月；天造地设，造化乎自然。濒危动植物，栖若活神仙。地球之唯美，华夏之绝篇！

其峰者，群伴则诸丛列阵，独标则一柱擎天。凹凸若蛮腰少女，桀骜若武侠剑拏⑥。若林苑散悠于云霄，疑蓬莱悬顾于仙原。其丛者，石组参差于天际，柱群伴随于山岚。峰集独木之秀，林会群仙之团。雾隐石丛之众，图描心画之妍。景享磅礴之气，心悟神灵之谙。人叹仙逢之美，意皈魂醉之虔。其石者，软硬淘汰于品质，宠辱超脱于鬼仙。方正叠重于岁月，矩规涵蕴于骨颜。棱角孤独于心志，圆滑屡刻于风烟。

若其形者，以颀长为经典，以独立为宣言。以巨墙排阵列，以并板成扇骈。以凹凸为韬略，以孤傲为尊严。以人形友宾客，以天柱化长鞭！似兽禽彰精湛，若鬼怪实神仙：或采药老翁，仙女照镜；兔儿望月，猛虎啸天。或天女献花，武士驯马；金鸡报晓，神鹰护鞭。或兵书宝匣，金龟雾海；石船出海，蓬莱八仙。或天桥遗墩，活灵活现；或百龙天梯，天门洞穿。忆驾军机穿洞，可赴瑶池会仙。

敬屈子行吟，读西海长卷。有金鞭岩、老鹰嘴、将军岩、文星岩。有骆驼峰、御笔峰、蜡烛峰、神堂湾。爱金鞭溪、宝峰湖、杨家界、迷黄石寨、袁家界、天子山。噫吁嚱，洞中积笋尖出地，洞外剥笋峰接天。绝伦南天一柱，海陆乾坤万年！

尔其风韵留我，长醉武陵化猿。峰丛为修蕊，峡谷为花渊。日辉为画笔，云海为裙衫。清波养林莽，壮汉插羽簪。冠顶有石院，云中有松檐。丽阳织动影，和风撩落帘。啧啧夸不够，祈愿与君还。

其行者，飞索两千余丈，翔空三百卅丈；入云一百旋转，绕路九十九弯。若其魅者，深幽阔远，高疑神诞[7]。久潜佳梦，信非人间。物我而皆忘，愿与长翩跹。林丛景海千峦，天书长卷；石骨硕躯百丈，绯面朱颜。似睦和而俯首，恰高冷享仰瞻。云流皓雪天河，山翁龄冻；风魅蓬莱仙岛，壮士酒酣。

其乐矣，云上石柱擎天，步移三景；"天生桥"谷连嶂，雀助一观[8]。峰体峰冠，帆影帆翔击浪；云霓云霭，石国石幸驻颜。黄山归不看岳，五岳归不看山。天子雄山，环宇峰林谁竞？琼阁玉阙，武陵石帝仙簪！

武陵源·水上峰林　（来自汇图网）

注：

① 裒裒（póu póu）：聚集貌。清·龚自珍《常州高材篇送丁若士》诗句："外公门下宾客盛，始见臧顾来裒裒。"

② 指"喀斯特、丹霞、河谷、雅丹"四种地质学地貌。

③ 逸赡：超脱丰赡。明·程诰《笼鹤赋》："性爽朗而内洁兮，才逸赡以自资。"

④ 张家界地貌：以棱角平直的高大石柱林为主，以及深切嶂谷、石墙、天生桥、方山、平台等造型地貌为代表的地貌景观"。2010年11月张家界砂岩地貌国际学术研讨会暨中国地质学会旅游地学与地质公园研究分会第25届年会确定。

⑤ 奥区：深奥隐微之处。南朝·梁·刘勰《文心雕龙·宗经》："洞性灵之奥区，极文章之骨髓者也。"禹甸：《诗·小雅·信南山》："信彼南山，维禹甸之。"毛传："甸，治也。本谓禹所垦辟之地。后因称中国之地为禹甸。"

⑥ 搴（qiān）：拔。

⑦ 神诞：神奇怪诞。

⑧ 雀：指七月七鹊集为桥，助牛郎织女相会。此寓天生桥之高入云汉。

武陵源·天门洞壮观　　（来自全景视觉网）

四、云南三江并流保护区赋

(一)云南三江并流保护区概况

遗产名称:云南三江并流保护区(Three Parallel Rivers of Yunnan Protected Areas)
入选时间:2003 年
遴选依据:遗产(ⅶ)(ⅷ)(ⅸ)(ⅹ)
地理位置:云南省西北部
遗产编号:1083

三江并流 金沙江俯瞰 (余晓灵 摄)

"三江并流"是指金沙江、澜沧江和怒江,三条"江水并流而不交汇"的奇特自然地理景观。其中澜沧江与金沙江最短直线距离为 66 公里,澜沧江与怒江的最短直线距离不到 19 公里。三条发源于青藏高原的大江在云南省境内自北向南并行奔流,穿越担当力卡山、高黎贡山、怒山和云岭等崇山峻岭之间，涵盖范围达170万公顷。途经云南省丽江市、迪庆藏族自治州、怒江傈僳族自治州的9个自然保护区和10个风景名胜区。它地处东亚、南亚和青藏高原三大地理区域的交汇处，是世界上罕见的高山地貌及其演化的代表地区，也是世界上生物物种最丰富的地区之一。"三江并流"地区是世界上蕴藏最丰富的地质地貌博物馆。4000万年前，印度次大陆板块与欧亚大陆板块大碰撞，引发了横断山脉的急剧挤压、隆升、切割，高山与大江交替展布，形成世界上独有的三江并行奔流170千米的自然奇观。

遗产区内高山雪峰横亘，海拔变化呈垂直分布，从760米的怒江干热河谷到6740米的卡瓦格博峰，汇集了高山峡谷、雪峰冰川、高原湿地、森林草甸、淡水湖泊、稀有动物、珍贵植物等奇观异景。景区有118座海拔5000米以上、造型迥异的雪山。与雪山相伴的是静立的原始森林和星罗棋布的数百个冰蚀湖泊。这一地区占我国国土面积不到0.4%，却拥有全国20%以上的高等植物和全国25%的动物种数。目前，这一区域内栖息着珍稀濒危动物滇金丝猴、羚羊、雪豹、孟加拉虎、黑颈鹤等77种国家级保护动物和秃杉、桫椤、红豆杉等34种国家级保护植物。同时，该地区还是16个民族的聚居地，是世界上罕见的多民族、多语言、多种宗教信仰和风俗习惯并存的地区。长期以来，"三江并流"区域一直是科学家、探险家和旅游者的向往之地，他们对此区域显著的科学价值、美学意义和少数民族独特文化给予了高度评价。

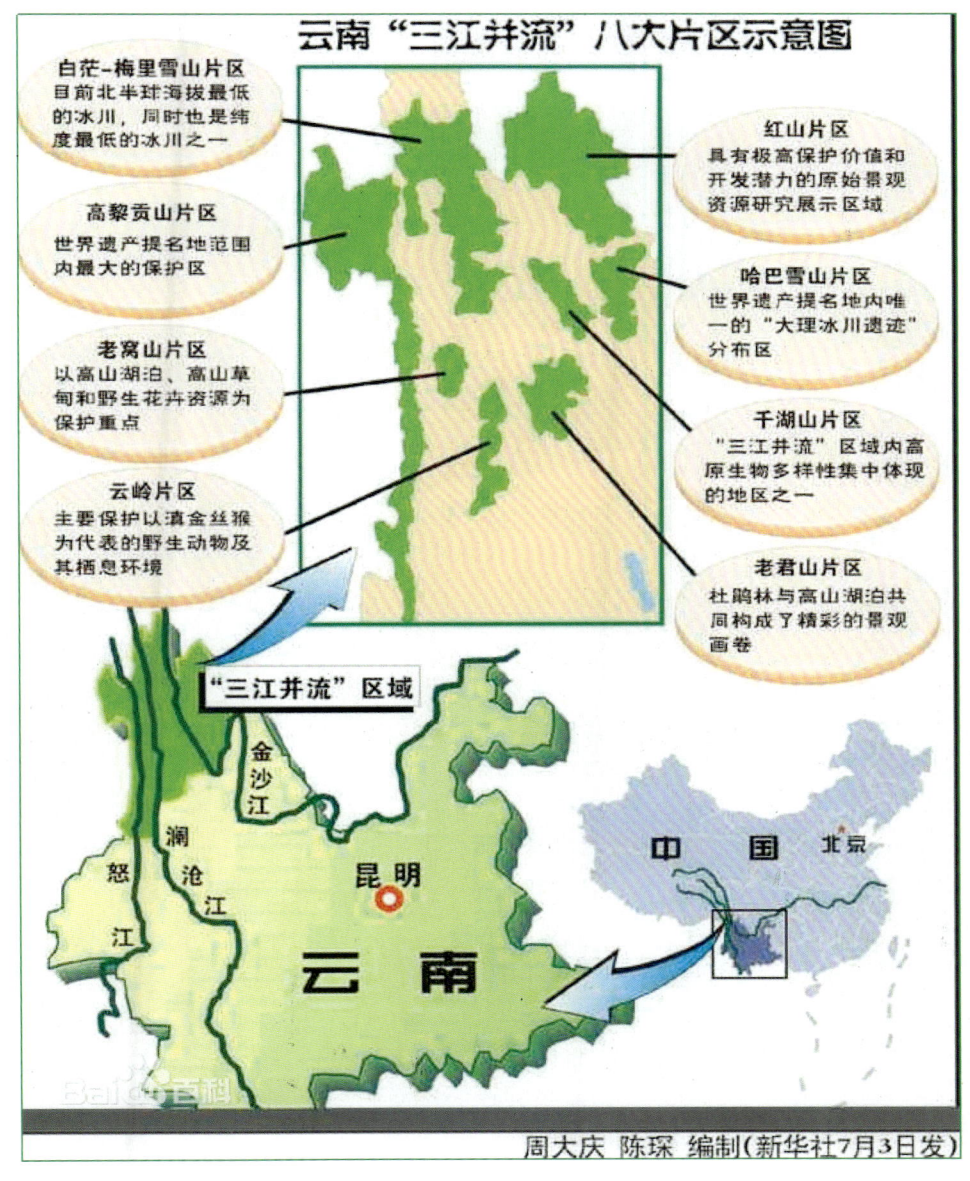

图片来自于百度图片网　（周大庆　陈　琛　编制）

（二）世界遗产委员会评价

　　云南三江并流保护区，位于云南省西北部山脉地区，涵盖范围达 170 万公顷，境内包含 8 处地理集群保护地。 亚洲三条主要大河的上游：长江上游（金沙江），、澜沧江（湄公河上游）及怒江（萨尔温江上游）在这一境内由北至南，穿越 3000 米深陡峭的峡谷和高达 6000 米的高山，并行奔流数百公里而不相交。它是中国乃至全世界生物多样性最丰富的地区之一。

Evaluation by the World Heritage Committee

　　Yunnan Three Parallel Rivers Conservation Area, located in the northwest mountain range area of Yunnan Province, covers an area of 1.7 million hectares and includes 8 geographical cluster reserves. The upper reaches of Asia's three major rivers: the upper Yangtze (Jinsha), Lancang (upper Mekong) and Nu (upper Salween) rivers run parallel for hundreds of kilometers from north to south, crossing steep gorges 3,000 meters deep and mountains up to 6,000 meters high. It is one of the most biodiverse regions in China and the world.

三江并流·虎跳峡　（余晓灵 摄）

云南三江并流保护区符合以下世界遗产价值标准：

标准（vii）：金沙江、澜沧江、怒江，江水并流而不交汇，峡谷深邃，是遗产杰出的自然特征，三江大界面位于遗产边界之外，川峡是该地区的主要风景元素。连绵的高山，与梅里、白马和哈巴雪山峰顶构成了一副壮观的天际线风景。闽咏卡冰川是一个引人注目的自然景观：海拔高度从卡瓦吉布山（6740米）下降到2700米，号称是北半球中在这种低纬度（28°北）下海拔下降最低的冰川。其它出色的风景地貌有：冰川岩溶（特别是怒江峡谷上方月亮山风景区内的月亮石）和阿尔卑斯式丹霞风化层"龟甲"。

标准（viii）：这一区域在展现最后5千万年和印度洋板块、欧亚板块碰撞相关联的地质历史、展现古地中海的闭合以及喜马拉雅山和西藏高原的隆起方面具有十分突出的价值。对于亚洲大陆地表的演变以及正在发生的变化而言，这些是主要的地质事件。这一区域内岩石类型的多样性记录了这一历史，而且，高山带的喀斯特地形、花岗岩巨型独石以及丹霞砂岩地貌覆盖了若干世界上最好的山脉类型。

标准（ix）：三江并流区域中激动人心的生态过程是地质、气候和地形影响的共同结果。首先，该区域的位置处于地壳运动的活跃区之内，结果形成了各种各样的岩石基层，从火成岩到各种沉积岩（包括石灰石、砂岩和砾岩）等不一而同。卓越的地貌范围：从峡谷到喀斯特地貌再到冰峰，这种大范围的地貌和该区域正好处于地壳构造板块的碰撞点有关。另外一个事实就是该区域是更新世时期的残遗种保护区并位于生物地理的会聚区（即：具有温和的气候和热带要素），为高度生物多样性的演变提供了良好的物理基础。除了地形多样性之外（具有6000米几乎垂直的陡坡降），季风气候影响着该区域绝大部份，从而提供了另一个有利的生态促进因素，允许各类古北区的温带生物群落良好发展。

标准（X）：三江并流地区是世界生物多样性最丰富的地区之一，是北半球生物景观的缩影。三江并流地区名列中国生物多样性保护十七个"关键地区"的第一位。三江并流地区是世界级物种基因库，是中国三大生态物种中心之一。这里集中了北半球南亚热带、中亚热带、北亚热带、暖温带、温带、寒温带、温带、寒带的多种气候和生物群落，是地球最直观的体温表和中国珍稀濒危动植物的避难所，使得遗产具有突出的价值。

（三）云南三江并流保护区赋

骚体赋

三江汇流兮，成因神秘。地球卅六亿岁兮，固流演其历史。地壳运动频仍兮，其海时有开闭。知地球之晚古生代兮，前四亿年之际。若洋壳底之今境兮，有蛇绿岩之涵记①。溯洋开促陆分离兮，其海闭乃合聚②。喷岩浆流而凝固兮，铸情势之实纪。显褶皱节理之断裂兮，考岩石而可据。录地块拼壳之降升兮，知洋壳消而层挤。察深断裂之系统兮，遭强挤而撞剧。前七千万纪年兮，北半球生变异。

"新特提斯"海洋渐闭兮，岛弧盆高原演递③。漂印度板块之向北兮，与欧亚大陆撞遇。喜马拉雅山问世兮，压东缘而受挤。使南北之偏转兮，崛横断山之渐起。历三千万年隆升兮，皱岭谷而堆聚。升印度洋之温汽兮，北进遇山而止。亘唐古拉云之浩瀚兮，降澍雨泽以大地。入三江而分水兮，偕三百四十华里。耸巍峻之窄谷兮，并三江而泻疾。挤赫赫乎最窄兮，峻巍巍之魁毅。切深壑尤神奥兮，束百十之华里④。聚青藏云贵之高原兮，纵山江呈"川"壁。江并流而不交兮，奇自然之地理。唯全球地貌之独绝兮，踞世界之屋脊。

梅里雪山之主峰兮，卡瓦格博峰尤峻立⑤。敬"雪山之神"之圣洁兮，昭神秘之美丽。其太子十三峰携手兮，恰亭亭而玉立⑥。存"明永"玉龙之潜游兮，顾冰舌吻于林际。誉北半球冰川之奇景兮，低纬海拔之最低⑦。爱滇金丝猴之俏丽兮，羡灵雅之身姿。居怒江兰坪之云岭兮，最南端种群之唯一。貌圆头黑臂长肢兮，白臀细尾而黛躯。冠撮毛胸裾其粉白兮，生明眸红唇之仰鼻。敏捷腾跃于树间兮，善护儿怀矜持。

夫"高黎贡山"原始森林兮，东亚植物系之摇篮⑧。赞大断裂纵谷著名兮，尤四千米高差异然。

三江并流·梅里雪山　　（来自全景视觉网）

　　爱自然景色尤壮美兮，一山四季之奇观。惊悬河跌泻于危崖兮，石月镂空于星汉⑨。存百座休眠之火山兮，涌热海之温泉⑩。近五千种高等植物兮，种五百独生本山。藏植物活化石桫椤兮，生绿色寿星之秃杉。有孟加拉虎、蜂猴、绿孔雀兮，贵扭角羚、白眉长臂猿。溯哺乳动物祖先之分化兮，缘南北峡而徙源⑪。真世界物种基因之宝库兮，幸生命于此避难。

　　恋"老窝山"冰湖之草甸兮，爱百花之绽煊⑫。羡雄鹰翱翔于天际兮，瞰百湖之珠链。嵌高原明镜于翠谷兮，观万瀑挂千山。迷天造仙乡之锦绣兮，醉七彩之神田⑬。悉红山、尼汝、南宝兮，多草甸鲜花之牧场⑭。观七彩翠崖之玉瀑兮，悬洁潲水绢而轻飐⑮。伴小村田舍之闲适兮，观属都湖波之荡漾⑯。映雪山云霁之蓝天兮，听牛哞山雀之吟唱。夸北半球生态之伊甸园兮，真神仙居住之福壤⑰。

　　云岭镜湖兮，生态瑰殊植物。峙四千米垂直之绿带兮，涵六千种植物之丰富。分八带之寒热异别兮，誉世界花园之母⑱。江劈玉龙、哈巴之峡兮，骇虎跳峡之烈如⑲。得云雪相弄之精妙兮，浮峰峦隐现之若出。攀峻竦雪峰之琼野兮，惊二百种杜鹃之艳姝。蠕庞厚冰川掘凹地兮，积水泊遗之蚀湖⑳。中国喜马拉雅特色兮，标寒温针叶林之贞孤㉑。融万年冰川阻石碛兮，荟盆集之碛湖㉒。其黑海杜鹃偕彩林兮，鉴黄湖湾海之贤淑。溢蓝水白台缀鳞瀑兮，梦仙人遗田之真如㉓。寻古冰川梦行之脚印兮，串镜湖百态于山间。织彩林锦绣于金秋兮，镶绿毯宝石尤湛蓝。倚碧古天池之林海兮，排高大笔直之冷杉㉔。环杜鹃彩林之鲜艳兮，秀黄紫白红之悦颜。慕仙女千湖之妩媚兮，享灵鹤逍遥之夙缘㉕。

　　红山奇妙兮，丹龟自古蛰熬。考天下丹霞之地貌兮，名赤壁丹山乃色标。位南北西东之诸省兮，怀千百姿而妖娆。爱"黎光"丹霞之雄伟兮，乃老君山之骄傲㉖。迥异神州之诸景兮，秀龟甲之独貌㉗。峙深谷岸而列阵兮，踞翠麓于崄峭。披赤甲晒硕身兮，潜半首若圆堡。凸巨首于亘岭兮，联城垛以雄

怒江第一湾　（来自全景视觉网）

骁[28]。晤褐鬓而丹面兮，犹壮汉之弸彪[29]。日月琢鳞构而磨棱兮，覆圆盾其维肖[30]。风雨雕千壑而环沟兮，刻网皱之纹槽。蕴隆肌掩膂力兮，肤若恐龙夫巨鳌[31]。聚千龟而行朱苑兮，绣万鳞于猩袍[32]。

三江四山气势磅礴兮，伴彩云之南多民族。以滇西北兮微薄区隅，蕴神州兮二成植物[33]。占千分之四兮弱比，衍百分廿五兮动物。北半球生物景观兮缩影，高山地貌演化兮卓著。属地球直观兮体温表，慰自然赐人类兮财富。

三江并行兮激越，四山纵列兮魁梧。十六种特色兮语言，十六种各异兮风俗。十六种生活兮方式，十六个智慧兮民族[34]。六千米垂直兮陡降，三江区浓缩兮四山[35]。中国兮生物宝库，绰约兮彩云之南。

注

① 蛇绿岩：是地球的一部分洋壳和底层上地幔已被抬升海平面以上暴露并布设到大陆地壳的一种岩石。已在世界大部分造山带中被鉴定。

② 在地球演化历史中，海洋总是在地壳运动中开开闭闭，打开会促成洋壳两侧的陆地分离，其闭合则驱动两侧陆地的聚合。

③ 新特提斯（晚中生代—新生代）：约2亿年—2百万年—今，闭合阶段。

④ 神奥：神秘深奥。最短直线距离：澜沧江距金沙江为66千米，澜沧江距怒江为19千米。

⑤ 卡瓦格博峰：海拔6740米，是云南省第一高峰，世界公认为最美丽的雪山，誉为"雪山之神"。

⑥ 终年积雪的卡瓦格博峰连绵有"太子十三峰"主景，其峰各有名称。

（上）怒江月亮石、（中）滇金丝猴、（下）云岭山保护区　（来自汇图网）

⑦ 明永：是该冰川下一村寨的名字。明永冰川是北半球纬度最低及海拔最低（2650米，离澜沧江面仅800米高）的现代冰川。

⑧ 高黎贡山片区：是世界自然遗产"三江并流"中最大及南北跨度最长的保护区。

⑨ 石月：该区喀斯特地貌之"石月亮"景观。

⑩ 热海：腾冲地热温泉。

⑪ 高黎贡山的狭长峡谷，成为远古动物南北迁徙分化的通道。

⑫ 老窝山：三江并流保护区之一。

⑬ 神田：该区内的一处水田沼泽状绝美的湿地景观，游客誉称"神田"。

⑭ 红山：红山保护区。尼汝、南宝：当地景点地名。

⑮ 七彩：著名的"高原泉华"苔藓七彩瀑布。洁潃（jié xiǔ）：洁净柔滑。

⑯ 属都湖：当地景点名。

⑰ 伊甸园：指《圣经》中上帝为亚当夏娃创造的乐园，后世比喻幸福美好生活环境（考虑到要引起西方读者兴趣）。此处被誉为"神仙居住的地方"。

⑱ 八带：八种温度气候带。北半球南亚热带、中亚热带、北亚热带、暖温带、温带、寒温带、温带、寒带。

⑲ 玉龙、哈巴：玉龙雪山（海拔5596米）和哈巴雪山（海拔5396米）夹虎跳峡（高出江面3千米）相对峙。列武：赫赫武功，寓虎跳峡之水势湍急澎湃。

⑳ 庞厚：宏大深厚。蚀湖：冰蚀湖。

㉑ 贞孤：固守正道，特立独行。

㉒ 碛：沙石积成的浅滩。碛湖：冰川推移流碛之湖。

㉓ 白台：白水台钙华景观。鳞瀑：鳞状弧形浅水潭瀑布。

㉔ 碧古天池：地处迪庆州香格里拉县小中甸乡碧沽牧点的清澈小湖，故名。

㉕ 仙女千湖：千湖山片区的别名。灵鹤：仙鹤，指此地国家一级保护动物黑颈鹤。夙缘：前生的因缘，因鹤而象征长寿。

㉖ 黎光：是一天三次日出日落的天下奇观。位于丽江市玉龙纳西族自治县黎明乡老君山自然保护区内。有200多平方公里的丹霞地貌，是全国最大的丹霞地貌之一。

㉗ 龟甲：红色砂砾岩风化之后状如龟甲网纹。

㉘ 城垛：巨大丹崖排列的顶部形如城墙垛口。

㉙ 褐鬓而丹面：形若人头的巨石。弸彪（péng biāo）：弸中彪外之简称。弸：充满；彪：文采。赞美德才兼备者。

㉚ 维：助词。肖：相似、逼真。

㉛ 鳌：古代汉族传说的大海龟。

㉜ 猩袍：红袍。

㉝ 区隅：角落。

㉞ 十六个：该区域有十六个民族。如：汉、纳西、白、回、彝、苗、怒、普米、独龙、哈尼、阿昌、傈僳、拉祜、佤等民族。

㉟ 三江、四山：四条山脉夹成其间的三条江峡。

五、四川大熊猫栖息地赋

（一）四川大熊猫栖息地概况

遗产名称：四川大熊猫栖息地 Sichuan Giant Panda Sanctuaries

入选时间：2006 年

遴选依据：自然遗产（x）

地理位置：地跨成都市所辖都江堰市、崇州市、邛崃市、大邑县，雅安市所辖的芦山县、天全县、宝兴县，阿坝藏族羌族自治州所辖的汶川县、小金县、理县，甘孜藏族自治州所辖的泸定县、康定县等总共 12 个县或县级市。

遗产编号：1213

四川大熊猫栖息地由世界第一只大熊猫发现地宝兴县及中国四川省境内的卧龙自然保护区等 7 处自然保护区和青城山 - 都江堰风景名胜区等 9 处风景名胜区组成，涵盖成都、阿坝、雅安和甘孜 4 市州的 12 个县，面积 924500 公顷。它保存的野生大熊猫占全世界 30% 以上，是全球最大最完整的大熊猫栖息地，是全球所有温带区域（除热带雨林以外）中植物最丰富的区域。

（周 明摄）

大熊猫（学名：Ailuropoda melanoleuca）：是熊科、大熊猫属的哺乳动物，仅有二个亚种。体型肥硕似熊、丰腴富态，头圆尾短，头躯长 1.2—1.8 米，体重 80—120 千克，最重者 180 千克，黑白两色，有很大的"黑眼圈"。其祖先是始熊猫，可以追溯到 800 万—900 万年前，学名其实叫"猫熊"。大熊猫在中国西部从北往南依次分布于：陕西秦岭，四川、甘肃交界的岷山地区，邛崃山系、大相岭、小相岭和凉山山系等六个狭长的山系。区内拥有丰富的植被种类，有高等植物 1 万多种。这里亦是金丝猴、羚牛等珍稀物种，小熊猫、雪豹、云豹等濒危物种栖息之地，堪称"活的博物馆"，是保护国际（CI）选定的全球 25 个生物多样性热点地区之一。

（二）世界遗产委员会评价

四川大熊猫栖息地面积 924500 公顷，目前全世界 30% 以上的濒危野生大熊猫都生活在那里，包括邛崃山和夹金山的七个自然保护区和九个景区，是全球最大、最完整的大熊猫栖息地，为第三纪原始热带森林遗迹，也是最重要的圈养大熊猫繁殖地。这里也是小熊猫、雪豹及云豹等全球严重濒危动物的栖息地。栖息地还是世界上除热带雨林以外植物种类最丰富的地区之一，生长着属于 1000 多个属种的 5000 到 6000 种植物。

作者的熊猫情结　（张　萍摄）

Evaluation by the World Heritage Committee

Sichuan giant panda habitat area of 924 500 square kilometers, more than 30% of the world's endangered wild giant pandas live there, including seven nature reserves and nine scenic spots in Qionglai Mountain and Jiajin Mountain, is the world's largest and most complete giant panda habitat, Tertiary primeval tropical forest remains, but also the most important captive giant panda breeding ground. It is also home to globally endangered animals such as red pandas, snow leopards and clouded leopards. Its habitat is also one of the richest plant species in the world outside of tropical rainforests, with 5,000 to 6,000 plant species belonging to more than 1,000 genera and species.

四川大熊猫栖息地符合以下世界遗产价值标准：

标准(x)：四川大熊猫栖息地生活着全世界30%以上的野生大熊猫，是全球最大最完整的大熊猫栖息地。它也是人工培育大熊猫的重要来源。栖息地也是全球除热带雨林以外植物种类最丰富的区域之一。突出价值在于，它可以保护各种地形、地质、植物和动物物种。栖息地还有保护生物多样性非凡的价值，并能证明跨国家和省级保护区边的生态系统管理系统。

（三）四川大熊猫栖息地赋

律赋

以"中华大使，人类朋友"为韵

最惊尔攀干缓步，懒枝匿丛。古化石鲜活于林莽，全球人宠爱于心中。寡肉嗜竹，硕体圆头之态；喜湿友雪，隐睛尖爪之风①。皂臂皓衫，银狗若猫之貌；黑鼻黛耳，洞尕食铁之熊②。皮厚毛长而耐冷，体腴行慢非掩攻③。常温和而恒执著，偶灵巧而每呆萌。

稽其进化：昔卵生，其猫熊乃祖先；兽杂食，竹肉血而兼歆④。曾鼎盛于东南大地，避温热而颓徙；遂孤僻于雪域茂林，无天敌而独大⑤。专嚼竹笋叶枝，久餐以饱足；闲憩筠床绮梦，寡捷而泄沓⑥。生三千余米之海拔，历八百万年之进化。时选洞藏身，三顾穴庐；为求婚育仔，一决高下⑦。常遗味而宣领土主权，必倾心而唤佳人牵挂⑧。

昔闻横空惊诧，法国神父，传教来华。逮捕雅安貔貅，携标本返国；惊动文明社会，誉花熊奇葩。毛茸茸憨态可掬，横生妙趣；兴冲冲万人空巷，艳羡中华。越洋美国，旧金山码头迎"苏琳"；珍稀可爱，大明星欧美绽芳华⑨。时因名字竖写，误为熊猫；轰炸自如镇定，"明"艳英侠⑩。

乃有得受宠熊猫之称，命名于世。四川福壤，誉珍稀萌宠明星；赤县地球，藏鲜健外交大使⑪！于是羡者纷至沓来，屡掠其本尊；智者疑防濒危，陷爱而就殪⑫。限出国，猛豹殊绝而不允；签协议，华熊馈赠而赴义⑬。

尤惊乎兽皇呆萌，北美王侯，愿易儿之替死；巨商食色，梦时尚而销魂⑭。三期十八国，武曌、中正、润之、元首赠瑞兽；卅丽千百年，竹熊、白黑、貔貅、国宝颂美人⑮。建隆政邦交之桥，物博地大；赠友谊奇珍之宝，公善情深⑯。乃悉凭留味划牢而争宠，图鸣嚎求偶以舒心。久居密林，目光短浅；堪游晨夜，猫性犹存。喜抱人爬树，打斗抓刨，撕扯按靠；能抖水趴冰，坐卧躺倚，攀跃曲伸。嬉耍安恬而喜怒哀乐，闲适惊恐夫急切温亲。嘤嘤则表撒娇，汪汪则寓躁愤。有咩咩吱吱叭叭嗥嗥，或唧唧咕咕喳喳嗯嗯。

尤其熊猫与竹，亘古绝配。生态之文明，人心之向背。爱野生之动物，尊地球之人类；循规律于自然，建和谐之社会。竹育白熊，因熊名而渡英美；熊赖翠竹，栖竹山而昭显贵。凌云处仍虚心，贵贞竹风节；越洋后方值价，偕鞍马荟萃[17]。嗟乎！墨竹随影，熊竹成对。《竹报平安》，和平万岁[18]！

岂不当和平使者，球村荣盛，寰宇友朋。营建生态和谐，助力生态平衡。力减全球化污染，实现碳中和；倡导社会化关注，确保碳达峰[19]。文化包容与尊重，能源转型而勃兴。拯救濒危物种，保护熊猫明星。当友谊之使者，助发展与和平[20]。

于是乎呵护庇佑，编科学性规划，建正规化机构。国际研究，诚交文化燮友；科学繁育，襄助花猫鸾偶[21]。碎片化栖息地，通道联廊；新植式竹海山，从无到有。乃慰生物多样化环境，员工专业化职守。羡其放归野化，恋爱自由；赞其救助家陪，精准援手。

乃惟愿"活化石"鲜俪昌隆[22]，熊猫族繁衍之永久！

（周　明　摄）

注

① 寡肉嗜竹：熊猫食物99%是竹类，极少食肉。隐睛：黑眼睛在其上颊部的黑色眶斑内不显著。

② 银狗、貊（mò）、洞尕（dòng gǎ）、食铁兽，都是熊猫的别称。

③ 掩攻：趁人不备袭击。

④ 中国云南禄丰出土有距今约300万年的更新世初期的始猫熊化石，体形比熊猫小，已进化成为兼食竹类的杂食兽，卵生熊类。歃（shà）：用嘴吸。

⑤ 远古的熊猫曾经广布于中华东南大地，后在川西甘南高山区栖息。

⑥ 筼床（[yún chuáng]）：竹床，此指竹下枯叶处。绮梦：美梦。泄沓：怠惰涣态。

⑦ 熊猫交配时，雄性间有争宠打斗行为。

⑧ 唤：鸣叫。熊猫求偶时有绵阳般的咩咩鸣唤声。

⑨ 苏琳：1936年11月，纽约的露丝女士汶川捕捉到一只不到3磅的熊猫名称，后被私自运往美国。欧美：英国人丹吉尔·史密斯在1936年到1938年间，把收购的6只熊猫带到了英国。美国人1936—1941年间也弄走了9只大熊猫。

⑩ 二战期间，伦敦动物园的大熊猫"明"在德机轰炸下表现镇定，玩耍自如，成为市民心中的战时英雄。英侠：豪侠。唐·骆宾王《畴昔篇》："少年重英侠，弱岁贱衣冠。"

⑪ 鲜健：强健有精神。

⑫ 殪：杀死。就殪（jiù yì）：坐等失败。此句寓被人宠捕而濒危。

⑬ 从20世纪40年代开始，政府开始限制外国人对熊猫的捕猎活动。猛豹、华雄：熊猫的别称。

⑭ 王侯：特指美国总统罗斯福的儿子西奥多见到"苏琳"时说，"如果把这个小家伙当作我枪下的纪念品，我宁愿用我的儿子来代替。"食色：指美国商人以熊猫形象在食物、泳装、电影、书籍等商业开发。

⑮ 三期：指唐代、民国时代及中华人民共和国。十八国：给欧美苏朝日等18个国家赠送了熊猫。卌丽：四十只熊猫。武曌：武则天。中正：蒋中正。润之：毛泽东。元首：国家核心领导。花熊、白黑、貔貅均为熊猫的别称。

⑯ 隆政：大治。公善：公众的善事，造福人类的事业。

⑰ 鞍、马：寓好马配好鞍，如熊猫配竹子。

（余晓灵 摄）

（周　明　摄）

⑱《竹报平安》：著名画家王林旭的墨竹画作为"国礼"赠送给几十个国家和地区。《竹报平安》《共同的家园》《和平万年》等作品被联合国收藏，长期陈列在安理会大楼东大厅。

⑲ 碳中和：节能减排术语。指国家、企业或个人在时段所排二氧化碳总量，以植树造林、节能减排形式，实现正负抵消"零排放"。碳达峰：二氧化碳排放量由增转降的历史拐点峰值。

⑳ 和平与发展是世界的时代主题。

㉑ 燮友：和顺。花猫：熊猫别称。鸾偶：鸾鸟配对。比喻情侣。

㉒ 鲜俪（xiān lì）：罕见其匹。昌隆：兴盛。经过几十年来我国对熊猫的大力精心保护，至2022年初大熊猫已从上世纪七八十年代的1114只增至1864只，全球圈养种群总数673只。由濒危转降为易危。

六、中国南方喀斯特赋

（一）中国南方喀斯特概况

遗产名称：中国南方喀斯特 South China Karst

入选时间：2007年（第一期）2014年（第二期）

遴选依据：自然遗产（vii）(viii)

地理位置：一期：云南石林、贵州荔波、重庆武隆；二期：广西桂林、贵州施秉、重庆金佛山和广西环江。

遗产编号：1248

"喀斯特"即岩溶，是水对可溶性岩石进行溶蚀等作用所形成的地表和地下形态的总称，是一种地貌特征。中国南方喀斯特由云南石林的剑状、柱状和塔状喀斯特、贵州荔波的森林喀斯特、重庆武隆的以天生桥、地缝、天洞为代表的立体喀斯特共同组成，形成于50万年至3亿年间，总面积达1460平方公里，其中提名地（核心区）面积480平方公里，缓冲区面积980平方公里，是世界上最壮观的热带至亚热带喀斯特地貌样本之一。

2014年广西桂林、环江，重庆金佛山、贵州施秉作为拓展项目增加。

（二）世界遗产委员会评价

中国南方喀斯特地区主要分布在云南、贵州和广西等省份，占地面积超过50万平方公里。中国南部喀斯特地貌丰富多样，富于变幻，举世无双。这处遗产呈连续性分布，主要可分为三个区域：荔波喀斯特、石林喀斯特和武隆喀斯特。中国南方喀斯特地形是全球湿润热带及亚热带喀斯特地形的典型代表。石林喀斯特被誉为自然奇观，是世界级

重庆武隆·芙蓉洞　（余晓灵　摄）

参照标准。石林包括由含白云石的石灰石构成的乃古石林和在湖泊中生成的苏依山石林。同其他喀斯特地形相比，石林喀斯特的石峰更加丰富多彩，形状和颜色也更富于变化。荔波喀斯特的特点是锥形和塔形地貌，构成了独特、美丽的风景，同样是同类型喀斯特地貌的世界级标准。武隆喀斯特因其巨大的石灰坑、天然桥梁和天然洞穴而列入了世界遗产。

Evaluation by the World Heritage Committee

The karst region of southern China is mainly distributed in Yunnan, Guizhou and Guangxi provinces, covering an area of more than 500,000 square kilometers. The karst landscape of southern China is rich and diverse, rich in change, and unparalleled in the world. This heritage site is distributed continuously and can be divided into three main areas: Libo Karst, Shilin Karst and Wulong Karst. The karst topography of southern China is a typical representative of the global humid tropical and subtropical karst terrain. Stone Forest Karst is known as a natural wonder and a world-class reference standard. Stone forests include the Naigu Stone Forest, which is composed of dolomite-bearing limestone, and the Suyi Mountain Stone Forest, which was formed in the lake. Compared with other karst terrains, the stone peaks of Stone Forest Karst are more colorful, and the shapes and colors are more varied. Libo Karst is characterized by conical and tower-shaped landforms, which constitute a unique and beautiful landscape, which is also the world-class standard of the same type of karst landform. Wulong Karst is a World Heritage Site for its huge lime pits, natural bridges and natural caves.

中国南方喀斯特符合以下世界遗产价值标准：

标准（Ⅶ）：中国南方喀斯特世界遗产包括壮观的喀斯特地貌特征和景观，是具有突出美学特征的独一无二的自然现象。这包括第一期申报的以云南"石林"为首的极其壮丽的自然景观，含白云质灰岩构成的乃古石林、发端于湖泊的蓑衣山石林、非凡的荔波峰丛和峰林喀斯特地貌，以及名曰天坑的巨大地质塌陷——武隆喀斯特地貌、连接不同喀斯特地貌的奇异的天然石桥、大片深不可测的露天洞穴等。也包括以桂林为首的第二批申报内容，含有展示壮观的塔式喀斯特地貌、倍受国际赞誉的流水峰林景观，施秉喀斯特（云雾缭绕的白云石峡谷和脊柱式山峦中的亚热带地区峰丛喀斯特地貌典型代表）、金佛山喀斯特（远离云贵高原的一座孤岛，周体是险峻的悬崖峭壁和古代洞穴）。环江喀斯特提供了荔波喀斯特的一种自然延伸，拥有突出的峰丛特色，大部分被近乎原始的季雨林所覆盖。

该遗产的森林覆盖和自然植被保存基本完好，反映出景观随季节产生的自然变动，进一步增强遗产的美学价值。完好的森林植被为珍稀和濒危物种提供了重要的栖息地，其中有些物种具有极高的生物多样性保存价值。

标准（Ⅷ）：中国南方喀斯特世界遗产展现出世界上一种最杰出景观的复杂演变史。石林和荔波以其喀斯特地貌特征和景观而具有世界参照意义。石林形成于2.7亿年前，经历了从二叠纪至今四个主要的地质时期，勾勒出这些喀斯特地貌演化的独特踪迹。荔波喀斯特包含了不同地址年代的碳酸盐岩层经过数百万年的风化腐蚀作用，逐渐形成为壮观的峰丛和峰林喀斯特景观的过程。荔波喀斯特还包括大量高大的喀斯特山峰、深深的溶斗、下潜的溪流以及长长的溪洞。武隆喀斯特是内陆喀斯特高原地貌的典型代表，经历了重大的山体隆起等地质变迁而形成，伴生大型溶斗和石桥等。武隆喀斯特景观见证着世界上伟大河流体系之一的长江及其支流的变迁史。环江喀斯特是荔波喀斯特的扩展。这两处遗产共同提供了峰丛喀斯特的杰出范例，并且保存和展示了丰富多样的地表和地下喀斯特特征。

桂林喀斯特被认为是已知的大陆峰林喀斯特地貌的最佳例证，展示出喀斯特地貌在中国南方演变过程近乎完美的最后阶段。桂林是形成于较低海拔的盆地，从周边山峦汇集了大量的外源（雨水）水，导致产生了有助于峰林喀斯特地貌形成的河流体系，形成了大范围峰林喀斯特和峰丛喀斯特的共生并存。关于这一地区喀斯特地貌形成过程的科学研究，已经得出了峰林喀斯特和峰丛喀斯特演进"桂林模式"

的结论。施秉喀斯特提供了一处壮美的峰丛景观，也是一处独特的景观，因为它形成于相对不易溶解的白云石中。施秉喀斯特也包含一系列小型喀斯特地貌，包括溶洞、石灰华沉积和洞穴等。金佛山喀斯特则是由大量高耸的悬崖环绕的平顶山喀斯特地貌独一无二的范例，代表着因河流深度切割而孤悬分离自云南－贵州－重庆高原的一处高原喀斯特地貌。山顶保留着古老的夷平面，伴随着古风化壳。高原表层下边是发散的水平洞穴体系，显现在高悬的峭壁上。金佛山喀斯特地貌记录着高地势喀斯特高原分割的过程，包含着自新生代以来该地区间歇性山体隆起作用和喀斯特作用的证据，是喀斯特平顶山地貌的极好代表。

（三）中国南方喀斯特赋

夫喀斯特者，喀斯特高原之地貌；今克罗地亚，最典型岩溶之地形[①]。拥抱自然，明代徐氏宏祖；探索奥秘，跋涉黔桂滇坑[②]。探洞二百七十，步测高深宽向；究考因型其貌，水化石凝以呈。

其赤县南国，石形山态。峡涧洞河林草，坑台斗柱湖潭。崖壑峰峦荆莽，野山雾雪云岚。禽飞兽走，缝裂流潜。石林云桥，鱼蟹瀑泉。中国南方喀斯特，四区七点；锦绣东方峰丛景，壮美河山[③]。赞！曰云南石林、曰贵州荔波、曰重庆武隆、曰广西桂林、曰贵州施秉、曰广西环江、曰重庆金佛山。全球四类之岩，岩溶数亿之岁；世界自然遗产，珍姝滇桂渝黔[④]！

注

① 喀斯特地貌（Karst Landform），是地下水与地表水对可溶性岩石溶蚀与沉淀、侵蚀与沉积，以及重力崩塌、坍塌、堆积等作用形成的地貌，以欧洲中南部的斯洛文尼亚国的喀斯特高原命名，中国称为"岩溶地貌"，是中国五大造型地貌之一。克罗地亚：是斯洛文尼亚王国的一部分。

② 中国宋代的宋应星、明代的王守仁，就对石灰岩岩溶地貌做过较确切的描述。特别是宋应星，还对岩溶及石灰华的再沉积机理，做过开创性的研究和记述。明代徐宏祖（1586—1641）号霞客，其所著的《徐霞客游记》记载最详尽。

③ 四区：四个省市自治区：滇、桂、渝、黔。东方：世界的东方。

④ 四类之岩：石灰喀斯特、白岩喀斯特、石膏喀斯特、盐喀斯特。滇桂渝黔：中国南方喀斯特主要分布在这几个省市自治区的区域。

或谓水溶成因，赖碳酸盐岩：曰石灰岩、白云岩、泥灰之岩。石灰岩节理、层厚、质纯，断裂带易化溶岩。悉裸露埋藏覆盖，喀斯特南国诸缘。乃石岩溶，丘覆云叠骤雨；其水锋镂，练消瀑坠深潭。

激流刀切，水含二氧化碳；坚岩托抗，暗河流淌缠绵。蚀余则育石芽，厚若其高，凡数十米矣；出露则凸地表，深则状壑，广数百里宽。漏斗溶沟，类倒锥之碟状；连锥扩斗，如洼地其成焉。落水洞犹竖井，深井天坑；众洼族化盆地，巨盆平原。渐分凸顶，屡刻头圆；诸峰散聚，若丛锥尖。黔桂候炎，地水垂直动落；峰高百丈，丛林广袤聚联。峰丛若基部相连，乃峰林之生母；峰丛若基脚离断，类巨柱而擎天。

众峰乃岩床毗聚，孤峰乃晚育存残。圆峰则蚀力并颓，奶峰系岩层异源。水落乃石穿，流切则穴陨。地壳隆升，纪千米垂深之旱洞；暗河横贯，联诸腔管道而合群。雨沉裂隙，悬干洞温湿之钟乳；水滴珠落，生钙质累积之石笋。乳笋终接，万载方焊标一吻；石纹支柱，亿春乃环裹百轮。

若乃美轮美奂，首赞云南石林。天下一绝，奇观博物；浓春四季，南秀彩云。亚热带之高原，石林荟萃；喀斯特之经典，美誉屹琛。三亿余秋大海泽国，桑田出沧海；五十万亩玲珑胜景，风雨化龙麟。恰惟肖惟妙，慰遐想随心。柱、塔、梁、锥，洞、桥、舍、剑；莲、兰、菌、笋，兽、畜、船、人。象踞石台，昭千钧一发于万载；凤凰梳翅，绕百鸟亿旬之八音。幽兰深谷，莲花峰时悟佛缘；极狭通人，剑峰池屡起鹏鲲。幽岸长湖，形若娉婷少女；滇松葱岭，声传绿叶情真。石林绝陈，裙伴"阿诗玛"景；青山稀掩，湖藏翠影锦鳞。撒尼"维纳斯"，真万岁阿诗玛；"断得弯不得"，数彝族撒尼人。乐哉乎闹哉！东方狂欢之盛节；悠哉夫游哉，火把节恋之韶春⑤……

注

⑤ 火把节：是彝族、白族、纳西族、基诺族、拉祜族等民族的传统节日，被称为"东方的狂欢节"。不同的民族举行该节的时间不同，多在农历的六月二十四，主要活动有斗牛、斗羊、斗鸡、赛马、摔跤、选美、歌舞表演等。

作者考察云南石林 （崔红秀 摄）

惊现重庆武隆，雄险桥洞天坑：尔其渝州武隆，天生三桥雄险；巉崖绝壁，地开一缝幽深⑥。疑似天宫，芙蓉洞穴之精妙；坠寻地府，后坪天坑之嶙峋⑦。天龙、青龙、黑龙，跨羊水河峡而黑卧；巨洞、高洞、秘洞，疑神工鬼斧而天陈⑧。首露尾藏，飞百廿丈之彼岸⑨；神出鬼没，驾百十丈而凌云。惊叹磅礴之气势，尤钟壮阔而雄浑。

蜿蜒虬龙，秀瀑险峡幽水；玲珑玉剑，倚天穿透青云。热湿为母，流雨溶蚀以操刃；隆壳为父，塌坍引力乃媒因。万斧恒力劈崖，仙胎亿载方孕；三桥横空出世，鼎龙三里毗邻⑩。三迭泉、一线泉、珍珠泉，雾泉晶莹缥缈；烛苗拱、巨板拱、拇形拱，石拱天璞殊珍⑪。

噫矣哉，九鼎武隆尔镇，三绝华夏之尊！

重庆武隆·喀斯特地貌　（余晓灵 摄）

注

⑥ 重庆武隆区有著名的龙水峡地缝，游程约2公里，谷深200—500米，规模宏大，气势磅礴，风光优美，有高80米瀑布水帘。

⑦ 后坪天坑：后坪乡境内总面积15万平方米，有5个天坑，是世界惟一的地表水冲蚀形成的天坑群，藏于原始森林和竹林中，天坑内绝壁万丈，坑下是洞，洞中隐更大天坑，口径深度均约300米。

⑧ 天龙桥、青龙桥、黑龙桥，是亚洲最大、闻名世界、气势磅礴的天然石拱桥群"天生三桥"。三桥的总高、桥拱高、桥面厚这三个最重要的指标皆居世界第一位，具全球意义。融"险绝山水雾泉峡峰溪瀑"为一区。天龙桥桥高235米，桥面厚150米，平均拱桥度96米。孔跨20—75米，桥面宽147米。青龙桥桥面高281米，平均拱孔高103米，桥面厚168米，拱跨13—58米，桥面宽124米，跨度400米。黑龙桥面高223米，平均拱孔高116米，为三桥中最高者；桥厚107米，拱孔跨度16—49米，桥面宽193米，为三桥中最宽者。

⑨ 彼岸：青龙桥跨度长约400米。

⑩ 三里毗邻：天生三桥跨越"人"字形溪流上，相互距离在1.5公里之内。

⑪ 三桥的天然镂空拱形分别若烛苗、巨板、拇指，堪称神奇。

贵州荔波·水上森林　（来自汇图网）

乃恋娇淑水上森林：现世瑶池缀"荔波"，清流玛瑙；天堂仙苑跨七孔，碧树祥云⑫。仙境桃源，岁月似流泉飞涧；"水书"故事，龙潭有鲲鲤养尊⑬。谷脉峡灵，林颜石韵。鹰飞鱼跃，鹤舞猿吟。崖膀瀑风，碧湖雪浪；绿肤树骨，玉质水魂。溪戏鸳鸯，溶洞奇峰叠翠；冰崩琼玉，迸珠仙谷流金。沱涌碧波，六十八级跌瀑；泉滴晶豆，千百万蛊泻银⑭。七色光渲，潭潭千娇百媚；万星瀑溅，点点五彩缤纷。麋鹿拈花，凤凰梳羽；金鸡饮露，花豹扭身。湾绕怪石，清波夫习习；河生神树，古木尤森森。乔、灌、草、苔，花引蜂蝶而舞；湾、沱、石、水，潜流漩浪率真。甘居藤蔓寓缠绵，逍遥自我；不惧激流而屹立，守护基根。近清凉而窃喜，远闹市而保纯。近墨不黑，居草荒而不怨；陷朱厌紫，位孤秀而守贞。石角砺圆滑而弥韧，雅流宣执著而不群。笃恋妻河，甘滚滚洪流测胆；欣滋夫树，乐涓涓清水修心⑮。

作者考察贵州荔波·小七孔景区　（张　萍摄）

贵州·荔波多级瀑布　（来自全景视觉网）

中国·世界遗产赋

　　于岭于峡，扎盘根而练胆；于潭于水，借顽石以傍身。嗟乎！艳羡偕奇绝同赞，娇淑与惊险骈臻。四千余生物资源，黔南之奇特；动植物基因宝库，神秘而稀珍。

　　注
　　⑫ 荔波：贵州荔波峰林。荔波喀斯特原始森林、水上森林和"漏斗"森林，合称"荔波三绝"。七孔：荔波小七孔桥有七个桥孔，区内风景旖旎，美若仙境。
　　⑬ 水书：我国少数民族水族的文字。荔波县有世居的水族。鲲鲠（kūn gěng）：古代传说中的蛟龙类动物。
　　⑭ 六十八级：在小七孔景区涵碧潭上游的狭窄山谷里有68级跌水瀑布，宛若仙境。
　　⑮ 妻河、夫树：水上森林景观中，河流与水中树木和谐生长，若夫妻共荣共爱共相依。

　　若乃广西环江，自高原至低山过渡，以锥状函秘洞芬芗⑯。峰丛、洼地、峰林兼具，深谷、河原、洞穴允襄⑰。发育演化，类型分布尤完整；独树一帜，洞穴生物斯孤芳⑱。峰丛溶蚀，地壳抬升，水泊渗降；峰锥随燥，雨流垂落，洼地密镶。峰林涧多，助切冲捣，水悍峰疲；峰突流绕，疏塔若林，山直崖硬；河湖点缀，润泽峰兀，平原水乡。
　　噫！其势磅礴壮阔，其容娇美贻芳。覆载万物者，洋洋乎大哉也！但见原野千锥，峰丛若庞牙密布；连营万帐，峰塔类军汉林枪。接踵摩肩，腰腿连城峭峭；争先恐后，发冠翘首彷徨⑲。清流且嵌翠园，新绒绿树；高瀑但出深涧，古洞琳琅。镜湖青竹影晖，微波荡漾；弯月香茗醇酒，酩酊徜徉。"牛角峰"百围粗若，寨外多跌绢练；"通天"瀑"七仙女"娇，人间每驻心房⑳。惊弘多生物精绝，慰桃源孤岛；誉美学特征极致，羡生态天堂㉑！

百度图片　（来自新华网）

262

则曰九天时雨祥云，专滋院舍；"九万大山"宝麓，"毛南族"乡㉒。裔百越岭南其脉，历宋元明清乃昌㉓。地族合名，汉、壮融扬。不唯固守，钟爱环江。瓜椒肉菜入锅，水涮牛肉；鸭熟鸡生特色，白切猪香㉔。傩戏、傩舞、傩歌，放飞百鸟；南中、南上、南下，钟爱十乡㉕。乡瑞乡福，龙凤麒松寿鹤；石屋石院，坎台桌凳盆缸㉖。祈雨顺风调，摹耕织猎战。表怒哀喜乐，摆手脚胯肩㉗。跳木面舞，食五色饭㉘。爱诗乐舞，尚真、善、美；戴花竹帽，擅雕、刻、编。凭栏乱曰：邀友满觞，美酒三巡。酣亲醇味，"毛南三酸"㉙……

注

⑯ 广西河池市环江毛南族自治县喀斯特以锥形山为主，峰林密集秀美，保护区面积 108 平方千米，是世界公认的"黄金生态区"。芬芗：芬香；和调。

⑰ 允襄：襄助。

⑱ 孤芳：独秀的香花。喻高洁绝俗的品格。此喻洞穴的独有生物。

⑲ 峬峭（būqiào）：俊俏。

⑳ 牛角寨"通天瀑布"高近百米。七仙女瀑布，分七股流水从高崖飘下。

㉑ 弘多：甚多。

㉒ 九万山：是国家自然保护区。与环江毛南族自治县等三县相交界。

㉓ 百越：指中国古代南方沿海一带古越族人分布的地区。毛南族是由秦汉以前的"骆越人"、隋唐的"僚人"发展而来。南宋时"毛南"之称源自地名。操壮语、汉语或布依语，并通用汉文。中国境内人口 1.24 万人。

㉔ 鸭熟、鸡生：毛南族喜食半生半熟的菜肴，唯独对鸭以煮烂熟为佳。

㉕ 傩面雕刻及歌舞是毛南族最有特色的民族文化代表之一。傩戏：又称鬼戏，起源于商周时期，是汉族最古老的一种祭神跳鬼、驱瘟避疫、表示安庆的娱神舞蹈，于长江南岸各省及陕西、河北流行。放飞百鸟：毛南族人元宵节以藤叶编织百鸟形状内装糯米馅蒸熟，以甜蔗挑挂分送小孩，谓"放鸟飞"。南中南上南下：毛南族主要聚居在广西环江县的上南、中南、下南山区，以及贵州省平塘、独山县。

㉖ 毛南族人石雕技艺精湛，以前多石制干栏的楼柱及屋院、桌凳、盆缸。

㉗ 木面舞以祭祀、娱神、娱人为目的，手脚肩胯有力摆动。

㉘ 五色饭：呈黑、红、黄、白、紫的糯米饭，布依、壮、毛南族喜食用。

㉙ 毛南人喜食"百味用酸"。三酸：腩酸（酸肉）、瓮煨（酸瓜菜）、索发（酸螺蛳汤）。

若夫"施秉"之秘境，仙踪位东黔㉚：上溯五亿七千万载，发育古老白云基岩。沿华夏二三阶台梯，过丘陵趋低接平原。世界热湿之雨盛，屡溶蚀琢侵；地球演变之空白，今施秉补填。地下水族地质地貌，完好遗迹；地层构造洞天洞穴，蔚为壮观！考锥状峰柱峰丛，溶岩为证；悉生物丰荣丰富，自然衍蓄。宗传物竞，因适应顺应而栖息；天择代替，多寄生附生而攀援。溶岩高层异质异化，封闭环境；孑遗古老植物动物，幸斯避难。寻仙踪于绿野，恋玉瀑之清泉。身浴杉木河之流水，手抚云台山之絮岚㉛。超乎寻常，自然之美；舍我其谁，白云之岩㉜。特有动物廿五其种，特生植物九种之罕。美学价值，重要非凡。

嗟乎！"王国"莫如夜郎之大，奇绝早称世界之巅㉝。誉喀斯特杰出代表，位黔东南施秉卓然！

注

㉚ 贵州施秉县位于黔东南。

㉛ 杉木河：县内因水质清纯、有惊无险自助漂流，誉为矿泉河。云台山：锥状峰丛峡谷为世界文化遗产。

㉜ 白云岩喀斯特地貌为全球唯一。

㉝ "王国"：动物王国。夜郎：夜郎国，是中国西南地区由少数民族的先民建立的第一个国家。夏商时属百濮地，始于战国，止于西汉中期，延续近四百年历史。目前考古范围大约在贵州赫章可乐、威宁一带。尚无确切范围。早称：白云岩基岩发育可以上溯到五亿七千万年前。

贵州施秉·喀斯特地貌　（来自百度图片网　佚名）

　　奇绝夸惊艳，渝州金佛山：古称九递之山，形成三亿年前。耸台原地貌，名喀斯特"桌山"。北纬三十度，地球神秘之域；南方喀斯特，植物动物家园。山形洞涧石崖，雄奇雄秀；林茶鹃苔花竹，银杏银杉㉞。观流星落日，披泻雾飘岚；醉佛光云海，爱白雪乳烟㉟。霞霭奔云，波涛翻滚；阳晖映雨，七彩江弦。十脉山脊若蠕，动峰峦百座；一坪草野伏偕，拂佳丽双肩。有城堡遗址高崖，严阵以待㊱；见烽燧似依长岭，亟务绥边。屹山脊若刀锋，曲藤缠绕；铺绒苔类锦绸，叠叶比攀。奇洞燕邀蝙蝠，无声黑电；眺天鹰翔峭壁，有羽灰帆。横亘长崖，夕阳翠麓之金腰带；佛藏果愿，春色缤纷之彩杜鹃㊲。

　　于是尖峰出海，圆垛琼娇之棉玉；金辉雄岭，西天曼妙之佛缘。跛雪原而盼热榻，红衫靓女；披霞袂而甘孤寂，古洞冷泉。潭色幽深，蓝碧炫光之远底；山花涵艳，鹅黄亮色于漫滩。爱方竹兮银杉，猴头汤味；喜叶茶夫白笋，山菌水莲㊳。国宝一级十六种，植物种类逾五千。

华南虎云豹，白颊黑叶猴；金佛拟小鲵，特产斯独观[39]。秘穴熬硝，地下工坊巨大；规模惊世，洞中台灶备全[40]。冰瀑垂崖，碎玉蜿蜓于溪涧；树藤吻露，峥嵘罗曼之穹岩。高坪长洞危岩，绕双环百里。胡不存疑兮？层众遗之砾石，族依洞衍；水寡焉之旱穴，成因疑悬。三洞奇观，燕子、观音、仙女，驰誉渝黔；三珍宝贵，动物王国乐园，种过两千[41]！岩溶名副其实，世界自然遗产。

注

㉞ 银杉为古老的残遗植物，其花粉在欧亚大陆第三纪沉积物中发现。树极为珍贵。现分布于中国重庆金佛山、武隆县、贵州道真县、桐梓县；广西龙胜县、金秀县；湖南资兴、桂东、雷县。

重庆金佛山雄姿、古佛洞 （余晓灵 摄）

㉟ 泻雾飘岚：金佛山雾岚动如海浪，蔚为壮观。白雪：其山海拔2238.2米，冬季三个月冰雪覆盖。佛光：其山偶见佛光。

㊱ 城堡遗址：龙岩城位于三泉镇马嘴岩，建于南宋宝祐三年（1255年），今存城墙60余米。有碑刻文记南宋末年宋将"史切举、茆世雄"筑城及抗击蒙古军获胜并获皇帝宋理宗嘉奖史实。

㊲ 山之西麓有绝壁，夕照下若金色腰带。杜鹃：山岩多有大王杜鹃花林。

㊳ 金山美味方竹鲜笋一只可重十数斤，干笋为出口产品。猴头菌旧时为京都贡品。

㊴ 金佛拟小鲵：中国特有种，二级保护动物。目前该鲵仅发现于重庆市南川区金佛山。

㊵ 古佛洞内有至今发现的世界上最大的采硝遗址。

㊶ 三珍：华南虎、白颊黑叶猴、金佛拟小鲵。全世界白颊黑叶猴只2千余只，金佛山有200多只。山有著名喀斯特溶洞燕子洞、观音洞、仙女洞。

　　至若绝美天下，桂林阳朔水山：横空出世兮，地球之绝唱；沐焱披纱兮，桂林之群仙。阳朔葡萄峰林，漓江旷世奇观㊷！万年智慧犹存，双料混炙；万载古陶遗址，陶雏列坛㊸。火扶先祖，煮螺而啖；水蚀灰岩，滴石而穿。得地壳之升渐，伏河潜隐；借雨刀之雕琢，激流浸然。叹为观止，尖峰、秀水、青山、奇洞；惊为神造，独特、繁多、优美、壮观。若其峰林者，连体、孤立、残峰，连续演化；尔其洞穴矣，漏斗、地河、竖井，典型备完。万峰兀立，一水悠然。妙屏神话，不可妙言。八百平方公里，一爿固密岩盘。

　　中国南方喀斯特，誉天下皇冠；桂林峰林喀斯特，若明珠顶嵌。峰林峰丛，双主题协同演化；山石山土，双料质合混驰骈㊹。诞游圣于东方，徐霞客之睿见㊺——慧眼识珠，四百载前；健步测尺，穷其洞天㊻。石钟乳乃石灰岩溶水，滴蒸凝聚；岩溶洞乃长流河侵蚀，孔阔塌坍。区位之精绝，峰林矗乎平原。人类之瑰宝，地貌誉乎奇观……

（余晓灵 摄）

噫吁嚱，桂林山水甲天下，阳朔山水甲桂林！凡地球之村，问谁与比肩？

注

㊷ 葡萄峰：部分圆丘峰若椭圆形葡萄从地上生出。

㊸ 桂林是唯一具有三处"万年古陶"遗址的城市。遗址为：甑皮岩、大岩、庙岩，其甑皮岩的"陶雏器"填补世界陶器起源空白点。

㊹ 陈向进高级工程师研究广西万年陶器起源技术"双料混炼"，命名其为"陶雏器"，揭示了万年前桂林先民非凡的智慧。

㊺ 徐霞客（1587—1641）：名弘祖，号霞客，明代地理学家、旅行家和文学家，他经 30 年考察写成了 60 万字地理名著《徐霞客游记》。他指出，岩洞是由流水侵蚀所造，石钟乳则因石灰岩溶于水，从石灰岩中滴下的水蒸发后，凝聚成钟乳石，呈各种奇妙形状。这些见解，大部分符合现代科学原理，先于西方 100 余年。

㊻ 四百载前：徐霞客在世距 2023 年的年数。

桂林象鼻山　　（余晓灵　摄）

七、三清山风景名胜区赋

（一）三清山风景名胜区概况

遗产名称：三清山风景名胜区 Mount Sanqingshan National Park
入选时间：2008 年
遴选依据：自然遗产（vii）
地理位置：中国江西省上饶市
遗产编号：1292

三清山位于江西上饶东北部，古有"天下无双福地"、"江南第一仙峰"之称，因玉京、玉虚、玉华三座山峰高耸入云，宛如道教玉清、上清、太清三个最高境界而得名。

三清山是道教名山，世界自然遗产地、世界地质公园、国家自然遗产、国家地质公园。它展示了世界上已知花岗岩地貌中分布最密集、形态最多样的峰林；2373 种高等植物、1728 种野生动物，构成了东亚最具生物多样性的环境；1600 余年的道教历史孕育了丰厚的道教文化内涵，按八卦布局的三清宫古建筑群，被国务院文物考证专家组评价为"中国古代道教建筑的露天博物馆"。三清山在一个相对较小的区域内展示了独特花岗岩石柱与山峰，丰富的花岗岩造型石与多种植被、远近变化的景观及震撼人心的气候奇观相结合，创造了世界上独一无二的景观美学效果，呈现了引人入胜的自然美。

三清山　（来自全景视觉网）

（二）世界遗产委员会评价

三清山风景名胜区在一个相对较小的区域内展示了独特花岗岩石柱与山峰，它们栩栩如生。影影绰绰、千变万化的造型石与雅致的森林植被、变幻无穷的四季气象完美结合，交相辉映，呈现了引人入胜的自然美。

Evaluation by the World Heritage Committee
The Sanqingshan Scenic Area showcases unique granite columns and peaks that come to life in a relatively small area. The kaleidoscopic shapes of stones are perfectly combined with elegant forest vegetation and the ever-changing weather of the four seasons, presenting a fascinating natural beauty.

三清山风景名胜区符合以下世界遗产价值标准：

标准（Ⅶ）：绝妙的自然现象或自然美景：三清山丰富的花岗岩地层结合多样化的森林，近处和远处的风景，和惊人的气象效应，建立一道特殊的风景。最引人瞩目的是密集而形状奇特的石柱和石峰。三清山的自然风光也来自于花岗岩与山地植被并置，由气象条件增强，创造一个瞬息万变、引人入胜的景观。悬浮步道让游客所近距离欣赏公园的迷人景色，并享受其宁静的氛围。

（三）三清山风景名胜区赋

律赋

以"石韵峰峙，松秀云鏊"为韵

尝誉鄱阳湖东，黄山南域；三清山独媚，千石峰绝奇。鳞矗于花岗岩体，峰雕其妙态柱石。峰者有峦墙丛林万柱，石者若锥谷壁崖百峭。玉京、玉虚、玉华，三俊峰耸入云碧；玉清、上清、太清，三尊神列坐山脊[1]。如新妇凝神，窈窕于霓虹雨霁；若老翁瞩目，荟聊于丽日风煦。默许于眼观，惊奇于移步；共鸣于天设，换景于郁猗[2]。三清论道，笃讲经于绝响；百仙悠乐，常意性于林栖[3]。

莫不羡"南清园"奇，神工石韵。峰林地貌之绝，十四亿年之蕴。云行瀑泻，石形每秀于松青；路转峰回，人兽方彰于岩峻。谒"玉天"之邃殿，独秀一峰；拥山鬼之灵族，鼎珑千笋[4]。"巨蟒出山"，示妖媚于善仁；"观音赏曲"，享韶乐于慈悯[5]。栩栩如生，"东方女神"尤雅贤；姹紫嫣红，山麓杜鹃绽娇嫩[6]。"神龙戏松"焉得道？"玉女开怀"期天孕[7]。"老庄论道"之觉，处处留心即意如；"葛洪炼丹"之趋，比比悟灵乃缘分[8]。"仙姑晒鞋"，众目睽睽而睹；"玉兔奔月"，繁星点点而莐[9]。

尤以西海空岸，灵动百峰。悬廊危栈，逍遥怪精。观云海、山海、石海、林海；赏险峰、幻峰、幽峰、奇峰。心想形成，仙鬼云阁石人恬逸；目观神化，红杉翠柏奇松娉婷。爱金猴苍麓映蓝天，穹辽海阔；醉黛谷白云浮翠岭，仙魅石灵。"送子观音"，玉立昭亭亭之魅；"猴王观宝"，如生恰栩栩之形[10]。"松龟延年"，万代伴乎风雨；"天伦之乐"，一生足矣遂情[11]。身环千紫万红，四时花海；心命千姿百态，十岭妙峰。

若乃翠野奇峰，"阳光海岸"；云海怪石，尽收眼底。簇簇剑丛，峻严乎尖锷匡持；排排士旅，剽悍乎威涵雄峙。"曹国舅悟道"，以恶行为宿耻；"五老拜三清"，修大道之奥秘[12]。腾兀立之魁颀，欲接天汉；舒斜探之巨臂，待抚云际。

269

三清山·巨蟒出山　（丁玉亭　摄）

三清山·母与子　（来自汇图网）

三清山·东方女神　（姜秀青　摄）

  凡若"玉京峰"丛，石林青松。四野松峦，松扎隆肌坚岩；十坡丘众，石颖逸虬劲松。晨曦唤雪白之觉，飘联丘于皑浪；晚霞染绯紫之媚，罩簇壁之金穹[13]。日出日落于远山，紫红白粉；霞映霞飞于近树，绚烂朦胧。激荡之雾涛，若雪冰化轻气；嵌邃之壑谷，伴峡涧方魁雄[14]。

  亦颂乎仙境瀑虹，群峦岣嵝[15]。万山桌集，百峰案秀。盆景贵夫天然，寿园松偕石构。赞天下第一盆景，赫赫乎巨魁；游人间第一仙境，绵绵乎万寿。深谷碧潭圆月，虎跃龙潜；玉帝高瀑弯虹，珠飞雷吼[16]。

  至若道家福地，荟萃人文。三清宫、聚仙台，玄秘藏山增福寿；九龙山、龟背石，风水荫殿罩祥云[17]。兼容道佛双教，奉三清菩萨罗汉；只取花岗硬岩，建梁柱墙池坊门[18]。露天博物藏馆，荣山千似；元始、灵宝、道德，高神三尊[19]。怪石异生，眺峡于"一线天"门；奇峰耸立，缀岭于三秋梯云[20]。

  慰也哉！无憾其瞻，有幸访鹤。观云台于朝暮，偶珍厣气神光；行游梦于玉霄，频越仙凡深壑[21]。嗟乎！武陵源，桂林阳朔之绝；万峰林，罗平峰丛之特。人生盛宴，"三清山"之奇石；中国最美，"五峰林"之遐册[22]。日月风华之琢磨，鬼斧神工之铠锷[23]！世界精品，"全人类之瑰宝"；形石百处，刻奇峰达圩崿[24]。"西太平洋边最美之花岗岩"，微地貌浓缩天然之博物馆[25]！

注

① 三清山有玉京、玉虚、玉华三丛俊峰，宛如道教的玉清、上清、太清三位尊神列坐山巅，故得名三清山。

② 郁猗（yù yī）：美盛貌。

③ 绝响：最高造诣的学问技艺。

④ 邃殿：深广的殿堂。珑：明朗美丽之态。

⑤ 巨蟒出山、观音赏曲，为南清园著名象形石景。慈悯：慈爱怜悯。

⑥ 东方女神为本园的世界级石景。娇嫩：娇气柔嫩。

⑦ 神龙戏松、玉女开怀为本园区象形石峰奇景。

⑧ 老庄：老子及庄子。老庄论道、葛洪炼丹为本园区象形石峰奇景。处处：园区有多组象形石都可命名为"老庄论道"。

⑨ 仙姑晒鞋、玉兔奔月为本园区象形石峰奇景。荩（jìn）：忠诚。比喻繁星潜心为玉兔奔月照明。

⑩ 送子观音、猴王观宝为西海岸景区象形石峰奇景。

⑪ 松龟延年、天伦之乐为西海岸区象形石峰奇景。遂情：如意。

三清山全景　（来自汇图网）

⑫ 曹国舅悟道、五老拜三清，均是阳光海岸景区著名石景组。宿耻：积年的耻辱。曹国舅为"道家八仙"之一。清·张继宗《神仙通鉴》载：（宋朝曹）"国舅有弟骄纵不法，后罔逃国宪。国舅深以为耻，遂隐迹山岩，……遇钟离、纯阳二祖……引入仙班。"

⑬ 罩簇壁：晚霞为簇群石岩镶出了金边。金穹：晚霞映射出金色天穹。

⑭ 嶔邃：高大深邃。

⑮ 岣嵝（gǒulǒu）：山巅。

⑯ 玉帘高瀑：玉帘瀑，位于三清山石鼓岭的幽谷丛林中，高34米，上宽18米余，下宽30米，宛如一挂白玉珠帘高悬天际。

⑰ 三清宫东倚聚仙台，位于九龙山口的龟背石上。

⑱ 奉三清：供奉三清天尊。菩萨：观音菩萨。罗汉：十八罗汉。其殿宇的柱梁墙台等乃就地采取花岗石而建。

⑲ 元始天尊、灵宝天尊、道德天尊，为道教三尊最高神。

⑳ 天门：天门峡。梯云：梯云岭景区。

㉑ 蜃气：一种大气光学现象。光线经过不同密度的空气层后发生显著折射，使远处景物显现在半空或地面上的奇异幻象。

㉒ 桂林阳朔、湘西武陵源、兴义万峰林、曲靖罗平峰林、上饶三清山，被《中国国家地理》杂志推选为中国最美五大峰林。遐册（xiá cè）：史册。

㉓ 铓锷（máng è）：比喻突出的才华。美国国家公园基金主席保罗先生称赞："三清山是全人类的瑰宝"。

㉔ 圩（xū）：此意为五十。嵲（niè）：高耸险峻的山。

㉕ 花岗岩是火山岩浆在地壳深处逐渐冷却凝结成的结晶岩体，质地坚硬，难被酸碱或风化所侵蚀，抗压强度仅次于钻石，有"岩石之王"之称。花岗岩在沿海及内地十省都有分布，在亚洲分布更广。但中美地质学家来三清山考察后，均誉此山是"西太平洋边缘最美丽的花岗岩"。

八、中国丹霞赋

（一）中国丹霞概况

遗产名称：中国丹霞 China Danxia
入选时间：2010 年
遴选依据：自然遗产（ⅶ）（ⅷ）
地理位置：中国南方六省：贵州遵义市、福建三明市、湖南邵阳市、广东韶关市、江西鹰潭市和上饶市、浙江衢州市等。
遗产编号：1335

地质学家把形成此类地貌的偏红色河湖相沉积岩统称为"红层"，红层上发育的地貌被称为"红层地貌"；全球都有，而以中国分部最广。在中国，这种地貌被命名为"丹霞地貌"。中国丹霞由广

广东韶关·丹霞山·元阳峰　　（来自全景视觉网）

东丹霞山、浙江江郎山、江西龙虎山、福建泰宁、湖南崀山、贵州赤水六处系列提名地组成。它是一个由陡峭的悬崖、红色的山块、密集深切的峡谷、壮观的瀑布及碧绿的河溪构成的景观系统,是中国和世界上丹霞景观的例证。其石崖"色如渥丹,灿若明霞",誉为"碧水丹山"。

上　作者考察贵州·赤水丹霞　（张　萍　摄）
下　贵州·赤水丹霞　（余晓灵　摄）

（二）世界遗产委员会评价

中国丹霞是中国境内由陆相红色砂砾岩在内生力量（包括隆起）和外来力量（包括风化和侵蚀）共同作用下形成的各种地貌景观的总称。这一遗产包括中国西南部亚热带地区的6处遗址。它们的共同特点是壮观的红色悬崖以及一系列侵蚀地貌，包括雄伟的天然岩柱、岩塔、沟壑、峡谷和瀑布等。这里跌宕起伏的地貌，对保护包括约400种稀有或受威胁物种在内的亚热带常绿阔叶林和许多动植物物起到了重要作用。

Evaluation by the World Heritage Committee

Danxia, China, is a general term for various landforms formed by continental red gravels under the combined action of endogenous forces (including uplift) and external forces (including weathering and erosion) in China. This heritage includes six sites in the subtropical region of southwest China. They all share a spectacular red cliff and a range of eroded landforms, including majestic natural rock pillars, towers, ravines, canyons and waterfalls. The rolling landscape plays an important role in protecting subtropical evergreen broadleaf forests and many flora and fauna, including some 400 rare or threatened species.

中国丹霞符合以下世界遗产价值标准：

标准（Ⅶ）：中国丹霞是一个令人印象深刻和独特的山水自然之美。由陡峭的悬崖、红色的山块、密集深切的峡谷、壮观的瀑布及碧绿的河溪构成的景观系统，整体为临水型峰丛－峰林景观，被天然森林广泛覆盖。构成丹山－碧水－绿树－白云的最佳景观组合，是中国和世界上最美丽的丹霞景观的例证。

标准（Ⅷ）：中国丹霞包含了各种各样的发达的红岩地貌，如峰、塔、台、单面山、悬崖、峡谷、洞穴和拱门。中国丹霞集地质多样性、地貌多样性、生物多样性及景观珍奇性于一体，其突出记录了中生代白垩纪以来欧亚板块华南区域陆壳断陷盆地的地质历史和地球中生代以来古地理环境及古气候变迁历史，展示了早白垩世陆相火山爆发、晚白垩世炎热干旱气候条件下的膏盐沉积、风沙堆积和恐龙灾难、盆地隆升与地壳形变等重大地质事件的重要证据。

浙江·江郎山　（来自汇图网）　　　　　　　　　　　江西·龙虎山（来自全景视图网）

（三）中国丹霞赋

　　时惟早晚白垩其系，历经七千万年①。湖相沉积，出海隆山。丹山碧水，因脉缠绵。遇间歇之抬升，水流深切；处亚热之气候，壑谷峰峦。贵红层地貌，爱色若渥丹。若明霞之灿烂，慰风雨之磨研。中国丹霞，神州六骏；名因模始，南粤韶关。惊横空面世，绽妖娆奇观！

　　乃尔广东，丹霞山庞。爱丹峰凸绿野，若金堡沐夕阳。发育南岭，褶皱构造之盆地；珍奇地貌，丹霞山名乃传扬。簇群式峰丛峰林，主要代表；热带区雨林沟谷，物种丰穰②。丹霞生物谱系，彰孤岛效应；热岛特征范例，值充裕研详。孤立山峰，壮汉阳元仙女；陡峭奇岩，城堡阴隙竖梁③。累累怪石，态形丛柱墙桥各异；多多奇景，仙兽人楼满目琳琅。

　　考其东海浙江，山颂江郎。亿万春秋，出深海于亘古；十八曲径，攀丹峰而瞻郎④。蚁慎行于天柱，鹰展翅于云梁⑤。心磅礴而震撼，貌道伟而魁昂。惊神泣鬼之工，巍峨巨笋；拔地接天之势，峭拔江郎。一线狭天，长径透光而炫；三峰列阵，摩云傲雪而刚⑥。入定开明，返丹颜赐敕禅号；才思慧敏，出书院岂疑江郎⑦。仁郎恒依乎鼎秀，奇峰尤秀之赫煌⑧。

　　更羡赣东，有龙虎山。丛林网切孤峰，残丘散布；颓圮疏林宽谷，溪流蜿蜒⑨。中亚热带，阔叶森林常绿；珍稀濒危，栖息物种家园。险巧灵奇，卅六龟峰绝景；壑崖墙柱，百千山貌危峦。挺象鼻论道之金枪，无石不龟；亢排衔如龙之天门，百岘丛山⑩。千百岁疑玄，悬、棺、入、故？廿八个岩洞，长、扁、深、穿⑪。赐南张北孔，都华夏道山⑫。正一教派祖庭，三山归一；唐宋元明清初，万法宗坛⑬。

　　乃尊福建，泰宁洪福。青年丹霞，网谷"峡都"⑭。翠丘金岸，中国水上丹霞；玄壑绛岩，泰宁潭瀑溪湖。万顷蓝镜，驾华轮犁雪浪；百线涧峡，藏妙奥之秘窟。乘竹筏之绿女红男，春风惬意；爱岩柱之高崖矮堡，长谷碧湖。天穹满缀蚀坑，若繁星空布；地缝浅凫游艇，恰攸乐连舳。石墙岩殿天生桥，堑槽赤壁；巷谷峰丛光穿洞，壶穴丹庐⑮。断裂隔恢弘之顾岭，崩塌开奇诡之邃屋。

　　则闻湖南，列列崀山。山良之义，绯媚之岩。丹霞欲醒之魂，千峰竞秀；世界不宣之霸，一椒接天⑯。壮士慰家园之娆，群臣沐阳彩之妍⑰。霞蔚横飏，绿发方抒夜露；峰丛高耸，金身已颖晨岚。犹叠层之魁宇，疑宫殿之毗连。孤峰怀赤胆，群党友栖贤。立则顶天立地，卧则睡佛惺仙。行则慈云普度，游则恨晚觉恬。三湘蕴宝钻，天下识红颜。

湖南·崀山群峰　（来自汇图网）

亦悉贵州，赤水绯岩。石积白垩，地友川黔。土红因色名，河娇缘水赤；流远骈峡谷，树翠映崖丹。赖河网割阶梯，夷原深谷；蕴竹山滋群瀑，碧水丹山[18]。长壁高崖，无霞渲而自绛；树蕨竹海，有天助而昌繁。大白岩挽亿岁绯弓，射春心银练；四洞沟偕十丈高瀑，悬玉瀑珠帘[19]。

嗟乎！赤水瀑布，中国之冠[20]！丹峰五柱，林海千姿；人间仙境，生灵乐园[21]。地貌若丹霞，陆相红层耸峭；神州留千处，高低老幼亿年。有澳陆中欧其布，炫神州六骏朱岩。

注

① 中国丹霞山在距今 1.4 亿年至 7 千万年间开始发育，距今 600 万年左右开始从海面间歇式抬升。

② 穰（ráng）：庄稼丰收。引申为丰盛。

③ "壮汉、阳元、仙女"石，是韶关丹霞山著名的类人形象的孤峰景观。其"阳元石"、"阴隙石"更是惟妙惟肖。

④ 十八曲径是江郎山山顶"川"形排列的三大巨石中，净高 369 米的石郎峰上的登山小道，有 18 个拐弯，称"十八曲"。

⑤ 与硕大的石峰相比，远观其人如蚂蚁大小。云梁：高入云际的山梁。

⑥ 一线：山顶的一线天石峰最窄处 3 米，长 300 多米。傲雪：冬季雪景。

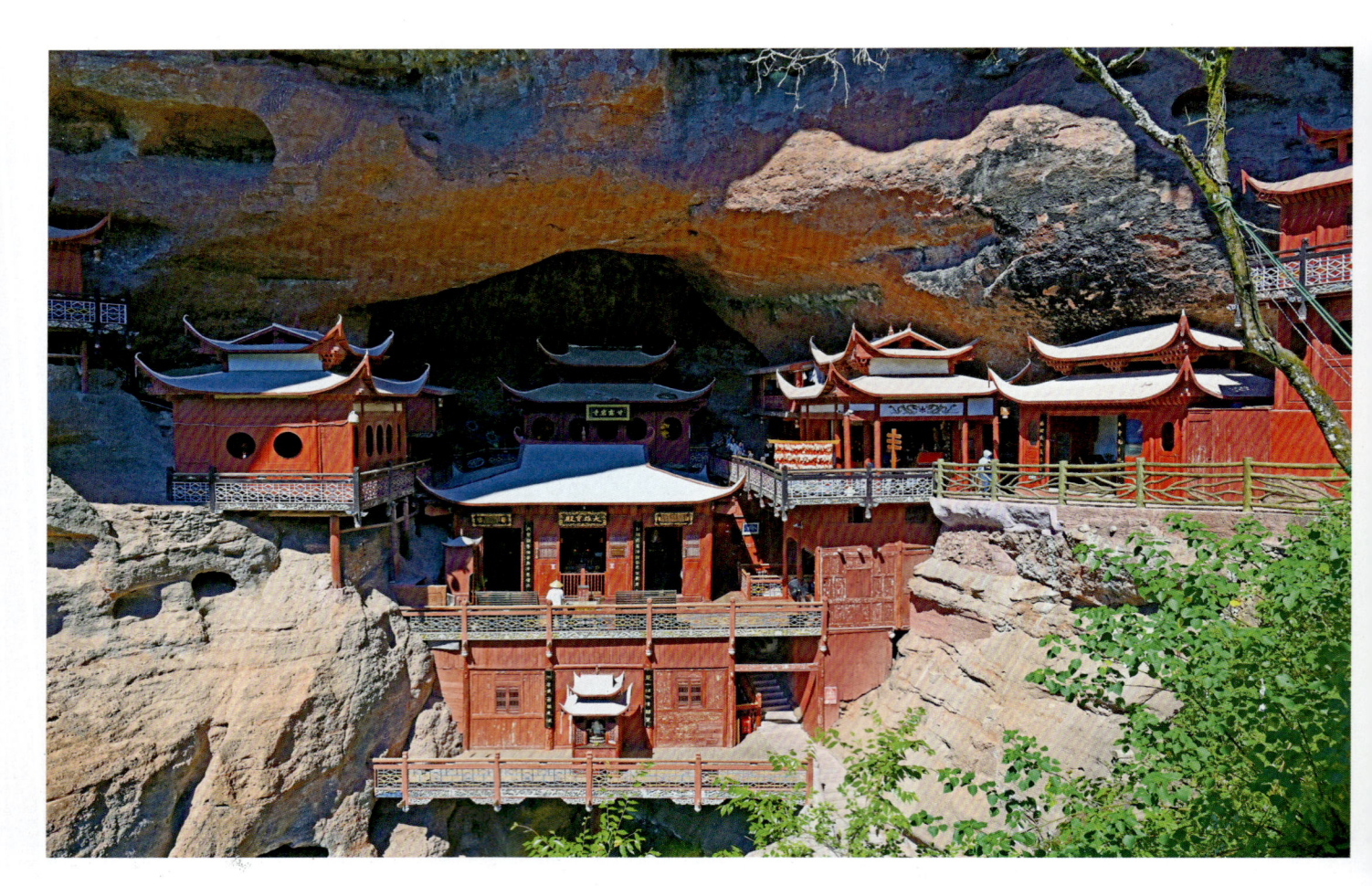

福建·泰宁金湖·丹霞岩与甘露寺　（来自汇图网）

⑦ 入定、开明：公元944年，五代时的高僧仪晏在江郎山岩龛垒石塞门入定，次岁启定还世，红光满面。吴越国王赐号"开明禅师"，此后才有建寺。岂疑江郎：反其意解读成语"江郎才尽"。

⑧ 赫煌：赤色光明貌。

⑨ 颓坼（tuí chè）：颓败坼裂。坼：裂开。

⑩ 象鼻石、金枪岩、论道岩、排衙、天门山均为龙虎山山景，"排衙"是数十座巨岩峰丛排成长达二公里的长阵，远观犹如长龙。岘（xiàn）：小而高的山岭。

⑪ "悬、棺、入、故"，指此山高崖上的悬棺，其成因、安装之谜，至今无确解。今每有吊装悬棺的表演。

⑫ 南张（张道陵家族）北孔（孔子世家）。龙虎山为道教正一道天师派祖庭，史称"道都"。

⑬ 汉末第四代天师张盛时代，道教内部有以寇谦之为首的"北天师道"和由葛洪、陆修静创立的"南天师道"，还有魏华存夫人创立的茅山上清派，形成了龙虎山（鹰潭市）、阁皂山（宜春市）、茅山（江苏常州金坛区）鼎立的局面，合称"三山"。南宋1239年时，三十五代天师张可大成为由皇帝诰封的道教正一派领袖，掌管三山道教。龙虎山天师府"私邸门"西侧有一座"万法宗坛"，始建于明嘉靖五年（1526）。元代时张天师奉旨领江南道教事，"三山"符箓均收归龙虎山天师府，乃改正一玄坛为"万法宗坛"。

⑭ 福建泰宁丹霞为青年时期的丹霞地貌，有网状峡谷100条，其余峡谷300余条。本文创称"峡都"。

⑮ 天生桥、穿洞岩为泰宁丹霞景区著名景观。

⑯ 湖南崀山因千峰竞秀被誉为"丹霞之魂"。一椒：其倒立象形的"辣椒峰"，高180米，上大下小，石顶周长约100米，乃世界之最。

⑰ 高耸的峰丛在阳光下金辉映林海，如群臣沐迎日神太阳。

⑱ 夷：铲平。赤水丹霞保护区的竹海群瀑最为著名，"碧水丹山"为中国丹霞的精确写照。

⑲ 此区大白岩实为绯丹色，如弧形巨弓，悬瀑如银练之箭。十丈：十丈洞瀑布，如玉色珠帘。

⑳ 赤水市誉称"千瀑之市"。赤水瀑布群中的十丈洞大瀑布高76米，宽80米，是我国丹霞地貌上最大的瀑布，也是我国长江流域上最大的瀑布，比黄果树瀑布还要高8米。

㉑ 五柱：此区的五柱峰为5座一字并列、形态各异的孤峰组成，是塔状、柱状、峰林状丹霞地貌代表。

九、澄江化石遗址赋

（一）澄江化石遗址概况

遗产名称：澄江化石遗址 Chengjiang Fossil Site
入选时间：2012 年
遴选依据：自然遗产（ⅷ）
地理位置：云南省玉溪市澄江县
遗产编号：1388

澄江化石地位于我国云南澄江帽天山附近，是保存完整的寒武纪早期古生物化石群。她生动地再现了 5.3 亿年前海洋生命壮丽景观和现生动物的原始特征，为研究地球早期延续时间为 5370 万年的生命起源、演化、生态等理论提供了珍贵证据。澄江生物群的研究和发现，不仅为寒武纪生命大爆发这一非线性突发性演化提供了科学事实，同时对达尔文渐变式进化理论产生了重大的挑战。澄江生物群共涵盖 16 个门类、200 余个物种化石。

澄江化石地是目前发现的世界上分布最集中、保存最完整、种类最丰富的早寒武纪地球生命现象的纪录，是已知的著名古生物化石"模式标本"产地，被学术界誉为"世界古生物圣地"。

澄江化石地质年代　（自制表）

（二）世界遗产委员会评价

澄江化石遗址位于云南省的山地丘陵地区，占地512公顷，是目前保存最完整的早期海洋古生物化石群，展现了门类广泛的无脊椎与脊椎生命体的硬组织及软组织解剖构造。澄江化石群记录了早期复杂海洋生态系统的形成。澄江遗址至少保存了160种生物门类和诸多神秘的种群以及其他196个物种，它们是5.3亿年前地球生物大爆炸的证据——现今地球上主要动物群都在这一时期出现。它为古生物学的学术研究打开了一扇重要的窗口。

Evaluation by the World Heritage Committee

Located in the mountainous and hilly area of Yunnan Province, the Chengjiang Fossil Site covers an area of 512 hectares and is the most complete group of early marine paleontological fossils, showing a wide range of hard and soft tissue anatomy of invertebrates and vertebral lifeforms. The Chengjiang fossil group records the formation of early complex marine ecosystems. The Chengjiang site preserves at least 160 biological phyla and mysterious populations, as well as 196 other species, which are evidence of the Big Bang 530 million years ago, when the major fauna on Earth today emerged. It opens an important window for the academic study of paleontology.

澄江化石遗址符合以下世界遗产价值标准：

标准（Ⅷ）：位于中国云南省的澄江化石地保存了具有独特重要意义的化石遗迹。澄江化石地的岩石和化石展示了杰出的、保存非凡的记录，是距今5.3亿年前寒武纪早期地球上生命的快速多样化的见证。在这一短暂的地质间隙时段中产生了几乎所有主要动物类群的起源。澄江化石地多样化的地质证据代表了化石遗迹保存的最高质量，传承了早寒武纪海洋生物群落完整的记录。它是一个复杂的海洋生态系统最早的记录之一，也是一个进一步认知早寒武纪群落结构的独特窗口。

（三）澄江化石遗址赋

骚体赋

三十六亿年奥秘兮，乃由之何因？溯"遂古之初，谁传道之"兮，考屈原之《天问》。析"上下未形，何由考之"兮，求演化之源因①。历两千一百余载兮，人寰莫知其演进②。旋星云混沌成地球兮，知卅六亿岁之诞辰。成原始生命真核生物兮，至叠层石繁盛。察蓝藻、细菌、真核藻、真菌兮，成藻层叠矿之层纹③。起太古、元古之纪代兮，续古、中、新三代之分④。今人类每扪心而问兮，存"何来，缘何，吾谁"之疑云。

地球渊源生物演化兮，其考属何依？生命赖有氧而诞存兮，凭蓝藻细菌卅亿年之恒力。超大陆裂而海岸长兮，滋海深温涨其宜。岩风化钙磷溶水之入海兮，如食粮助虫壳坚实⑤。予硬壳节肢动物其渐雄兮，灭软体动物尤便易⑥。何生命大爆发始诞兮，乃兼地利人和天时⑦？三尺奇虾捕食凶悍兮，底层拼死进化以抗敌⑧。基因突变生三头六臂兮，新器官新动物纷纭变异⑨。于古生代之初叶兮，处寒武纪之早期。距今五亿二千万其年兮，赤道深海之生物绝奇。状如米豆亦大如梨桃兮，类众多而形繁姿。有类藻植物及无脊椎动物兮，兼叶足、鳃曳、纤毛环虫类如；或海绵、软体、栉水母、开腔骨类兮，并腔肠、节肢、腕足、水母类生物。或形如蠕虫花朵海虾冠帽兮，亦若花瓶圆盘及水母⑩。实美不胜收而峥嵘瑰奇兮，真千奇百怪而生龙活虎！

远古动物奇绝兮，实未闻其实。化三叶虫之万千态兮，生耳目夫甲刺⑪；状今鱼之惧鲨兮，繁望

上　远古海洋生物　（崔红秀　摄）
左　云南·澄江生物进化图　（崔红秀　摄）
右　云南·澄江远古海洋生物化石　（陈志平摄）

族之长栖。数"欧巴宾海蝎"怪异兮，位加拿大北美海区：头顶五只"卡姿兰"大眼兮，列排桨而腮移[12]。惊捕食肢之奇妙兮，利翻找而猎袭；出长嘴夫软柔兮，出端钳如象鼻[13]。中华澄江有近亲兮，恐虾纲之麒麟虾族：前双钳多密刺兮，侧桨腮颊有对目；口排利齿实尖锐兮，刺薄壳如豆腐。长四尺之巨躯兮，令海洋族甚胆怵[14]。历数千万年之霸主兮，嚣大洋称望族[15]！有千年海绵体之寿星兮，乃珊瑚之先祖。有带腿蠕虫乃叶足动物兮，更二米长奇虾霸主[16]。

　　突尔封闭锁存兮，其化石之因故？呜呼天降大难兮，袭瞬间若倾覆。刹泥沙之包裹兮，锁时空而疾猝[17]。能抑生物降解之氧兮，并埋泥尤神速[18]。得二项之兼备兮，化澄江石存精富[19]。不惟硬体之风韵兮，惊软体化石之犹驻[20]。表皮纤毛眼睛肠胃口腔兮，且神经消化道之瞭如[21]。屡经沧海复桑田兮，升海底而山突兀。

藏稀世珍宝于僻壤兮，历五亿岁未遇其贵人。夏得寒武纪生物之密钥兮，"侯先光"启生命之门[22]。掘纳罗虫化石之偶遇兮，方秀神奇颜真。沉睡五亿三千万年兮，位寒武纪之早辰。十年十国专家云集兮，洞察生物演化之神奇。标化石类世界自然遗产兮，全球三、中国首而亚洲唯一[23]。含二十门类近三百物种兮，惊誉现生动物之远祖于斯！全球非凡之创举兮，古生物之圣地！

当大赞化石意义兮，悉虫鱼人之轨迹。揭示寒武纪生命大爆炸兮，解通天奥秘之金钥匙。仅四千万年之短瞬兮，约地球史百分之一[24]。进化九成之动物门类兮，近现物种之肃齐[25]。"天下第一鱼""昆明鱼"兮，人类远祖之极！其化出生命三个第一兮，脊椎、头脑、心脏肇原始[26]。续化其脊椎肌群兮，滋动物生出四肢。后可登陆直立行走兮，方能进化出今人大智[27]。获演化及环境证据兮，证生物大爆发乃真实。开鱼类—两栖—爬行—哺乳—人类兮，生命进化树之谱系。破达尔文进化理论之局限兮，响誉二十世纪[28]！

生物演化链之鼻祖兮，世纪最惊人科学发现之一[29]。问人类远祖躯体构型之器官兮，于何时何类虫首创并传嗣[30]？答"何来，缘何，吾谁"之疑云兮，破解世纪谜题！

注：

本篇所有科学概念术语均参考自网络词条及网友们的专业解释。

① 屈原（公元前340—前278）著科技类质疑名篇《天问》，文之首提出以上两句，考问人之来源。

② 《天问》著作年代不详。屈原提问年至1833年时至少有2100余年。1833年，查尔斯·莱尔把地球历史划分为第一、二、三纪和后第三纪，其中第二纪细分为石炭、新红砂、莱亚斯、侏罗、威尔登和白垩六组，第三纪细分为始新世、中新世和上新世。

③ 地球形成经历了原始生命－真核生物－叠层石繁盛期。叠层石主要是蓝绿藻本身作用（还有细菌）及其生命活动遗迹和沉淀作用产物的综合体。蓝藻、细菌、真核藻、真菌，生成了藻层叠矿的层纹。

④ 地质年代分为：太古代、元古代、古生代、中生代、新生代（新生代尾期人类出现）。

⑤ 蓝藻细菌（又名蓝绿藻、蓝细菌）是原核生物，约地球10亿岁时出现，年龄约33—35亿岁，因此在25亿年—6亿年间发生了两次重要的"大氧化事件"。随着超大陆在5.4亿年发生裂解，海岸线变长。

⑥ 硬壳节肢动物对软体动物有超强猎杀力。

⑦ 专家认为生命大爆发的产生，恰合"天时地利人和"乃成。天时：温生钙磷多致壳硬；地利：海深域广养丰；人和：基因突变，触角会变腿、翅膀增数。

⑧ 长度约一米的海洋霸主奇虾（因长相奇特被专家以此命名）的肆意猎杀，促进了其他海洋生物的对应进化。

⑨ "三头六臂"见⑦之"人和"。

⑩ 寒武纪早期生命大爆发时期的各种奇特繁多的物种形态。

⑪ 三叶虫有2万种，有耳有目有甲或有刺。族种在地球存活了3.1亿年（前5.6亿—2.5亿年）。

⑫ "欧巴宾海蝎"头顶有五只大眼。"卡姿兰大眼"：2001年唐锡隆先生创立"卡姿兰"（香港）有限公司及品牌。卡姿兰品牌为旗下之睫毛膏做的广告中蔡依林所说的一句广告词，以表用此睫毛膏后增大眼睛的视觉效果，成为形容一个人眼睛大、睫毛长并眼神迷人的网络调侃流行语。竟被地质学者也用上了。此蝎靠身两侧的排形鳃划"桨"而前进。

⑬ 欧巴宾海蝎的嘴是一个柔软的象鼻状捕食肢，前部有两丫钳形爪可夹住食物。此前四组句子专为描述此奇特物种。

⑭ 恐虾纲中的麒麟虾族是奇虾的近亲，在中国澄江生物群化石中大量存在。

⑮ 资料显示有一米长的奇虾巨兽。

⑯ 资料介绍有长达二米的奇虾霸主。

⑰ 正在活动的生物突然被泥沙包裹，疾猝地锁住了时空，逐渐成为化石。

⑱ 能抑制生物活体降解，需要缺氧状态并神速埋入泥土。

⑲ 澄江软体动物化石的存在必须满足2个基本条件："快速埋藏＋可以抑制生物降解腐烂。"澄江化石做到了精美、富有、奇特。

⑳ 犹驻：尚且存在。

㉑ 瞭如：清楚明白的样子。

㉒ 在1984年7月1日，中国侯先光教授在澄江首次发现纳罗虫化石，找到了开启寒武纪早期生物的密钥，开启了探寻人类生命起源之门。

㉓ 在2012年7月1日，在俄罗斯圣彼得堡召开的第36届世界遗产委员会会议宣布，将中国澄江化石地列入《世界遗产名录》，是全球三个之一、中国首个、亚洲唯一的寒武纪早期化石地。

㉔ 寒武纪早期有四千万年时段，约占地球史46亿年的百分之一，当然算"短短""爆发"。

㉕ 此地化石群可见地球生物已经进化了九成的现生动物门类。肃齐：整齐完备。汉·陈琳《檄吴将校部曲文》："今者……，戎夏以清，万里肃齐，六师无事。"

㉖ 昆明鱼化石有脊椎，进化出第一个脊椎、第一个头脑、第一个心脏，享誉"天下第一鱼"，是人类的原始鼻祖！

上　云南·澄江远古海洋生物化石 奇虾　　（陈志平 摄）
下　云南·人类先祖：天下第一鱼　　　　（陈志平 摄）

㉗ 言动物演化出从海—陆地—树下行走—进化为人类至今的大智慧。

㉘ 达尔文进化理论认为是"渐进性进化"，而澄江化石群证明"生命大爆发"是突变式进化。

㉙ 澄江化石群被尊为生物演化链之鼻祖，是20世纪最惊人科学发现之一。

㉚ 传嗣：嫡派承传。此指人类（相较于其他动物）的进化传承。

十、新疆天山赋

（一）新疆天山概况

遗产名称：新疆天山 Xinjiang Tianshan

入选时间：2013 年

遴选依据：自然遗产（vii）(ix)

地理位置：横亘新疆全境，跨越了喀什、阿克苏、伊犁、博尔塔拉、巴音郭楞、昌吉、乌鲁木齐、吐鲁番、哈密 9 个地州市。

遗产编号：1414

新疆天山由托木尔、喀拉俊－库尔德宁、巴音布鲁克和博格达四个部分组成，总面积达 606,833 公顷。它们是天山山脉的一部分，是世界上最大的山脉之一。新疆天山拥有独特的自然地理特色和风景优美的地区，包括壮观的雪山和冰川覆盖的山峰、未受干扰的森林和草地、清澈的河流和湖泊以及红床峡谷。这些景观与广阔相邻的沙漠景观形成鲜明的对比，在炎热和寒冷的环境、干燥和潮湿、荒凉和繁茂之间创造了一个鲜明的视觉对比。自上世纪以来，该地区的地貌和生态系统一直得到保护，成为正在进行的生物和生态演化过程的杰出范例。这个地方还延伸到塔克拉玛干沙漠，世界上最大最高的沙漠之一，以其巨大的沙丘和沙尘暴而闻名。此外，新疆天山是特有及遗存植物品种的重要栖息地，包括一些珍稀及濒危物种。

新疆·天山雪峰　（来自汇图网）

（二）世界遗产委员会评价

　　新疆天山具有极好的自然奇观，将反差巨大的炎热与寒冷、干旱与湿润、荒凉与秀美、壮观与精致奇妙地汇集在一起，展现了独特的自然美。典型的山地垂直自然带谱、南北坡景观差异和植物多样性，体现了帕米尔—天山山地生物生态演进过程，也是中亚山地众多珍稀濒危物种、特有种的最重要栖息地，突出代表了这一区域由暖湿植物区系逐步被现代旱生的地中海植物区系所替代的生物进化过程。

天山·那拉提草原雪山冰川　　　（来自汇图网）

Evaluation by the World Heritage Committee

　　Xinjiang's Tianshan Mountains have excellent natural wonders, combining the contrasting heat and cold, drought and humidity, desolation and beauty, spectacular and exquisite, showing a unique natural beauty; The typical mountain vertical natural band spectrum, the difference between the landscape of the north and south slopes and the plant diversity reflect the bioecological evolution process of the Pamir-Tian Shan Mountains, and are also the most important habitats of many rare and endangered species and endemic species in the mountains of Central Asia, highlighting the biological evolution process of this area gradually replaced by the warm and wet flora to the modern xerophytic Mediterranean flora.

新疆天山符合以下世界遗产价值标准：
　　标准（ⅶ）：具有极好的自然奇观或非同寻常自然美和美学重要性的区域。
　　标准（ⅸ）：是反映陆地、淡水、海岸、海洋生态系统和动植物群落正在进行的、重要的生态和生物演化过程的杰出范例。

（三）新疆天山赋

骚体赋

　　山系规模何生兮，其成因藏玄秘。缘印度板块之挤压兮，斯欧亚边区乃兀立。历千万春秋之孕诞兮，呈西东条状之隆起。横亘亚欧大陆之腹地兮，属世界七大之山系①。跨中、吉、乌、塔之四国兮，绵延五千之华里②。陷大沙漠夹其山脉兮，具山盆相间之格局③。

　　乃全球生态最典型兮，属温带旱区之山地。位全球干旱之区域兮，斯山系规模属第一。雄踞中华之新疆兮，长三千五百之华里④。分北、中、南序三列兮，远海洋内陆之山系⑤。纳西洋北漠之湿气兮，化凝露消融之雪霁。

　　最高双峰何兀立兮，实孤傲骈久矣。秀极峰"托木尔"之高峻兮，接九天俯瞰人居息⑥。其长八百米之刀锋兮，欲破青天之奥秘⑦。偕"汗腾格里"峰以比翼兮，携七千冰川以凝聚⑧。若琼芳争艳而相逢兮，似蓝天峰浪之涟漪⑨。有雪莲、白玉及虎峰兮，若众仙天宫之相遇⑩。借东海晨曦而拂面兮，映金峰朝阳尤绝奇。积高山终年之冰雪兮，悉低山冷暖分两季。

　　惊"喀拉乌成山"之冰川兮，存已四百万之年期。藏古冰斗槽谷及冰坎兮，固千百水库于坡地⑪。疑沙漠酷暑其炙烤兮，费猜详凉热其孰宜？仰高崖嵯峨而壁立兮，爱雪原若银毯夫以披。其冷季雪深而晴朗兮，其盆谷多雾霜之气。时山岚如纱尤窈窕兮，时雪崩犹万马之奋蹄。醒冬夜漫漫之酷寂兮，友暖阳热烈之心意。化清泉潜伏于冰川兮，出万壑叮咚之小溪。位世界八大山谷冰川兮，有天山、汗腾格里。其冰川长百廿里兮，骇冰裂缝深数百米！真蓝冰国度白玉世界兮，藏冰故事冰之奇迹。爱冰溶洞冰蘑菇冰钟乳水晶墙兮，恋冰塔冰椎冰桌冰面湖涟漪。观玉笋高竖冰蘑晶莹兮，伴冰瀑银练、冰下湖神秘。

　　爱"喀拉峻"、"库尔德宁"之水草兮，恋山地草原夫草滩⑫。望乌孙、额尔宾、那拉提山兮，爱森林高山之草原⑬。惊那拉提山脊绝壁峡谷深裂兮，骇断崖峻伟之雄山。雪岭云杉乃第三纪古树种兮，幸于此避难遗物种古残。其现代天山形成演化活化石兮，兹特有树种仍叶茂枝繁。各植物区系接触混合特化兮，其演化史历四千万年⑭！

　　时奔猞猁、盘羊、雪豹、野驴、马鹿、熊、豺兮，翔栖鹫、雕、黑鹳、雪鸽、雪雀、徙雁。其生态环境具种群制约多样性兮，食物链组成尤整完。村落古墓草原石人兮，钩沉千年之风帆。其山峦叠嶂、地形百变兮，峰林草雪河峡湖泉。望玉峰蓝天游七彩草甸兮，步绿林蓝湖黑石观红岩。闻风吟水号雷鸣瀑响兮，喜牛哞羊咩鸟唱人欢。

冰川局部　（来自汇图网）

天山·巴音布鲁克·九曲霞光九个太阳　（来自汇图网）

　　更爱"巴音布鲁克"草原兮，四面环抱夫雪山[15]。"星星平原"尤其优美兮，永不枯竭之甘泉[16]。攀九曲十八弯之山路兮，至九曲十八湾之河畔[17]。一弯花海一条翠龙兮，一浪森林一列雪山[18]。一湾水草一丛毡房兮，一溜白云一片蓝天。一杯美酒一腔心语兮，一心佳梦一生眷然。有水草丰美牛羊遍野兮，有世界最美大草原。有"黑头绵羊"披白袄兮，有双峰骆驼享悠闲。有那达慕节庆姑娘骑手兮，有牦牛群帐篷湿地雪山[19]。有碧水绿野如翠毯兮，有丹霞石林隐绯峦。专爱梦幻之天鹅湖兮，兼爱"行走之羊肉串"[20]。最奇九镜生九个太阳兮，最绝一夕照一峰金山[21]。

　　古冰川兮雄厚，滋天池兮天山。东天山兮北麓，博格达兮峰尖[22]。长湖蓝兮绝美，有瑶池兮奇观[23]。灵山有兮天池，山麓镜兮湛蓝。八骏车兮西驰，互赠礼兮流连。穆天子兮对歌咏，西王母兮偕欢筵[24]。冰川出兮甘露，潜流诞兮灵泉。长湖清兮明澈，山花艳兮婵娟。育生灵兮富顺，养云杉兮连绵。鳄鱼吐珠兮悬泉飞瀑，天池三瀑兮冰潭银帘[25]。夏雨骤兮黄龙暴，金屏开兮朱雀娴[26]。秋流泻兮雪马奔，晶珠溅兮玉龙翻。黑龙潭兮仙女泳，长虹瀑兮垂悬。玉女潭兮圆月媚，塔松翠兮抱环[27]。天镜放排兮活枯木，夜风兆吉兮爽灯帆[28]。镇海神针兮古榆，排矗巨石兮灯杆[29]。西王母庙兮求则应，宝岛远拜兮朝圣团[30]。将军沟口兮古石画，博峰凹谷兮现冰川[31]。砾漠生灵兮掩混沌，冰石插花兮绽雪莲[32]。

　　赤县之天山亘雄兮，三千五百里。人间之瑶池驰誉兮，三千零廿年[33]。

288

东部天山·天池风光　　（余晓灵　摄）

注

① 天山山脉横亘亚欧大陆之腹地，是世界七大之山系之一。

② 天山横跨中国新疆、吉尔吉斯斯坦、乌兹别克斯坦、塔吉克斯坦四国，长 2500 公里。

③ 天山北面是准噶尔盆地，南面是塔里木盆地。

④ 天山山脉在中国境内长度为 1760 公里。

⑤ 天山山脉呈西部较宽而东部窄形，宽 300 至 800 公里，分呈西—东走向的三列平行的褶皱山脉：北脉、中脉、南脉，其北部的一列直达东部末端的新疆东部哈密市。中脉最短。

⑥ 位于天山西部的托木尔峰在新疆阿克苏地区温宿县境内，海拔 7443.8 米，是天山最高峰。居息：居住生息。

⑦ 托木尔峰峰顶呈东西走向鱼脊状的狭长山梁，长 800 米，而宽仅约 1 米，最宽处约 3 米，堪称刀锋。

⑧ 汗腾格里峰距离托木尔峰很近，为天山第二高峰，海拔 6995 米，有七千条冰川。

⑨ 其褶皱的众多山岭、山峰在光影下远观，酷似巨浪翻滚。

⑩ 雪莲、白玉、虎峰均是旁边除开汗腾格里峰之外的冰峰。白玉：洁白大理岩上覆盖着白雪的阿克塔什峰（白玉峰）。虎峰：形似卧虎的却勒博斯峰。

⑪ 巨大的冰川冰厚可达数百米，堪称固体水库。

⑫ 喀拉峻草原位于天山西部北脉南坡的特克斯县，库尔德宁草原位于附近巩留县。

⑬ 乌孙额尔宾山、那拉提山是天山中脉的山名，在伊犁州新源县境内。那拉提山草原是世界四大草原之一的亚高山草甸植物区，在库尔德宁草原附近。

⑭ 动植物区域物种随天山四千万年的地质气候变化而演化。

⑮ 巴音布鲁克草原地势平坦，位于天山南麓库尔德宁东部的和静县，保留了多种稀有物种。

⑯ 巴音布鲁克，蒙语是"永不枯竭的甘泉"之意（突厥语则为"星星平原"之意）。

⑰ 这里的开都河全长600公里，有九曲十八湾之美。在中国四大名著之一的《西游记》中，开都河名叫通天河，传说唐僧取经的"晒经岛"就在和静县境内。

⑱ 此句描述雪岭下的森林之美态。

⑲ 那达慕：是蒙古语的译音，意为"娱乐、游戏"，以表示丰收的喜悦之情。"那达慕"大会是蒙古族历史悠久的传统节日。此处隶属新疆巴音郭楞蒙古自治州，故有此节庆。

⑳ 此草原的天鹅湖，是世界最大的野生天鹅种群栖息繁衍地，每年来此约数千只。行走时身上肥肉抖动的肥羊，被观众戏称为"行走的羊肉串"。

㉑ 夕阳西下时，九曲河段的各个水面反射会使人看到有九个太阳在水中真实的珍奇美景。夕照雪峰也会呈现纯金色的金山峰奇景。

㉒ 博格达：蒙古语意为神灵，最高峰位于天山东段北坡乌鲁木齐市附近，海拔5445米，是"东部天山第一峰"。

㉓ 天山天池誉为人间瑶池，传为西王母修身之地。

㉔ 穆天子：周穆王（前1026？—前922年？）。曾乘坐"八骏马车"西行天山，西王母在天池接见了他。西晋·荀勖等人整理、郭璞作注的《穆天子传》前四卷详载：周穆王率六师之众，渡黄河，逾太行，……过贺兰，经祁连，走天山，而至西王母之邦。

㉕ 天池三瀑：小天池的"鳄鱼吐珠"、"悬泉飞瀑"和"冰潭银帘"的合称。

㉖ 夏季丰雨后河流暴涨，水势若黄龙咆哮翻腾，入湖前散开奔流若金色的孔雀开屏。

㉗ 黑龙潭、玉女潭是天池上游的两个小天池。

㉘ 丰水期天池有伐木工乘风挂帆放木排，夜晚灯若繁星。

㉙ 天池北岸边有一株古榆树，誉称定海神针，相传西王母以头上宝簪镇天池水怪，周穆王在簪旁种一榆树存活至今。附近山上有三座巨石矗立称灯杆山。

㉚ 在1990年11月，台湾"西王母朝圣团"一行二百余人专程来天池朝拜。此后海内外"西王母朝圣团"络绎不绝。

㉛ 博格达山雪线附近景点将军沟口有巨石，上刻古代40多幅狩猎图象岩画及神秘的记事符。

㉜ 高海拔区遍地岩石碎块，生物活动微弱，呈现原始状态。冰雪漠砾间偶有雪莲，誉"冰石插花"。

㉝ 周穆王（前1026？—前922年？），距今至少3020年。

上　天山　喀拉峻草原风光
下　天山湿地　（余晓灵 摄）

十一、湖北神农架赋

（一）湖北神农架概况

遗产名称：湖北神农架 Hubei Shennongjia
入选时间：2016 年
遴选依据：自然遗产（ix）(x)
地理位置：位于湖北省西北部
遗产编号：1509

神农架位于湖北省西北部，东与湖北省襄阳市保康县接壤，西与重庆市巫山县毗邻，南依兴山、巴东而濒长江三峡，北倚十堰市房县、竹山县。

湖北神农架世界自然遗产地面积 73318 公顷，分为西部的神农顶/巴东片区和东部的老君山片区，有 11 种植被类型，拥有世界上最完整的垂直自然带谱。

神农架地区是中国种子植物特有属三大分布中心之一，独特的地理过渡带区朔造了其丰富的生物

多样性、独特的生态系统和生物演化过程。神农架植物多样性地区弥补了世界遗产名录中的空白，同时为大量珍稀和濒危动物物种保留了关键的生态系统。遗产地内有许多珍稀濒危物种，如川金丝猴湖北亚种、金钱豹、金猫、豺、黑熊、麋、中华鬣羚、金雕、白冠长尾雉和世界上最大的两栖动物大鲵等。1884 年至 1889 年本地区新纪录物种超过 500 个，神农架还是许多物种的模式标本采集地。

2021 年 7 月 28 日，第 44 届世界遗产大会审议通过，重庆巫山县五里坡国家级自然保护区部分区域纳入世界自然遗产"湖北神农架"范围。

（二）世界遗产委员会评价

神农架位于中国中东部湖北省。这处遗产地由两部分构成：西边的神农顶／巴东和东边的老君山。这里有中国中部地区最大的原始森林，是中国大蝾螈、川金丝猴、云豹、金钱豹、亚洲黑熊等许多珍稀动物的栖息地。湖北神农架是中国三大生物多样性中心之一，在 19 和 20 世纪期间曾是国际植物收集探险活动的目的地，在植物学研究史上占据重要地位。

Evaluation by the World Heritage Committee

Shennongjia is located in Hubei Province in central and eastern China. The site consists of two parts: Shennongding/Padang in the west and Laojunshan in the east. It is home to the largest primeval forest in central China and is home to many rare animals such as the Chinese salamander, Sichuan golden snub-nosed monkey, clouded

湖北·神农架山峦森林　　（来自全景视觉网）

leopard, money leopard, and Asiatic black bear. Hubei Shennongjia is one of the three major biodiversity centers in China, and was a destination for international plant collection expeditions during the 19th and 20th centuries, occupying an important place in the history of botanical research.

湖北神农架符合以下世界遗产价值标准：

标准(ix)：湖北神农架保护中国中部最大的原始森林，是中国特有植物物种的三个中心之一。该遗产地拥有11种植被类型和6个梯度的完整海拔植被谱，包括常绿阔叶林、常绿落叶混交林、落叶阔叶林、针阔混交林、针叶林，以及灌木/草地。湖北神农架地区落叶木本植物874种，隶属于260属，是世界落叶阔叶林类型和北半球常绿落叶阔叶混交林中树种和属丰富度无与伦比的地区，是世界上最完整的高原自然带。湖北神农架地处大巴山常绿林生态区，也是中国西南温带森林的优先生态区。

标准(x)：湖北神农架独特的地形和气候受冰川的影响相对较小，因此为许多稀有、濒危和特有物种以及世界上许多落叶木本物种的天堂。该遗产地物种丰富度较高，特别是在维管植物中，拥有中国63%以上的温带植物属。该遗产地包括全国12.9%的维管植物物种。多山的地形也是许多动物的重要栖息地，在该遗产地已发现1550只金丝猴。神农架金丝猴是中国三亚种中濒危程度最高的一种，完全受其自然属性的限制。

（三）湖北神农架赋

律赋
以"稀世生物，神秘文化"为韵

赞标乎神农天园，华中屋脊①。誉生物之宝库，真世界之珍稀。地球同纬度，绿洲保神奇。江汉夹其方圆，三千平方公里；础巅拔其高距，八百十二丈兮②！十亿纪年，沧桑此伏彼起；百千风韵，景因多彩多姿。繁衍动物植物，近五千种；类属囊括东亚，子遗栖息③。冰雾云霞，山水风光秀美；民俗文化，神农史诗瑰琦。四峡深峻，三河旖旎；九湖绮丽，五洞神奇④。保存完好之绿洲，中国内陆唯一；世界绿色之宝地，中纬度区独席⑤。入世界生物圈保护网，列国家自然之保护区。

若乃峡谷毗连，奇峰雄世。钟乳潜河藏玄奥，秘洞骇人；仙人鬼兽展峥嵘，石林耸峙⑥。

神农架留影　（张　萍摄）

秀山奇洞，鳞羽仙迹。水漫滩急，瀑悬深涧清河；花鲜草翠，甸掠莺侣白雉。流跃奋勇之鲤，藏渊欲达；夜鸣觉敏之鲵，归穴仍匿[7]。

闻昔神农采药，救死扶生。尝百草而入山，遇毒而侵；怜万民而积德，食茶而宁[8]。寻药千八百种，有天麻黄连独活；种植万三千亩，若当归冬花见耕[9]。炎帝神农，发乎茶饮；茶圣陆羽，始撰《茶经》[10]。道习东亚，薪传禅茗[11]。世界饮料，鼎三列名[12]。

溯其亘古，岩浆岩起于岭峦，岩溶岩坍于洼处。千米其深，刨蚀侵蚀之长峡；万代历时，冰川流水之产物[13]。基岩顽强，升露若神农金猴老君山顶；岩溶消弱，藏凸若暗河石林洞洼槽谷[14]。"神农谷"天造石林，经冰侵岩溶寒冻塌崩根劈风蚀；尖棱形板条石柱，似刀锋禽兽芽林巨掌人形武库。垂直气候，三千七百种植物；自由王国，千零五十种动物。千峰拔峭，金猴栖原始森林；万类峥嵘，黛岭泳幻忽乳雾[15]。朝菌含千姿旦媚，尤钟老木草茵；山花绽四季时香，更愿衰颜果馥[16]。

考其族也，华夏源溯因，神农与农神。农神益专业，神农乃祖神。农神擅稻，富水光温之地；乡繁鱼米，耕耘稷谷之神。裔其族陷涝，乃北迁陕陇；或鲁豫鄂西，翼辽蒙邻。三番如此，千年徙耘。渭豫汉习，华夏族人。恋其湖者，九龙争饮，九湖缀盆[17]。冬雪琼林仙境，芳泽翠麓野屯。秋彩近山，白雾飘金岭之重；天鹅振翅，蓝镜映彤草之滨[18]。鹿昵游人之悦，客通生灵之淳[19]。

尤异尔白兽珍稀，奇洞神秘。幽玄瑰奇，白化珍趣。久传野人之影，有感幻虚；屡见瑞兽之白，羡奇藏密。龟、麂、猴、熊、白松鼠，神龙架唯独；蛇、雕、獐、鹿、白乌鸦，全球之罕异。五洞者：燕洞尤温馨，候鸟甘留此。夏冰冬温、时更冷热，秘景奇观；雷响鱼逸、日三潮汐，动因妙异[20]！

稽其汉族史诗，瑰宝活文。西承秦汉，北商其化；南延巴蜀，东楚其存。唱本始乃大明，远古魂

神农架大九湖风光　（来自全景视觉网）

重庆巫山·五里坡（纳入神农架世界自然遗产）　（来自百度网　知乎@在远方的阿伦）

灵记忆；脉传老祖胤绪，当今史诗曲陈[21]。古溯神农，架寻瑶草功庶常；今现《黑暗》，传唱汉族史耀焜[22]：洪水滔天未行，绚烂恣肆；天地玄黄肇已，繁衍纷纭。上吟混沌元气，盘古创世融分；下传天地人神，万物演化风云[23]。

渊源夫神农架名，古因文化。神农炎帝，以木为架。今塑像人身牛首，祭祀祖先；彰关心生态文明，神农文化[24]。采药疗民始祖，山名神农架；驯牛穿井农耕，功颂创桑稼[25]。誉生物之宝库，真世界之珍稀；地貌缘延邈古，福佑生灵高塔。匡扶大道，兴替之钤韬；原始自然，沧桑之律法[26]。动植物乐园，繁衍天下；人民昌嗣胤，盛隆华夏[27]！

嗟乎，中国十大天然生物保护区之一，华中之屋脊，神农架！

注

① 神农架山脉最高峰神农顶海拔3106.2米，誉称华中屋脊。

② 江汉：长江和汉江。最低与最高相对高差达2708.2米。

③ 神农架有植物3700多种，动物1050多种，共约4750种。孑遗：残存者。

④ 区内有四峡、三河、九湖、五洞。

⑤ 神农架林区被称为世界上中纬度区独有的绿色宝地。

⑥ 钟乳：钟乳石。

⑦ 鲵：大鲵，国家一级保护动物。喜昼伏夜出，游水中时受惊觉而鸣叫。

⑧ 茶：茶叶。相传神农尝百草中毒，食茶后乃解毒。

⑨ 林区种植有中草药一万三千亩。

⑩ 唐·陆羽在《茶经》："茶之为饮，发乎神农。"

⑪ 茶，流传于东亚日本，且于禅相互融合，所谓"禅茶一味。"

⑫ 可可、咖啡、茶，是世界三大饮料。

神农坛　（来自全景视觉网）　　　　　　　　　　　　　　湖北·神农架奇峰　（来自全景视觉网）

⑬ 山体岩石受冰川刨蚀、流水深切侵蚀共同作用成为峡谷地貌。

⑭ 神农顶、金猴岭、老君山顶，属于基岩裸露；消弱：散失、消溶。暗河、石林、洞洼、槽谷属于岩溶（喀斯特）地貌。

⑮ 金猴：川金丝猴。神农架保留着第四纪冰川运动的遗址，古老的川金丝猴便成为其时的遗孤。幻忽：变幻快速。

⑯ 朝菌：朝生夕死的菌类。《庄子·逍遥游》："朝菌不知晦朔……"。旦：早晨。

⑰ 九龙：区内环"大九湖"景区的山岭如九龙争饮。盆：环岭中的大九湖洼盆区。

⑱ 大九湖有黑、白天鹅，红色秋草、七彩山岭、白雾、湖中倒影等景致。

⑲ 梅花鹿是十分胆小的动物，大九湖散养的梅花鹿却可以自由与游客亲昵，食人手中之草。淳（chún）：质朴、敦厚。

⑳ 五洞：此山有万燕栖息的燕子洞、时冷时热的冷热洞、盛夏冰封的冰洞、一天三潮的潮水洞、雷响出鱼的钱鱼洞。

㉑ 胤绪：后代。曲陈：详述。

㉒ 瑶草：传说中的香草。庶常：大众吉祥。周秉钧（1916—1993）《尚书易解》："庶，众也。常，祥也。"《黑暗》：《黑暗传》。从明代以来在神农架区域传唱的七言民俗文学唱词三千行，各类版本多个多名计二万余行。具有汉族史诗性质。耀焜：辉耀。比喻显扬威信、业绩等。

㉓ 盘古：中国神话传说中开天辟地的人，其后乃有三皇。

㉔ 神农氏貌为人身牛首。神农氏是炎帝氏族。西晋·皇甫谧《帝王世经》称：神农氏"人身牛首"。明·陈耀文《天中记》载："神农牛首。"

㉕ 桑稼（sāng jià）：农桑之事。

㉖ 钤韬（qián tāo）：古兵法有《玉钤篇》和《玄女六韬要决》，后因以"钤韬"泛指兵书或谋略。

㉗ 嗣胤：子孙后代。

十二、青海可可西里赋

（一）青海可可西里概况

遗产名称：青海可可西里 Qinghai Cocoxili
入选时间：2017 年
遴选依据：自然遗产（vii)(x)
地理位置：青藏高原东北部
遗产编号：1540

可可西里，蒙古语"青色的山梁"之意。青海可可西里世界遗产位于玉树藏族自治州治多县、曲麻莱县境内，核心区面积约为 37357.32 平方公里，是中国面积最大的世界遗产。可可西里为寒冷的高原气候，在不间断的地质变迁中，在青藏高原上形成了独特的自然环境。区域内拥有青藏高原上最密集的湖泊，以及极其多样的湖泊盆地和高海拔内湖湖泊地形。

可可西里独特的地理和气候条件孕育了独特的生物多样性，是大量高原特有动植物的重要庇护所。可可西里是濒危野生动物藏羚羊种群的主要产犊地，维系着其至关重要的迁徙规律。本次提名的区域内包含一条从三江源到可可西里的完整的迁徙路线，是迄今已知的藏羚羊所有迁徙路线中保护最好的路线。

（二）世界遗产委员会评价

可可西里面积广阔，几乎没有现代人类活动的冲击。极端的气候条件和它的难以接近性共同保护着这个最后的庇护所，它属于很多具有全球重要性的高原依赖物种。三分之一以上在提名地内发现的高级植物为青藏高原所特有，所有靠这些植物生存的食草哺乳动物也同样是青藏高原特有。提名地拥有非凡的自然美景，其美丽超出人类想象，在所有方面都令人叹为观止。

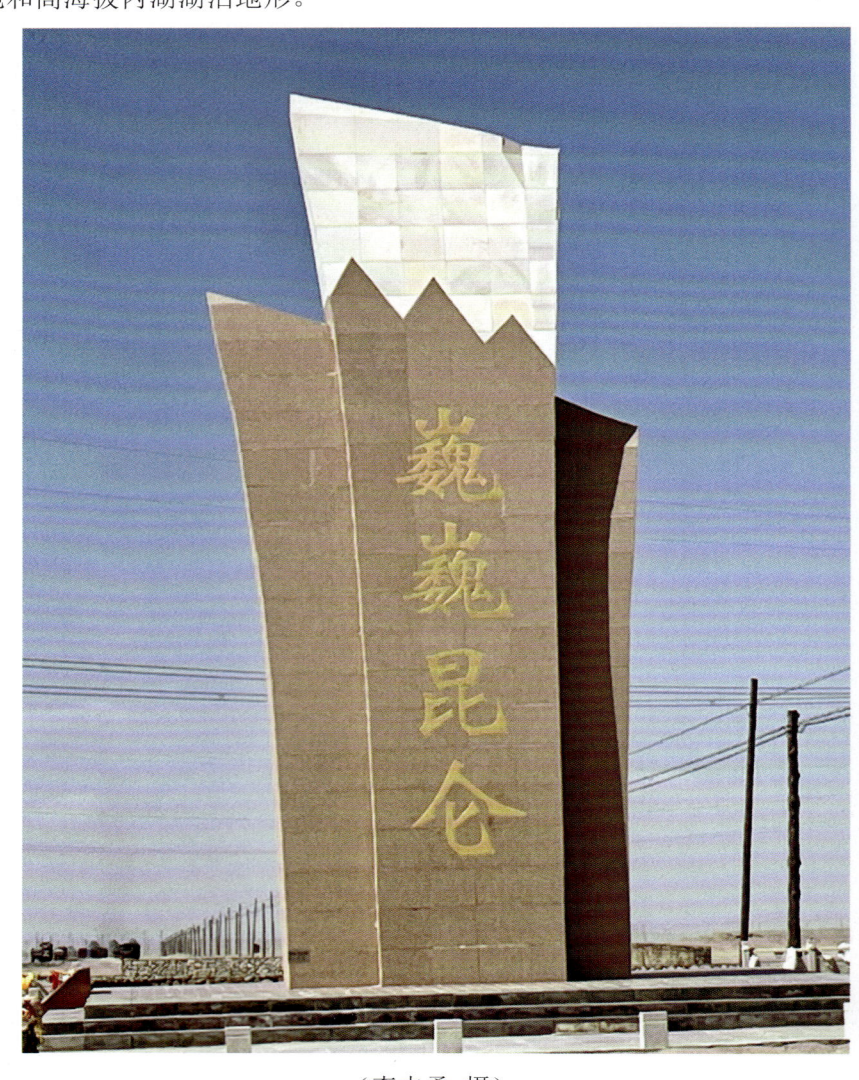

（查志勇 摄）

Evaluation by the World Heritage Committee

Cocoxili is vast and has little impact from modern human activities. Extreme climatic conditions and its inaccessibility protect this last sanctuary, which belongs to many highland dependent species of global importance. More than one-third of the advanced plants found in the nominated areas are endemic to the Tibetan Plateau, and all herbivorous mammals that depend on these plants are also endemic to the Tibetan Plateau. The nominated place has extraordinary natural beauty, the beauty of which is beyond human imagination and breathtaking in all respects.

青海可可西里符合以下世界遗产价值标准：

标准（Ⅶ）：青海可可西里位于青藏高原，是世界上最大、最高、最年轻的高原。该遗产是一个非常美丽的地方，其规模使人类的尺寸相形见绌，并且拥有所有的感官。规模的对比是可可西里的一个反复出现的主题，因为高原系统在大规模上无阻碍地运作，野生动物与巨大的无树木背景生动地并置，微小的垫子植物与高耸的积雪覆盖的山脉形成鲜明对比。在夏天，微小的垫子植物形成了植被的海洋，在开花时会产生不同颜色的波浪。在高耸的积雪覆盖的山脚下的温泉周围，灰尘、灰烬和硫磺的气味与来自冰川的尖锐寒风相结合。冰川融水创造了许多辫状河流，这些河流被编织成巨大的湿地系统，形成了数以万计的各种颜色和形状的湖泊。湖泊盆地包括平坦、开阔的地形，包括青藏高原保存完好的平面，以及无与伦比的湖泊集中。这些湖泊展示了全方位的演替阶段，形成了长江源头的重要集水区和壮观的景观。湖盆也是藏羚羊的主要产犊场。每年初夏，成千上万的雌性藏羚羊迁徙数百公里，从西部长塘的寒冷荒漠区、北部的阿尔金山脉和东部的三江源地区迁至可可西里的湖泊盆地。该遗产地保证了三江源和可可西里之间完整的羚羊迁徙路线，支持了藏羚羊的无阻碍迁徙。羚羊是高原特有的濒临灭绝的大型哺乳动物物种之一。

标准（Ⅹ）：遗产地植物群内的高度特有性与高海拔和寒冷气候有关，并导致动物群内同样高度的特有性。高山草原占草地针茅草（Stipa purpurea）主导的植被总面积的45%。其他植被类型包括高山草甸和高山距骨。超过三分之一的高等植物是高原特有的，所有以这些植物为食的食草哺乳动物也是高原特有的。可可西里有74种脊椎动物，包括19种哺乳动物，48种鸟类，6种鱼类和1种爬行动物。该遗产地是藏羚羊、野牦牛的家园。

昆仑山口 （查志勇 摄）

（三）青海可可西里赋

　　台原地貌，旷野高寒。涅槃探秘之珍藏，万湖荒野；寒卉藏羚之福壤，冰雪乡园。研究者之天堂，独绝之物种；探险者之胜地，休享之绮筵①。人兽祚生灵，茨草慕阳于僻野；羽鳞翔风浪，台原旷邈于雁天②。高可接天，屹雪峰于环岭；冻达彻土，涵冰水于淳渊。聚合乎离散，升降乎隆坍。白云乎苍狗，沧海乎桑田。七千万年前风化，唐古拉山之丹岩。侵蚀于雨雪灼阳，绯河之泛滥；流泻于湖盆淀层，起峰于洋淹。巍巍乎砖红山脉，绵绵乎千里渥丹③。干雨分明，固雪于高原夏暑；湿风垫热，阵霖于冷夜冬寒。飓风酷冷，飞石走野碛荒漠；丽日温和，凝露催芽叶滋繁。皑皑冰雪覆盖，俊峰叠嶂；庶庶湖盆镶嵌，宽谷高原④。爱可可西里，红漫漫湖山⑤。

　　高原动物，速写斑斓。昆仑南麓之旷野，"乌兰乌拉"之台原⑥。凡人生存之禁地，高山动物之家园。藏羚羊珍稀，剑角飞奔旷野；裹绒毛厚密，精灵善御酷寒。一级保护动物，精灵活跃高原。中国精心，艰难尽职保护；全球关注，同臻群种衍蕃。藏野驴机警，食苔蒿茅草；独单蹄艳色，抗长渴晒寒⑦。白唇鹿长角黄臀，貌粗毛健体；誉古老合群神鹿，善泳水攀岩⑧。有雪豹灰毛腿脚，生长尾圆头黑斑。食则岩羊而獭兔，行则晨昏乎夜间。于森林雪线讨生活，缘山脊沟谷秀猱援⑨。栖身好裸岩而陡峭，家域偏凉爽而广宽。擅伏隐袭击惯技，长敏捷跳跃高攀。夸雪山之王美誉，尊一级保护桂冠。

　　最奇黑尾白臀，"藏原羚"姿酷炫。又名西藏黄羊，须与藏羚羊辨⑩。体棕白腹；雄羚角弯如镰；肢细窄蹄，小尾耳大吻短。沐丽阳之孔照，亮闪迎光若镜；若敌寇时偷袭，群逃跃面谲悍⑪。行动敏捷，娇小体健。其兽淑灵，性情活泼温驯；其族昌胤，青藏高原栖遍。乃为高原特有，若乃遐迩珍善。野牦牛毛长体重，擅卧雪爬冰；属藏青独特雄强，尤凶猛善战。有猞猁棕熊，有狼豺野犬。或岩羊盘羊，或猎隼大雁。有石貂雪鸡，秃鹫食腐；有雄鹰盘旋，天鹅鸟蛋。

　　其高寒旱风辐射，对植物生长限之。生则宽谷湖盆，形则垫状伏低⑫。独存乎青藏高原，璆璆乎生物珍稀。垫状植物五十种，鼎足世界三分一。若"冰川棘豆"，若"鼠鞠凤毛菊"；若"高山葶苈"，若"匍匐水柏枝"⑬。位高等植物近百种，为世界瞩目所共识。特有或变种八个，独生于可可西里。

可可西里·藏原羚　　（来自全景视觉网）

噫吁嚱！乃参灵兹植物动物，考生死三观属兮⑭？高原野生动物之乐园，人类宝贵生命之禁区。穿越沧桑，方觉生命之虚淡；止行忧乐，何从寒漠之托依？寂寂寒野山湖，荣荣生物基因库；世世可可西里，生生世界第三极……

注：

① 绮筵（qǐ yán）：华丽丰盛的筵席。

② 茨草（cí cǎo）：杂草。羽鳞：鸟类和鱼类。

③ 渥丹：郑玄注《诗经·秦风·终南》：："渥，厚渍也。颜色如厚渍之丹，言赤而泽也。"

④ 庶庶：众多。此保护区有湖泊7000个，誉为千湖之地。

⑤ 可可西里：青海玉树地区可可西里自然保护区，面积8.4万平方公里，是世界自然遗产地。

⑥ 乌兰乌拉：东—西走向的"乌兰乌拉山"，在可可西里自然保护区中部。

⑦ 单蹄：驴与马一样是单蹄。艳色：藏野驴毛黄色，腹部臀部浅白，颜色鲜艳。

⑧ 白唇鹿是古老的物种，被誉为神鹿。

⑨ 猱援（náo yuán）：轻捷攀援。

⑩ 藏原羚也称西藏黄羊，与藏羚羊不是同一品种。最大区别是：藏原羚雌雄体均有白毛色屁股，雄羚有镰刀形中等长度弯角，耳朵大，体型娇小。而藏羚羊则没有白色屁股，雄羚有剑直形长角（只在尖部稍弯曲），可达60厘米，耳小体大。

⑪ 孔照：非常明晰。谲悍：诡诈凶悍。

⑫ 垫状：专用术语，垫子状态，意指草甸。4000米寒冷高原几乎无乔木灌木。伏低：屈服；顺从。琭琭：稀少珍贵。

⑬ 本两句引号内的植物为青藏高原特有种群：冰川棘豆（Oxytropisglacialis）、鼠鞠凤毛菊（Saussureagnaphalodes）、匍匐水柏枝。

⑭ 参灵：与神灵相通。

可可西里·藏羚羊　（来自全景视觉网）　　　　　　　　　　可可西里·藏原羚及雪山　（查志勇　摄）

上　可可西里·藏野驴　（来自全景视觉网）
下　可可西里·巨大厚硕的马兰冰川　（来自全景视觉网）

十三、梵净山赋

（一）梵净山概况

遗产名称：贵州梵净山 Fanjingshan

入选时间：2018 年

遴选依据：自然遗产（x）

地理位置：贵州省铜仁市江口、印江、松桃三县交界处

遗产编号：1559

梵净山是武陵山脉主峰，海拔 2572 米，总面积为 775.14 平方千米，遗产地面积 402.75 平方千米。梵净山主要由变质岩组成，周围被广阔的喀斯特地貌环绕，使梵净山成为伫立于喀斯特海洋中的变质岩"生态孤岛"，展现了独特的地质、生态、生物和景观特征。保存了亚热带原生生态系统，并孑遗着 7000 万至 200 万年前的古老珍稀物种，繁衍着野生动植物 7100 多种，是黔金丝猴唯一的栖息地。

梵净山是西南一座具有 2000 多年历史的文化名山，早在春秋战国时期，梵净山就属楚国"黔中地"，秦朝属"黔中郡"，汉代属"武陵郡"，以后一直是武陵地区少数民族崇拜的神山、圣山。梵净山佛教开创于唐，鼎兴在明。明万历所立《敕赐碑》将梵净佛山誉为"立天地而不毁，冠古今而独隆"的"天

贵州梵净山·金顶云河　（黄良瑛 摄）

下众名岳之宗"。

（二）世界遗产委员会评价

梵净山满足了世界自然遗产生物多样性标准和完整性要求，展现和保存了中亚热带孤岛山岳生态系统和显著的生物多样性。

Evaluation by the World Heritage Committee

Fanjing Mountain meets the biodiversity standards and integrity requirements of the World Natural Heritage Site, and exhibits and preserves the mountain ecosystem and significant biodiversity of the isolated island of Central Subtropics.

贵州梵净山符合以下世界遗产价值标准：

标准(X)：展现和保存了中亚热带孤岛山岳生态系统和显著的生物多样性，梵净山生态系统保留了大量古老孑遗、珍稀濒危和特有物种，拥有4394种植物和2767种动物，是东方落叶林生物区域中物种最丰富的热点区域之一；梵净山是黔金丝猴和梵净山冷杉唯一的栖息地和分布地，也是水青冈林在亚洲最重要的保护地，是全球裸子植物最丰富的地区，也是东方落叶林生物区域中苔藓植物最丰富的地区。

（三）贵州梵净山赋

武陵万峰之魁首，佛教五大之名山①。驰誉夫天下第一弥勒道场，世界唯独崖顶佛殿②。地质奇观、生态王国、佛教文化，三珍奇景；护国禅寺、承恩寺院、天庆、朝天，四大皇庵③。孤雏具瞻，拇指天隆之赞；红云金顶，巨石饭甑之岩④。古昔岩浆流拱地幔，海隆遂凸烈然⑤。彰接天之胜地，兀武陵之峰巅。日迈月征，星移物换。迢迢千秋演化，悠悠十四亿年⑥。穿越乎惊涛骇浪，衍迤之沧海桑田。原始森林，远烟尘之俗世；

作者考察梵净山·蘑菇石　（陈志平　摄）

庄严梵宇，修净土之诚虔⑦。古沐洋而崛起，早独秀于湘黔。动物植物，古老孑遗富矿；山川风礼，基因生态奇观。赤县殊荣之五位，全球人与生物圈⑧！中华国家公园，世界之自然遗产。地球相同纬度，绿州尤极贵保完⑨。

唯其"地球独子"，素描贵娴。或乘"诺亚方舟"，存中亚热带之孤岛；世遗生灵绝版，慰"黔金丝猴"之家园⑩。绿野葱枝，藏生物基因宝库；金丝褐背，贵梵净神兽婵娟⑪。净土金丝猴，黑掌圆头尤长尾；灵长"宗彝兽"，仰鼻大眼而蓝颜⑫。尖齿厚唇，美味先尊老幼；灰肩长臂，悬枝悠荡姣妍⑬。四时能秀兼爱，一抱护儿顺安⑭。骛逐于林莽，优雅于树巅。因窘蹶而扶伤，有贵人之襄助；设上宅而款待，欣嗣子之衍蕃⑮。

若乃动植物保护，山水夫林权。万木峥嵘，两千一百米之差落；百兽游憩，七千万余春之纪年。横纵四五十里，瞰崖履壑；垂直六百廿丈，接云摩天。山体庞鸿，气势宏伟；重峦叠嶂，森木连绵。溪流潺潺，崖上飞龙悬瀑；林海莽莽，枝下蔽日遮天。苔藓缠裹虬枝，生灵芝伞菌；蜂蝶吮吸甘蜜，

作者考察梵净山·万卷书　　（余晓灵 摄）

贵州梵净山·金顶蘑菇石　（黄良瑛 摄）

媒花果善缘。黑湾河、牛尾河、肖家河、盘溪沟，九龙出山之秀水；冷杉树、珙桐树、水青树、钟萼木，一级保护之贞闲[16]。蜿蜒高岭，脊分沅江乌江之水；葱蔚密林，枝结阔叶针叶之缘。六十年严格禁伐，四十年自然保护[17]；三千种植物茂盛，三千种动物衍蕃。桐杨枫竹，槭栲樱桃榛卉，枝繁叶茂；虎熊猴豹，麝羚鲵蛙雉鹰，花好月圆。

最赞奇金顶"大拇指"，红云漫齐天。爱诸峰之拔萃，观万米之睡佛。涵四时之祥瑞，生亿岁之鲜蘑。砂淀层层，陈沧桑于遐纪；真言页页，谕生灭于般若[18]。地利当逢，经得晒丽阳之暖；天时贵准，人可和喜雨其濯。于是刀开巨石，剑道摩天。弥勒释迦，二祖分巅[19]。梯接银汉，霞映浮岚。金桥承普渡，大肚纳养安[20]。人履金刀险峡，天开百米崭岩[21]。仰慕"红云金顶"，宗承弥勒佛缘。并双拇而钦赞，瞰百峰之峦屿[22]！

拜金顶之佛阁，返云栈而觉苑[23]。悟慈心之三昧，止杂念于一专[24]。听弥勒说法，虔修兜率天福祉；读万卷经书，祗谒净土之梵天[25]。

上　地球独生子：黔金丝猴、下　梵净山寺庙　（来自汇图网）

注

① 梵净山为武陵山脉的最高峰（其凤凰山峰海拔2572米），是中国佛教五大名山之一，是弥勒佛的道场。弥勒佛常被称为"当来下生弥勒尊佛"，即未来佛。被大乘佛教两大思想派之一的"唯识学派"奉为鼻祖。

② 梵净山的"金顶"为一百米高的巨石，中有天然裂缝分石为二，其顶面各建供奉释迦牟尼、弥勒佛殿一座。

③ 护国禅寺、承恩寺、天庆寺、朝天寺为明朝敕封的梵净山四大皇庵。出土有明"万历三年制"碑文及明万历年间（1618年）始建记录。另有山下四十八个脚庵，如建于宋初（967年）的印江峨岭镇西岩寺，建于明永乐元年（1400年）的印江永义乡镇江寺；现仅存遗址。

④ 孤雊（gū gòu）：独鸣。比喻特立独行。具瞻：为众人所瞻望。《诗·小雅·节南山》："赫赫师尹，民具尔瞻。"拇指：金顶巨石形若人手大拇指。天隆：寓举世无双、德高望重。饭甑：中国南方民间木制桶状的炊具。金顶巨石直径数十米，呈巨桶圆柱体突兀于山坳。民间称"饭甑"。

⑤ 海隆：地质术语"海底隆起"。指宽广且坡度和缓的海底隆起区。

⑥ 梵净山地质构造约于十四亿年前开始形成。

⑦ 净土：梵净山是"梵天净土"之意。在佛教中，"梵天"指"超越时空和生死的涅槃寂静"境界，"净土"是指"无尘无秽"。净土与佛教中"净土宗"完全不同。净土宗是中国佛教宗派，亦称"莲宗"，唐代创立，祖庭有江西庐山东林寺和陕西西安香积寺。

⑧ 人与生物圈计划，简称MAB，是联合国教科文组织于1971年发起的一项政府间跨学科的综合性研究计划。旨在通过保护各类生态系统来保存生物遗传的多样性。梵净山自然保护区位于贵州省江口、印江、松桃三县交界处，1986年纳入世界生物圈保护区网，是当时国内五区之一。如今国内有26个。

⑨ 保完：保全无损。梵净山是地球相同纬度保存最完好的生物多样性绿洲。

⑩ 中亚热带的孤岛形原始森林区梵净山犹如诺亚方舟，保全了国家一级保护动物黔金丝猴群。诺亚方舟：《圣经》中诺亚根据上帝指示而建造的方形大船。洪水之后方舟中的诺亚一家人与动物生命得以存活。

⑪ 婵娟：形容姿态美好。黔金丝猴今存800只，誉为地球的"独生子"，比大熊猫还珍贵（截至到2022年5月，中国现有2412只大熊猫）。

⑫ 灵长：灵长类动物，在生物学中属哺乳纲的灵长目种类包括猴、猿等180种。黔金丝猴在古代被称为"宗彝兽"。蓝颜：金丝猴面部呈浅蓝色。

⑬ 在黔金丝猴群中，有美味要先让猴长辈和幼猴先吃。金丝猴擅以单臂握枝荡行。姣妍：娇美。

⑭ 四时：四季。兼爱：金丝猴社会一夫多妻的家族生活。一抱护儿：此指母猴抱护幼猴于怀内奔行攀爬。

⑮ 窘蹙：窘迫。此两句指保护站人员救助及繁殖了数十只黔金丝猴。

⑯ 九龙：梵净山的九条放射状溪流。贞闲：清高闲逸，指此四种一级保护植物美好的声誉。

⑰ 梵净山1956年被国家林业部划为天然林禁伐区，1978年成立自然保护区，2018年列入《世界遗产名录》。

⑱ 砂淀层层：指"万卷经书"页岩景观。遐纪：高寿。般若：意为"终极智慧"、"辨识智慧"。

⑲ 分巅：指金顶上分设两顶的两座释迦摩尼、弥勒佛佛殿。

⑳ 大肚：弥勒佛的大肚形象。养安：养体安身，谓生活在平安逸豫之中。

㉑ 崯岩：高峻的山崖。

㉒ 双拇：在另一角度可见金刀峡缝使石崖呈二个拇指景象。峦岏（luán wán）：形容山势高峻连绵。

㉓ 觉苑：（jué yuàn）：本谓佛所居之净土，喻修行者的心境。

㉔ 三昧：佛教用语，意思是使心神平静，杂念止息，是佛教的重要修行方法之一。借指事物的诀要。

㉕ 兜率天（dōu lǜ tiān）：佛教谓天分许多层，第四层叫兜率天。它的内院是弥勒菩萨的净土，外院是天上众生所居之处。

㉖ 万卷经书：也兼指金顶附近的远古风化的天然巨石群景观。祗谒（zhī yè）：恭敬地进见。

十四、黄（渤）海候鸟栖息地赋

（一）中国黄（渤）海候鸟栖息地概况

遗产名称：中国黄（渤）海候鸟栖息地（第一期）Migratory Bird Sanctuaries along the Coast of Yellow Sea-Bohai Gulf of China (Phase I)

入选时间：2019 年

遴选依据：自然遗产（X）

地理位置：江苏省盐城市

遗产编号：1606

中国黄（渤）海候鸟栖息地（第一期）位于江苏省盐城市，主要由潮间带滩涂和其他滨海湿地组成，拥有世界上规模最大的潮间带滩涂，这些泥滩、沼泽地和滩涂极适宜生物生长，是许多鱼类和甲壳类动物的繁殖区，是濒危物种最多、受威胁程度最高的东亚—澳大利西亚候鸟迁徙路线上的关键枢纽，也是全球数以百万迁徙候鸟的停歇地、换羽地和越冬地。该区域为 23 种具有国际重要性的鸟类提供栖息地，支撑了 17 种世界自然保护联盟濒危物种红色名录物种的生存，包括 1 种极危物种、5 种濒危物种和 5 种易危物种。

自然保护区的麋鹿英姿　（孙金华 摄）

（二）世界遗产委员会评价

中国黄（渤）海候鸟栖息地（第一期），位于世界上最大的潮间带泥滩系统中，保护着具有全球意义的生物多样性。这一系列遗产是400多种鸟类不可替代和不可或缺的中转枢纽，对东亚—澳大利西亚迁飞路线上5000多万只候鸟至关重要。这一迁徙路线从北极地区向南，经东南亚至澳大利西亚，跨越南北半球22个国家。该遗产地所在的广阔海岸带空间范围内，与多处国际重要湿地（拉姆萨尔湿地）完全或部分重叠，进一步佐证了该地区的全球重要性。中国黄（渤）海候鸟栖息地（第一期）是一个充满了希望的开端，是认识、保护和管理一个更大的、具有全球重要性且非常脆弱的自然遗产地的最有意义的代表。

Evaluation by the World Heritage Committee

China's Yellow (Bohai) Sea Migratory Bird Habitat (Phase I), located in the world's largest intertidal mudflat system, protects biodiversity of global significance. This heritage is an irreplaceable and indispensable transit hub for more than 400 species of birds, vital to the more than 50 million migratory birds on the East Asia-Australasia migration route. This migration route runs south from the Arctic region through Southeast Asia to Australasia, crossing 22 countries in the northern and southern hemispheres. The site's vast coastal space overlaps, fully or partially overlapping with several wetlands of international importance (Ramsar), further demonstrating the global importance of the region. China's Yellow (Bohai) Sea Migratory Bird Habitat (Phase I) is a promising beginning, the most meaningful representation of understanding, protecting and managing a larger, globally important and very fragile natural heritage site.

中国黄（渤）海候鸟栖息地符合以下世界遗产价值标准：

标准(x)：拥有最重要及显著的多元性生物自然生态栖息地，包含从保育或科学的角度来看，符合普世价值的濒临绝种动物种。

（三）中国黄（渤）海候鸟栖息地赋

客旅盐城，尝语余君云：仙鹤姿美，偕舞翩跹；古松虬劲，松鹤延年。秋雁南飞，仲春而返①。由澳洲而越远海，歇黄、渤宿滨湾②。啄鱼虾而果腹，食水草于漫滩。对曰：诺。长、淮、黄、海、滦、鸭、辽之河，携大陆养分而入海；西、海、胶、渤、莱、辽、洲之湾，汇海洋饵料而滋蕃③。泥质粉沙，育水生之绿草；潮汐涨落，诱朴钝之鱼鼋④。

客凭栏而云：麋鹿飞鸟，鱼水协调。其远古神兽，性温敏清韶⑤。昔昌繁于华夏，憾消遁于汉朝。元存皇苑清移英岛，今返故乡栖庇盐沼⑥。步泳如"奔霄"，享海滨之野放；角枝而矫健，友鳞羽食青茅⑦。咀高草而致矮，利鼓翅而翔翱⑧。欣得乎、滨海湾之浅水滩涂，罗殷殷之虾蟹；潮间带之沼泽湿地，生密密乎草茵。留鸟繁衍之福壤，候鸟歇息之渔村。夜归西返而骈翼，约昵依于温慰；日落北回之万众，秀腾奋于笃勤。

余君复曰：歇鸟者众，留鸟不无。雁鸭类、鹤鹳类、鸥鸟之类、鸻鹬类、猛禽类、鹭鸟之属⑨。列一期濒危名录十七种，受胁珍鸟；补二期增加名录卅六种，应保之属。赫赫乎年三百万羽，济济乎五百七十种。十四种国家一级野生动物：若丹顶鹤、白头鹤、白鹤、黑鹳、东方白鹳；大鸨、金雕、白肩雕、白尾海雕；白鲟、遗鸥、秋沙鸭、中华鲟、麋鹿。

其域也，区域广阔，予鸟歇闲。循迁徙之通道，存系列之岛滩。障无虞于侵扰，保征鸟之泊园。幸一期精心保护，慰二期恢拓扩编。穿越二十二个国家，涉澳洲东亚北极冰原。面积浩渺数十万公顷，沿途滩岛乎数十驿园。跨上海辽宁六省市，栖息一十六处海滩。若沪上邻浅滩滨海，鸟国游憩之郊寰。若冀之秦皇岛滦南，百种候鸟加油站；若苏之盐城偕大丰，麋鹿勺嘴鹬乐园。若鲁之黄河三角洲，鸟类繁殖之佳苑；有白鹤黑嘴鸥白鹳，越冬栖息乎衍蕃。若辽之蛇岛老铁山，猛禽如鹰隼黑鸢。

客远眺而语：行路万里，犹读书万卷。潮间霞霭，其生机果然。其景也，栖徙万鸟飞骞，景奇色美姿妍。读水天一线之浩茫，抚茵茵青草；随麋鹿千蹄之激越，牵道道波澜。金黛缃赭，滩人海空之锦绣；翠黄靛白，鸟山草鹿之层渲[10]。踱步之群鸥，沙岸褐黄粉黛；潜湾之泳鼋，甸洲纹绿蔚蓝[11]。迷眼有心，"鸟浪"遏云天而泼水墨；幻形无定，画师绘玄秘而诵妙言[12]。却呈红袖添香，天女散粉花于霞媚；未必白云苍狗，"洛神"缀丹磔于飘衫[13]。游盐城沼泽，金沙带海涂镶蓝钻；之辽宁盘锦，红海滩湿地秀绯毡。白毛丹顶脖长，芭蕾之玉女；尖喙黑臀腿细，窈窕之鹤仙。落者凌波瑞雪，起则掠羽漫天。百十千万落之澄湖，疑是腾龙骈海；三五六七浮于明镜，恰如串蒂双鸳。黑脸琵鹭，闻所未闻；黄嘴白鹭，丝羽仙颜[14]。红腹滨鹬、斑尾塍鹬；六万华里，年徙往返[15]。勺嘴鹬、青头潜鸭，仅千对极其稀罕。黑翅长脚鹬，普通而平凡。爱老铁山岛，羡猛禽翩跹。白尾鹞长空攫鸷，普通鵟䴓浪盘旋[16]。若白尾海雕、金雕猎隼，有凤头蜂鹰、秃鹫黑鸢。

尔其特也，富藏珍异。越洋越洲，最数斑尾塍鹬鸟；无有吃喝，八天连飞两万里[17]！全球候鸟重要迁飞路线，远距单程一万五千公里。虑人类生活之需要，与动物繁衍之扰预。供歇驻或繁殖，虽关键之枢纽；最脆弱之滩涂，最危险之境遇。其生存濒危物种，引关注忧灼国际[18]。千余只丹顶鹤，数百只勺嘴鹬；珍小青脚鹬，三千只白鹤；全部大滨鹬，特有大杓鹬。放眼其全球，仅存而岌岌……

俄而，余君托腮含思曰：当赞大力保护也！鸟类徙歇天堂，人类和谐家园。严格增设专区，十六个候鸟栖息点；执法宣传广泛，常守真生态之天然。曰上海崇明东滩，曰山东东营黄河口，曰河北沧州南大港，曰滦南南堡嘴东，曰秦皇岛七里海潟湖，曰秦皇岛北戴河大潮坪，曰秦皇岛老龙头石河南岛，曰辽宁盘锦辽河口，曰大连蛇岛老铁山，曰长海长山群岛，曰丹东鸭绿江口。

其誉也："全球生物多样性保护合作，盐城黄海湿地是成功典范。"联动涉区省市，实现共享信息。助生物多样性，利功能可持续。与相关国家合作，助推互动机制。为人类命运，构共同一体。注绿色动力，增旺盛活力。

客乃大悦而祈云：通鸟类迁飞之天路，唤全球同护其栖憩。为生态文明之建设，擎大国担当之信旗[19]。

注

① 在"东亚—澳大利西亚候鸟迁徙路线上"，候鸟春季经黄（渤）海沿岸向北方西伯利亚冰原飞回区繁殖。
② 候鸟在黄（渤）海的滨海浅滩栖息补充能量、歇脚、换羽，部分留鸟则在此越冬。
③ 上半句指大陆入海的各条江河，下半句指沿途各海湾。滋蕃：滋生繁育。
④ 鱼鼋（yú yuán）：泛指鱼和贝甲类鳞介水族。
⑤ 神兽：麋鹿即"四不像"，被誉为神兽。温敏：温厚聪敏。清韶：清美。
⑥ 元存皇苑：元代将麋鹿北移到皇苑饲养。清移英岛：清代迁移到英国。
⑦ 奔霄：马名。周穆王八骏之一。鳞羽：代称鱼和鸟。
⑧ 鼓翅：振翅。麋鹿在浅滩啃食后的低矮青草，更适合鸟类栖息。
⑨ 鸻鹬（héng yù）：是地球上迁徙距离最远的鸟类，每年澳大利亚有 500 万只迁徙至俄罗斯远东、阿拉

斯加、北极冰原繁殖。

⑩ 缃：黄色。渲：渲染。指看到海滩上呈现带状的"芦苇滩涂水天相接"的彩色风景。

⑪ 鲙（kuài）：鲙鱼。鳓（lè）鱼和石斑鱼的总称，此泛指鱼类。

⑫ 鸟浪：是由单一或多种鸟类组成的，在空中飞翔的为了生存共进退的鸟类团体。会形成快达秒变的各种立体造型景观。鱼类也在水中也有此类团体泳游景观。

⑬ 此前四句描述"鸟浪"变幻造型之美。洛神：中国古代神话中洛水的女神洛嫔。魏晋·曹植《洛神赋》描述为"翩若惊鸿，婉若游龙。……若轻云之蔽月，飘飖兮若流风"的美人。

⑭ 黑脸琵鹭：黑脸长嘴，喙部形如乐器琵琶形状而得名。

⑮ 塍（chéng）：田间土埂。六万华里：此线路候鸟年往返里程。

⑯ 攫鸷（jué zhì）：猛抓。普通鵟（kuáng）：鹰类猛禽名。

⑰ 斑尾塍鹬鸟：鸟类专家有挂环识别该鸟一气飞行1.2万公里的实测纪录。

⑱ 忧灼：忧虑焦急。

⑲ 信旗：古代军中用为指挥进退的旗帜。此寓大国理念立场。

自然保护区·天鹅栖息滩涂　（孙金华　摄）

中国·世界遗产赋

左　濒危珍稀鸟类勺嘴鹬　　　（孙金华 摄）
右　候鸟迁徙·神奇的鸟浪　　（来自汇图网）
下　梦幻彩色滩涂　　　　　　（孙金华 摄）

第三部分 中国·世界自然与文化双重遗产赋

(四篇)

1. 泰山
2. 黄山迎客松
3. 乐山大佛
4. 峨眉山金顶
5. 武夷山九曲溪

一、泰山赋

（一）泰山概况

遗产名称：泰山 Mount Taishan
入选时间：1987 年
遴选依据：（i）（ii）（iii）（iv）（v）（vi）（vii）
地理位置：山东省泰安市中部
遗产编号：437

泰山又名岱山、岱宗、岱岳、东岳、泰岳，位于山东省中部，隶属于泰安市，绵亘于泰安、济南、淄博三市之间，总面积 24200 公顷，主峰玉皇顶海拔 1545 米，气势雄伟磅礴，有"五岳之首"、"五岳之长"、"天下第一山"之称。

登泰山一览众山小　　（来自全景视觉网）

泰山被古人视为"直通帝座"的天堂，成为百姓崇拜、帝王告祭的神山。古代文人雅士更对泰山仰慕备至，纷纷前来游历，作诗记文。泰山宏大的山体上留下了20余处古建筑群，2200余处碑碣石刻。道教、佛教视泰山为"仙山佛国"，神化泰山，在泰山建造了大量宫观庙。经石峪的《金刚经》石刻，闻名中外。泰山还是黄河流域古代文化的发祥地之一。

泰山风景以壮丽著称。重叠的山势，厚重的形体，苍松巨石的烘托，云烟的变化，使它在雄浑中兼有明丽，静穆中透着神奇。泰山的古树名木，历史悠久，现有34个树种，计万余株。其中著名的有汉柏凌寒、挂印封侯、唐槐抱子、青檀千岁、六朝遗相、一品大夫、五大夫松、望人松、宋朝银杏、百年紫藤等。矿产丰富，生物多样。

泰山是中华民族的象征，是灿烂东方文化的缩影，是"天人合一"思想的寄托之地，是自然景观与人文历史结合的珍贵遗产。

（二）世界遗产委员会评价

近两千年来，庄严神圣的泰山一直是帝王朝拜的对象。山中的人文杰作与自然景观完美和谐地融合在一起。泰山一直是中国艺术家和学者的精神源泉，是古代中国文明和信仰的象征。

泰山·孔子登临处　　（来自全景视觉网）

Evaluation by the World Heritage Committee

For nearly two thousand years, the solemn and sacred Mount Tai has been the object of imperial worship. The masterpieces of humanity in the mountains blend in perfect harmony with the natural landscape. Mount Tai has always been a spiritual source for Chinese artists and scholars, and a symbol of ancient Chinese civilization and belief.

泰山符合以下世界遗产价值标准：

标准（ⅰ）：泰山景观气势雄伟磅礴，作为中国"五岳之首"、"五岳之长"，具有独特的艺术成就。从山脚6600步的天阶青云直上，沿线坐落11座山门、14条拱道、14座亭子和4座阁，这不是简单的建筑成就，而是人工对于壮丽自然经典的点缀。如此规模的风景，进化了2000年，是有史以来最宏伟的人类成就之一。

标准（ⅱ）：泰山，中国最威严壮阔的大山，2000年多来发挥着对艺术的广泛影响。天祝殿内有著名的《泰山神启跸回銮图》，描绘了泰山神出巡的巨大壁画，场面宏大，是古代绘画艺术珍品。泰山是王母娘娘神话传说的发祥地。其中以王母池、碧霞祠影响最大，在封建王朝时期作为创作原型。泰山也常作为艺术创作中山的概念模型，蜿蜒的步道、桥梁、山门、道观搭配郁葱的松树与危岩峭壁。

标准（ⅲ）：泰山是中国古代文明的见证，特别是在宗教、艺术与文字方面。泰山被古人视为"直通帝座"的天堂，成为百姓崇拜、帝王告祭的神山。自秦始皇开始到清代，历代帝王或亲登泰山封禅祭祀，或遣官祭祀。

标准（ⅳ）：泰山是神山的突出案例。岱庙为泰山主庙，历代帝王临登泰山，必先到岱庙祭祀瞻拜。

泰山石刻　　（来自全景视觉网）

岱庙始建于秦汉时期，唐宋时进行修葺。其主殿天祝殿建于宋代，为中国最古老三座宫殿建筑之一。碧霞祠位于天街东首，系元君上庙，为泰山最大的高山古建筑群，宋大中祥符年间创建，金碧辉煌，俨然天上宫阙。碧霞祠与灵岩寺的千佛厅是突出和完整的大型寺庙案例，共同说明了唐宋时期的宗教文化。

标准（Ⅴ）：泰山的自然和人文要素形成了传统人类聚居点的崇拜中心，可追溯到新石器时代（大汶口），已成为深远影响拜谒传统文化和瞻仰旅游的一个杰出范例。

标准（Ⅵ）：泰山与中国儒家思想的出现、祖国统一、写作与文学的出现息息相关。

标准（Ⅶ）：经过近30亿年的自然进化，泰山通过复杂的地质和生物过程，形成了高耸于周围的植被茂密的巨大山脉。这是一座受到人类几千年主流文化影响的，奇特、雄伟、优美的复合型山岳自然景观。

（三）泰山赋

考岱宗之地质，乃溯邃古；察历史之悠久，丰厚人文。壁肖万仞，临水天而雄踞；沧桑几度，佑中华而护身。二十五亿年孕期，饱经磨砺；三千余万秋诞世，磅礴履今[1]。吞西华，压南衡，驾中嵩，轶北恒，恭誉五岳之长；沐日驭，迎星辰，昭松风，蕴石骨，敬颂五岳之尊[2]。考北麓之"龙山"黑陶，融中原之文明；溯南麓"大汶口"红陶，衍东夷之演进[3]。盘古氏以头殉，五岳魁首；西王母以池瑞，东岳祥霖[4]。其阳鲁而阴齐，临河望海；其兀东而潜西，历夜拥晨[5]。上承黄帝周天子，游猎建都；下传秦汉唐宋清，封禅助阵[6]。

愿得日升之阳，育万类众生；以图天高之处，借神灵冀近[7]。海风滋润，以温湿为霖；翠衣玉骨，以和谐为仁⑧。化孕万物，戮力一心。东来紫气，国祚长春。祈社稷风调雨顺，谢天帝授命之恩。岁月间助苍生，山魂实彰崔嵬；乾坤里践大道，天子且秀经纶⑨。

斯岱岳也，修心价值，追求守真。地厚为德，天高为尊。三皇五帝，天子黎民。告祭岱宗，直通帝座；泰山安宁，四海煌焜⑩。历史悠久，以沧桑为本；雄奇险峻，以挺拔为魂。宽广厚重，以稳健为信；袒露基岩，以诚挚为珍。庇佑中华，以仁安为贵；安疆卫国，以体民为欣。亘古如一，以精进为要；三教兼善，以苍生为君⑪。睿智乎担当卓越，仁德以天命为真。文治武功，昂头天外，能转坤乾⑫；宇呼宙吸，置身霄汉，可摘星辰⑬。临绝顶而小天下，为民做主；处逆境而存正气，守我初心⑭。

登泰山也，攀其山体，悟其心庋。乃拾级而上，当笃志而攀。奔天门而趋，集跬步而缘。五里一牌坊，三里一旗杆。千阶鉴因果，百步一洞天。入林访霞馆，缘径或半仙⑮。虔诚而至，自信而援。砥砺以鉴，绝顶乃甘⑯。以局外之借位，察芸芸之人寰。以庶黎之谛视，度帝王之旷瞻⑰。回首可远眺，前路无阻险。持之以恒，终成夙愿。

翘盼日出，心染霞观。乃随众以静待，甘熬夜以曦旦。时群峰皆苏醒，滋众客之心田。升东跃之金乌，秀岱岳之奇观——润朝霞如血幡，袭绯红染云天。缀乳白之雪朵，起雨后夫山岚。出青峰以四海，友玉盘于九天⑱。眺黄河之金带，燃夕照于霞鲜⑲。寺庙悬挂之半山云雾，殿阁檐翔于骈谷碧潭。别闹市则养清息闹，登云梯则接地通天。偈语勒石，可悟真言禅慧；洞天修果，慰了无为恳愿⑳。瀑跌虚无，梦醒于露休玉碎；否极泰来，瞻念于天命民艰㉑。

嗟乎！东方民皇之圣地，世界遗产。华夏道德之精神，中华神山。

注

① 约二十五亿年前，孕育泰山地质构造，至三千万年前基本形成现今格局。

② 指西岳华山、南岳衡山，中岳嵩山，北岳恒山，东岳泰山。日驭：太阳。日形如轮，周行不息，故称。

③ 龙山：泰山北麓的龙山文化，以黑陶为代表。南麓的大汶口文化，以红陶为代表。东夷：东部夷族群。

④ 传说盘古氏死后以头化为东岳泰山，为五岳之首。左臂为南岳，右臂为北岳，足为西岳。泰山也是王母娘娘传说的发祥地。

⑤ 泰山其阳（南）古为鲁国，而阴（北）古为齐国。

⑥ 黄帝曾在泰山游猎，周天子在泰山附近建都。历代帝王有13个在泰山祭祀封禅。我国传说中的三皇五帝中，有伏羲、黄帝、舜、颛顼等4人出生于泰山周围，7个建都于泰山周围。另外有24代帝王遣官祭祀72次。

泰山南天门　　（来自全景视觉网）

⑦ 因泰山突兀东方，最先见到太阳。

⑧ 翠衣：泰山的森林植被。玉骨：泰山白色的基岩。和谐：树石相依的生态。

⑨ 人间的皇帝自称天子，在致祭封禅中与上天对话，展示自己的治国经纶。

⑩ 煌焜：辉耀。

⑪ 三教：儒、释、道。泰山是三教兼容。

⑫ "昂头天外"是泰山石刻名句。

⑬ "宇呼宙吸"、"置身霄汉"、"可摘星辰"均是泰山名句刻字。

⑭ 唐·杜甫《望岳》：会当凌绝顶，一览众山小。

⑮ 霞馆：仙人所住的房屋。

⑯ 乃甘：登上绝顶处才甘心。

⑰ 谛视：仔细地看。旷瞻：远望。

⑱ 游泰山顶可看四个奇观：泰山日出、云海玉盘、晚霞夕照、黄河金带。

⑲ 霞鲜：光艳鲜丽。

⑳ 恳愿：诚挚的愿望。

㉑ 瞻念：瞻望并思考。民艰：民众的艰难困苦。

泰山·岱庙鸟瞰　　（来自全景视觉网）

319

二、黄山赋

（一）黄山概况

遗产名称：黄山 Mount Huangshan
入选时间：1990 年
遴选依据：（ⅱ）（ⅶ）（ⅹ）
地理位置：安徽省黄山市。地跨歙（shè）县、休宁县、黟县和黄山区、徽州区
遗产编号：547

黄山雄踞风景秀丽的安徽南部，原名"黟山"，因峰岩青黑，遥望苍黛而名。后因传说轩辕黄帝曾在此炼丹，故改名为"黄山"。有72峰，主峰莲花峰海拔1864米，与光明顶、天都峰并称三大黄山主峰，为36大峰之一。黄山代表景观有"四绝三瀑"，四绝：奇松、怪石、云海、温泉；三瀑：人字瀑、百丈泉、九龙瀑。黄山生态系统稳定平衡，植物群落完整而垂直分布，是动物栖息和繁衍的理想场所。

自古以来，黄山激发了代代文人与艺术家创作，留下了丰厚的文化遗产，概括为遗存、书画、文学、传说、名人"五胜"。现有楼台、亭阁、桥梁等古代建筑100多处，多数呈徽派风格，翘角飞檐、古朴典雅。现存历代摩崖石刻近300处，篆、隶、行、楷、草诸体俱全，颜、柳、欧、赵各派尽有。流

黄山日出　（来自全景视觉网）

传至今的文学作品有 2 万多篇（首）。此外，黄山还孕育了"黄山画派"，创立了以黄山为主要表现对象的山水画派，在中国画坛独树一帜、影响深远。

（二）世界遗产委员会评价

黄山被誉为"震旦国中第一奇山"。她在中国历史上的鼎盛时期，通过文学和艺术的形式（例如 16 世纪中叶的"山"、"水"风格）受到广泛的赞誉。今天，黄山以其壮丽的景色——生长在花岗岩石上的奇松和浮现在云海中的怪石而著称，对于从四面八方来到这个风景胜地的游客、诗人、画家和摄影家而言，黄山具有永恒的魅力。

Evaluation by the World Heritage Committee

Huangshan is known as "the first strange mountain in the Aurora Kingdom". During the heyday of Chinese history, it was widely praised through literary and artistic forms such as the "mountain" and "water" styles of the mid-16th century. Today, Huangshan is known for its magnificent scenery - strange pines growing on granite rocks and strange rocks floating in a sea of clouds, and it has a timeless charm for tourists, poets, painters and photographers who come to this scenic spot from far and wide.

黄山符合以下世界遗产价值标准：

标准（ⅱ）：黄山风景区自唐代开始进入创作作品以来一直备受推崇。自帝国 747 年被命名为黄山以来，吸引了许多游客，包括隐士、诗人和画家，他们通过绘画和诗歌歌颂黄山令人心旷神怡的景色，创建一

黄山·云浮峰舟　　（来自全景视觉网）

系列享誉全球的艺术和文学作品。元朝期间（1271-1368），山上有64座寺庙。1606年，普门法师来到黄山，兴建了慈光寺，后扩建为法海禅院。明朝（约16世纪）描绘黄山已成为中国山水画家最喜欢的主题，从而建立了有影响力的山水画派。黄山景色展现出人与自然的互动，激发了中国历代艺术家与作家。

标准（Ⅶ）：黄山壮丽的自然风光，其中大规模的花岗岩石、古松、云海增色不少。经过复杂的地质演变形成了天然石柱阵、奇峰异石、瀑布、溶洞、湖泊、温泉等戏剧性景观。黄山有72座壮观山峰，其中主峰莲花峰海拔1864米，与光明顶、天都峰并称三大黄山主峰。

标准（Ⅹ）：黄山生态系统稳定平衡，植物群落完整而垂直分布，为全球濒危物种提供了栖息地。景区森林覆盖率为84.7%，植被覆盖率达93.0%，有高等植物222科827属1805种，有黄山松、黄山杜鹃、天女花、木莲、红豆杉、南方铁杉等珍稀植物，首次在黄山发现或以黄山命名的植物有28种。其中属国家一类保护的有水杉，二类保护的有银杏等4种，三类保护的8种。有石斛等10个物种属濒临灭绝的物种，6种为中国特有种，尤以名茶"黄山毛峰"、名药"黄山灵芝"最为知名。黄山是动物栖息和繁衍的理想场所，有鱼类24种、两栖类21种、爬行类48种、鸟类176种、兽类54种。主要有红嘴相思鸟、棕噪鹛、白鹇、短尾猴、梅花鹿、野山羊、黑麂、苏门羚、云豹等珍禽异兽。

（三）黄山赋

二亿年迄，陷沧桑陆之巅；中元古期，没扬子海而淹。经第四纪冰川，刨存遗迹；形"U""V"谷刀脊，角峰碛滩[①]。丛嶂稀疏，节理呈柱球风化；峰林崄峭，峻拔其山体壮观。秦汉"陈业"清行，迹遁峦庐；南朝佛教传入，唐兴道观[②]。因色韵青黑峰岭，黛意黟山；传轩辕黄帝丹井，钦定黄山[③]。唐设寺修佛，宋于观炼丹。元建轩辕宫碑，明丰禅院寺庵。

黄山迎客松　（钟　晓摄）

黄山摄影·天然水墨画屏　　（来自全景视觉网）

更恭之名人荟萃，欣游黄山。黄山四千危仞，李白游诗珠璠[4]。徐霞客两游日记，"登黄山天下无山"！高山观仰止，清风读"魏源"：奇峰奇石奇松，飞云飞水飞山[5]。于是民国廿年其筹，"世英"专管黄山[6]。名宿伟人呼其观止，大师显贵陷之流连。御赐黄海仙都，康熙三下江南。"林森"欣题白龙桥字，"舒同"洒墨黄山公园[7]。陈独秀未游亦写黄山，孟海书天下第一奇山[8]。周恩来朱德陈毅，乐游题赞黄山[9]。嗟乎！五胜彰人文之丰厚，五绝誉天下之峘、玹[10]。黄山旅游之功臣，弘祖、静仁夫希贤[11]。

乃溯其摩崖咏刻，古道云天。蹬道古开，唐始明缮。民国当代旅游，助捐拨款；名士官绅居士，鼎建化缘。临壁凿阶，盘路云梯条砌；多级错列，蹬窝踩脚陡悬。铁链铁管横绳，石墙片板；抓手抓槽立柱，别致扶栏。佛教文化，罗汉级菩提之路；施工歇走，独凳偕石椅其圈[12]。步蹬梯乘"索道"，接网系悯弱残[13]。摩崖石刻缀连，豪英志趣；书法情怀艺术，吟咏黄山。铭题匾记诗联，三百余件；篆隶魏楷草行，诸体俱全。吟咏之者：僧道文人名士，帝王帅将宦官。世界之最："立马空东海、登高望太平"！幅巨无匹，高垂廿六余丈；箴微有篓，崖悬六匠半年[14]。

瞻夫宗教建筑，书画黄山。宫观桥亭塔寺，技工沈雅；佛道衣钵经典，法式因缘。唐帝敕额兴观，九龙升真；太宗诏建寺刹，独宇轩辕[15]。唐宋赐额，十五刹庙，重兴祈福固；慈、云、松、翠，四大寺庵，香客屡朝山[16]。唐代诗僧"岛云"，明代诗画"墨浪"；清代画僧"渐江"，黄山画派"石涛"[17]。搜奇峰以初稿，专山水意云旌[18]。名家辈出乎大腕，意旨道逸兮群豪：黄宾虹、汪采白、张大千、刘海粟、贺天键，或构图明快而宏丽；潘天寿、关山月、黄永玉、李可染、赖少其，或风格悲壮乎清高。

嗟乎！薪传"五胜"人文，神造"五绝"天骄[19]。

若乃云海奇松，风彩姣妍。植物千八百种，动物三百廿余。华东植物峥嵘，含珍稀独有；区域垂直繁蔚，衍群落整完。云海描巨龙，怪兽神出鬼没；蓬莱漂皓锦，仙乡紫气东还。松影障峰，红日染橙穹之幔；雪枝傲魄，白云浮黛岭之船。夏听时雨疏岚，源因夕照；春爱金枝玉叶，雪兆丰年。奇松昭乎绰约，孔雀眺乎鸿鸾[20]。与其燕剪风姿，凌云唱诺；莫如阳薰心媚，舒臂婵媛。"麒麟迎客，龙爪拨竖琴探海；黑虎送客，连理遂接引蒲团"[21]。

至若怪石灵韵，鬼斧卓殊。八十八峰，千米高矗。千八百米，黄山主峰号三大；南北鼎峙，莲花光明顶天都[22]。怪石点缀奇峰，丛枪山海；岩骨树荫隆肌，凸涨魁殊。风雨刻刀之利，日光炙热而毒。天吻一峰，巨笋穿云万仞；石奔千态，心猿意马百疏。绝奇或恰巧奇，步移景换；形似更兼神似，心想事及——松鼠跳天都，仙桃峰、笔架峰、老人之峰；猴子望太平，螺蛳石、夫妻石、飞来之石[23]。观海石猴昵秀水，登梅喜鹊跃高枝[24]。噫嘻！童子拜观音，戏莲花之孔雀；鳌鱼驮金龟，叫天门之金鸡[25]。仙人晒靴盼仙翁指路，天狗望月羡天女绣花[26]。苏武牧羊，老僧采药谢武松打虎；达摩面壁，太白醉酒能梦笔生花[27]。

方慰其涌泉热烈，飞瀑碧潭。温泉出紫云之峰，宜人喷涌；轩辕沐朱砂之浴，羽化升天。乃传唐设盆杆，即修庐舍；每有黎民濯发，皓色墨颜。集雾云之露，享霁雨之源。人字瀑分，依褐壁玉泉飞雨；黄山画美，绘紫石朱砂峙峦。逍遥嫋恋清潭，千尺练坠；泻玉琼丝一线，百丈瀑悬[28]。九龙瀑叠，峰涧香炉罗汉；九龙潭蓄，旎绢无影暇闲[29]。

尤亲乎冰雪英姿，遍野琼璇。琼峰嵌浩海之云，晴空红日；冬雪罩群山之毯，笼絮白栏。崖悬盐树耀清莹，径化玉阶恋朱衫。琼阁银殿黄墙，檐飞皓野；冰苑皑亭玉树，霞染金岩。南翠北霜，遇山脊而分野；东阳西雪，渲笔架而披丹[30]。晶针枝裹冰裾，窈窕玉女；迎客松凝铅粉，妩媚皎衫。

噫嘻！五岳归来不看山，黄山归来不看岳[31]。登黄山，天下无山，观止矣！

注

① 第四纪冰川：距今248万年—330万年。U形 V形山谷、刀脊、角峰、冰碛为黄山冰川遗迹。

② 陈业：秦汉时期设太守官职，会稽太守陈业"洁身清行，遁迹此山"。

③ 唐天宝六载（747年）唐玄宗钦定改黟山名为黄山。

④ 李白游黄山留有"黄山四千仞，三十二莲峰。"诗句。珠璠：珍珠美玉。

⑤ 《诗经·小雅·车辖》："高山仰止，景行行止。"魏源（1794—1857），清代启蒙思想家、政治家、文学家，其《黄山绝顶题文殊院》诗写有"峰奇石奇松更奇，云飞水飞山亦飞。"句，概括了黄山石（峰）松云水（泉）四绝。

⑥ 世英：民国国务总理许世英（1873—1964），字静仁。1932年发起筹备成立黄山建委，1943年成立黄山管理局。

⑦ 林森（1868—1943）：1931年12月接替蒋介石而任国民政府主席。1941年12月9日，林森代表国民政府对日宣战。舒同（1905—1998）：中国书协首任主席。

⑧ 孟海：沙孟海（1900—1992），曾任中国书协副主席。

⑨ 周恩来1939年春游黄山。朱德1963年在京观黄山摄影展后题"风景如画"词。陈毅游后题"黄山"名。

⑩ 黄山文化五胜：历史传说、名人、文学、遗存、书画。峘（huán）：小山。玹（xián）：美玉。风景五绝：奇松、怪石、云海、温泉、冬雪。

⑪ 弘祖：徐霞客名弘祖，号霞客。静仁：许世英，字静仁。希贤：邓小平学名邓希贤。

上　黄山莲花峰　（来自全景视觉网）
下　黄山·冰松晶莹　（来自汇图网）

⑫罗汉级：人字瀑间绝壁上长百米，至慈光寺最险步道，今已废弃。菩提路：老道口至玉屏峰路段。

⑬索道：指当今的载人电动索道，喻黄山交通进步。

⑭国民党第三战区副司令唐式遵在1939年题词。全高87.5米，为世界最大摩崖石刻字句。

⑮兴观：建宫观。九龙观、升真观、真常观由皇帝赐额。唐贞观（627—649）初，太宗诏令天下"交岳之处，建立寺刹"。独宇轩辕：唐天宝六载（747年），目轮和尚在黄山轩辕峰下建轩辕古刹，清改名福固寺。

⑯重兴：重兴寺。福固：福固寺。慈光寺、云谷寺、松谷庵、翠微寺为黄山四大寺庙。

⑰岛云：释岛云，生活于唐朝后期，黄山绝壁上刻有他五律《登天都峰》诗等多首。墨浪：明代诗画僧。渐江、石涛：清代诗画僧，有佳作传世。黄山画派：是指清初扎根黄山，潜心体味黄山真景，在山水画史上独辟蹊径，勇于创新且不同籍贯的山水画家群。

⑱云旄（máo）：大旗。因其高，故称。

⑲黄山五胜：历史传说、名人、文学、遗存、书画。黄山五绝：黄山五胜：奇松、怪石、云海、温泉、冬雪。

⑳孔雀：黄山孔雀松如绿色孔雀翘首拖尾，枝形酷似。鸿鸾：鸿、鸾高飞凌空，因指贤德之士。

㉑"麒麟、迎客、龙爪、竖琴、探海、黑虎、送客、连理、接引、蒲团"为黄山十大奇松之名。

㉒莲花峰、光明顶、天都峰为黄山三大主峰。

㉓松鼠跳天都、猴子望太平、飞来石均为黄山奇石绝景。

㉔石猴观海、喜鹊登梅均为黄山奇石绝景。

㉕童子拜观音、孔雀戏莲花、鳌鱼驮金龟、金鸡叫天门均为奇石景名。

㉖仙人晒靴、仙人指路、天狗望月、天女绣花均为奇石景名。

㉗苏武牧羊、老僧采药、武松打虎、达摩面壁、太白醉酒、梦笔生花均为黄山奇石绝景。

㉘逍遥：逍遥溪。嫽恋（lào liàn）：依恋不舍。百丈瀑：黄山三大瀑之一。

㉙叠：九龙瀑由九段叠成，是黄山较为壮丽的瀑布。香炉、罗汉：溪流两峰之间。旒（liú）：古代旌旗上的丝织垂饰。无影：喻细瀑入潭不见。

㉚笔架：黄山笔架峰。披丹：笔架峰被斜阳染为金红色。

㉛明·汤宾尹《同友人游黄山》："五岳归来不看山，黄山归来不看岳。"

三、峨眉山-乐山大佛赋

（一）峨眉山-乐山大佛概况

遗产名称：峨眉山-乐山大佛　Mount Emei Scenic Area, including Leshan Giant Buddha Scenic Area

入选时间：1996年

遴选依据：(iv)(vi)(x)

地理位置：四川省峨眉山市、乐山市

遗产编号：779

峨眉山是"四大佛教名山"之一，地势陡峭，风景秀丽，素有"峨眉天下秀"之称，山上的万佛顶最高，海拔3099米，高出峨眉平原2700多米。《峨眉郡志》云："云鬟凝翠，鬓黛遥妆，真如蠕首蛾眉，细而长，美而艳也，故名峨眉山。"景区面积154平方公里，是著名的旅游胜地和佛教名山，是一个集自然风光与佛教文化为一体的国家级山岳型风景名胜区。

峨眉山·金顶四面佛　（来自全景视觉网）

乐山大佛，又名凌云大佛，位于四川省乐山市南岷江东岸凌云寺侧，濒大渡河、青衣江和岷江三江汇流处。大佛为弥勒佛坐像，通高71米，是中国最大的一尊摩崖石刻造像。乐山大佛开凿于唐代开元元年（713年），完成于贞元十九年（803年），历时约九十年。大佛龛窟右侧临江一面的悬崖峭壁上有一巨大的摩崖碑，确定了这座石刻雕像的真实官方名称。相关古迹还包括灵宝塔（始建于唐代）、大佛寺（明代）以及乌尤寺等。

峨眉山和乐山大佛，两个分离的遗产区覆盖面积在15400公顷，是人工元素与自然美巧妙结合的区域。

（二）世界遗产委员会评价

公元1世纪，在四川省峨嵋山景色秀丽的山巅上，落成了中国第一座佛教寺院。随着四周其他寺庙的建立，该地成为佛教的主要圣地之一。许多世纪以来，文化财富大量积淀，最著名的要属乐山大佛，它是8世纪时人们在一座山岩上雕凿出来的，俯瞰着三江交汇之所。佛像身高71米，堪称世界之最。峨嵋山还以其物种繁多、种类丰富的植物而闻名天下，从亚热带植物到亚高山针叶林可谓应有尽有，有些树木树龄已逾千年。

峨眉山 · 金顶云雪 （来自全景视觉网）

Evaluation by the World Heritage Committee

In the 1st century, on the scenic peak of Mount Emei in Sichuan Province, the first Buddhist monastery in China was built. With the establishment of other temples in the surroun-ding area, the area became one of the main shrines of Buddhism. Over the centuries, much cultural wealth has accumulated, the most famous being the Leshan Buddha, carved into a rock in the 8th century overlooking the confluence of three rivers. At 71 meters tall, the Buddha statue is the largest in the world. Mount Emei is also known for its wide variety of plants, ranging from subtropical plants to subalpine coniferous forests, some of which are over a thousand years old.

峨眉山－乐山大佛符合以下世界遗产价值标准：

标准(iv)：在峨眉山，有超过30座寺庙，其中有10座年代久远、规模巨大，他们遵循当地传统形制，依山就势。在环境、设计、建造方面，他们都是伟大创意和智慧的杰作。其先进的建造技艺是中国寺庙建筑的精髓。与这些庙宇相关的是发现了一些中国最重要的文化宝藏，其中包括显示乐山大佛建于8世纪的摩崖石刻。濒大渡河、青衣江和岷江三江汇流处，大佛为弥勒佛坐像，通高71米，是中国最大的一尊摩崖石刻造像。

标准(vi)：在峨眉山，有形的和无形的、自然和文化之间的连接，是最重要的。峨眉山作为中国四大佛教圣地具有重要的历史意义的。在1世纪，佛教传入中国，就是通过丝绸之路从印度到达峨眉山，并在峨眉山建造了中国第一座佛教寺庙。在峨眉山丰富的佛教文化遗产有2000多年的历史，包括考古遗址、重要的建筑、墓葬、祭祀场所以及收藏的文物，包括雕塑、石刻、书法、绘画、音乐等传统艺术。

标准(x)：峨眉山植物多样性较高，使其具有科学与保护意义。峨眉山植物特有种丰富，高等植物242科、3200种以上，峨眉山特有种或中国特有种共有320余种。由于地处四川盆地的边缘，东喜马拉雅高原过渡地带。其海拔2600米范围内植被带种类繁多，具有乔、灌、草、地被和层外层各层发达而结构完整的特点。从低至高由常绿阔叶林—常绿与落叶阔叶混交林—针阔叶混交林—亚高山针叶林形成了完整的森林垂直带谱，构成了峨眉山自然景观的多样性，而且是当今世界亚热带山地保存最完好的原始植被景观。峨眉山的动物有2300多种，珍稀特产和以峨眉山为模式产地的有157种，国家列级保护的29种，还包括一些在全球范围内的濒危动物。

（三）峨眉山-乐山大佛赋

彼以寺庵荟萃，峨眉名源。敷展修为，三千余年文化；中华荣赫，四大佛教名山[①]。因岳挨浃水，缘壁巍峨绰约；或云浮峰峙，以山秀我眉端[②]。西周简绢其载，峨眉名望薪传。张鲁汉中掌郡，统权政教；新增"八品游治"，斯山列前[③]。东汉之期，始峨眉修道观；时惟东晋，有"慧持"奉普贤。早盛之牙门，敕《三皇经》语妖妄；道家之正统，迁二峨山续宫观[④]。并唐宋两教之存，寺宫发展；衰明朝道教式微，佛教盛然。寺院近夫百座，僧侣趋之两干。

峨眉山·报国寺　　（来自全景视觉网）

楼庭院进四重，依山而构；"报国寺"方百亩，蔚为壮观。巴蜀誉钟王，铜塔名华严。"万年寺"砖殿无梁，飞天瑞兽；百秩尊普贤铜像，真理庄严[5]。"伏虎寺"晋僧"心庵"，五百罗汉；"比丘尼"帝敕名匾，离垢之园[6]。秘洞亭桥，濯池象而摩花月；礼仪法器，赏画雕乃悟尘缘[7]。金殿座独峰，"华藏寺"普贤圣像；金顶开三昧，舍身崖惑佛光环[8]。

尔其八亿年来，四经沧桑；地质地貌，生态衍滋。三千万年，印度中国板块挤压；三百万载，流水冰川大气剥蚀。山地裂崩，切深峡而并峙；顶岩破碎，兀峻壁之雄姿。多两千六百米，繁茂垂直植被；特百五十七种，眉山动物珍稀[9]。原始林甸瑞雪，生态带谱整齐。乔、灌、草、地被，三千二百种植物；古、单、科、属种，三百二十种子遗。

尤其植物，以峨眉名之：木兰、莓草、胡椒、矮桦、细国藤、肋毛蕨、鱼鳞蕨、鼠刺。或群区孤遗：珙桐、桫椤、银杏、连香树、水青树、独叶草、领春木。间存于北美[10]：木兰、木莲、含笑、万寿竹、铁杉、石楠、五味子、木犀。动物两千三百种，国保二十九稀。凡若濒危野生鸟类：蜂鹰、凤头鹰、松雀鹰、白鹇、斑背燕尾。蝴蝶二百六十种，峨眉山特产五十：英雄基凤蝶、中华枯叶蛱蝶，九种尤珍罕见；树蛙峰斑蛙、昆蟾、金顶齿突蟾，峨眉特产两栖。嗟乎！峨眉天下秀，博睿生灵奇！

注

① 峨眉山之名，早见于西周（前1046—前771年）。

② 涐水：今四川西部大渡河古称。东汉·许慎《说文解字》："涐水出蜀汶江徼外，东南入江。"峨眉山位涐水边。峰峙：白云若浮峨眉山主峰二丘，犹双眉。"涐"端之"水"旁改山旁乃为"峨"。

峨眉山·无梁砖殿　（来自全景视觉网）

③ 张陵创道教二十四治。其孙张鲁增为四十四治，八品游治（峨嵋、青城、太华、黄金、慈母、河逢、平都、吉阳）及四品别治、八品配治。

④ 牙门：峨眉山古名牙门山。《三皇经》：道教经录派的另一支系为三皇经系，著《三皇经说》，唐太宗判其辞谋逆而下令除毁其著。道观从主峰迁至次峰二峨山。

⑤ 无梁砖殿：即普贤殿，四方壁座、圆穹顶无梁，寓"天圆地方"。秩：一秩为十岁。铜像：普贤铜像铸于宋代，佛像高3.64米，重约62吨。

⑥ 心庵：晋代的心庵和尚，始建小庙。比丘尼：佛教女信徒尼姑。伏虎寺是尼姑庵。离垢之园：因四季气流回旋无残叶而洁净，康熙帝来此时亲笔题"离垢园"。

⑦ 秘洞：九老洞。岩溶洞穴。相传是道教财神赵公明修炼洞府，现为佛教洞穴。濯池象：洗象池。花月：花和月。泛指美好景色。

⑧ 峨眉山金顶海拔3077米，其金殿为铜面鎏金屋顶，为中国最大金殿。十方普贤菩萨铜铸金像通高48米，重达600多吨，工艺精绝。三昧：佛教重要修行法。来自梵文Samādhi，译作"三摩地"，意为止息杂念使心神平静，借指事物的要领、真谛。佛光：是佛家认为的从菩萨头轮放射出来的光芒。物理学里佛光是一种日晕：阳光照云雾表面，经衍射和漫反射形成的自然奇观——佛光。

⑨ 多：此山区的相对高差。眉山：峨眉山简称。

⑩ 间存：间断留存。北美：峨眉山植物群落与北美洲同纬度相对立的间断分布类群，各有留存。

至若乐山大佛，中国最大摩崖石刻；弥勒坐像，青衣、大渡河汇岷江⑪。煞三江之水害，海通立志；奉一佛尊来世，慈减摧戕⑫。寒暑易节，九旬接力；笃勤凿刻，三代允襄⑬。人刻凿成，魁伟端坐，高廿一丈三尺；天开睡佛，枕江横卧，长一千二百丈⑭。赞排水爽风之巧技，步降升曲栈而仰瞻⑮。阔眼半睁，不忍众生悲苦；颅眉高展，心眼观世渊禅。圆头挽千髻，润脖纳九天。头平比山，足踏大江，肃穆庄严和静；双手抚膝，腮平长耳，脱俗弘厚超凡。涵雍容体魄，标神态恬然。丰腴柔美，唐潮时尚；双肩壮实，胸脯充赡。镇江之佛，息浪安民水顺；未来之佛，祈福灵验尊贤。

乐山大佛全景　　（来自全景视觉网）

注

⑪ 弥勒：释迦牟尼佛的继任者，未来将在娑婆世界降生修道的下一尊佛（也叫未来佛）。乐山大佛是石刻弥勒佛坐像。

⑫ 海通：海通和尚，汉族，黔中道播州（今贵州遵义）人，唐代（713年）筹划始建乐山大佛并完成初期工程。

⑬ 九旬：九十。巨像历经九十年才完工。三代：海通死后，剑南西川节度使章仇（复姓）兼琼捐赠俸金续建。四十年后，节度使韦皋捐赠俸金继续修建至公元803年完成。允襄：帮助。

⑭ 石刻的乐山大佛总高71米，而天然形成的江边山峦联成的睡佛长度为4千米。

⑮ 曲栈：当年大佛边施工的九曲栈道，今为游览道。

况乎寺塔名人，诗画雅懿。凌云马鞍，岑参咏龙湫虎穴；乌尤堆土，李冰遗麻浩洪渠⑯。谒高崖墓之汉陶，考鸡楼乐伎；寻大佛寺之唐瓦，敬拒贿海师⑰。灵宝塔密檐，唐建四方锥体；高九丈耸峻，砖砌坐东向西。黄庭坚改乌牛为乌尤，雅因墨绿；范成大眺峨三依峨二，云抹日曦⑱。岑参咏"寺出飞鸟外"，凌云古寺；鲁直书门匾东坡楼，苏画梅菊⑲。

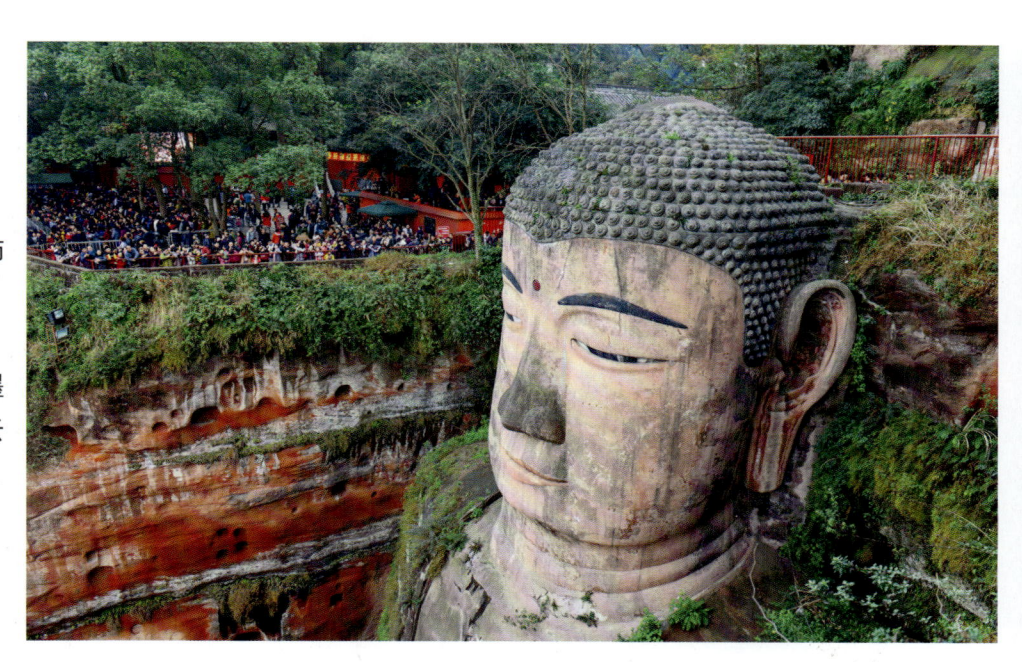

乐山大佛头部特写　（来自全景视觉网）

乃有江峰云舸，飘雪卵石⑳。青衣江入大渡河，沙淤洲岛；其河乃汇之岷水，夏浪流急。浩渺湍洑，泻雪山之琼玉；淑娴雄悍，兼青、陇之风习㉑。环峰者望、拥、祝、兑，灵宝者集、丹、日、栖㉒。九峰联翠树而浮江，睡佛仰卧；三山矗碧峦乃叠嶂，绯壁青衣。松梅雪友，伴银杏古楠罗汉；桃柳春芳，赏丹荷芍药兰芝。山中林茂竹修，丹崖秀色；江上浪雍游艇，甘醴微漪。金碧别清，鼎彩三江之云浪；奔腾疾缓，遏波百舸而争驰。

乐山·4000米天然睡佛　（来自全景视觉网）

333

噫！天下山水在蜀，蜀之胜曰嘉州[23]！文懋于西蜀，慈悲于凡流。廉、节、胆乎德正，理、定、行乎禅修[24]。

注

⑯ 凌云（居西）、马鞍（居东）、乌尤（居中）：三山。岑参：唐代诗人，其《登嘉州凌云寺》有"回风吹虎穴，片雨当龙湫"诗句。湫：水池、水潭。李冰：战国时水利专家，被秦昭王任为蜀郡太守。麻浩：凌云山与乌尤山之间的溢洪河渠。堆土：开麻浩河渠后，乌尤山成为孤岛——中国古代最大的"离堆"，犹都江堰之"离堆"。

⑰ 崖墓：麻浩河边的东汉崖墓。（全国重点文物保护单位）有544座。墓中保存着许多汉代建筑、车马伎乐、鸟兽虫鱼图形。大佛寺：凌云寺。拒贿海师：拒绝郡守敲诈索贿的海通禅师，力续资金凿大佛。

⑱ 黄庭坚：北宋文学家、书法家。范成大：南宋著名诗人。有"云抹三峨日夜浮。"诗句。峨三：三峨山；峨二：二峨山；为峨眉山的三峨山之一（今谓有四峨山）。

⑲ 岑参有"寺出飞鸟外，青峰载朱楼。"诗句。凌云古寺：大佛寺。鲁直：黄庭坚，字鲁直。

⑳ 飘雪：乐山名茶"碧潭飘雪"。卵石：秋季三江河滩的奇石。

㉑ 青、陇：青海、甘肃。大渡河发源于青海玉树，岷江发源于甘肃宕（dàng）昌县。

㉒ 岸有九峰名曰：拥翠、望云、祝融、兑悦、集风、灵宝、丹霞、栖鸾、就日。

㉓ 南宋同进士出身、果州及眉州知州邵博游访凌云寺写有《清音亭记》"天下山水之观在蜀，蜀之胜曰嘉州，州之胜曰凌云寺"。嘉州：今四川省乐山地区。

㉔ 廉、节、胆：指筹建乐山大佛的海通禅师的高尚节操。理、定、行：普贤菩萨显示理、定、行三德（文殊菩萨表示智、慧、证三德）。

乐山大佛·海师（乐山大佛的组织设计者）　　（来自全景视觉网）

四、武夷山赋

（一）武夷山概况

遗产名称：武夷山 Mount Wuyi
入选时间：1999年福建武夷山、2017年江西铅山武夷山列入
遴选依据：（iii）（vi）（vii）（x）
地理位置：位于福建省武夷山市、江西省铅山县交界处
遗产编号：911

武夷山位于江西与福建西北部两省交界处。武夷山是三教名山，自秦汉以来，就为羽流禅家栖息之地，留下了不少宫观、道院和庵堂故址，亦曾是儒家学者倡道讲学之地。同时，武夷山是地球同纬度地区保护最好、物种最丰富的生态系统，拥有2527种植物物种，近5000种野生动物。根据区内资源的不同特征，划分为西部生物多样性、中部九曲溪生态、东部自然与文化景观、城村闽越王城遗址以及江西铅山武夷山等5个保护区。

武夷山是世界文化与自然双重遗产、世界生物圈保护区、全国重点文物保护单位（武夷山崖墓群）、国家重点风景名胜区、国家AAAAA级旅游景区、国家级自然保护区。

（二）世界遗产委员会评价

武夷山脉是中国东南部最负盛名的生物多样性保护区，也是大量古代孑遗植物的避难所，其中许多生物为中国所特有。九曲溪两岸峡谷秀美，寺院庙宇众多，但其中也有不少早已成为废墟。该地区为唐宋理学的发展和传播提供了良好的地理环境，自11世纪以来，理教对东亚地区文化产生了相当深刻的影响。公元前1世纪时，汉朝统治者在程村附近建立了一处较大的行政首府，厚重坚实的围墙环绕四周，极具考古价值。

Evaluation by the World Heritage Committee

The Wuyi Mountains are the most prestigious biodiversity reserve in southeastern China and a refuge for a large number of ancient relict plants, many of which are endemic to China. The gorges on both sides of the Jiuqu River are beautiful, and there are many temples and temples, but many of them have long been in ruins. The region provided a good geographical environment for the development and spread of Tang and Song Dynasty theory, and since the 11th century, Lijiao has had a fairly profound impact on the culture of East Asia. In the 1st century AD, the rulers of the Han Dynasty established a large administrative capital near the village of Cheng, surrounded by thick and solid walls, which is of great archaeological value.

武夷山符合以下世界遗产价值标准：

标准（iii）：武夷山风景优美，十二多个世纪以来都受到保护。它包含一系列特殊的考古遗址，包括建立在公元前第1世纪的汉族城市，许多寺庙以及在11世纪诞生的新儒学研究中心。

福建武夷山·九曲溪　　（来自全景视觉网）

标准（ⅵ）：武夷山是理学的摇篮，许多世界以来，理学在东方国家和东南亚地区起主导作用，并影响了世界上大部分哲学和政府。

标准（ⅶ）：孤立、陡峭巨石的当地红砂岩使得九弯流（下峡）东部景区壮观的地貌特征具备特殊的景观质量。他们主宰天际线，曲折的10公里河段，距河床站200—400米以上，伫立在清晰、深层的河水。古崖轨道站点的一个重要维度，让游客鸟瞰河流。

标准（Ⅹ）：武夷山是一个最优秀的亚热带森林的世界，是最大最有代表性的完整森林，包括多样的中国亚热带森林和中国南方的热带雨林，植物多样性较高。武夷山也是大量的古代植物物种的避难所，其中许多中国特有和在全国其他地方很少见。它也有突出的动物多样性，特别是爬行动物、两栖动物和昆虫。

（三）武夷山赋

其曰，尧帝上古时，洪澜泛滥；彭祖生二子，挖河开山①。儿名伯武、仲夷，乃冠名武夷；种以桑茶稻谷，赞碧水丹山②。考其文史：远古在岩，出丹霞之地貌；灵性在水，恋溪瀑夫泉潭③。文脉在传，融三教之精邃；儒训在朱，晤"鹅湖"之隽谈④。绝雅在茶，标大红袍极品；神秘在棺，架崖壑之柩船⑤。情趣在游，伴梯、筏昵九曲；书法在心，谒丹壁悟格言⑥。

昔乃闽越古王城，盛况之空前。受封于高祖，始建于西汉。"闽越王城"，布局严谨；依山傍水，崇溪绕环⑦。地方七百余亩，址遗山地城垣。门通水旱，冶铁制陶墓葬；雨污分流，防潮坡筑干栏⑧。

武夷山·武夷宫　　（来自汇图网）

　　街巷纵横，亭阁庵庙；左右对称，坐北朝南。台阙墙壕，宫殿王侯府邸；回廊天井，营房甘井宅园。噫！瓦玉铁铜，瞻文物之珍贵；盛衰闽越，忆汉城之炳然[9]。

　　莫不誉武夷宫舍：鹅湖之会，中国儒学史盛事；文化中心，宋代理学家朱熹[10]。书院首开论讲，立驳三日；中国哲学史辩，朱、陆之争[11]。朱说格物致知，尽物之理，知至其极；陆说心明即理，重养心神，尊从德性。至明"陆、王心学"，合缮"知行合一"；乃衍千年讲授，儒学薪火相承[12]。或若"武夷宫"古，历代帝王祭祀；千三百岁，屡臻宫苑建全。稼轩、陆游、朱熹，曾主持其观；兹后屡遭兵燹，唯古桂茂繁[13]。幸当代之复建，谒"武夷君"肃然。理学正宗，规制"读书六法"；"武夷精舍"，朱熹讲学十年[14]。万世宗师解惑，传道青胜于蓝[15]。

　　若怀珍其天然，有瑰宝黄岗山。生态在保，圈其垂直林海；植物在珍，楸、茎、树、木、铁杉[16]。动物在多，绰绰五千其种；丹岩在险，巍巍百卅嵌巉[17]。观景在高，云天群峦林海；石峰在巨，魁雄孔硕庞然！岩形在圆，蕴谦和而涵浑厚；名木在古，历风雨仍茂千年[18]。

　　尤悉之华东屋脊，浙、赣、武夷支柱；中亚热带，"黄岗山"林葱茏[19]。竹、绿、阔、落、混、针、矮、曲、灌、藓、草、藤[20]。保存最为完整，垂直植被；同纬度区罕见，生态峥嵘。珍稀濒危廿八殊宠，子遗植物三千余种。独武夷特生六蕨，贵中国新录双兰[21]。葱葱九百年古桂树，郁郁一千秋红豆杉。华南虎、云豹、黑麂、金铁豺、黄腹角雉，国一级保护；崇安产斜鳞蛇、髭蟾、地蜥、挂墩鸦雀，生武夷本山[22]。嗟乎！珍稀植物王国，奇禽异兽乐园。鸟类之天堂，蛇虫之世界；人间之仙境，奇绝于天然[23]。

九曲溪玉女峰　　（来自全景视觉网）

  惊矣哉，九曲溪唯美，天游峰屹立。降水年高六尺，必有清溪九曲[24]。十三方古令禁伐，林菁兽跃；十八湾流筏今享，心旷神怡[25]。一壁接天，悬云汉天阶之陛；三亭霎眼，步栈梯人小如蚁[26]。描"玉女"泻群泉，鬼指神梳飞瀑；睹仙人晒一布，雨驱百蟒入溪[27]。桂酒宵吟，凭独潭邀四月；危崖刀斩，亮"一线"藏天机[28]。

  乃愿凭栏俯瞰清溪，窈窕妩媚；遏浪飞舟昵友，暧昧心犀。羡筏队之连舳，风姿栩栩；存约微之扫码，靓影依依。满眼皆碧水丹霞烟树，骈舟偕红男绿女耄倪[29]。嘻嘻！婀娜侗侥，抚玉女峰当艳羡；深邃磅礴，读朱子书而仰止[30]！巨岩魁甲亚洲，一石独冠；秀水旖旎绝妙，九曲清溪[31]！

注

① 彭祖：曾受尧帝封于彭城，享高寿，其道堪祖，后世尊为彭祖。

② 本地传说彭祖生兄彭武、弟彭夷二子，治水有功，山名武夷。

③ 丹霞地貌（Danxia landform）：即"以陡崖坡为特征的红层地貌"（不限制红层年代）。

④ 三教：道、佛、儒。儒训：儒学教育。朱：朱熹。鹅湖：山名、书院名，位于与福建武夷山相邻接的江西省铅山县北部（今鹅湖镇）。东晋人龚氏蓄鹅，其双鹅育子数百，其成，翮乃去，更名湖。翮：羽茎，代指鸟的翅膀。

九曲溪石刻　　（来自全景视觉网）

⑤ 大红袍：于福建武夷山独产，属乌龙茶，品优异，中国特种名茶。母树茶仅武夷山九龙窠岩壁上的六棵母树年产几百克，现已永久禁采。柩：架于高崖的船形灵柩，是古代闽越人神秘墓葬，至今未解其秘。

⑥ 梯：登山阶梯。九曲：九曲溪。书法：武夷山历代题词、诗文、摩崖石刻书法共450余方。心：精神世界。格言：含有教育意义的精练的定型语句。

⑦ 闽越王城：武夷山兴田镇"汉城遗址"，是西汉王朝分封的诸侯王城保存至今的遗址。崇溪：当地溪流名。

⑧ 干栏：干栏式建筑，即干栏巢居，在木竹柱底架上建筑的高出地面之房屋。流行于黔、滇、桂省区。

⑨ 盛衰：原全盛的闽越古汉城后来衰亡了。

⑩ 鹅湖之会：南宋淳熙二年（1175年）六月，理学家吕祖谦为调和朱熹"理学"和陆九渊"心学"理论分歧，邀陆九龄、陆九渊兄弟与朱熹在鹅湖寺就哲学观点之激辩，乃中国思想史上著名的"鹅湖之会"。后喻具有开创性的辩论会。

⑪ 朱陆之争：朱熹、陆氏兄弟的三日辩论，互不认输。

⑫ 明朝王阳明创悟"知行合一"心学理论，与陆九渊的心学合称"陆王心学"。儒家宋明理学一直延续到清代。

⑬ 稼轩：辛弃疾，别号稼轩。南宋将领、豪放派词人，被授予主管冲佑观（今武夷宫）之职。陆游：进士出身，南宋文、史学家，爱国诗人。三人都曾经在武夷宫主持其观。兵燹（bīng xiǎn）：因战乱而遭受焚烧破坏的灾祸。古桂：院内二株桂树龄已八百余年。

⑭ 理学正宗：朱子学（闽学）被朝廷尊为理学正宗，宫内今悬四字匾额。六法：朱子六法"循序渐进、

上　武夷山·亚洲第一大单体巨岩　　（来自全景视觉网）
下　武夷山·闽越王城博物馆　　　　（来自全景视觉网）

熟读精思、虚心涵泳、切己体察、着紧用力、居敬持志"。武夷精舍在隐屏峰南麓，是朱熹完成《四书集注》创办的私立大学并讲学十年，南宋名冲佑观、明嘉靖年间复名武夷宫。

⑮ 万世宗师：朱熹被其门人尊为万世宗师，比肩孔子，宫内今悬匾额。其弟子纷纷成为理学家，代代相传。

⑯ 垂直：海拔从 200 米到 2160 米有多种生物群落。珍稀濒危植物有鹅掌楸、紫茎、银钟树、观光木、南方铁杉、铁杉等。

⑰ 卌（xì）：四十。百卌：武夷山有实名的 36 峰、99 岩、72 洞。嵌巇：形容山崖险峻。

⑱ 圆：与外地尖峰峻峭的山形相比，武夷山的峰、石之形特点多数呈扁圆曲线。

⑲ 黄岗山：武夷主峰，海拔 2158 米。

⑳ 依海拔从低到高，有毛竹、常绿、阔叶、落叶、针阔叶混交、针叶林群落。

㉑ 六蕨：冠以武夷之名的有铁角蕨、蹄盖蕨、耳蕨、瘤足、粉背蕨、凸轴蕨六种。双兰：宽距兰、多花宽距兰为中国新记录兰种。

㉒ 崇安：崇安街道，隶属武夷山市。命名有崇安斜鳞蛇、崇安髭（zī）蟾、崇安地蜥。挂墩：村名，属武夷山市。

㉓ 蛇：武夷山共有眼镜蛇、眼镜王蛇、金环蛇等蛇类约 60 种，约占全国蛇类总数 26%。虫：武夷山昆虫已定名 4635 种。

㉔ 武夷山年降水 2000 毫米，合高六尺。

㉕ 十三方：有 13 处（入山伐木石刻禁令）。林菁：丛生的草木。

㉖ 云汉：高空。陛：阶梯。霎眼：开闭眼睑。如蚁：（小）如蚂蚁。

㉗ 玉女：白瀑散开若玉女之形。"晒布岩"的水切竖直石痕，犹如鬼指刻划或神梳造痕。百蟒：雨后并列的百条飞瀑。

㉘ 四月：把酒邀月，则天上、潭中、杯中、心中各有一月。一线：崖缝"一线天"。

㉙ 耄（mào）倪：老少。

㉚ 玉女峰：九曲溪畔著名的巨石峰景观。

㉛ 魁甲：犹状元。此喻"晒布岩"为亚洲体量最大的独块石。

参考资料

（1）国家文物局官网。
（2）（中国的）世界遗产网。
（3）（中国的）世界文化遗产网。
（4）（中国的）世界自然遗产网。
（5）百度搜索网。
（6）百度图片搜索网。
（7）百度百科网。
（8）百度地图网、汇图网、全景视觉图片网。
（9）360 浏览器。
（10）360 个人图书馆 360doc.com。
（11）诗词吾爱网。
（12）杭州市文化广电旅游局资讯网。
（13）与中国的 57 个世界遗产相关的各市、区、县官网，以及各相关的风景名胜区、国家公园、自然保护区、森林公园、国家地质公园等网站、公众号。
（14）美篇。多人，相关链接网络版。
（15）《地图上的世界简史》，（澳）杰佛里·瓦夫罗著，谢志瞳译。北京理工大学出版社，2020 年 9 月第一版。
（16）《讲坛社·中国的历史（丛书）》，（日）菊池秀明著，马晓娟译。
（17）《中国省际快捷交通地图集》，湖南地图出版社，2007 年 1 月第一版。
（18）《易中天中华史》，易中天著，浙江出版联合集团·浙江文艺出版社，2010 年 1 月第一版。
（19）《易中天品读中国书》，易中天著，2006 年 10 月第一版。
（20）《发现中国·世界遗产》，林德汤编，北京出版集团·北京出版社，2020 年 10 月第一版。
（21）《中国民俗辞典》，郑传寅、张建主编，湖北辞书出版社，1987 年 2 月第一版。
（22）《国家公园》，王维正主编，胡村姿、刘俊昌副主编，中国林业出版社，2000 年 4 月第一版。
（23）《风景名胜与园林规划》，周武忠主编，姚亦峰著，中国农业出版社，1999 年 10 月第一版。
（24）《开平碉楼与村落》，张国雄著，谭伟强摄影，中国华侨出版社，2011 年 9 月第一版。
（25）《中华对联》，童辉主编，汕头大学出版社，2014 年 5 月第一版。
（26）《中国书画大系·楹联书法》，曹永进编，中州古迹出版社，2014 年 10 月第一版。
（27）《张大千画集》，福建美术出版社，2009 年 3 月第一版。
（28）古诗文网。
（29）豆丁网。
（30）笨书网。
（31）百度知道。
（32）查字典组词网。
（33）携程旅行网。
（34）百度文库。
（35）趣百科。
（36）辞海网。
（37）参考经验网。
（38）《世界遗产中国篇》，中国大百科全书出版社编委会编著，2017 年 11 月第一版。

（39）搜狗浏览器。
（40）李淑英：《五女山城不是纥升骨城》，《通化师范学院学报》。第22卷第1期。
（41）鸟网
（42）中国第五十七项世界遗产"普洱景迈山古茶林文化景观"相关媒体报道的文章。

跋

编著本书，筹备多年，正式启动经历了三年。身体力行，集思广益，殚精竭虑，终于问世，颇感欣慰！退休之后才更有时间畅游祖国的大好河山。除了国外考察，晓灵君在国内的自驾游也有了几年的亲身经历、积累和诸多感受。而志平君在旅游行业工作三十多年也跑了许多景点。二人在四十七年前相识、结下兄弟般情谊并保持至今，加之二人均经受过多年的文学熏陶及写作实践，当晓灵君提出"以中国的世界遗产项目为题材，以辞赋的文体来表现，以宣传中国历史文化及生态保护为理念，出一本集子"这一创意时，二人深感所见略同，一拍即合。探索世界遗产精粹奥秘的好奇心和传承中华民族优秀文化的强烈责任感，使我们精神倍增并加快行动。

于是，制定考察线路、日程、年度计划及写作进度计划，在2021年开始驾车出发，北线、南线，西、东二线，加上曾经去过的世界遗产地……一路看来，陆续写来，至2023年初夏按照原定规划完成初稿并互动多次，磋商修改完善付印。

世界文化遗产评委会对遗产项目的评价标准和国家文物局官网、中国的世界遗产网、世界文化遗产网、世界自然遗产网等对中国世界遗产的概况介绍，我们只能尊重与沿用，不能杜撰。

在考察部分现场和写作资料调研中，笔者更加感受到了多民族祖国的世界文化遗产博大精深。至今所涉及的世界遗产景点分布在中国29个省、自治区、直辖市，在我国的212个AAAAA级、1284个AAAA级景区中，当属佼佼者。

本书部分图片来自于编著者和编著者的朋友，其余图片选自全景视觉图片网、汇图网、百度图片网、国家文物局网、美篇网友等媒体。在此，特向王耘农、周明、查志勇、郝媛卓、姜秀青、丁玉亭、钟晓、李媛媛等朋友给予我们无私的支持与帮助一并表示最真挚的感谢！

当然，必须感谢本书出版社陈卓编辑及文字编辑、美术编辑等为本书审核、修改、校对付出的辛勤工作！

特别感谢现任中国艺术研究院研究员、博士生导师，曾任北京艺术研究所所长、梅兰芳纪念馆馆长的秦华生先生拨冗为本书作序点评！衷心感谢北京大学历史学系资深教授、博士生导师，"北大三杰"之一岳庆平先生的厚爱，在百忙中为本书撰写推荐序并提供部分照片。

最后，编著者的夫人为现场考察、后期写作等长期提供了无微不至的后勤服务、安全关怀及热情鼓励，岂敢不谢？

由于笔者眼界有限、才疏学浅，编著本书难免有疏漏及不妥之处，敬请专家不吝赐教、读者多多指正，我们不胜感谢！

编著者　2023年9月29日于北京

内容简介

　　本书是一部以介绍中国 57 项世界遗产为主题、立意高远、图文并茂、品位高精的辞赋专著，值得世界遗产所在地市县及旅游景区和相关文化、教育、旅游机构收藏，也值得广大辞赋爱好者阅读与鉴赏。

　　世界遗产，是指被联合国教科文组织和世界遗产委员会确认的人类罕见的、无法替代的财富，是全人类公认的具有突出意义和普遍价值的文物古迹及自然景观。它包括文化遗产、自然遗产、文化与自然双重遗产三类。至 2023 年 9 月，我国入选世界遗产 57 项（文化 39 项、自然 14 项、双重遗产 4 项）。

　　"赋"是我国古代的一种文体，它讲究文采、韵律、用典，兼具诗歌和散文的性质。本书以"赋"为主要载体，以骚体赋、骈赋、文赋、律赋等形式，以独特视角对 57 项世界遗产进行了解读、思考和讴歌，且配有彩图，并用现代汉语对世界遗产委员会的评价及标准作了简介。

　　将"中国赋"与世界遗产相结合，给予"赋"生机与活力，这是新时期对中华优秀传统文化的有效传承；也是让世界了解"赋"，让"赋"走向世界，丰富世界遗产内涵的有益尝试。